U0115567

悬案

公安作家　穆继文★著

湖南文艺出版社
HUNAN LITERATURE AND ART PUBLISHING HOUSE　博集天卷
CS-BOOKY

图书在版编目（CIP）数据

悬案 / 穆继文著 . -- 长沙 : 湖南文艺出版社，2023.9（2024.4 重印）

ISBN 978-7-5726-1289-3

Ⅰ . ①悬… Ⅱ . ①穆… Ⅲ . ①长篇小说－中国－当代 Ⅳ . ① I247.5

中国国家版本馆 CIP 数据核字（2023）第 121206 号

上架建议：畅销·悬疑小说

XUAN'AN
悬案

作　　　者：	穆继文
出　版　人：	陈新文
责任编辑：	匡杨乐
监　　　制：	于向勇
策划编辑：	布　狄
文案编辑：	刘春晓　罗　钦
营销编辑：	时宇飞　黄璐璐　邱　天
封面设计：	潘雪琴
内文排版：	谢　彬
版式设计：	潘雪琴
出　　　版：	湖南文艺出版社
	（长沙市雨花区东二环一段 508 号　邮编：410014）
网　　　址：	www.hnwy.net
印　　　刷：	三河市鑫金马印装有限公司
经　　　销：	新华书店
开　　　本：	700mm × 980 mm　1/16
字　　　数：	288 千字
印　　　张：	18.5
版　　　次：	2023 年 9 月第 1 版
印　　　次：	2024 年 4 月第 2 次印刷
书　　　号：	ISBN 978-7-5726-1289-3
定　　　价：	59.80 元

若有质量问题，请致电质量监督电话：010-59096394
团购电话：010-59320018

三十六年从警生涯，我是在血与火，

险与恶的环境中被历练和捶打的。

目 录

悬 案

　　慕忠诚苏醒了，他昏昏沉沉地打开了关闭四天的手机，手机上显示着孙琳、儿子、马素香、大哥、三弟、五弟、四妹、小周、魏长明等人打来的未接电话。他打开了妻子孙琳在腊月二十四那天发来的短信：慕忠诚，妈妈没了，你在哪里？

悬　　案

傍晚的世纪大道，流光溢彩，霓虹闪烁，车来车往，斑马线上人流接踵，偶尔有闯红灯的人，也许他们真的有紧急的事情要去办。

现在已经是晚上七点钟了，这条熙熙攘攘的马路上倒是没有堵车。往日的这个时间段，车在这条路上至少要停留半个小时。

01

今天是中秋节，一个团圆的日子。慕忠诚顺利穿过这条马路，把车拐进母亲住的小区，他停放好车，爬上了四楼，开门的是他的母亲："赶紧洗手，就等你了。"母亲高兴地边说边让已是不惑之年的儿子往屋里走。

慕忠诚进了客厅，看到哥嫂、弟弟、弟妹都在，他挨个打了招呼，几个侄子侄女见慕忠诚来就兴奋得不行，非要让他讲警察逮小偷的故事。

"这么大人了，还叫妈提醒你洗手。"慕忠诚的妻子孙琳揶揄道。

慕忠诚正冲一个侄子做鬼脸，说道："我乐意。妈也乐意。"然后冲妻子挤咕了一下眼睛，便走进厨房去洗手。

"儿子明年就高考了，补习班上完太晚，不过来了，我让他直接回家。你能准时回来，看把妈高兴的。"孙琳边帮婆婆忙乎饭菜边说。慕忠诚点头回应并说道："老婆，晚上回去给儿子带点饺子吃，可别忘啦。"

忽然窗外传来警笛声，声音由远及近，一阵紧过一阵，像是撕心裂肺的叫喊，召唤着慕忠诚。

手机铃声几乎和窗外的警笛声同时响起，慕忠诚紧皱眉头接起电话："是，黄局，我马上到。"

慕忠诚撂下电话便对母亲和家里人说："对不起，大家先吃，不用等我了，回头我请大家下馆子。"然后疾步向外走去。"请下馆子"是慕忠诚常说的话，可他一次也没有兑现，家里人都见怪不怪了，只是母亲有点失落："小心点，慢着点，别忘了吃东西，回头叫孙琳把饺子给你带回家去。"

慕忠诚走时，感觉到妻子在背后一往情深地注视着他，他们结婚这么多年，一开始慕忠诚整天来无踪去无影，孙琳很不适应，但慢慢地她感觉到丈夫身上的重担使他不能光是待在家里，社会以及人民对他来说比家庭重要一万倍。后来孙琳习惯了，甚至以自己老公是警察而自豪。

慕忠诚开车快速赶到案发现场，案发地是本市河北区幸福道阳春里社区31号楼3单元501号，一具无头女性裸尸在卫生间里面跪着，她的头则摆放在一台三星牌电视机的顶部。法医唐静和另一名法医以及技术员正在现场勘察取证。

慕忠诚在现场简单地进行了勘察，这时分局黄博文局长从主卧室走出来，和慕忠诚耳语了几句。片刻，市局高鸿儒副局长也赶到现场。黄博文简单地向高鸿儒副局长做了现场情况汇报。高副局长指示留下一部分同志继续勘察现场，其他同志即刻到就近的派出所研究案情。

天山路派出所的会议室里坐满了从市局、分局公安机关赶来的领导和参战的民警，以及派出所的民警。

黄博文主持此次会议，分局刑侦支队副支队长魏长明首先汇报案情的基本情况：

"九月十九日十九点十五分，接到公安指挥中心转警，辖区有群众报警称怀疑自己楼上的住户有问题，有像是血迹的红色液体顺着卫生间的水管向他家流下。报案人上楼敲门，楼上没有人应答，红色液体持续往下流，他有点害怕，所以才报了警。"

天山路派出所第一时间接到市局指令，五分钟内到达了案发地，带队的人是派出所所长郑小贤。警员撬开防盗门，打开房门，屋内一切正常。因为501号是一个五十多平方米的偏单，所以随后警员才在电视机顶部发现有一颗女性人头，一开始还以为是塑料人体模特的头部，不承想竟是一颗真的人头，血早已经流干，面部煞白，无血色。报案人也在场，当场吓晕。民警施救得当，将报案人搀扶下楼。所长郑小贤立即按照重大事件警情处置预案，上报分局指挥中心和刑侦支队，并拨打了120急救电话。

之后，郑小贤组织警力控制现场，市局、分局增援警力赶到。楼群居民反映，今天是中秋节，大家都在家里看电视，吃团圆饭，听到警笛声就朝窗外张望，并没有听到异常动静，也没看到可疑人员进出小区。现在郑小贤还在组织警力分头走访居民，搜集证据。

魏长明的案情通报和慕忠诚在脑海里的想象基本一致，像这种凶案，凶手肯定会在作案后第一时间潜逃，但也不能排除其滞留在围观群众中进行反侦察的可能。不论怎样，一切还要靠证据说话。慕忠诚刚才只是简单地勘察了一下案发现场，头颅、裸尸、鲜血……对久经沙场、面对凶案无数的慕忠诚来说，各种变态的作案手法已经见过很多了，但凶手用如此残忍的手段杀害一名手无寸铁的女性，还把被害人的头颅斩下来，简直是罪大恶极，罪不可赦！关键是，慕忠诚想不通，如今这个年月，有什么罪过或者仇恨能让凶手下如此之狠的手。更何况在本市这样的大都市，既没有战场，也没有恐怖分子，凶手胆大妄为的程度真是令人无法想象。

案情通报会后，慕忠诚和警员们重返案发现场。他们刚进屋，分局法医唐静汇报说："死者为女性，三十岁左右，身高一米六八，死前有过性行为，窒息死亡后被移尸到卫生间，犯罪嫌疑人用刀具割下其头颅，放干血后洗净放在电视机上。目前就是这些，我们还要进一步勘察，提取物证。另外，据郑小贤讲，他是第一个进屋的人，当时电视机是开着的，正在播放中秋晚会，是李胜素、于魁智唱《花好月圆》的那个时间段。据此判断，被害人应该与犯罪嫌疑人认识，被害人死于今天下午四点左右，犯罪嫌疑人于傍晚六点左右逃离现场。电视机一直开着，估计是为了掩人耳目，让邻居知道旁边的房子里是有人的。"

高鸿儒副局长指示他们立即成立"9·19"专案组，分局黄博文局长任组长，慕忠诚副局长任副组长，具体侦破工作由慕忠诚负责，并要求慕忠诚一定要挑选精兵强将，因为这起案件非同一般，一是手段残忍，二是给中秋佳节添堵，让老百姓不能踏实过节。同时，市局也会派专家协同破案。

高副局长临走前特别嘱咐慕忠诚："小慕，今天上午才任命你为分局副局长，晚上就给你出了个命案难题，你可不能让市局党委失望啊，也不能让极力推荐你的黄局长失望啊！人命关天，抓紧破案，有困难告诉我。另外，你也要抓紧处理华兴化工集团被占地一事，避免他们再生事端，这也是上面领导的指示。处理好华兴集团和村民的关系十分重要，大企业就应该有大度量，给老百姓几个钱，保平安最重要。小慕呀，你记住，一定要妥当办好此事！"

"放心，高副局长，我们一定按照市局党委和您的指示，立即行动，尽快破案，给死者一个交代，给百姓一个交代，华兴集团被非法占地的事我也会及时向您汇报，请高副局长放心！"慕忠诚坚定地向高副局长敬了一个礼。

送走市局高鸿儒副局长后，在分局黄博文局长督战下，慕忠诚和其他警员继续勘察凶案现场，同时安排魏长明带队调查死者生前的情况和相关线索，并让郑小贤带队调取周围监控，查看可疑人员。

几个小时的现场勘察结束了，他们回到分局时已经是午夜了，黄局长和慕忠诚随便吃了点外卖，又与外勤侦查员打了几通电话，这时魏长明风风火火跑进屋汇报新发现的情况：

"死者，洪爱敏，女，三十二岁，身高一米六八，上河省普外县东乡村村民，已婚，有一个十岁女儿留在老家，跟她父母亲生活在一起。八年前，洪爱敏与丈夫离异。丈夫是同村村民，三十三岁，也姓洪，叫洪盛武，两人是初中同学。洪盛武和洪爱敏离婚后一直外出打工，现在打不通他的电话，联系不上他。最新情况就是这些。"

魏长明还搜集到几张洪爱敏的照片。洪爱敏长相俊俏，一点都不像农村人。慕忠诚和黄博文挨张照片端详半天，想从中发现什么蛛丝马迹，但两人看了半天，一点收获都没有。慕忠诚放下照片，陷入沉思，他也不知道该往哪方面想，是情杀？还是仇杀？……无论多大仇恨也不至于把人斩首，而且还摆在电视机上示众，简直是对死者的极端羞辱！想到这里，慕忠诚不由得从心中发出一种像子弹出膛的声音：逮住他，我非得打死这混蛋！

半夜，另一队侦查员带回来调查结果："洪爱敏在本市豪门娱乐总汇当业务经理，已经干了八年。也就是说，离婚后她就来到本市，一开始是这家豪门娱乐总汇的坐台小姐。"

侦查员还汇报说："我们去豪门娱乐总汇找了他们的总经理古德玉，这人绰号叫古老四，大堂经理说他去外地出差了……"

慕忠诚猛拍桌子："又是古老四！这个王八蛋，什么案子都能扯上他！他出什么差？就是躲咱，非法占地那事也是他在背后捣鼓的。这群人渣，早晚收拾了他们！"

黄博文瞪了一眼慕忠诚，止住他的愤怒说道："天快亮了，大家先休息吧。明天按照慕副局长的布置开展行动，尽快拿到有价值的线索，固定证据，抓紧破案。别搞得满城风雨，让老百姓没法踏实过节。再有，这个案子上面高度重视，这明显是凶手在跟咱们人民警察叫板、挑衅。"

02

慕忠诚说得没错，古老四根本没有出差。本来洪爱敏被杀的当晚，古老四还想跟她在豪门娱乐总汇的总统套房幽会，没承想这女人的头被人割下来了，还光着身子跪在卫生间里。这令古老四毛骨悚然，马上就醒酒了。他一个人在总统套房里，壮起胆子冲着镜子大骂："哪个不要命的东西敢跟老子过不去，用老子的女人撒气、开刀！他妈的，别让老子查出来，老子非把你大卸八块不可，吃你的肉，喝你的血！"

古老四正在总统套房里撒酒疯，听说有警察来找他，他心里一惊，告诉大堂经理："不管谁问就说我出差了，不知道什么时候会回来。让他们爱找谁找谁去。"另外，古老四多少对洪爱敏的香消玉殒有点惋惜，等警察走后他又叫自己的心腹准备了十万块钱，让其等事情过后给洪爱敏的娘家送去，就说洪爱敏出国挣钱去了，十万块钱是给孩子留下来上学用的，洪爱敏以后挣了钱还会叫人送来。

古老四跟慕忠诚都属马，同岁。过去古家特别穷，父母都是农民，育有两男两女，老大古德朕是儿子，老二古德金是女儿，老三古德宝也是女儿，老四就是他古德玉了。

古老四冲镜子大骂一番，然后连夜从夜总会的后门溜走了，他知道公安局还会找他，甚至怀疑他是杀死洪爱敏的凶手。他在派出所和刑警队都有臭底子，十年前因为寻衅滋事打伤过人，被当时的慕忠诚拘留了十天，还有赌博、嫖娼之类的事，没少被慕忠诚拘留。

古家的老大古德朕是个能人，只可惜英年早逝——五年前，一场车祸要了他的命。古德朕死后留下了朕新建筑公司等一大堆产业和雄厚的资金。古老大死后，古家经过家庭会议决定，由三妹古德宝掌管家业，同时担负起照看古德朕的遗孀和儿女的责任。

据说古德朕的车祸跟他的司机彭旭日有关，当时彭旭日驾车伤得最轻，遭到古家所有人的怀疑，但查了大半年也没查出老大古德朕的死跟彭旭日有什么关系，也就罢了。在调查彭旭日期间，古家只有三妹古德宝比较向着他，在事情澄清后，彭旭日就顺其自然地给新当家的古德宝开车。

彭旭日为了感激古德宝的赏识，同时还给古德宝当了保镖。彭旭日这个小伙子，二十九岁，单眼皮，一身腱子肉。七年前，他从武警部队退役后没回老家，通过战友介绍来到了朕新建筑公司当上了古德朕的司机。他表面为人厚道，不爱言语，还有一身擒拿格斗的功夫，所以深得古德朕的信任和喜欢，可偏偏古德朕就死在了这个自己最喜欢的司机的手里。

古老四大半夜溜出夜总会跑到了三姐古德宝的豪华别墅里。

古德宝的这栋别墅，名字叫得气派——王府36号，占地面积也显得气派，双拼打通，有三层楼高，还带阁楼、地下室，室内还安装了电梯，加上前后的院子，使用面积有八百多平方米。这都是古德朕死后，古德宝靠朕新建筑公司挣来的。

自打古德宝掌握古家的最高权力后，她先去了寺院拜佛，请住持将公司的名字改为"德宝商贸集团"。也许是集团名字中有了"宝"字，古德宝的生意越做越大，越做越红火。几年的工夫，德宝商贸集团旗下便有了物业公司、广告公司、娱乐公司、服装大厦、地产公司等子公司，并顺理成章地成了本市二十强骨干民营企业纳税大户之一。这样一来，古德宝就成了市领导眼里的香饽饽，去年顺利当选市政协委员。这些年来，她和几任市领导的

关系都特别好，跟城建口、工商税务、银行信贷等部门的领导，也都是莫逆
之交。

古老四在一楼客厅等了片刻，才看到三姐古德宝穿着粉红色的睡衣走下
楼来。古德宝身材匀称，皮肤细腻，带有一股贵妇人的气质，看起来根本没
有四十六岁，倒像是三十多岁的模样。

"大半夜跑过来，你又惹什么祸了？你就不能让我省点心吗？"古德宝
一边说一边端着象牙烟嘴，点上一支香烟，卧坐在真皮沙发上。

古老四满脸堆笑地说："我的亲姐姐啊，我没给您惹祸，是别人惹咱
家了。咱家'豪门'的业务经理阿敏被人杀了，听说她的脑袋和身子都分家
了，太恐怖了。这不，公安局就找上我了。"

古德宝先是一惊，又立马恢复常态，跷起二郎腿，慢慢吐出烟雾，若有
所思地看着面前这个丑兄弟。古老四被看得浑身发麻。

"阿敏的事，是你找人做的？"古德宝突然郑重地抛出这么一句话，
吓得古老四赶忙跪在地上。"姐，不是我，我们的关系还是挺好的，我喜欢
她，怎么可能舍得做了她啊？"古老四脸色煞白地说。"不是你做的，你怕
什么？实事求是和警察说就行。行了，你赶紧回家吧。我累一天了，得去睡
了。"古德宝下了逐客令。古老四还想赖着不走，古德宝使了个眼色，两个
保姆立刻上前将古老四请出了家门。

古老四被请到了别墅的院子里，他感觉今年的秋天好像来得有些早了。
一片枯黄的梧桐叶落到了他的头上，吓得他赶忙钻进车里，慌乱地对自己的
司机说："开车，赶紧开车！"

古老四走后，古德宝走进二楼的豪华的大卧室中，随即扑倒在一个青年
男子的怀里，开始了他们炙热的男欢女爱。

这个青年男子就是彭旭日。他白天是古德宝的司机、保镖，到了晚上
就是古德宝的小情人。自从彭旭日入住这间被古德宝唤作"鸳鸯阁"的闺房
后，彭旭日就知道了自己的命运和下场。当然，古德宝也非常喜欢这个小情
人。哪个中年女人不会为这样一个三十多岁、模样俊朗、会聊天、床上功夫
了得的小情人动心呢？相处一段时间以来，古德宝对他有了真感情。

慕忠诚一夜未眠。天快亮的时候，他迷迷糊糊地感觉自己似乎认识洪爱敏，但又不确定。接着，他又好像看到了古德玉那副癞皮狗般的嘴脸：古德玉从看守所里走出来，若无其事地对自己来了句"拜拜了，您嘞"。这家伙嚣张的模样简直是对慕忠诚的莫大嘲讽，他恨不得把古德玉摁在地上狠狠地揍一顿。

朦胧中，魏长明站在了他的面前。慕忠诚说："你带着兄弟们继续进行地毯式搜索，先从洪爱敏的住处和豪门娱乐总汇下手。我这就去找古德玉，再找不到他，我就去找古德宝。"

魏长明递给慕忠诚大饼、油条，慕忠诚也没客气，狼吞虎咽地吃起来，同时顺手举起茶缸，咕咚咕咚地喝了两口昨天晚上沏的茶水。

"我真是饿了，感觉好几天没吃饭了一样。大饼、油条真是香，在哪里买的？我怎么没遇到这样的早点铺？"

"啊？你还没遇到这样的早点铺？这个早点铺就在你家楼下，早点是嫂子刚送来的。"

"她人呢？"

"走了啊，我想叫你，你睡得跟那什么似的，嫂子没让叫。"

"你吃了吗？"

"没呢。"

"你怎么没吃？"

"你瞧你吃的，两份全被你咬了。我不吃了，走了。"

"行了，不吃就不吃，案子破了我请你喝酒啊。"

"算了吧，你破了这么多案子，没见你请我喝过一次酒。"

"行了，这次准请你。你先走吧，我得先去找黄局请示一下工作。"

魏长明走后，慕忠诚把自己昨夜的想法向黄博文局长进行了汇报。黄局长同意他立即展开工作，然后把关天一叫到了办公室，让关天一跟着慕忠诚摔打摔打。

关天一是分局指挥室的副主任，三十二岁，公安大学毕业，年纪轻轻，但精明能干，语言表达能力极强，而且懂得察言观色，和慕忠诚曾经共事过。这次是黄局长亲自点将，所以慕忠诚格外重视关天一。

慕忠诚先让关天一给古老四打电话，没想到古老四手机关机了。于是，慕忠诚又让关天一给豪门娱乐总汇打电话，但大堂经理还是搪塞说老板早就出门了。慕忠诚有点不耐烦地对关天一说："我们直接去德宝集团，找古德宝去。"

03

德宝商贸集团坐落在本市中心区的众利写字楼。这栋七十三层高的写字楼是本市的标志性建筑，由市城投集团和德宝集团合作开发。写字楼建成后，古德宝将四十三层至七十三层作为集团总部，她的办公区在五十层。

古德宝听说分局新任副局长慕忠诚来了，便亲自到四十三层的大厅迎接，并将他们引进贵宾室，招待他们。古德宝和慕忠诚也是打过多次交道的老熟人，刚一见面，古德宝就热情地说："欢迎慕局莅临我司指导工作！多日不见，您又进步了，您就是咱们区老百姓的安全基石啊！"

没等慕忠诚开口，古德宝又说："我知道，您是因为我那个不争气的四弟来的，他准是又给您惹麻烦了。昨天晚上他跑到我家去了，告诉我您要找他，他害怕受牵连。我告诉他，让他马上去您那里把事情说清楚，他一定会好好配合您破案的。我也了解了受害人的家庭情况，毕竟是我们公司的员工。我告诉我四弟一定要做好受害人家属的安抚工作，不能让自己的员工流血又流泪，请您放心，阿敏孩子的抚养费、学费都由我们公司出，大学毕业后让孩子来我们公司上班。"古德宝的一席诚恳话，让慕忠诚不得不频频点头。

慕忠诚发现这位德宝董事长真是越来越有女领导的风范了，她不仅穿着得体大方，而且很会说话。慕忠诚笑了笑："感谢德宝董事长对我们工作的支持呀，同时也感谢你对我的称赞。当然，我们做得还很不够，社会安全方面还存在很多问题和隐患。当前我们正在开展大规模的扫黑除恶斗争，这不光是为了给你们民营企业家保驾护航，更是要让普通老百姓过上有安全感和幸福感的日子啊。"

古德宝听出了慕忠诚话里的意思，急忙说道："慕局，您讲得太好了，又给我们上了一堂课啊，等一下我就给我四弟打电话，让他今天不管多忙也要到您局里去，配合您的工作。"慕忠诚心想，这个女人是何等聪明，一定要时刻提防。

正当古德宝和慕忠诚斗智的时候，关天一与慕忠诚耳语了几句。慕忠诚眉头绷紧。古德宝看出似乎又有什么事情发生了，但她依旧镇定自若。

慕忠诚起身告辞，两人又寒暄了几句，古德宝破例把慕忠诚送到一楼大门外。她当然知道慕忠诚是个滴水不进、油盐不吃的主，其实她已经让贵宾部准备好礼品了，但她犹豫了一下，觉得还是不送为好。

古德宝和慕忠诚谈话的时候，关天一接到同事打来的电话——有好几百号人聚集在华兴化工集团大楼门前闹事。事情的起因是华兴化工集团预留的扩建土地被南发先那伙人挖坑，灌水，他们想在那里做水产养殖的生意，华兴化工集团的保卫处发现后便报了警。现场一片混乱，郑小贤和治安支队负责人已经带队赶到现场，正在控制局面。黄博文局长亲自到华兴化工集团找集团总经理商谈此事。

慕忠诚赶到现场时，看到郑小贤正在与一个秃头的男子理论。那个秃头的男子一身建筑工地上的民工打扮，正在大声嚷嚷："你们警察想管也行，让他们给我们五百万损失费，我们拿到钱后马上停工走人。老百姓容易吗？他们占着茅坑不拉屎，还不允许我们老百姓自己找饭辙吗？我们在这儿干了三年都没有人管，现在让我们滚蛋？让我们滚蛋也可以，先把钱给我们呀！"

"对，拿钱来……"一群不三不四的小青年跟着起哄。

郑小贤无奈地说："谁私自占用国有土地都是不对的，这是违法行为。你们可以跟对方企业进行协商啊。如果你们一意孤行，坚持非法占地，那我们就要依法采取措施了。"

不管郑小贤怎么说，这伙人就是不服，他们身后的推土机还在工作。

慕忠诚下车后，看到这一切，本想克制住自己，因为他的脑海里响起了高鸿儒副局长对他的嘱咐——万事少安毋躁，你当了分局副局长，更要改一改你那粗暴、侠义的性格。但他没有按捺住心中的怒火，还是上前一步，对与郑小贤叫板的秃头男子说："南发先，你怎么不听劝呢？好好跟人家企业商量，有什么事情解决不了？你现在要是敢胡来，我可就公事公办了！"慕忠诚的话柔中带刚，让这位南发先无法应答。

这时，一个十分嚣张的年轻小伙子蹿了出来，满不在乎地冲着慕忠诚骂道："你他妈是谁呀？赔钱！不赔就滚蛋！"话音刚落，慕忠诚一个翻手腕就将其摁倒在地。一群不三不四的小青年刚想上前，便被南发先喝止住了。"哟，慕局，您别来真的啊，这个倒霉孩子是我儿子，您先放了他，他混蛋，他不懂事。"南发先态度大变，客气地对慕忠诚说道。

这个时候公路上响起了警车的鸣笛声，一行黑色特警车队向这里奔来。慕忠诚一只手摁住那个不自量力的小伙子，另一只手从腰间掏出了92式手枪，将枪口指向那一伙人。

"我是公安局的慕忠诚，你们给我听好了，这块土地是国家的。从现在起，谁想在这里非法占用国有土地，就先来问问我手中的枪答应不答应！在场的民警都给我打开执法记录仪，各位在场的老少爷们也都来做个见证。我们开始依法执法，维护社会治安，保护企业的合法权益。"

闹事的人都傻眼了，在场的华兴化工集团的保安和一些看热闹的群众都激动地鼓起掌来。这时，分局特警支队支队长也前来向慕忠诚副局长报到。慕忠诚先是大声地说道："南发先，让你的人都跟我回局里，把情况说清楚，等待发落！"然后把滋事的小青年们交给了特警队员。慕忠诚冲闹事的小伙子说道："你小子就是南武吧，绰号'南霸天'，绰号够亮，听说你现在还在取保候审吧，行了，你也别取保了，进去吧。"南武被押上警车，其余人也一起被带上了警车。

慕忠诚就是这样一个行事大胆、敢于担当的人民警察，他为此挨了不少处分，要不然两年前他就能当上副局长了。他认为自己就是不当分局副局长，也要灭掉这帮家伙的嚣张气焰。人民警察就是要捍卫国家的安全和人民的幸福，不能被这帮黑恶势力愚弄。

南发先一看慕忠诚动真格的了，就在警车上撒泼，说慕忠诚要拔枪杀人，慕忠诚是黑社会老大，慕忠诚不让老百姓活了，快救救他们这种穷苦的老百姓吧……南发先的一通胡言乱语，只有他的同伙和特警们听得到。警灯在车外威武地闪耀，警笛在车外正义地鸣响，车外谁又能听得到他的叫嚷呢？

警车驶进分局大院。南发先左看右看，觉得自己白忙活一场，口干舌燥的他内心发虚。

南发先，男，五十二岁，无业，曾因盗窃罪、强奸罪被判入狱，入狱之后妻子与其离婚。儿子南武，二十五岁，在古老四手下打工，没什么正经工作，就是鞍前马后地跟着古老四混日子。南武在小时候就养成了偷鸡摸狗的恶习，成年后欺男霸女，还染上了毒品，曾被收教半年，出来之后就与古老四联系上了，拿古老四当祖宗一样看待。前不久，南武因在豪门娱乐总汇动手打人被刑拘，古老四刚给他办完取保候审，眼下便再次被拘捕。

慕忠诚把那一伙人交给了特警支队录口供，同时还让郑小贤找目击证人录口供，把他们的违法证据固定好，等待处置。

04

慕忠诚来到会议室，黄局长等其他领导班子成员都到齐了。黄局长对当前的形势进行了分析，传达了市局党委和区委、区委政法委领导的工作要求和指示精神，同时听取了分管领导针对近期辖区内发生的重大案件以及几起敏感的信访事件的汇报。最后，黄局长针对今天的两起事件又强调了工作纪律——一定要按照法律公正地执法，不要给一些别有用心的人留下把柄。

散会后，黄局长把慕忠诚叫到办公室，说道："慕局，你刚上任副局长，今后行事一定要多动动脑子。在调动警力的时候，要提前向我汇报，不要惹出事端。另外，南发先那一伙人教育教育就放了吧。"

慕忠诚早料到他的举动会招来非议，可是当时的情景如果不震慑一下南武那个小兔崽子，那人民警察还有什么打击凶手、维护社会治安的威严呢？

"黄局长，我知道，动这帮人会让你的压力变大，因为他们都有后台。一定有人给你施压了吧？"慕忠诚直截了当地讲。

慕忠诚大学毕业后，一分配就是黄局长的部下，也是黄局长的徒弟。他心里知道师父为了当好区委常委、区委政法委副书记、公安局局长等职务是有多么不易，所以自打他到了刑侦支队，在处理一些问题上也是打了折扣的。这和他的初衷是相违背的，他总在想，自己是一名共产党员，就应该时时刻刻保持纯洁性和斗争性，可是事与愿违，大千世界，理想化的生活毕竟与现实有巨大的差距。

黄局长平静地说："你知道就可以了，市局分局好多工作需要人家支持，人家通天呀，你这样做也没错。我听说那个姓南的小兔崽子竟敢当场骂你，他也直后悔，他说不知道你是慕局长，你穿着便装，以为你是企业领导，否则给他八个胆，他也不敢跟你这个天不怕地不怕的慕忠诚叫板呀！算了，你还是集中精力，把'9·19'案给我破了，这件事交给治安支队和派出所处理吧。今天市局李局长也到华兴化工集团信访现场了，还专门听了'9·19'专案汇报，要求尽快破案，人命关天啊！"

慕忠诚走出黄局长的办公室，心情无比压抑，副局长刚当了两天，就遇到这么繁杂的事，今后的路一定会更加艰难。下午两点了，早餐的油条、大饼早已消化干净，他打开抽屉，嚼了两块饼干，喝了几口冷茶，算是今天的午饭了。

随后，慕忠诚又马不停蹄地联系了魏长明，到刑侦支队听取了"9·19"案相关进展的汇报。魏长明他们一刻没停，调取了近期的监控录像，可录像资料不是不全，就是模糊不清。因为监控摄像头被风吹日晒，且鸟屎、尘土等污渍清理不及时，遮挡了镜头，还有就是案发现场在老旧小区里，摄像头安装也不到位，又是天井楼，死角多，根本就不能全方位监控。录像里只有洪爱敏出事那天凌晨三点多钟下班，进小区回家的影像。之后这几天进进出出的好几百人，大部分都核查了，可到目前为止还没有发现线索，同志们仍在持续奋战着。

魏长明又汇报了古老四的情况。今天上午慕忠诚、关天一从众利大厦出来，一个多小时后，古老四就到了分局刑侦支队，他说要找慕忠诚，自己是来配合调查洪爱敏被害案件的。魏长明接待了他，他假惺惺地抹了几滴眼泪，还说按照他们集团古德宝董事长的要求，要给死者家里送去十万块钱慰问金之类的。对于洪爱敏有没有仇家、有没有相好的问题，他也是摇头说不知道。这小子总进进出出派出所，是老油子了，问了半天没有一点新线索，基本上都是警方已掌握的情况。去豪门娱乐总汇侦查的同志回来，也没有发现有价值的情况。

慕忠诚有一种强烈的预感，他突然站起来和魏长明说道："今天必须见到古德玉，这个混账的古老四！你带着弟兄们继续查找线索，让关天一跟我去豪门娱乐总汇。"

到豪门娱乐总汇时已经是傍晚七点钟了。刚才在路上，母亲给慕忠诚打来了电话，说过节他没吃上三鲜馅的饺子，自己烙了甜咸月饼，都给他留着了，他如果能回家吃一点再忙工作也可以。慕忠诚放下母亲的电话，眼角有些湿润，他和妻子孙琳平时只能是微信联系一下，和儿子更是十天半个月不见一次面。过去他就是回家也是深更半夜，儿子早就睡觉了，而走的时候不是半夜就是天不亮，有几次爷俩一见面，儿子就像遇见生人一样生疏。

儿子快要考大学了，慕忠诚真心想让儿子报考人民公安大学，以后接他的班，做一名人民警察；但儿子却不以为然，认为当警察太辛苦，整天不着家，纪律也太严，不能出国旅游。每次说到这儿，慕忠诚就数落儿子没出息，甚至有时候还发脾气。儿子跟他顶嘴，孙琳就和稀泥，数落慕忠诚一回家就和孩子吵，不能好好说话，只认警队不认家。

慕忠诚走进富丽堂皇的豪门娱乐总汇，直接奔古老四的办公室，大堂经理赶紧跟在他屁股后面说奉迎话。

慕忠诚去年当刑侦支队长的时候，还带队到这里"扫过黄"，搞得夜总会停业整顿了好几个月，后来是董事长古德宝出面找了黄局长才重新营业。

黄局长无奈地告诉慕忠诚，这是市里领导的指示，要保护民营经济的发展，有卖淫行为，夜总会是不知道的，是个别坐台女子从外边带来的人搞的违法行为。最后这事也是不了了之，气得慕忠诚第一次顶撞了黄局。

慕忠诚没等大堂经理给古老四通风报信，径直推门进了古德玉的办公室，好家伙，他的办公室富丽堂皇，足足有一百多平方米，有一个特大号的老板台，古老四窝在里边就像一个肥胖的侏儒。豪门娱乐总汇这地方过去是华兴化工集团的礼堂，前年古德宝把这里承租下来，给这个天天泡舞厅、洗浴中心的四弟找点活干，总比让他天天惹是生非强。当然，这里也是古德宝招待客户的地方，她闲暇时也会在这里跳跳舞，娱乐一下。

慕忠诚的到来，委实让古老四一惊，他下意识地请慕忠诚坐下，然后递烟点烟，吩咐大堂经理倒茶，还批评这帮员工不懂事，没有提前通知他，好让他在大门口迎接慕局长这位贵客驾临。

古老四客气地问："慕局，您吃饭了吗？我这里有厨子，或者要不咱们去对面的大金海鲜酒楼，那也是咱家开的，我大姐在那里经营，您放心，我给她付钱，我们是亲兄弟明算账，她带人到我这儿来消费，我也收她的钱。"

慕忠诚坐在豪华的真皮大沙发上，经过这一天的劳累，忽然静坐下来，真感觉连骨头都是麻酥酥的。他看了一眼古老四，肚皮还真咕噜咕噜地响了，便说："好呀，我还真的饿了，中午就吃了几块饼干，你看让厨师给我们俩一人来一碗面吃就行，别整乱七八糟的菜，我可没有钱。"

古老四受宠若惊般立即吩咐厨房下面条，还特意叮嘱弄几个好菜。慕忠诚心想，吃他这碗面，打消他的防备，或许能聊出些端倪。

"我说古德玉总经理，我听说你和洪爱敏关系不一般呢，那套偏单是你给她租的？我们了解到你总往她那里跑，有这回事吗？"慕忠诚试探性问道。

"没有，您别听外边瞎传，那套偏单是我给她租的不假，但那不是关心员工吗？她是我们这里的领班呀。我就去过一次她住的地方，那不就是个贫民窟吗？我能去她那儿干吗？您别套我的话，我可害怕，她的死跟我一点关系都没有。我们俩是好过，但都是她追我。我们俩也亲密过，就在我这儿，我从不去她那儿。"古老四狡辩道，生怕哪一点说得不对，让慕忠诚抓住小辫子，那就不好办了，其实这几天他也派了手下四处打听是谁害死的阿敏。

就在慕忠诚智斗古老四的时候，饭菜上来了，的确是海鲜打卤面，外加四菜一汤——清蒸大龙虾、清蒸红石斑鱼、蒜蓉清炒鸡毛菜、虾仁独面筋、乌鸡排骨红蘑高汤。慕忠诚真的饿极了，他冲关天一努努嘴，端起海鲜打卤面，稀里呼噜地就往嘴里送，基本上没怎么嚼就吞到了肚子里。关天一见领导都饿成这个样子了，也哧溜哧溜地吃起来。慕忠诚没动硬菜，关天一自然也不敢擅自夹，不过他一直用余光瞥着那条清蒸红石斑鱼，恨不得一口把它吞进肚子里。

慕忠诚几乎是一口气把整碗海鲜面吞到了肚子里。两人狼狈的吃相让古老四看傻了眼，他竖起大拇指，连连夸赞："慕局，好警察，看把你们饿的，佩服。"

慕忠诚抹抹嘴说："我们确实饿了，但不是饥饿，是疾恶如仇！"

05

正说着，慕忠诚的手机铃声《空城计》响了。电话里，魏长明的声音显得非常急切："快，慕局，还是洪爱敏住的小区，又发生了凶杀案，市局李局长、高副局长都到了现场，黄局让你马上过来。"慕忠诚听后大吃一惊，立刻从口袋里掏出一百块钱，扔在大茶几上："两碗面两百块钱够了！小关，咱们走。"

还没等古老四说话，慕忠诚和关天一便飞奔下楼，夺门而出。古老四追不上，眼看着慕忠诚开车走远了。

案发现场在29号楼3单元501室，与洪爱敏被害的楼栋隔着两排楼的距离，户型是一样的。死者是两名女性，合租在这套偏单里。她俩在本市龙海洗浴中心工作，都是按摩服务员，但其实就是洗浴中心的小姐。龙海洗浴中心的位置在新海路派出所的管辖范围内。

回到新海路派出所，市局李局长发怒了，他拍桌子说道："这是凶手在向我们宣战，挑衅！我们必须集中力量尽快破案，市局刑侦总队与分局一起成立专案组，将'9·19''9·21'两个案子并案处理。这两个案子现在闹得人心惶惶，尤其是租户，在本市从事娱乐业的女性服务员都有恐惧感了，再让犯罪嫌疑人逍遥法外，我们人民警察的脸往哪儿放?！同志们，我宣布，专案组长由高鸿儒副局长担任，副组长由黄博文同志担任，组成精干力量，随时向我汇报工作，破不了案了咱们都别回家。"

会后，慕忠诚立即赶回案发现场，市局刑侦总队法医和分局法医唐静以及技术员们还在忙碌着。慕忠诚一边和同志们细致勘察，一边听取魏长明的汇报：

"两名死者都是哈省明兰县人，一个叫段依静，女，二十九岁，已婚，身高一米七；另一个叫朱莉妹，二十一岁，身高一米七三，去年投奔表姐段依静并与之生活在一起。这是刚刚派出所从外来人员临时登记本查到的，黄局长已安排一大队的同志去龙海洗浴中心调查具体情况了。

"从案发现场来看,这个案子与洪爱敏案的作案手段几乎一模一样:两具无头裸尸在卫生间里跪着,脸色煞白,化妆台上放着两名死者的头颅。报案人刘某也在家中发现管道处有流动的鲜红血迹,才报了警。

"不过,案发现场和之前有所不同,这次有几个烟头,而且两具尸体都发生过性行为,但段依静是生前发生的性行为,朱莉妹则是死后发生的性行为。我们提取了精液,准备与上次的精液比对,看作案人是否为一个人。"

正当慕忠诚他们处理好现场,准备用救护车把尸体运往医院的太平间时,一群居民拦在小区门口。因为慕忠诚在天山路派出所工作过,一些老住户都认识他。一位老者说道:"听说慕所长现在是局长了,你可得抓紧把杀人犯逮住呀,我们住在这里的老百姓真的害怕呀!"还有人说:"慕局,外边还传言说这里有冤死鬼,是被坐台小姐害死的,现在厉鬼报仇来了!慕局,你们警察最好来我们小区巡逻吧,总这样太恐怖了!"大家你一句我一句,越说越奇怪。

慕忠诚安慰了大家几句,便赶回了分局。

市局高副局长坐在会议桌的正中央,黄局长坐在旁边,其他同志围在会议桌周围,大家一边听从龙海洗浴中心了解情况的同志的汇报,一边传阅段依静和朱莉妹的生前照片以及相关询问笔录。

高副局长提了工作要求,还宣布了关于分局刑侦支队的临时任命:关天一同志任分局刑侦支队代理支队长,等待市局政治部考察,市局党委会研究通过正式任命;慕忠诚同志不再兼任分局刑侦支队支队长。

慕忠诚顿时眼前一阵眩晕,他看了一眼黄局长,又看了看魏长明。他不知道发生了什么,怎么会这样?他想,也许是近期接二连三的案件,没有线索,领导对自己和魏长明的工作不满意,或者另有原因。魏长明是立过很多功的老刑侦了,他想说两句,但被黄局长的眼神止住了。

慕忠诚从会上得知,龙海洗浴中心的老板张佳展和段依静是老乡,在德宝商贸集团当过保安部长。张佳展是今年承包的龙海洗浴中心,虽然他是法人,但古德玉也投资了。

怎么又是古老四?慕忠诚又是一惊,他认识张佳展,四十岁,一米八多的壮汉，上学时练过拳击，伤过人，就跑到本市来了。他过去就是德宝集团看大门的保安，后来与古老四混在了一起。有一次古老四酒后寻衅滋事，也有这小子的事，当时给他定了行政拘留的处罚。

散会时又是半夜了，慕忠诚特意把魏长明叫到自己的办公室。魏长明倒是想得开，不当"一把手"也没什么关系，只要能破案，给死者和家属一个交代，就是免了副支队长的官职都没什么。两人仔细分析了两起案件三条人命的细节，一夜就这样过去了，窗外大亮。

慕忠诚在洗漱间碰到了治安支队长，只见支队长骂道："妈的，又一夜没睡！刚放了南发先那个王八蛋，大半夜就又是推土机又是挖掘机，继续啃那块地，都快啃到公路边了，他们这是疯了。"

"怎么还弄了一夜？"慕忠诚问道。

治安支队长答道："还不是郑所长和稀泥，给他们宠的。这次他们动手打了华兴化工集团的保卫干部和保安，然后还报警反咬一口。我们正录着口供，准备治治姓南的和他的混蛋儿子，没承想领导来电话了，让把人放了。郑所长也不征求我的意见，说是上边领导让放人，害得我白忙活一宿。我们差不多把他们打人的事给问出来了，得，放人。最可气的是，挨打的保卫干部和保安说没事，是他们自己晚上巡逻时把脸摔伤了。慕局你说气不气人……慕局，还是你厉害，最起码拔出枪吓唬吓唬了这群不知天高地厚的狗东西！"

治安支队长回宿舍睡觉去了，慕忠诚心里有一种不祥的预感，他不知道是谁有这么大的权力，任凭这些人胡作非为，他觉得一定有内鬼，一定有人给他们通风报信和撑腰。

关天一到慕忠诚办公室汇报工作来了，慕忠诚心里明白，他这是要求交接工作呢。这几天关天一陪着他走访调查，他倒是对这位小搭档挺有好感的，确实像黄局长介绍的那样，聪明能干、嘴甜，可慕忠诚脑袋里的"四维空间"感应，或者说职业直觉告诉他，这个关天一哪里有些不对劲。

慕忠诚参加完分局领导班子每日晨会，又向黄局长汇报了下一步的工作方案和与关天一交接的情况。黄局长无奈地点点头，让他好好做做魏长明的思想工作，一定要协助关天一做好工作，早日破案。

慕忠诚又到了刑侦支队，宣布了分局党委的决定，夸赞了一番关天一，并针对"9·19""9·21"案件进行了部署。各大队的同志们按照分工，又开始了新一天紧张的调查取证工作。

慕忠诚请示黄局长，准备再次到德宝商贸集团找古德宝了解龙海洗浴中心的事。然而，黄局长竟然不同意他去，让他还是从外围开展工作，不要乱猜疑，以免受到市局领导甚至市领导的批评，说公安局没有破案的本事，倒是有破坏经济建设的本事。

慕忠诚只好执行黄局长的命令，从外围调查。

黄局长叮嘱慕忠诚，要多带一带关天一，毕竟他刚到刑侦支队，业务方面不如魏长明，尽量不要让他单独率队办案，最好让他陪在慕忠诚身边。在分局吃过午饭，慕忠诚和关天一一起到龙海洗浴中心找张佳展了解情况。

慕忠诚和关天一找到了张佳展，他很是客气，保证坚决积极配合公安机关开展调查工作。他还介绍，段依静和朱莉妹都是他的老乡，而且她们姐俩虽然不是亲姐俩，只是姨表亲，但两人的关系比亲姐俩还要亲，用现在的话说，就是好闺密。

慕忠诚问段依静、朱莉妹和古老四有什么瓜葛。张佳展脸色顿时有些发白，说起话来磕磕巴巴，想了半天才说出"不知道"三个字。关天一在旁边追问："这个洗浴中心到底是你的还是古老四的？段依静姐俩和你有没有关系？"关天一急切的逼问让张佳展更紧张了，不像刚开始的时候还端着老板架子。关天一继续紧逼张佳展："我告诉你，我们到你这儿来问话是客气的，不老老实实交代，立马把你抓到刑警队去，那样的话性质可就不一样了。"关天一现在的表现和前几日大有改变，真是"官大脾气长"。慕忠诚在一旁冷静地看着关天一，似乎此刻才认识眼前这位刚提拔上来的年轻干部。

张佳展看起来早就认识关天一，而且他一见到关天一就像老鼠见到猫。

他们是不是在演双簧啊？慕忠诚内心疑窦丛生，但表面上还是很欣赏关天一的样子，顺着关天一的问话补充说道："关支队长说得没错，要不然我们给你口头宣布传票，请你到公安机关了解情况，毕竟受害者都是你的员工，你有责任配合我们开展侦破工作，你说呢？"

06

被关天一和慕忠诚夹击询问，张佳展真的害怕了，他的额头开始冒汗，脸色开始泛红，就好像说假话的人内心发慌的状态。张佳展有些颤抖地说道："谢谢关支队长，谢谢慕局，我说……我是对朱莉妹有过不轨的行为，但是她不同意，我也就不敢再强迫她了。过去我和段依静好过，现在她也不理我了，我们都是工作关系，别的没有，可以说无仇无怨，而且我们都是老乡，出门在外就应该相互照顾。我绝对没有害她们呀，她们俩被害的那天我是去过，是段依静让我给她们交房租去的。她们的房租是季付，这不该交第四季度的房租了，但我是下午两点去的，两点半就回来了，您知道的，我这里还有好大一摊活呢。"

关天一听完张佳展的陈述后，就像是打了鸡血一样兴奋，他出去打了一个电话，回来就对着同行的两名侦查员低声说道："把刚才的问话都记录清楚了，让他签字摁手印。我已经安排了，一会儿一大队会派人过来，办手续把他带回队里讯问。"

关天一的举止让慕忠诚有些摸不清情况，主管副局长坐在这里，他非但不请示，还自作主张要逮捕张佳展。窗外警笛声越来越近，这时关天一才向慕忠诚汇报，说他觉得张佳展行为和话语可疑，刚才直接请示黄局长，同意调动警力先控制住张佳展，以免张佳展逃跑或是串供。慕忠诚真想抽他个嘴巴，这个不知天高地厚的东西，把自己当空气了，直接向上级汇报，连和自己商量的打算都没有。慕忠诚强压住怒火，当场给黄局长打通了电话。黄局长很坚决地说："是我的意见，小关做得对，我同意把人先控制起来。"

就在慕忠诚和黄局长通电话的时候，关天一大喊一声："抓住张佳展，别让他跑了！"原来张佳展趁慕忠诚和关天一放松的工夫，夺门外逃，与刚进屋的一个侦查员撞了个满怀。张佳展推开侦查员，继续逃窜，在关天一的带领下，民警们一拥而上追捕张佳展。张佳展的办公室在洗浴中心的3楼，张佳展跑进了卫生间，追在后面的关天一也跟着跑进去。张佳展无路可逃了，情急之下，他推开窗户纵身往下一跳。说时迟那时快，关天一一个箭步冲了过去，抓住了张佳展的皮鞋，皮鞋在关天一的手中，张佳展的头则狠狠地砸在窗外的马路便道上。一地的鲜血流淌着，吓得路人四散躲避。

慕忠诚"啊"地大喊一声冲下楼，他都没有来得及挂断黄局长的电话，手机听筒里还在传来黄局长的问话："喂，慕忠诚，你那里怎么回事？发生什么情况了？"

慕忠诚哪里顾得上回答，下楼跑到了张佳展的身旁，伸手去摸张佳展脖子处的动脉。不出慕忠诚所料，张佳展已断气身亡。

关天一吓得不知所措，刚才趾高气扬的派头也烟消云散，只是看着慕忠诚一言不发。慕忠诚怒了："你他妈的指挥呀，混蛋，快，打120救人。你们几个维护现场，你打电话报市局110，立即报告市局领导和分局领导，你联系派出所增援警力，你俩控制好这里的职员。"慕忠诚按照重大案件紧急预案迅速镇定地处置现场。关天一傻了眼似的，跟在慕忠诚的身后，老半天都没有回过神来。

所有现场警力有序地展开各自的工作，随后市局领导、分局领导到了现场，法医、技术员以及救护车、救护人员也纷纷赶到，增援的警力维护着现场秩序。这一切，不难看出慕忠诚是一名合格而且优秀的公安指挥员。

分局会议室里，气氛有些紧张，市局李局长亲自坐镇现场指挥，其他相关警种的主要负责人都到齐了，就连区委区政府的主要负责人也都赶了过来。

李局长先做了指示："同志们，再有一个星期就是国庆节了，我们要确保本市的社会稳定，可是当前两起案件三名被害者，至今仍未破案，刚刚就又发生了一起犯罪嫌疑人跳楼事件，这充分证明我们的工作还存在漏洞，我们的技术手段存在短板。人命关天，命案必破，这是我们的口号，更是我们的决心和应尽的职责。我在市委市政府是下了军令状的，我们也要给全市老百姓承诺呀，同志们！下面就请博文局长汇报一下'9·19''9·21'案件的最新情况。"

黄博文局长把"9·19""9·21"案件自发生以来同志们如何夜以继日地工作的情况做了全面而详细的汇报，同时把警方最新掌握的情况也简要地进行了说明。

其他警种主要负责人结合各自分工也进行了简要汇报，区委区政府的领导还和黄博文局长做了深刻的检讨。

就在会议快要结束的时候，高鸿儒副局长讲到请李局长做最后的指示，话音未落，法医唐静和关天一便风风火火进入了会议室。关天一在黄局长耳边低语着。李局长看着他们，说道："关天一，是不是案子有新线索了？大声讲出来，不用黄局长再重复了。"

"是，李局，下面请分局法医唐静同志汇报一下。经过现场勘验和相关证据证明，张佳展有重大嫌疑，他就是这两起案件的凶手。"

唐静站在关天一身后，向前挪了几步先给各位领导敬了礼，然后稳重地说道："报告李局，各位领导同志们，经过我们刚才在现场对张佳展的尸体勘验，以及提取其精液比对，可以证明他就是和三名被害女性发生关系的男人。不过他现在已经跳楼身亡，还需要进一步获取证据证明他就是凶手。"

关天一站在法医唐静的身后，像是又成了英雄似的，频频点头，还不时向李局长点头微笑。李局长眨了一下眼睛，没有任何表情，可慕忠诚的"四维空间"还是感觉他们不仅认识，而且是非常熟悉的关系。

慕忠诚听到老同学法医唐静的汇报，她说张佳展的精液和死者女性阴道内存留的精液是同一个男性的，说这三名女子都是张佳展奸杀的。情况真的是这样吗？慕忠诚心存怀疑，紧紧地盯着唐静，唐静一点余光都不带扫他一下。

"太好了，黄局长，你们抓紧补充证据，尽快破案，给全市人民一个满意答卷，给市委市政府一个满意的交代，顺利完成命案必破的誓言。"李局长临走时满脸微笑，和刚来的时候判若两人，也许破了系列杀害女子的案件让他的压力一下子小了很多。

慕忠诚和唐静不仅是大学同学的关系，唐静还是慕忠诚的初恋。

唐静和慕忠诚同岁，只比慕忠诚大二十天，他们的恋爱关系长达五年，毕业后两人都被分配在了分局刑侦支队。唐静是学法医的，自然干本专业；慕忠诚在刑侦支队三年，之后调任天山路派出所任副所长。也就是在慕忠诚调到派出所的前一年两人才分的手，分手的表面原因是唐静父母不同意。

慕忠诚家里兄弟姐妹多，家庭条件不是很好。慕忠诚的父亲是一名退役军人，当年随部队集体转置到本市公安机关，在河东分局基层派出所当了一辈子民警，退休后，七年前因病去世。

说到父亲的去世，慕忠诚真的对不起父亲。在他从外地抓捕犯罪嫌疑人回来的火车上，妻子孙琳打电话告诉他爸不行了，想见他一面。然而，当慕忠诚急火火地赶到医院病床前时，父亲已经闭紧了双眼。母亲告诉慕忠诚，父亲临终前告诉几个儿女，今后要照顾好她，她一个女人生育五个孩子不容易，慕忠诚是人民警察，从小听话懂事，大家要听他的，遇事多和他商量，全家人都要健康快乐地活着。

那是一个临近清明的日子，慕忠诚的父亲走完了七十四年的平凡而又光辉的一生。慕忠诚跪在父亲面前，冲着老父亲使劲地磕头，把脑门都磕出了血。

07

事实上，唐静和慕忠诚分手的真正原因，是唐静任区长的父亲把自己的女儿介绍给了当年副市长的儿子高鸿儒。高鸿儒今年五十二岁，比唐静大七岁，是一名武警部队转业的正兵团职领导干部。当时和唐静结婚的时候，高鸿儒还是部队的连长，后来转业到了公安局，在分局任政委，后来任分局长，两年前当上了市局副局长。据说，高鸿儒还要接替李局长任市局"一把手"。唐静贵为高副局长的妻子，为人很是低调，至于她和慕忠诚的这段爱情，高鸿儒当然知道，不过从来都不提。

唐静结婚后，慕忠诚痛苦过一段时间，他拼命地工作，是为了尽快忘记唐静。后来慕忠诚与高中老同学孙琳联系上，一年之后便和在市税务局工作的孙琳结婚了。孙琳高中毕业考上了本市的财经大学，慕忠诚则子承父业，考取了公安大学。不过上高中的时候他们基本没有说过话，慕忠诚对孙琳其实印象不深，可是缘分这东西谁也说不清，也许就是上辈子互相欠的情，这辈子还吧。

唐静文雅大方，身材匀称，戴着一副金丝边的眼镜，说话细声细语，白白净净的皮肤，是那种男人一见面就会喜欢上的女人。孙琳是戴黑边眼镜，一看就是贤妻良母式的女人，中等身材，为人孝顺，而且把自己的全部都献给了慕忠诚他们这个家。

慕忠诚和唐静分手后，除了因为工作关系说话，平时很少说话。两人此前的恋情很隐蔽，基本上没有人知道，后来又是悄悄分的手，再加上唐静的老公是现在的市局高副局长，即便有人知道，也没人敢拿这件事开玩笑。

慕忠诚真的想不通，这个案子就这样草率地定性了。今天他在龙海洗浴中心向张佳展了解情况时，觉得关天一特别反常，就像他把案子破获了一样，而且直接打电话请示黄局长抓人。黄局长为什么突然把关天一交给自己带，而后又急急忙忙地任命了代理支队长？关天一到底是什么来头？过去在派出所的时候，慕忠诚觉得关天一是一个学生气十足、挺上进、懂规矩的好苗子，没承想他自打当上代理支队长后就立马像是变了一个人。

慕忠诚的手机铃声《空城计》又响了，是妻子孙琳打来的。孙琳哽咽地说道："慕忠诚，妈病了，住院了，这次挺严重的，你请个假赶紧过来吧。"听完孙琳的话，慕忠诚知道母亲一定病得很重，不然妻子不会来电话。

慕忠诚来到黄局长的办公室，黄局长一见面就说道："慕局，我知道你来的目的，你是不是对唐静他们下的结论心存怀疑？"

"不，既然勘验鉴定是张佳展，那最起码和他有关联，至于他是不是凶手，仅凭精液还不能完全证明，我们不能让真正的凶手逍遥法外。"尽管一提起案件慕忠诚就像忘了一切一样，但他还是想起了母亲病重的事，于是又赶忙说道："黄局长，有您和市局领导的正确领导，再加上科学的勘验，我相信一定能将犯罪嫌疑人绳之以法。我是来和您请个假的，我母亲住院了，我想去看看，如果没事，我立即回来。"

黄局长见慕忠诚要因为母亲病重请假，而他本来也要宣布这几起案件由关天一带队查找证据，便说道："好好，你赶紧去看母亲，这里有我和同事们呢，你快去，有需要通知我，我帮你请专家给老母亲看病。"

慕忠诚谢过黄局长，急忙驾驶自家车奔向市第一中心医院。途中，他的"四维空间"又在作怪了。

医院电梯门口堵满了人，慕忠诚快速爬到了十二层内一科住院部，快步走进病房。看到母亲清瘦的脸庞，他紧紧握住母亲的手，俯身把头埋在了母亲的怀里，好像受了委屈一样竟呜呜地哭出了声。是呀，无论有多坚强，人在母亲面前也是小孩子。这一天的下午，还有一夜的时间，慕忠诚和母亲说了好多好多小时候的事。

到第二天上午十点，慕忠诚的电话都超常地安静，分局一个电话都没有打来。慕忠诚有一种不适应的感觉，他和母亲吃过早饭，便给母亲揉起了背，让母亲感受儿子的孝顺。母亲似乎看出慕忠诚在工作上遇到了困难，她不过问儿子，她相信自己的儿子是对的，因为儿子对自己的信仰是坚不可摧的。

"慕局，伯母好……"魏长明憨厚的语气是慕忠诚再熟悉不过的了，他带着几名侦查员来看望慕忠诚的母亲。

慕忠诚只是一天不在分局，不知为何，却好像很久没有和同志们一起战斗似的。大家问候了慕忠诚的母亲，魏长明还给慕忠诚的母亲削了一个苹果，与老母亲聊了好多社会上的新鲜事。

接着，魏长明又把慕忠诚叫到一旁，汇报了今天上午高鸿儒副局长带政治部领导来分局宣布新任命的事：慕忠诚被调到市局禁毒总队任副总队长，关天一被正式任命为刑侦支队支队长。此外，高鸿儒副局长还表扬了关天一机智勇敢，破获了本市两起重大杀人案件。

"黄局长还没有找您谈话？"魏长明问慕忠诚。

慕忠诚苦笑了一下，摇了摇头，其实他早有预感，这次市局领导要动他，一来是他工作较真，喜欢硬碰硬，有时候还不给领导面子；二来是他总和德宝集团过不去，尤其是和古德玉过不去；三来就是他和唐静过去的关系令一个人不舒服，所以现在他们要联手拔掉慕忠诚这颗钉子。

魏长明还汇报了刚发生不久的三件很意外的事。

"第一件事，德宝集团高层在古德宝的率领下，举着十面锦旗来分局道谢来了。这个大民营企业家，感谢了公安机关为民营企业保驾护航，使民营企业得以更好地为本市经济发展添砖加瓦；感谢了咱们警队英勇作战，不到一周的时间便成功破获了两起杀人案件，让她员工的死有了交代；最后还感谢了市局李局长、高副局长、分局黄博文和您还有关天一，说有你们在，老百姓就有了安全感和幸福感。讲完三个感谢，高副局长和关天一竟然热泪盈睚，高副局长还带头鼓掌，把咱们的机关大楼搞得比过年还热闹。然后，古德宝还捐款两千万元，说是用来改造全市的视频监控系统。第二件事，昨天夜里又发生命案了……"

慕忠诚一愣，瞪圆了眼睛，抓住魏长明的胳膊，问道："什么案情？"

"还是幸福道阳春里社区，晚上九点钟，一名拾荒妇女被人拖到花池给强奸了。据一位遛狗的目击者说，这名妇女被强奸时，周围有帮凶。总之妇女死了，法医鉴定死者是被掐死的，凶手们都跑了。接警后，关天一带人去了现场，调取监控录像，发现有一个凶手比较面熟，像是南武。关天一拘捕南武时，这家伙正在他们占地的帐篷里醉醺醺地大睡。被带到派出所时，这家伙还醉着呢，最后关天一急了，用冷水给他浇醒了。南武自称不知道发生了什么事，经过唐法医鉴定，南武的精液和拾荒妇女尸体留存的精液一致，现在关天一还在审讯南武。

"第三件事，"9·19""9·21"这两个案子结案了，结果认定唯一凶手就是张佳展，市局刑科所和相关鉴定机构都下了同样的结论。另外还有人证，就是古老四和他的手下，以及龙海洗浴中心的几个员工，他们说张佳展那几个时间段不见人，有充分的作案时间，基本坐实了张佳展就是凶手。"

这么巧，"9·19""9·21"案件刚宣布破案，古德宝就送来了锦旗，还送来了一大笔改造监控设备经费，她真的能掐会算吗？

慕忠诚有些迷茫，同时又感觉有一股强大的势力正侵蚀着公安队伍。慕忠诚打心眼里恨透了这帮打着合法经营搞活市场经济的幌子，实际上只是为了不择手段捞钱，腐蚀公安，危害四方的蛀虫和帮凶。

送走魏长明时已经快到中午了，慕忠诚给母亲准备午餐，他告诉母亲自己要去医院食堂买些饭菜，问母亲想吃些什么。母亲微笑着说："难得你能请假陪我一天，有工作你就去忙吧，有保姆在你就放心吧。"保姆去打饭了，慕忠诚坐在母亲的床边，又开始回忆起年少时家里不富裕，他为了和三弟争几块饼干，动手打了三弟的事。

这时，黄局长带着分局领导班子也来慰问慕忠诚母亲了。他们都跟慕忠诚的母亲认识，尤其是黄局长，他还是副局长的时候，就总去慕忠诚的母亲家蹭饭吃，他非常爱吃老人家做的羊肉末手擀面，就上几瓣蒜，每次都撑得晚饭都不想吃了。

黄局长安慰了几句慕忠诚的母亲后，便语重心长地和慕忠诚谈心，说市局党委对他的工作调整实属无奈，毕竟是关乎两起案件三条人命的大案，让慕忠诚先委曲求全，多体谅领导的压力；接着又着重讲了古德宝和她的集团在本市的影响，以及南武昨天晚上醉酒后强奸并掐死拾荒妇女案件的基本情况。临走时，黄局长还特别透露了关天一是市局李局长侄女婿的事，并告诉慕忠诚要绝对保密。

关天一中秋节之前来分局任指挥室副主任，才几天的工夫就当上刑侦支队长了，现在分局党委又给他申报了个人一等功，奖励他近期屡破大案，不怕困难，顽强拼搏的时代精神。

黄局长所讲的似乎早在慕忠诚脑海的"四维空间"里有了答案，只不过现在被黄局长的话证实了。慕忠诚长吸了一口气，说道："黄局，我什么时候到禁毒总队报到？""明天早上你先去市局，高副局长找你谈话，之后你听政治部的安排就可以了。"黄局长的回答语气中含着对慕忠诚的关爱，毕竟两位老上下级是多年的亲密战友关系，有着不一般的师徒感情。送黄局长走时，慕忠诚紧紧握住黄局长的手，两人无声却胜有声。

08

国庆节，五星红旗迎风飘扬，大街小巷都洋溢着人民幸福喜悦的心情。全市社会治安大局稳定，武装特警的巡逻车行驶在公路上，人员密集的场所都有三两人一组、身着蓝色制服的人民警察守护社会治安，十字路口的交警也忙碌有序地指挥着车辆来往。

傍晚，德宝集团大金海鲜大酒店的豪华总统套房里，王副市长，市局李局长、高副局长，以及政府相关部门的领导欢聚一堂，共祝国庆。

古德宝举杯祝福。这个女人真的不一般，只见她又拿起一瓶茅台酒，端着小酒盅开始绕着圆桌打圈，她面带粉红，更显妖媚动人，在座的男人哪个不心动。这些食客，都吃喝得尽兴，一脸醉态，说着自己如何奉公，如何为人民着想……

午夜了，古德宝的鸳鸯阁里，一位神秘男子与她喝着交杯酒。那人不是古德宝的小情人彭旭日，而是堂堂的市公安局副局长高鸿儒。

"高副局长喝尽兴了没有？"高鸿儒半躺在床上，暗黄色台灯的光线掩映着古德宝口中喷出的烟雾。高鸿儒慢条斯理地说："好久没来这里了，怎么有股别的男人的味儿？"

"瞎说，哪里有别的男人，这里都是你的味儿，还不相信我吗，亲爱的？要不然你把我调到市局，天天守着你。"

"废话，我可是公安局局长，你的一举一动，能逃得过我的火眼金睛吗？彭旭日那小子挺乖的吧？"高鸿儒瞥了一眼古德宝，蛮自信地说。

古德宝赶忙哀求道："老公，亲爱的，不是像你想的那样。我只是有时让他给我按摩后背，我哪看得上他一个破小孩，一个农村出来的土老帽。你别多想了，我只忠诚于你一个人。"

古德宝搂住高鸿儒的脖子，娇滴滴地耍起贱来。高鸿儒推开古德宝说："你永远赶不上唐静，就床上那点功夫比唐静强，其他地方差得远呢。好了，我走了，你好自为之，别让那小子成为第二个张佳展。"

高鸿儒穿好衣服，从鸳鸯阁的秘密通道出来，开车回市局值班去了，此时已经是凌晨三点多了。

古德宝愣愣地坐在床上，像是丢了魂似的，刚才高鸿儒的一番话让她毛骨悚然，她想到洪爱敏、段依静、朱莉妹，还有张佳展的死，想到了那三个女人的头、尸首，还有摔死在马路上的张佳展。她害怕地环顾了一下四周，回忆起那段和张佳展的日子。张佳展是一个体贴入微的男人，比古德宝小几岁，但是特别疼爱她，为了古德宝，他可以不要命，他甚至央求她嫁给他过。可他是个什么东西，癞蛤蟆想吃天鹅肉，唉，这个可怜又可悲的情种。古德宝冷笑着，"鳄鱼的眼泪"却悄悄地从眼眶里滑落下来。

"不能让彭旭日成为第二个张佳展！"古德宝思忖着，顺手拨通了彭旭日的电话，紧接着又挂断了，她关掉台灯，向窗外张望，生怕有高鸿儒的人盯梢，她真的害怕这个手握重权的男人，还有他背后的大树——原副市长，离休的高父。

这时一个人影溜进了鸳鸯阁，彭旭日刚接到古德宝电话的暗号，就知道那个不是东西的高鸿儒走了。彭旭日长年住在鸳鸯阁下面的地下室，方便古德宝随叫随到。

彭旭日从背后抱住了古德宝，急不可待地亲吻着，吓得古德宝还以为是张佳展还了魂。她推开彭旭日，说道："混蛋，谁让你进来的，是不是想死，像张佳展一样死！"

这句话让彭旭日丈二和尚摸不着头脑，他解释道："你不是刚发暗号让我上来吗？"

古德宝和彭旭日折腾到大天亮。古德宝梳洗打扮一番，坐着彭旭日的车去公司上班。古德宝到了集团办公室，布置了一些工作，喝了几口秘书冲好的咖啡，心思便又回到高鸿儒身上，她觉得这个老男人话里有话……随后，她打电话喊来了古老四，她最不放心的还是她这个爱惹祸的弟弟。

古老四很快赶到，问道："三姐，您有什么吩咐，一大早就把弟弟招来了？"

古德宝严厉地说："我再问你一遍，洪爱敏、段依静、朱莉妹的死跟你有关系没有？你和张佳展到底有什么不可告人的勾当？"

"三姐你可别吓唬我，我真的和那三个女人没有多大关系，只不过玩玩而已，甚至跟朱莉妹连玩都没有玩过。再说我还真不太信是张佳展杀的她们，张佳展虽然表面大块头，但骨子里尿得很，我觉得公安局在这个案子上太草率了。"古老四神秘地帮助三姐分析案情。

古德宝严肃地说："别在外边胡说八道，小心你也被杀，我想让彭旭日接张佳展龙海洗浴中心总经理的位置，另外你也撤出来，股份全给彭旭日。"

"三姐，太便宜那小子了吧，全给他？"古老四有点不情愿地说。

"和你没关系，你经营好豪门的业务就行了，另外你的豪门别整那些色情的活，虽然慕忠诚调走了，但来的关天一也不是个善茬。"古德宝若有所思地说。

"三姐，就凭你和我高姐夫的关系，谁敢碰咱家的买卖？"古老四一阵嬉皮笑脸，丑恶的嘴脸随之暴露出来。

古德宝特别讨厌古老四这副嘴脸，随后赶走了古老四，给高鸿儒打了他们单独联系的电话，却无人应答，再拨，还是无人应答。每次有这种情况，高鸿儒都会马上就发来短信：宝儿，我在开会，一会儿打过去。今天古德宝打了好几个电话，却一直没有回音，她有点心神不宁。

古德宝胡乱猜想着：他发现我和彭旭日的关系了？他玩腻我，另有新欢了？还是上级审查他？这倒不可能，有老头子做他的保护神谁敢动他？唐静怀疑他了，在家不敢接电话？

古德宝继续寻思着：张佳展绝对不是杀死三个女人的凶手，他没有杀人动机，也没有那个胆量。但破案结果是高鸿儒亲口说的，他还让我把刚批下来的全市公安监控建设工程款拿出两千万捐给分局，这到底打的什么主意？提拔慕忠诚当分局副局长，也是高鸿儒使的权术，但这次他又把慕忠诚调到禁毒总队，这老谋深算的家伙到底打的什么牌？

古德宝把彭旭日叫到办公室，告诉他龙海洗浴中心总经理的位置以及全部股份都交给他了。这也是古德宝对这个小情人的情感补偿。

彭旭日立马跪在地上，说道："宝姐，我哪里做错了？我改，您不要我了吗？我不要钱，不要名，只求在您身边保护您，不让您遭受一点委屈。您给我的已经够多的了，如果是'高'的意思，我就不再和您亲近了。"

彭旭日的决心表达得比任何一个人都坚定，其实古德宝的内心早已被这个小情人征服了，她知道这样做也是迫不得已，她和他哪里是"高"的对手。

"你听我说，你暂且给我盯好龙海洗浴中心，这是咱们的编外银行，你懂吗？洗浴中心和豪门娱乐总汇都得有'高'的保护呀，其他生意也是如此啊！我们的生意，他一句话就能结束。他要是想，把我们打成恶势力都可以，而他随便找几个替死鬼就行了，张佳展不就是吗？"古德宝其实是在排解内心的苦闷和无奈。

古德宝扶起彭旭日，两人紧紧抱在一起，像是生离死别。彭旭日出了门，古德宝抹去眼角的眼泪，哼唱起《春水误》："你看那春水边，谁能朝朝暮暮相见欢……"

09

　　慕忠诚到禁毒总队已经有一个多月了，过去在刑侦支队摸爬滚打惯了，现在坐办公室，开会，讲话，实在是憋屈，他还一直惦记着"9·19"和"9·21"两个案子，以及张佳展的死。案子草草结案了，关天一能带好刑侦支队吗？幸好魏长明还在，能够帮助关天一，另外黄局长也会亲自过问他们的工作。想着想着，慕忠诚又暗暗觉得自己"咸吃萝卜淡操心"，苦笑了一阵。

　　天渐渐冷了，昨天夜里下了一场小雪。慕忠诚这一个来月基本上是在医院陪母亲度过的，保姆和兄弟姐妹白天轮流倒班，慕忠诚则承包了晚上。大夫讲，母亲是肠癌晚期，不能手术了。慕忠诚每天强忍悲痛，在母亲面前尽量表现得高兴一些，以尽到儿子的孝心。慕忠诚告诉母亲，市局领导照顾自己，为了让自己更好地陪母亲，还把他调到市局禁毒总队工作了，主要是分管政治工作，没有危险。母亲很是相信慕忠诚，不住地点头。

　　这一天，西北风五级，到了寒冬腊月，傍晚六点钟就下班，慕忠诚开车直奔医院，医院的电梯在这个时间段最为拥挤，所以慕忠诚每次都是爬楼梯，反正是十二楼而已，就当锻炼身体了。毕竟每天的工作，不是开会，就是坐在办公室里批签文件，批改讲话稿，或者找民警谈心，组织些党支部活动，倒也是忙忙碌碌，没有闲工夫锻炼。

　　慕忠诚爬到十楼时，就开始喘粗气了，他寻思这都是坐办公室惯出来的毛病，准备喘口气再爬。楼道黢黑，他半蹲着身子靠在墙上，突然一个身穿厚棉衣，戴着毛线头巾的人走到了他面前："您就是慕忠诚副局长吧？"一个外地口音的女子用颤抖的声音迟疑地问道。慕忠诚先是一愣，然后直起身来说："我是慕忠诚，您是谁？"

　　那女子"扑通"一声跪在地上，慕忠诚赶紧扶起她，问道："你是谁？这是在干什么？你起来好好说。"

　　女子小声说道："我叫马素香，张佳展是我的丈夫。"

　　"好了，你先别说了，"慕忠诚打断女子说话，"一会儿我带你去我母亲的病房，你就说你是我新招来的保姆，之后你再慢慢和我讲。"慕忠诚小声说着，扫视了一下楼上楼下，已经觉察到她来找自己的目的。

就这样，女子跟着慕忠诚来到了他母亲的病房。母亲看到新来的保姆，热情地打了招呼。慕忠诚说："张阿姨家里有事，孙琳说明天把新保姆带来，这可好了，人家自己来了。"

马素香摘下毛线头巾，脱掉蓝色的粗布防寒服，黑红的脸蛋露出一脸忧伤，看得出来，她是一个憨厚的农村妇女。慕忠诚后续得知，马素香今年三十九岁，比张佳展小一岁，和张佳展是同村人。前些年，为了躲避一桩伤人案，张佳展夫妻二人跑到了本市，马素香在豪门娱乐总汇打扫卫生，张佳展当保安，后来张佳展父亲病重，张佳展不敢回老家，马素香一个人带着女儿回老家照顾老人去了。现在听说张佳展杀人后还跳楼自尽，马素香怎么也不相信，而张佳展的父亲得知消息后也因为突发脑出血去世了。办完公公的丧事，马素香把女儿托付给自己的父母，一个人回到了本市，并悄悄找到也在洗浴中心工作的同村老乡询问缘由。

马素香找的老乡是龙海洗浴中心的搓澡工，名叫张长河。张长河告诉马素香，一定要小心，要是让古老四知道她打听这件事就麻烦了，这帮杀人不眨眼的坏蛋，早晚会被慕忠诚慕局长抓起来。张长河给了马素香一个破旧信封，里面是张佳展留给慕忠诚的一封信，让马素香找机会给慕忠诚送去，但一定要保密，这是张佳展死前托付给他的事。张长河还说，信封里有一张银行卡，是张佳展这几年挣的干净钱，留给她和女儿过生活，张佳展希望女儿以后别到大城市工作，就在老家安分过日子。

慕忠诚打开信封，里面有一张龙海洗浴中心的服务留言信笺，上面写道："慕局好，我是被冤枉的，您要为我做主呀，这都是古老四逼的，我听说您用手枪指过古老四那帮流氓打手，我就信您了，您千万小心您身边的警察。"

短短的、歪歪扭扭的几十个字，让慕忠诚怒发冲天。但慕忠诚冷静下来一想，张佳展这几个字也说明不了什么问题：谁是"您身边的警察"？现在该怎么办？找黄局长、高副局长的话，会不会影响高和唐的关系以及高和德宝集团的关系？直接找市局"一把手"李局长的话，他义和关天一是亲戚……最后，慕忠诚得出的结论是，都不行。

　　慕忠诚安慰了几句马素香，随后安排她和母亲吃了饭，并让她委屈一下给母亲当几天保姆。同时，他告诉妻子孙琳暂时不用找保姆了，目前他的重点工作就是保护好马素香，而这里是最安全的。慕忠诚左思右想，张长河这条线索非常关键，兴许就是破案的线头。

　　思来想去，慕忠诚只能先找他最为信任的生死之交魏长明商量，先挖出"身边的警察"，查出内鬼，否则没法进行下一步工作。

　　只可惜，慕忠诚不是魏长明的领导了，他得想个办法，既不能让警队里其他人发现他与魏长明有联系，同时还要摸清马素香反映的情况，尽快找到张长河了解情况，寻找案件的突破口。

　　事到如今只能这样了，慕忠诚看了一眼坐在椅子上睡了过去的马素香，惭愧之心让他无地自容：老百姓这么相信自己，可自己现在却那么无力！作为一名共产党员，他必须站出来伸张正义！

　　慕忠诚走到母亲床前，握住母亲瘦得仅剩一层皮的手，欲哭无泪。其实母亲没有睡熟，老人家一直忍受着病痛的折磨，不想让儿子为她分心。她冰凉的手心渗出了汗，坚强地睁开双眼，面带笑容地看着她最有出息的儿子，说道："慕忠诚，你知道你的名字是谁给你起的吗？是你的爷爷。你爷爷是老革命，抗日那会儿他就是有名的八路军县大队大队长，解放战争他又当了支前运输队队长。你爷爷从不计较个人危险，只要跟着共产党走，任劳任怨，从不怕死。他认准了这条道，中华人民共和国成立后让你的几个叔叔都去参军了，还牺牲了两个。"

　　母亲停顿了一会儿，喘了口气。慕忠诚知道，母亲的腹部又开始痛了，每到这时大夫就会给母亲打上一针"杜冷丁"缓解疼痛。慕忠诚赶紧问母亲要不要请大夫打一针止疼针。母亲摇了摇头，继续说道："你爷爷弥留之际，看着我的肚子说道，儿媳妇你生下来的娃无论男娃女娃，都叫他慕忠诚吧，让他一定跟着共产党把革命干到底，不管遇到什么困难都要有忠诚到底的雄心壮志。"

　　母亲的一番话语，鼓励了慕忠诚，也为她自己能战胜病魔鼓劲加油。

　　已经是深夜11点钟了，孙琳悄悄走了进来。慕忠诚听母亲讲述自己名字的由来，增添了信心，这是他第一次听母亲说自己名字的由来。

过去父亲在的时候，说过慕忠诚的名字是爷爷给起的，但是没有细节。父亲还愧疚地对儿女们说过，慕忠诚是见过爷爷的，只不过是在肚子里面见的。

透过妻子温柔体贴的眼神，慕忠诚相信妻子一定是鼓励和支持自己的。这么多年来，全靠妻子一个人支撑这个家，他知道自己愧对妻子，但是责任在身，不辱使命，这一点会永远放在他内心的首位。

10

慕忠诚来到分局禁毒支队推动指导工作，顺便去看了老领导黄局长和刑侦支队的关天一、魏长明。

其实，慕忠诚主要想见的是魏长明。魏长明询问了慕忠诚母亲的病情，并说他爱人一直吵吵着要去医院看望老人家，但因为太忙，一直没抽出时间，这一两天一定去看望老人家。过去，魏长明一家三口没少到慕忠诚家里吃他母亲包的三鲜馅的饺子。

走进黄局长的办公室里，黄局长一看到慕忠诚就有一种莫名其妙的亲切感，毕竟是他最认可的徒弟。慕忠诚为人正直，敢打敢拼，疾恶如仇，廉洁奉公，信念坚定，对这些黄局长心里跟明镜似的。

黄局长告诉慕忠诚，市局纪检组把郑小贤双规了，不过对外称他是到外地调查案子去了。他还告诉慕忠诚，南武住进了精神病院，医生鉴定说他早年患有间歇性精神分裂症，那天他酒后强奸拾荒妇女致死就是在犯病期间的行为。此外，据说南发先给了拾荒妇女丈夫十万块钱，拾荒妇女丈夫很高兴，表示不再上诉了。

一条人命就值十万块钱？慕忠诚悲愤至极。

黄局长还告诉慕忠诚，南发先抢占两年之久的华兴化工集团预留建设土地事件，经过与企业信访部门谈判，最终企业以赔偿他一千万元告结。"他们拿着国家的钱肥了自己的腰包，一群蛀虫，人渣！"黄局长气愤地向自己的徒弟和战友倾诉自己的无奈。

即便如此，慕忠诚也不敢和师父说明来意，现在真的是人心叵测。他们一直谈到中午，慕忠诚在黄局长的一再挽留下，到分局食堂吃了饭。这期间慕忠诚用眼神告诉魏长明，一定要抓紧时间见一面。

魏长明带着妻子女儿来到医院，妻子和女儿与慕忠诚母亲聊着家常。慕忠诚把马素香介绍给魏长明认识，随后和魏长明躲到卫生间吸烟，开始研究下一步的行动计划，准备与张长河取得联系。

魏长明介绍了近期刑侦支队的情况：市局为了表彰关天一破获"9·19""9·21"案件，抓获强奸致人死亡的南武，以及配合市局又端掉了一个聚众赌博的犯罪团伙，给他记了一等功。"原本想给他评个二级英模，但是市局李局长不同意，就只给他记了一个一等功。高副局长亲自到分局给他颁奖，但大家心里都明白，没有您慕局，就他还破案，早他娘的吓尿裤了，咱们也不知道他是什么来头，黄局长对这小子也格外关切。"

晚上十点多了，慕忠诚送走了魏长明一家人，回到病房。

慕忠诚母亲住的是单人间，今天话说得有些多，可能是累了，睡得特别踏实。马素香也是忙乎了一天，倒在行军床上打起了呼噜。

这一夜慕忠诚失眠了，洪爱敏、段依静、朱莉妹、张佳展的尸体，还有古德宝、古德玉、南发先、南武、彭旭日等德宝商贸这伙人的模样，总是不自觉地出现在他脑海中。慕忠诚仿佛置身于一张立体的大网中，网里有黄局长、关天一、郑小贤、魏长明等一大群民警。他们到底谁是内鬼？在这庞大的立体网的外围还有张长河和马素香。

网继续扩大，高副局长和唐静也被圈到了网里。

慕忠诚在这张大网里似乎无法挣脱，他意识到杀人凶手和幕后指使者就在这张网里。古德宝指派彭旭日，市局李局长指派关天一，高鸿儒指派古德玉？他们为何要杀死这么多人，而且手段这么残忍？他们之间到底有何深仇大恨？证据又藏在哪里？

小时候慕忠诚做噩梦，母亲总是会抱着惊醒的他再次入睡，但现在母亲不能抱他了……慕忠诚将母亲的手攥得紧紧的，在梦中流下了眼泪……

天亮了，慕忠诚坐在母亲的床头，脸贴在母亲的胸前，暖暖的，散发着一股尚在襁褓时嗅到的奶香。慕忠诚知道这一别，他也许会走在母亲前头，但他不怕，就算走在母亲前头，那个世界依旧会有母亲给他做坚实后盾，支持他，鼓舞他。母亲醒后好像也意识到，这恐怕是跟儿子过的最后一夜，她静静地抱着儿子的头，幸福地觉得自己没白养这个儿子，而且走在前头的还有铮铮铁骨的老伴，现在又有为人民争气的儿子，难道自己还会死不瞑目吗？

清晨慕忠诚安排好母亲的早餐，嘱咐马素香千万不要出去，等他的好消息，然后便去单位上班了。

一路上慕忠诚回忆着昨晚的梦，不知不觉念叨出古德玉、南发先、南武、彭旭日的名字，紧接着又念叨出高鸿儒、关天一、郑小贤的名字。最后他舒了一口气，大声喊了一句"古德宝"。

整整一天了，慕忠诚无论是开会，讲话，还是与同志们谈工作，都要看看手机。魏长明没有任何音信，快要下班了，依旧没有联系慕忠诚。慕忠诚思考了一整天，他必须尽快去找张长河，还不能让人发现。正当慕忠诚犯愁的时候，政治处的民警进来汇报工作。慕忠诚看到小周，立刻有了主意，于是说道："小周，晚上有事吗？"小周面对领导问话，马上回道："没事，就是有事，您吩咐了也没事，听您安排。"

慕忠诚笑了笑，心想好一个嘴甜会溜须拍马的家伙。"没事就好，小周，我调来也有两个多月了，马上到元旦了，今天晚上我请你，咱俩吃个饭，你看行吗？"小周受宠若惊地答道："我的大首长呀，我一直都想请您，怕您没时间，不赏脸，我不敢提呀，早就盼着请您吃顿饭呢，也好向您汇报汇报我的思想工作。"两个人又客气了一番，慕忠诚坐小周的车来到了龙海洗浴中心斜对面的一家叫"春来好吃"的饺子馆。这是慕忠诚精心安排的，一来这家小饭馆不会引人注意；二来这里距离洗浴中心比较近，便于观察。

两人要了一瓶二锅头，两个凉菜，两个热菜，半斤三鲜水饺。小周酒量不大，两杯下肚就开始云山雾罩，吹嘘自己是一个干侦查员的料，可惜警校一毕业就给分配到了禁毒总队。慕忠诚明白，小周想让他帮忙调到刑侦支队。慕忠诚现在正好用得上小周，便满口答应说："行了兄弟，饭我请了，你请我洗个澡吧。""行呀，今天都我请，我结账。"小周酒量真是不行，舌头都有点大了。

进了龙海洗浴中心,慕忠诚佯装醉酒点名让张长河搓澡,把小周安排给另一个搓澡工。慕忠诚躺在搓澡板上,张长河来了,他个头不高,人长得精瘦,穿着条小裤衩,身上骨骼突出,皮肤白净得像个大姑娘,也许是天天泡在澡堂子里的缘故吧。张长河熟练地给慕忠诚泼水,拍打后背,让他放松,消除酒劲。慕忠诚刚要开口,张长河便俯身小声说道:"慕局,我认识你,别说话,听我讲,我知道你只能这样来找我。"慕忠诚激灵一下,体内酒精旋即飞散干净,心想一个搓澡工的侦查意识竟如此之强,警惕性如此之高,看来这摊浑水是够深的。

张长河一边给慕忠诚搓澡,一边给慕忠诚讲:"张佳展是我的同村表哥,他不是杀人犯,是那个古老四陷害的他。我表哥是跟洪爱敏好过,但那是以前的事了,后来她跟了古老四,我表哥就离开她了,几乎不敢联系她了。再后来古德宝看上我表哥,人在屋檐下不得不低头。"张长河说着说着就哽咽起来了。

慕忠诚安慰了几句,说:"兄弟,抓紧说,一会儿我那个同事醒了就不好说了,你知道洪爱敏她们的死是谁干的吗?"

张长河环顾了一下四周:"洪爱敏被害那天,我表哥的确去了,是她找他有事商量,两人见面后确实也发生了关系,不过他四点之前就回来了,因为下午他要安排工作。洪爱敏死后,我表哥就害怕了,因为他去过她的住处,而且还和她发生过关系,他是说不清的。至于我们洗浴中心的段依静和朱莉妹,就更不是他杀的了。你们来的前一个小时,我表哥说如果他有危险,让我一定找你,慕局,他相信你。他还说,你们局里的高局长和古德宝有关系,郑小贤和古老四是拜把兄弟,他们一起坑骗华兴化工集团的那块地。这是过去我表哥给古德宝当司机时知道的,后来古德宝看上了彭旭日,就把我表哥甩了,说是让他来这个龙海洗浴中心当法人,其实就是让他给古家顶雷,警方一抓卖淫嫖娼,拘留罚款都得由我表哥承担,年底却最多给我表哥十万块钱的劳务费。"

小周给搓醒了,跑过来向慕忠诚请罪。慕忠诚装醉,和他说了几句醉话。

慕忠诚临走时，张长河又小声说道："您再找一下南武，那个小子知道的事最多。"

走出龙海洗浴中心时已经是午夜了，慕忠诚打车去了医院，小周叫了代驾回家。

11

到了医院，魏长明正在这里等慕忠诚。魏长明告诉慕忠诚，他母亲刚打了一针"吗啡"，老人家的病情又加重了。马素香在一旁守着直流泪，这些日子马素香和老人家亲如母女。慕忠诚看了一眼熟睡的母亲，他真的恨不得把折磨母亲的肿瘤给掏出来，还母亲一个健康的身体。

慕忠诚和魏长明又挤到卫生间，点燃了香烟。魏长明和慕忠诚沟通了今天的情况，他本想今天找借口去一趟龙海洗浴中心找张长河，可又发生了一件意外事件：郑小贤在家中跳楼自尽了。

慕忠诚听后一个激灵，长叹一口气，狠劲地吸了一口烟，吸完又接上一根，继续狠命地吸。

"他不是被双规了吗？"慕忠诚问。

"是被双规了，这不，市局纪检组说他表现好，挺配合的，先回家休息几天再找他继续了解情况，具体为什么让他回家，我也不清楚，不好打听。"魏长明回答。

"不过听关天一说，中央巡视组过了元旦就会进驻本市，要待三个月，过了正月之后走，走了之后回头还会再来，郑小贤听后就自尽了。"魏长明补充说道。

"郑小贤呀郑小贤，毕竟和我工作多年，当初发现他和古老四在一起，我就知道不是什么好兆头。我提醒过他，可怜他父母、妻子，还有那刚上初中的儿子。他儿子还和我说过，长大了也要当警察。"慕忠诚痛心地说。

慕忠诚将与张长河见面的情况告诉了魏长明，两人开始进行下一步规划。

慕忠诚和魏长明说："第一步，要想尽办法去精神病院提审南武；第二步，要想办法提审古老四，这一步有点危险；第三步，要想办法跟中央巡视组的领导取得联系，汇报这里的情况，请求他们的帮助。不过咱俩要做点违纪的事，这也是没有办法的办法，小魏，出了事我一个人承担，不连累你。"

魏长明拍了一下胸脯说道："老领导，你还不知道我是什么人吗？这么多年了，我怕过什么？只要为了老百姓，我可以豁出性命，给个处分算什么？再不行，辞退咱俩，我陪您烤羊肉串去，准保发财。"

慕忠诚激动地握住魏长明的手，他心里明白，有这样志同道合、侠肝义胆的好战友，一定能和黑恶势力、腐败分子斗到底。他更加坚定地相信，维护法律的尊严，需要人民警察的奉献，甚至流血牺牲。

两个战友一直谈到天色泛白。

另一边，就在慕忠诚和魏长明研究怎样去医院的时候，古德宝的鸳鸯阁里，高鸿儒正与他的这位红颜知己欢聚在一起，酒后风流潇洒着。古德宝说道："老公，你的本事真大，郑小贤跳楼了，'9·19''9·21'案件都破了，咱们应该高枕无忧了吧，中央巡视组能把我们怎么样？还有您家老爷子做后盾呢。"

"宝儿，你有所不知，中央巡视组不是好哄弄的，我还有一个担心的人，南武。南武这个混蛋，要不是你说情，早就该死了，他毕竟杀了人，现在慕忠诚这个拧种还没完没了地四处打探取证，搞得我头疼。回家唐静也劝我，多为老爹想想，多为女儿想想，说得我心烦，也就是在你这儿压力才小点。"

"亲爱的，你别心烦，明天我就派人做掉南武，要不然让他真成神经病。南发先现在钱到手了，说要带南武出国，再也不回来了，你还不放心吗？"

"不想了，睡觉。"高鸿儒将古德宝揽入怀中，尽情享乐，他早已忘记自己的信仰，自己父辈的荣耀，自己参军入党入警的誓言。

第二天，大雪飞扬，空气里弥漫着节日的气息，这一年的最后一天到了，明天就是元旦，二月初就是除夕，时间过得飞快。

慕忠诚找到母亲的主治大夫询问了病情，大夫惋惜地告诉慕忠诚，能挺过春节就是老太太的福气。慕忠诚痛苦地央求大夫一定要延长母亲的生命。大夫摇了摇头，很无奈地说："慕忠诚同志，我们真的尽力了，你多跑几趟就行，我们感觉你在老人家的身边，老人就能吃能睡，否则老人就不踏实。"大夫走了，慕忠诚抽了自己几个嘴巴，把自己的脸抽得通红。

慕忠诚在自己的办公室和小周聊着昨晚吃饭洗澡的事，并把洗澡的钱给了小周。小周着急地说道："我攀个大，喊您声哥，您别介意，昨天喝酒时您喊我兄弟了，吃饭您也请了，洗澡我花点钱，咱算AA了，下次都我来请。"小周摆出一副江湖仗义的模样。

其实慕忠诚早就想好了，昨天晚上跟小周吃饭聊家常，小周说他大姐是精神病院的大夫，这就好办了。慕忠诚神秘地与小周说："周老弟，你不是想当一名侦查员吗？现在有一个机会，不过要保密，只有你知我知，就是天王老子也不许讲，你要是同意，今后我就收你这个徒弟。"慕忠诚也是没办法才出此下策，自己都觉得有点不厚道，但比起人命关天，这又算得了什么，大不了再吃一个处分。

慕忠诚嘱咐小周，下午跟他去回访戒毒人员。小周欣喜若狂地给慕忠诚立正敬礼，他明白，慕忠诚是一个正直的好领导，跟着慕忠诚准没错。

古德宝一大早就把古德玉喊了过来，对这个不争气的四弟没好气地说："你干点什么行？让你赶快把南发先和南武弄走，怎么还没走？尽快弄走，越远越好，让他们去南非、阿根廷！你磨磨叽叽，非得等出大事，告诉你，过了元旦，最多十天，让他爷俩消失，明白了吗？行了，你走吧。"古老四没敢说话，"哎哎哎"应了几声赶忙跑了。

古德宝陷入沉思，如果高鸿儒被挖出来，他那个离休的老头子未必能保得了他，现在的形势和以前不一样了，"十八大"以后严惩腐败，力度之大，前所未有，多少高官大官，都被绳之以法了。古德宝越想越害怕，开始谋划下一步该怎么办：出国吧，什么都不会，到国外两眼一抹黑，好在自己前几年就把女儿和那个同村老公送到了澳大利亚，不行也只能找他们去了。想着想着，她觉得还是走一步算一步，反正不行就出国找那爷俩去。

下午两点，慕忠诚和小周开车离开了禁毒总队，直奔安定医院。

12

在小周大姐的帮助下，他们见到了南武。为了不连累小周的大姐，慕忠诚以帮扶有吸毒史、接受过强制戒毒人员转化教育回头看为由，询问了南武。

南武这小子过去因吸毒在强制戒毒所劳教过半年，有案底。突然见到慕忠诚，南武先是惊讶，接着就装疯卖傻，像真得了精神病一样。他痴傻呆茶冲慕忠诚笑，委屈地哭，在屋里跳，学狗叫、猫叫，像戏精一样。小周看着有点傻眼，觉得这人就是一个疯子。慕忠诚心想，南武亏得不是疯子，真是疯子这案子还真没法办下去。就在这节骨眼上，南武举起拳头冲小周打过去。慕忠诚上前，一个掰手腕，把南武撅得"嗷嗷"叫。

慕忠诚说："别他娘的装了，演戏给你爸演去，蒙不了我。老实回答我的问话，不然我让法医给你做鉴定！"慕忠诚斩钉截铁，吓得南武差点尿了裤子。南武是领教过慕忠诚的厉害的，那天在占地现场，慕忠诚拔枪指着他脑门的画面，至今记忆犹新。

"慕局，您饶命呀，饶命，只要不杀了我，叫我说什么都行。"南武瘫在地上说。

"好，你只要老老实实回答我的问题，为我们做污点证人，有特大立功表现，可以考虑将你酒后奸杀的罪过减轻处理。"

"好好好，慕局，我一定把他们干的坏事都说出来，包括我爸爸做的坏事，您只要不判我死刑，别说做污点证人，把我爸爸卖了都行。"南武语无伦次地表示悔改。

慕忠诚见时机成熟，立即问道："洪爱敏、段依静、朱莉妹被害，谁是凶手？"

"您可问对人了，我告诉您，杀死洪姐的人，哦，洪爱敏，我知道是谁，是彭旭日。洪姐死的那天，晚上六点来钟，我开车去接洪姐上班，刚开到洪姐住的楼门前，就碰上彭旭日从楼里出来，他特别紧张，左看右看，像贼一样，然后就开车走了。我上楼后怎么敲门也没声音，这时我手机响了，我爸找我有事，我没来得及给洪爱敏打电话，就去我爸那儿了。后来听说洪姐被人杀死了，我害怕了，害怕你们看监控里有我，我就说不清了，所以就躲着你们。没多久你们破案了，说是张佳展，我想应该是彭旭日。"南武很自信地说。

慕忠诚一边听，一边还原彭旭日作案的场景，接着问道："你说的情况属实吗？你只是看到彭旭日从楼里出来，还看到其他人了吗？或者有没有其他发现？"

"没有其他发现，不过肯定是他，那个时间段正是洪姐被害的时间，另外我再告诉您一个秘密，慕局您可真要给我宽大处理，您还记得我们抢占华兴化工集团的那块土地吗？其实是古老四让我爸干的，他们是谋划好的，化工集团总经理与古老四里应外合骗了一千万出来。事后，我们爷俩分得二百万。古老四说，钱少人多，还要给郑小贤所长一百万，剩下七百万是给市局领导的。"南武真的想开了，只要活命就连他爸爸都出卖。

慕忠诚仔细看着南武，想在他的脸上继续找出线索。南武又开始慌了，赶紧试探性地说："慕局，这些还不够吗？对了，还有，一次古老四请我们哥几个吃饭，在大金海鲜。彭旭日那小子喝大了，我们都知道他背地里和宝姐好，就捧着他，他吹牛说真正的后台是你们市局的高鸿儒，他当兵的时候就是高鸿儒所在的武警部队警卫中队的警卫，复员也是高鸿儒安排他进的古家产业。那天大家都喝多了，可能我喝得最多，然后古老四带我们去找乐子，后来被你们抓去了，我才知道睡了一个拾破烂的女人，还说我杀了那个女人，我真的记不起来了。之后古老四让人授意我装神经病，说我反正有过精神病史，一定能蒙混过关，到时一把我放出去就把我弄出国。"

慕忠诚犀利的眼神一直锁定在南武的脸上，南武既可怜又可恨，这个头脑简单的社会害虫简直无可救药。听完南武叙述，慕忠诚回头看看小周，小周会意地点点头。

慕忠诚又朝南武说道："南武，你今天表现很好，一会儿你回到病房继续装傻，装得越像越好。古老四和你爸爸要是来了，你哪儿也不能去，就在这里等我。刚才你说喝醉了，有人指使你强奸了拾荒妇女，之后你什么也不知道了。在这件事上，拾荒妇女是不是你杀的，我们会查出真相。"慕忠诚只能先给他吃个定心丸。

南武听得出慕忠诚有还他清白的意思，竟跪在地上给慕忠诚磕了一个特别响的头。

慕忠诚把南武交给了小周的大姐，并嘱咐她不要和任何人讲他和小周来过，即便公安局来人也不要讲。小周的大姐是一个非常聪明的女人，她点了点头，告诉她的兄弟："一定要小心，听领导的话，注意安全。"

在回单位的路上，小周激动地说："我真的佩服您，我跟定您了，您收下我这个徒弟吧。"

慕忠诚深情地拍了拍小周："徒弟，我们在干一件人民警察应该做的事，你做得很出色，我该感谢你才对，如果连累了你，你放心，一切责任我来承担！"

"您又说外道话了，既然我是您徒弟，徒弟与师父就应该同甘苦共患难，我信师父，听师父的没错。"

慕忠诚和这位认识不久的小周在一起，就像当初他和师父黄博文在一起时的感觉一样，亦师亦友，配合默契，彼此欣赏。

新年的白雪在城市的半空飘舞，老百姓的生活洋溢着幸福的气息，瑞雪兆丰年这句话忽然闪现在慕忠诚的脑海里，他觉得一切都会水落石出，一切都会像白雪一样清白明朗起来。

转天，慕忠诚和魏长明又挤在母亲病房的卫生间里，商量着下一步的策略。慕忠诚就昨天在安定医院见到南武的情况和魏长明进行了沟通，并把小周的情况也跟魏长明说了，其实他是在暗示魏长明，如果他有不测，立即联系小周，小周是一个可以信赖的人。

魏长明也将中央巡视组进驻的情况告诉了慕忠诚，中央巡视组住在东方大酒店的十四层和十五层。东方大酒店过去是市政府的招待所，后来才改成东方大酒店。另外，巡视组副组长历泽舫同志过去就是公安部的老领导，慕忠诚在担任分局刑侦支队长的时候，曾跟随市局黄局长向他汇报过本市发生的一起影响全国的"丢失枪支"的案件。还有一次，慕忠诚参加部里举办的刑侦系统优秀论文座谈会也见到过老首长。历泽舫在慕忠诚的心里是一个既讲原则又有策略，而且还雷厉风行的老公安。

慕忠诚说："我认识首长，首长可能早把我忘记了，但不管怎样咱们得尽快和中央巡视组的领导汇报，否则马素香、南武都有危险，他们一定得平安地活着，还有，要控制好彭旭日、古老四，密切关注古德宝和关天一的动向。关天一可不是一般的人，总之，绝不能再死人了。"

这天夜深人静，高鸿儒难得陪妻子唐静，他好久没有和唐静同床共寝了，这会儿他欣赏着唐静窈窕的身段和光滑的肌肤，心里忽然生出一股内疚感。其实唐静心里什么都知道，也什么都明白，她不过是为了维护这个体面的家庭，只得把苦水往肚子里咽。

唐静温柔地劝高鸿儒："中央巡视组来了，少和德宝商贸那帮人联系了，能在家里吃饭就在家里吃饭。"高鸿儒也体贴地对唐静说："是啊，你也多注意身体，别太累着，注意安全……"这天晚上高鸿儒和唐静早早熄灯睡觉，唐静依偎在高鸿儒怀里，眼泪却止不住地往下流。

元旦过后，还有一个月就是春节，慕忠诚母亲到了弥留之际，已经吃不下东西了，只能靠输白蛋白维持生命。每到夜深人静的时候，慕忠诚就感到剜心地疼，他知道母亲将不久于人世，而一想到这里，他就潸然泪下，再强的汉子也抵不住失去母亲的疼痛。

中央巡视组进驻本市不久，禁毒总队总队长和已经退休了的副总队先后被双规，然后市局委派高鸿儒亲自领导禁毒总队的工作。

傍晚，魏长明来到了医院，告诉慕忠诚："现在局里谣言四起，说你和总队长一起贪污受贿，经常出入豪门娱乐总汇和龙海洗浴中心。还说你带着手下吃喝嫖赌，包养了一个情妇藏在医院假装伺候你母亲。据说中央巡视组收到十几封涉及你的举报信，还有更难听的话……"

听到这些消息，慕忠诚不仅不生气，反而高兴起来了，他终于有办法名正言顺地接近中央巡视组的领导了……魏长明走后，慕忠诚嘱咐妻子照看好母亲，不要为自己担心，同时叮嘱马素香一定不出这个门，二十四小时在这里待着，等待他的好消息。

魏长明走前，慕忠诚考虑了一下要不要把自己的下一步行动计划告诉魏长明，但最后决定不说，毕竟下一步行动会有很多不确定的因素，慕忠诚当然知道魏长明不会泄露出去，但也不能让魏长明跟着自己背黑锅。

慕忠诚想周全后，在腊月二十三这个传统的祭灶日清晨，深深地亲吻了母亲的额头后，毅然决然地走出了医院。

13

寒风中，慕忠诚坚定地走进了东方大酒店，乘坐电梯上了十四层。工作人员拦住他时，他说自己是市公安局禁毒总队副总队长慕忠诚，前来找历泽舫副组长坦白自首。

工作人员向上级汇报后，把慕忠诚带到了十五层的一个套房里，一位满头银丝的老同志端坐在沙发中间正在看材料，屋内还有两名工作人员，一人在写材料，另一人给慕忠诚安排了座位。

慕忠诚坐好刚要说话，却没想到自己竟忍不住哭了起来："报告首长，我是……"慕忠诚发自肺腑的呜呜哭声，让老首长摘下老花镜，端详这位勇于坦白自首的同志。

"哦，你姓慕，叫慕忠诚，好多年前，在一次刑事侦查论文研讨会上，你代表优秀论文奖获得者发言，你的论文写得很好，你的名字起得也很好，有血性，让人过目不忘。慕忠诚同志，一个人犯了错误不要紧，你还年轻，能主动投案自首，说明你有勇气，也不忘担当。有天大的错真诚悔改，以后一样能服务于人民，为社会做贡献。"

慕忠诚抹掉眼泪："首长，我叫慕忠诚，是市公安局禁毒总队副总队长，今年四十六岁，公大毕业，在公安系统工作二十四年，其实我没有违法，我是迫不得已采取这样的方式来向首长反映问题，我没有办法，只能这样才能见到您。"

慕忠诚简明扼要的开场白让历泽舫刮目相看，凭借一生的阅历，历泽舫不难看出慕忠诚是一名优秀的公安干警。历泽舫示意了一下身边的工作人员，两位同志随后出去关上了门。

慕忠诚平复了一下情绪。历泽舫给他倒了一杯白开水，递到他面前。慕忠诚鼓足勇气仰脖把水全部喝掉，然后拿出来张佳展生前留下的字条和当时在医院问讯南武时小周录的音，并从头至尾将"9·19""9·21"案件的来龙去脉向老首长陈述得翔实可靠、滴水不漏。

历泽舫耐心听着慕忠诚的陈述，认真仔细地记录重点问题，整整一天，两个人的午饭、晚饭都是在这间房里吃的。明月高悬，将皑皑白雪照得美轮美奂。

历泽舫温和地询问慕忠诚的意见。慕忠诚毫不掩饰地报告："报告首长，眼前应该先保护好南武、马素香和张长河，立即抓捕彭旭日、古德玉、南发先和他们团伙里的骨干，控制古德宝、关天一和唐静。至于高鸿儒副局长，还请领导定夺。"

"好！思路清晰的慕忠诚同志，你的意见很好！"

"首长同志，我还有一个请求，就是抓捕彭旭日一定要让我去，这小子是武警部队警卫员出身，曾经是全师的散打冠军，我也会点拳脚功夫，抓捕他，我还有点把握。"慕忠诚诚恳地在历泽舫面前请战。

历泽舫心情喜忧参半，送慕忠诚走出了办公室。

此时，高鸿儒在鸳鸯阁对着古德宝大发雷霆："是谁写那些匿名信告发慕忠诚的？是谁？"

"我安排四弟找人写的，省得他总盯着咱们，也让他吃几天牢饭。"

"你这是放屁，我为什么提拔他，又孤立他，不给他实权？不就是要让他看不到希望，消耗他所谓公平正义的那股劲，等他明白过来再找我，求我，感谢我吗？知道吗？这才是上策，你这个头发长见识短的女人，赶紧安排人除掉南武父子，让古老四也滚蛋，滚得越远越好，去哪里都行。"古德宝害怕了，赶紧拨通古老四的电话。

转眼到了腊月二十七，东方大酒店十五层的会议室里，气氛异常严肃，巡视组正在跟公安部派来的同志部署行动计划。这次行动，公安部调动了武警部队指战员，另外还调配了外省的公安特警指战员，准备收网抓捕黑恶势力以及作为他们保护伞的犯罪团伙，同时也部署了保障证人和家属安全的措施。

慕忠诚也在其中，中央巡视组将慕忠诚的意见考虑在内，同意慕忠诚请战的要求，并部署一名武警战士配合慕忠诚守在彭旭日家中，实施抓捕。

当晚八点整，行动开始了。慕忠诚和武警战士先行一步进入了彭旭日的出租房。最近形势紧，高鸿儒让古德宝叫彭旭日搬出别墅，另租房住，侦查员早已摸清彭旭日的新住处，就在被害人洪爱敏的对面楼，也是3单元501室。慕忠诚和武警战士趁彭旭日还没有回家，提前一步蹲守在卫生间和厨房里。

就在这时，高鸿儒预感到不妙，让古德宝通知彭旭日马上出走躲避风头，可是彭旭日贪恋家里存放的钱财，告诉古德宝回家取一趟东西马上就走。慕忠诚他们没蹲守多久，彭旭日便开锁进屋。彭旭日当过兵，是一个有警惕性和受过反侦察训练的人，他进屋后没有开灯，悄悄进入，取完东西又想悄悄溜走。可他万万没有想到，家里已经罩上一张即将捕获他的大网。

彭旭日刚进客厅，就看到厨房和卫生间蹿出两个人："不许动，趴下，双手抱头！"慕忠诚举枪示警，武警战士赶忙开灯。只见彭旭日背对慕忠诚把手慢慢举起来，却突然猫腰一个扫堂腿正踢到慕忠诚的脚踝。慕忠诚猝不及防，猛然倒地。彭旭日不愧曾是训练有素的武警警卫战士，马上扑到慕忠诚的身上夺枪，两个人厮打在一起，一名武警战士也扑在彭旭日身上，三个人在地上滚打起来。彭旭日膀大腰圆且格斗功夫了得，慕忠诚和武警战士还真是费了很大的劲，都没能在第一时间擒住彭旭日，毕竟穷途末路的歹徒身上的力量已经被激发到了顶点。而且慕忠诚又不能开枪，毕竟打死彭旭日一切就前功尽弃，伤到武警战士，慕忠诚也承受不起。数分钟后，彭旭日体力消耗殆尽，但依旧拒捕。彭旭日心里明白，三条人命在身上，现在他只有死路一条，早死是死，晚死也是死，所以横下心顽抗到底。就在这关键时刻，武警战士的头意外撞到桌角，倒地昏过去了。彭旭日见机挣脱慕忠诚夺门外逃，蹿上天井，跑上房顶。慕忠诚也顾不上武警战士，紧随彭旭日追上房顶。两人刚在房顶对峙，彭旭日突然从腰间掏出一枚手雷，左手猛然把保险环拉掉，右手拇指摁住激发开关，"你别过来，过来就同归于尽！"彭旭日穷凶极恶地叫嚷道。在这节骨眼上，清醒过来的武警战士也蹿上房顶，但武警战士没有意识到彭旭日手里攥着手雷……说时迟那时快，在武警战士要从慕忠诚背后扑向彭旭日的那一瞬间，慕忠诚为保护武警战士猛然向前扑倒彭旭日，紧接着把彭旭日手中的手雷抢了过来，飞身一跃，扔出手雷。手雷在半空炸响了……

14

去安定医院解救南武的一队人马晚到一步，高鸿儒毕竟在公安系统工作过几十年，一点血腥味儿都能让他嗅出来。按照古德宝的指令，古老四也是行动迅速，抢先派人赶到医院把南武带到楼顶推了下去，此刻南武正在医院抢救，不过凶手也被赶来的武警堵在医院里，已束手就擒。南发先被抓捕归案。

张长河，马素香，还有豪门娱乐总汇的大堂经理，以及龙海洗浴中心的相关证人都按照证人保护的预案安置妥当。只是古老四跑掉了，警方已经在第一时间发布了通缉令，正在全城搜捕。古德宝、唐静、关天一、黄博文等涉案人员均被成功控制。

高鸿儒在办公室饮弹自尽。死前，他用一部老旧诺基亚手机给父亲拨打了一个电话："好了，老爷子，我知道该怎么办了。"随后，楼里传出"嘣"的一声枪响。

慕忠诚苏醒了，他昏昏沉沉地打开了关闭四天的手机，手机上显示着孙琳、儿子、马素香、大哥、三弟、五弟、四妹、小周、魏长明等人打来的未接电话。他打开了妻子孙琳在腊月二十四那天发来的短信：慕忠诚，妈妈没了，你在哪里？

慕忠诚当场就昏过去了，片刻后又惊醒过来，他不顾身上的病号服，不顾满身的伤痕血迹，不顾打着夹板、缠着绷带的右臂，咬掉输液的针头，不听护士们的劝阻，踉踉跄跄地跑出了医院，打车直奔家里。

慕忠诚趴在母亲的遗像前，咚咚地用脑袋砸地，把地砖都砸出了裂痕。慕忠诚的头上鲜血流淌着，被炸伤的右臂上的绷带也被鲜血染红了。妻子孙琳和儿子慕战军将手放在慕忠诚的头上。慕忠诚的大哥发怒了："你磕死了，我也不原谅你！"屋里一片悲痛的哭声，今天早晨慕忠诚的母亲就已经火化了。

历泽舫同志安排好了相关工作，就跑到医院看望慕忠诚，之后又追到了慕忠诚母亲家里。看到这个场面，老首长冲着慕忠诚母亲的遗像鞠躬致敬，接着搀扶起慕忠诚。看到慕忠诚满脸鲜血，老首长情不自禁地老泪纵横，颤抖地说："从古至今就是忠孝难两全，好样的慕忠诚，你母亲九泉之下一定为有你这样的儿子而骄傲！"历泽舫向着满身是血、满身伤痛的已经处于半醒半晕状态的慕忠诚同志敬了礼。

　　救护车再一次把慕忠诚拉走了……

　　南武虽然抢救过来了，但是已成为植物人，一辈子需要人照顾。

　　彭旭日老老实实交代了杀死洪爱敏的原因。原来洪爱敏女儿患病，她想把父母、女儿都接过来，买房和治病总计需要五百万元，于是她威胁高鸿儒，不给就到市局大门口闹访，逼得高鸿儒没办法，命令彭旭日除掉她。段依静是高鸿儒的另一个情人，她逼他离婚，要当他的正房媳妇，否则就让天下人知道他们的关系。同时他们二人还生有一个男孩，已经两岁了，寄养在段依静老家。高鸿儒不答应她，她就要把儿子接来送到唐静面前。高鸿儒没办法，又安排彭旭日除掉她。其实段依静和彭旭日早就有暧昧关系了，还是彭旭日介绍她给高鸿儒认识的，所以彭旭日和段依静快乐后杀死了段依静，正巧朱莉妹买菜回来了，一不做二不休，彭旭日又把朱莉妹杀害了，并随后又强奸了她的尸首。

　　当魏长明他们讯问彭旭日为何残忍地割下她们的头颅时，彭旭日变态地称她们都是婊子，敲诈勒索老首长，所以把她们的脑袋割下来，把她们的身子……让她们遗臭万年。彭旭日还交代了一些和古德宝的勾当，以及为了消除证据，花钱破坏视频监控等犯罪事实。彭旭日使用的手雷是在部队实战演练时偷偷藏起来的三枚中的一枚，这些手雷他本来准备回老家到河里炸鱼用，另外两枚在他的行李包里，已被收缴。证据确凿，按照程序，彭旭日被移交给检察院，等待法院判决。

　　古老四还雇用了一名杀手，就是杀害拾荒妇女的真正凶手，那天晚上他又受命于古老四杀害南武。这个杀手已被抓捕，他供认不讳，证据确凿，已经进入法律程序。

　　古德玉，绰号古老四，已经顺利抓捕。他对他的犯罪事实供认不讳，并称他的犯罪行为和他姐姐古德宝，以及德宝集团没有任何关系。他还说他悔不该不听三姐的教育，和社会上不三不四的坏人混在一起，才有了今日的下场。他的犯罪事实清楚，证据确凿，已经进入了法律程序。

南发先取保候审，暂时在医院照顾他成为植物人的儿子。

唐静是最后一个自首的案犯。她留给慕忠诚一封信，信中写道：

  我和你有缘无分，我的虚荣心太强，抛弃了你，选择了革命家庭出身的高鸿儒。可是说什么都晚了，我不该由着高鸿儒利用职权在外边胡作非为……另外，勘验洪爱敏体内的精液是张佳展的没有错，段依静和朱莉妹体内的精液应该是杀人凶手彭旭日的。彭旭日是高鸿儒的老部下，为了保全高鸿儒，我做了手脚……我知道自己犯了包庇罪、渎职罪，甘愿接受法律的严惩。还有，其实我从来都对你抱有一颗爱恋的心，我爱你穿上警服的"洋气劲"，像"杜丘"，还有你的疾恶如仇。现在我是罪人了，本来也想一死了之，可是我想到了我的女儿，她孤苦伶仃一人，怎么活在世上呀，还有我年迈的父母，所以我选择了自首，把我知道的一切向组织上交代，争取宽大处理，出来后好好做人。

  请你在记忆里抹掉我这个"攀高枝"的老同学吧！

慕忠诚把这封信慢慢地放进了办公室的抽屉里。

15

关天一因为急于求成，要为张佳展的死负一定责任。在南武案件中，关天一也是不注重证据，简单办案，好大喜功。最终，关天一落得个开除党籍，开除公职，限期调出公安机关，永不录用为公务员，免于刑事处罚的下场。李局长破口大骂高鸿儒，为了讨好高鸿儒，他害了关天一，也给他带来了不好的影响。

在几起重大案件总结会上，市局李局长做了深刻的检查，并向慕忠诚道了歉。

慕忠诚因为得知母亲去世的消息，不顾刚手术的右臂，极度悲痛，跑到家里祭拜母亲，导致被炸的右臂伤口感染，虽然及时再次进行了手术，保住了性命，但是落下了终身残疾，成了"独臂警官"。慕忠诚保留原岗位职级，被安排到市扫黑除恶办公室任副主任职务。接着，历泽舫副组长又将慕忠诚借调到中央巡视组工作，说是为期两年。

魏长明晋升为分局副局长兼刑侦支队长。

小周，全名周京祥，被慕忠诚协调到了分局刑侦支队，当上了侦查员，并成了魏长明的徒弟。

慕战军告诉爸爸慕忠诚，今年夏天高考，第一志愿一定报考人民公安大学。

古德宝无罪释放。据说，她被释放的当天晚上，在大金海鲜酒楼，李局长等人为她举办了压惊宴会。宴会上，市里领导让她振作起来，在上级领导的坚强后盾支持下，为本市的经济发展做出更大的贡献。德宝集团的员工都在传说，那天，李局长喝大了，古德宝喝多了。关天一受聘德宝集团安保部部长。

魏长明他们想不通……

慕忠诚自己掏腰包，请弟兄们喝了顿大酒，主要是给魏长明荣任分局副局长"夸夸官"，以及庆祝周京祥如愿以偿当上了刑警队侦查员。大家高兴，借着酒劲，慕忠诚开解了战友们的不满情绪。大家迫切地希望他早日归来，带着他们除恶务尽，血战到底！彻查破获"悬案"，维护社会良好的生态秩序。

妄　语

　　这人世间就是在情感、纠结、纷繁、简单的矛盾中用自己的灵魂折磨着自己的肉身得以生存，谁不向往可心的生活呀，罗莉在这纠结的日子里快乐、烦恼地生活。

01 师父

师父对我特别关照，这源于我们都曾经是军人，还有关键一点，他一直想把女儿小环嫁给我。师父说过："小环就是有点黑，太像她死去的妈妈了，我考察你小子三个多月，合我心意，你俩结婚，才能告慰她妈妈在天之灵。"

师父的老伴已被害一年多，这几个月，他见到我就唠叨："你师娘除了皮肤黑一点，哦，不能说是黑，那就是现在流行的古铜色皮肤，当下好多明星还故意把皮肤弄成那个颜色。虽然她肤色有些发黑，但是不难看。当时她可是镇上有名的'五朵金花'之一呀！你小子没有眼福看到你师娘的美貌，更没有口福吃到她蒸的白面大馒头，那大白馒头，一出锅，你轻轻地摸一下，就像小的时候摸着母亲的乳房一样，真的，不骗你。"说到这里，他总要使劲地眨巴一下眼睛，然后低下头，掏出一支香烟，点着，狠劲地吸几口，再轻轻地吐出来，让烟雾弥漫在眼前，阻挡即将滚落的泪水。

大半年前，我从空军部队退役，考上了公务员，被分配到市区公安分局真理道派出所，成为一名社区民警。所长说："你跟着老只吧，他明年四月份就退休，你熟悉熟悉那片，老只退休，你就接班。"就这样我成了他的徒弟。我立正，敬礼！喊了声"师父"，他看了我一眼，答应了。

我到所里第三天就听说，师娘在半年前被人杀害。当时我一激灵，警察的妻子被害，一定是老只得罪了人，"报复"这两个字在脑海里突然冒出来。

师父二十多年前从部队转业，被安置到公安局分局当上了一名警察。他在部队是一名炊事员，后来提干，陆续当上了司务长、后勤处协理员、后勤处副处长。部队的司务长就相当于企业里的食堂管理员，饭店里的后厨经理，或者叫厨师长，反正就是管做饭那点事情的。师父做饭的手艺特别好，就连师娘蒸的好吃好看、摸起来像母亲乳房的白面大馒头，据说也是他教出来的手艺。

一年多前的一个秋天，上午十点左右，师娘买菜回家，她打开门，看到一个"蒙面盗贼"正在翻箱倒柜。师娘愣住了，没等她回过神来，那盗贼立即冲上来捂住她的嘴。师娘挣扎，反抗，拼命抓挠。他惊慌失措地死死掐住师娘的颈部，直到师娘停止了呼气。师父家里被那个"蒙面盗贼"翻得凌乱不堪，家里的现金，师娘身上的几百块钱和一些金银首饰等贵重物件被洗劫一空。最让师父痛心的，是师娘还被罪犯扒光了身子，拖放到卫生间，用淋浴喷头冲洗她的全身，其实就是破坏现场。那日，师父悲痛欲绝。他说，退休后就干一件事，抓住凶犯弄死他。现在不行，自己是一名警察，不能做那样的事情。我知道那是师父的气话，他是一个讲原则和法律的人。分局刑警队下了好大功夫，至今仍然没有破案，甚至连一点线索也没有。

我和师父每天忙于出警，调解纠纷，抓赌抓黄抓小偷，下社区搞基础摸排。有时他听到办案队抓人了，会立马跑过去，和办案民警一起讯问犯罪嫌疑人，看看能否查找出有关师娘被害的蛛丝马迹。他每天都在小本子上写得密密麻麻的，为了给师娘"报仇"，他一刻也没有放松警觉，漏掉任何一个机会，暗暗寻找新的线索。大家都理解他的用心良苦。在这一年多的时间里，但凡有入室盗窃的警情，特别是发生命案，全所的战友们都要检查一下是否与师娘被害的案子有关联。可惜，一年了，还是没有破案。市局领导已经把分局刑警队长撤职，现在新任的李队长也在绞尽脑汁积极地查案，战友们都铆足了劲，一定要把杀害师娘的凶手法办。小环说了，查不到杀害母亲的凶手，自己就不嫁人了。

师娘被害的那年，小环从刑侦学院毕业，刚到派出所实习，家里就出了这么大的事情。

这半年多，有好心人给师父说亲："唉，老只呀，你家里的去世一年多了，闺女也当了警察，你也快退休了，不行再找一个做伴的，让小环她妈妈也放心你，破案的事交给刑警队吧。"

遇上老战友、老街坊这样说，他立马回答："滚一边去，你老婆被人杀死，你还有心思找别的女人？我到了那边，小环妈妈还不吃了我。"

遇上领导劝说，他会委婉地说："领导，我还有脸续弦吗？小环妈妈在阴曹地府还不得骂死我，再者说了，哪个女人敢嫁给一个保护不了自己老婆的警察？"这话一说，弄得领导也是一个大红脸。

日复一日，那么久案子都没有破，真的让我们警队丢尽了脸，谁的心里不憋着一团火呀！

空闲时间，师父就跟我讲他和师娘的恋爱史。他当兵的镇上的副镇长有五个女儿，个个都是大美女，个个都是高挑个子。镇上的人都说，老罗家的"五朵金花"，真的是给全镇带来了好看的景色。认识副镇长的好多邻县和市区的男青年家长，都跑到他家来说媒。

师父是部队的司务长，经常和镇里主管后勤的镇领导打交道，就这样副镇长看上了这个某团驻军的干部。那年师父二十六岁，其实父母也一直催促他回市区说门亲事，赶紧找一个贤惠的女子结婚。那个时代，一名人民解放军干部要是回家说亲，那可是要被踢破门槛子的，全家乡漂亮的女孩子们都向往着嫁给亲人解放军。

副镇长原本是要把三女儿介绍给师父，他的三女儿比师父小两岁，长相甜美，是"五朵金花"的首花，比姐姐、妹妹白净文气，师范学院刚毕业，是镇上小学的一名语文老师。那天，师父去副镇长家里相亲，说来巧合，副镇长的三女儿出门购物了，师父第一眼看到的是副镇长的二女儿，比师父大三岁的师娘。师父看到她后，真的是一见钟情，他感觉是七仙女下凡了，他真的没有想到，能见到如此美丽的女孩。除了肤色有点黑，但也不是黑，而是古铜色的细腻的皮肤，准确地讲像印度电影里的美女。师娘古铜色的皮肤配着窈窕的身段，如同盛开的蜡梅花般冰肌玉骨、清丽高洁，瞬间迷倒了当时情窦初开的师父。

师父说过，看到师娘的第一眼，他就认定这辈子的媳妇就是她了，如果她不愿意，就猛追强攻，不惜任何代价，只要把眼前这个女子迎娶到自己家里就是胜利。

师娘根本没有正眼看师父，一个劲地和母亲忙碌着准备饭菜招待未来的三妹夫。可师父认准了眼前的这位姑娘，觉得她就是副镇长给自己介绍的三女儿。副镇长看到师父带来的大包小包，还有烟酒等礼物，十分高兴，随口向他介绍说："司务长同志，这就是我闺女。"也没说是三女儿还是二女儿。接着，他拉着师父的胳膊进了屋里，唠起了家常。等三女儿进屋的时候，副镇长这才回过神来，说道："小只同志，这就是我三闺女。"师父"啊"地惊叹一声，之后又鬼使神差地指着师娘，问副镇长："刚才那个不就是三妹吗？"此时，副镇长和他的三女儿也感觉到不对劲了。师娘进来听到师父错把自己当三妹的事情，一个大红脸，低下头，气得扭头瞪了一眼三妹跑出去了。

爱情是传奇的"缘"，副镇长想把青春靓丽的"首花"三女儿介绍给师父做媳妇，可弄巧成拙，师父就是看上了古铜色皮肤、高挑个子、比他还大三岁的副镇长二女儿。也好，把快三十岁的二女儿给嫁出去了，副镇长老两口乐得更是合不拢嘴。

真的是应了那句俗语，女大三抱金砖。师父、师娘结婚一年多就有了一位千金——小环。

02　球子

球子是师娘的外甥，就是她三妹的儿子。后来师父、师娘恋爱了，但正式结婚还要等部队政审后批准，这是军人婚姻必须执行的程序。师娘三妹和师娘怄气，她认为是二姐夺走了自己喜欢的军官，而她比师娘还早一年结了婚。

师娘三妹草率地嫁给了副县长的儿子，一位一直追求她的县中学小刘老师。可是婚后三年，她还没有怀孕。就在小环两岁的时候，师娘的三妹，师父的三小姨子，才产下一个男婴，乳名"球子"。

球子高中毕业没有考上大学，师娘一家人怕他游手好闲，惹出事端，就让他给在县城开涮羊肉馆的大姨父打工。球子干了不到半年，就和顾客们打了好几次架。这次他用啤酒瓶砸了人家脑袋一个大口子，缝了十几针，人家不依不饶地要法办他。还是他退休的副县长爷爷出面，花了几万块钱才将这件事情摆平。事后，师父的三小姨子直接找到了二姐、二姐夫，让球子到他在市区的二姨父家中避难，省得在县城仗着爷爷是副县长，姥爷是副镇长为非作歹，弄得退休的两位老领导现在的口碑直线下滑。

师娘特别喜欢球子，拿球子当自己儿子看待，也许师娘在心里感觉对不起三妹，因为三妹也喜欢师父，而原本父亲是想把三妹嫁给师父的。

相亲那天晚上，师娘偷偷听到父亲和母亲的谈话："小只这小子看上咱家老二了，死乞白赖地让我把咱家老二给他当媳妇，这小子是搭错了哪根筋呀？""我说她爹，咱二闺女虚岁三十了，既然他非要娶二闺女，更好。三丫头有文化，才二十四岁，比老二漂亮，也好找对象，就这么定了。不过你也拿着一把小只，让他追一追二闺女，二闺女心里未必喜欢他呀。""不可能，老二一准喜欢他，他是城里人，又是副连级干部，将来一定有出息，就是转业到地方，也得在市里国有企业安排个科长什么的干，那样的话老二随军也可以到市里上班了。"这些话听得师娘心里美美的，其实她第一眼看到穿着崭新绿军装，三点红映出粉红脸蛋的师父，就怦然心动，感觉眼前这个军人才是理想的另一半。可这个军人是给三妹介绍的，自己年龄又比人家大，她哪敢想呀。师父长相就像当时播放的电视连续剧《红楼梦》里的贾宝玉，才貌俱全，哪个女子会不喜欢呀。

说亲那天，师娘知道师父是给三妹介绍的对象，没好意思用正眼看师父。虽然镇上的玻璃厂也有好多男青年追求她，但是她的心气蛮高，根本看不上那些大老粗的男青年。亲戚朋友也介绍了不少男孩，她不是嫌胖就是嫌瘦，要不就是高了矮了，总而言之就是对不上眼，所以成了快三十岁的"剩女"，至今没有男朋友，愁得副镇长两口子也是没办法。无独有偶，师父就是一见钟情，被师娘把魂勾走了。

球子到了二姨父家特别随便，他小的时候，经常到市区来，他喜欢和小环姐姐一起玩，两个人像亲姐弟一样。后来球子上学了，每到寒暑假，他就要到二姨父家住上一段时间，开学了还恋恋不舍。小环姐姐也是哭哭啼啼，不愿意让球子弟弟走。为此，球子的爸爸总是吃醋，球子也不懂事，竟然天真地说："要是二姨父是我爸爸多好，我就不用跟你们在'农村'住了，到市里住多好，高楼大厦，卖好吃的多，卖玩具的也多。"气得没打过儿子的小刘老师上去就给了球子一个大嘴巴子。

师娘知道三妹夫小刘老师打球子这件事后，狠狠地骂了他一顿："孩子小不懂事，说就说吧，二姨父像爸爸怎么了？你这个当爹的不够格呗，吃什么醋呀，还人民教师呢，你就是一个小心眼。"

这一下弄得小刘老师里外不是人，师娘的三妹更是不依不饶，甚至提出了离婚。副镇长出面骂了师娘的三妹，亲自给三女婿赔了不是，还批评师娘太护着球子，说这样对孩子成长不好，不能让小孩子胡说八道，爹就是爹，姨父就是姨父，不能乱了章法。

师父偷偷和师娘开玩笑："别说，球子这小子还真有点像我，我小时候就喜欢去姥姥家，喜欢和老姨、老姨父在一起，放假就去他们家住，还有就是特别愿意和表妹、表弟们玩。"师娘总是酸溜溜地讲："那当初给你介绍三妹，你倒好，非得软磨硬泡地追求我呢！现在后悔，晚了！"师娘内心或多或少觉得愧对三妹，她知道三妹恨她，本来师父和三妹才是相配的一对。虽然自己不是横刀夺爱，但也没能做到舍弃所爱，护佑姐妹情义。"你逃避不了爱情，哪个女孩不怀春呀，更何况是三十岁的姑娘。"这是师娘三妹日记里写的一句话，被师娘无意中看到，她还将这事告诉了师父。

球子到了市里，他爸小刘老师求助老同学，给他在老同学创办的优生文化教育机构培训部找了份工作。球子在培训部跑跑招生业务，干点后勤杂活，有的时候当司机，接送一下外聘老师。其实这家教育机构培训部，就是给那些面临高考的高三孩子补习文化课，冲刺最后的高考分数。培训部学费蛮高的，一个孩子冲刺也就一个多月，却需要花五六万元学费。如果是笨一点但家里条件好一些的孩子，就要吃"小灶"，补课费需要交八万元以上。现在都是独生子，望子成龙，望女成凤，为了这些未来的龙凤，家长舍得花大钱培养。

小刘老师的老同学之所以把球子招进来，一来是老同学的儿子得照顾个面子；二来是培训部租赁的教学楼就在我们派出所的管界，遇上点事，报警了，好让球子的二姨父，也就是我师父照应。

别说，球子打工的培训部还真发生过一起纠纷，而我还真的给球子帮了回忙。

那天下午，正好赶上我当班出警。到了报警现场，原来是一个女学生上课睡觉，被男老师骂了一句，女学生不干了，哭着说男老师"侮辱"她，并打电话将她当老板的爸爸喊了过来。这女学生的爸爸当场和男老师厮打起来，大家怎么劝也无济于事，培训部负责人只好报警。

师父下片核查外来人口情况，于是我带着两名辅警出警到了这家培训部。找负责人问明报警原因后，我把双方当事人分别带到两间教室询问。我先找女学生家长对其进行了法制教育，并为他讲明到培训部闹事是违法行为，动手推搡他人更是性质严重。"这里有视频监控作为证据，有事情要好好谈。孩子是花钱提高高考分数来的，老师说几句也是为了孩子好，你孩子学习成绩要是好，来这儿干吗？花这冤枉的补习钱。在老师的严厉管束下，孩子考一个高分数，考上好大学，也算没有白花钱，对不？"我讲的话让女学生家长一个劲地点头。

接着，我又找到男老师，跟他我也没客气，直接说他这是第二职业，学校领导知道他在外边教书挣钱，他准受处分。他真的特别害怕，马上向我求饶。男老师表示今后一定耐心教书，不和学生发火，尤其是女学生。我一张嘴摆平了两家的纠纷，给培训部负责人解了大围。他们双方达成了谅解，培训部负责人还偷偷给女学生减免了百分之十的学费。男老师也承认自己态度不好，请求家长和女学生谅解，并保证一定好好给女学生补课，帮助孩子取得高分。男老师和女学生家长握手言和，女学生也当着全班同学的面给男老师道了歉，一举两得。培训部负责人对我千恩万谢，球子更是扬眉吐气。

其实这一切都是培训部负责人让球子提前央求我的事，培训部负责人甚至说只要学生家长不向教育局告状，免去孩子学费都可以。这件事后球子在优生文化教育机构培训部可是大功臣了，不久就当上了该教育机构的后勤经理。

球子买了几个大西瓜送到派出所。师父知道后骂了球子，还批评了我。球子吓得一溜烟跑了，估计是找师娘去了。师父给了我一百块钱，让我交给培训部的负责人，全所的弟兄们把甜甜的大西瓜吃了个饱。

后来，球子闻讯师娘被害，哭得死去活来，他咬牙切齿地问师父："姨爸，谁杀死的姨妈，我要报仇！"爷俩抱头痛哭。打那以后，球子来师父家就少了。

这几年来，球子一直住在师父师娘家，直到当上后勤经理，他才准备在优生文化教育机构培训部找一个套房住下。听说培训部负责人还建议辞退原来聘用的守夜人，给球子一些工资让他守夜，也就是说，他不仅仅是要住在单位，晚上还要在楼道溜达几圈，算是巡夜。再加上小环姐姐毕业回家住，毕竟是表姐弟，又不是一奶同胞姐弟，现在他们都长大了，住在一起不方便，球子就找借口搬出去住了。

这不，球子搬出去住的时间不长，就发生了姨妈被害的重大案件。球子在小环姐姐面前抽了自己好几个大嘴巴子，还说，如果他不搬出去住，姨妈也许就不会被人杀害。

03　小环

师父师娘真的把球子当儿子养，自从球子到市里打工，就一直住在师父家。特别是小环上大学这四年，球子更是像师父师娘的儿子一样，在他们身边生活。球子的嘴还特别甜，他从不喊师父师娘二姨父二姨，而是亲切地叫他俩"姨爸""姨妈"，老两口总是情不自禁地就应答了。

小环小的时候就喜欢和球子在一起，她还讲等长大了给球子弟弟当媳妇，搞得大家一阵接一阵地大笑。师娘数落小环瞎说，说球子是弟弟，不能当媳妇。那时小环还是幼童，什么也不懂，只是眨眨大眼睛点点头，似乎明白了姐弟是不能够结婚在一起的。

去年，小环刑侦学院毕业，在分局刑警队做技术员。没承想和队里战友们出差抓捕逃犯后，刚回到警队就听说母亲遇难，当场小环就晕厥过去了。小环醒来看到师父便号啕大哭，她埋怨父亲为什么没有保护好妈妈。

小环发誓一定要亲手抓捕凶手，为母亲报仇雪恨。她还说："我和爸爸都是警察，我还是一名刑警，抓不到罪犯，让人家笑话死了，还人民警察呢，连自己家人都保护不了，还保护老百姓，谁信呀！"小环和师父在忙碌中度过了一年，可是在他们的心里，思念和自责一直交织在一起，父女俩心如刀绞。

一个星期一的中午，某居民小区发生了一起持刀入室抢劫案件，犯罪嫌疑人被回家的三个大小伙子堵在屋里，当场抓获。这个案子不是发生在我们派出所的管辖地，而是另一个派出所的管辖地，小环他们刑警队出了警。小环上前不分青红皂白就给了已被五花大绑的犯罪嫌疑人一通拳脚，现场的老百姓还兴奋地鼓起了掌。可是后来经过甄别，这个犯罪嫌疑人根本就不是入室杀害师娘的罪犯。李队长好说歹说，分局还是给了小环一个警告处分。"就是杀害你母亲的犯罪嫌疑人也不能打，这是铁的纪律。"主管分局长严厉地批评了小环，还告诉师父回家好好教育小环这丫头。

李队长却小声和小环讲："就是报复凶犯也不能在大庭广众之下，带回分局再说呗。"小环抹了一把泪，气哼哼地说："毕竟不是你娘，如果是你娘，你得杀了他！"李队长没话了。

小环今年二十四岁，我二十七岁，论年纪真的挺合适，论长相我俩金童玉女，这是师父讲的。师父就是想让我主动去追求小环，他说只有我俩结婚了，他才没有后顾之忧，他退休之后就干一件事，把杀害妻子的凶手绳之以法。可是小环也说过，不把杀害妈妈的凶手抓着绝不谈婚论嫁，破不了案，终身不嫁。起初我在心里对小环只是有些好感，总觉得她不是我的那盘"菜"。我更喜欢温柔的小女人，对古铜色皮肤、大高个子的女孩，即便是性感十足也不是特别喜欢。小环就是那种让男人看了就会浮想联翩，甚至生出些邪恶念头的性感女孩。不过男人对女性的看法也是会改变的，我对小环开始生出异性爱恋念头就是在两个月前，我开车去她家接师父，师父出去买早点没在家，小环穿着短衣短裤出来开门，她可能以为是师父回来了，开了门头也不回地说："爸，下次带钥匙，我还做着梦呢。"接着，她便回屋了。我站在她身后，嗓子像被什么堵住了，张开了嘴，却一时无语。小环滚圆的臀部，细长滑腻的腿，婀娜多姿的背影足以让人充满幻想，更何况我是一个二十多岁的年轻大男孩呢？正巧这时师父买早餐回来，把我的僵局化解了，小环似乎什么也不知道地回卧室了。她是继续睡觉，还是梳洗打扮，我也不知道，就是师父嚷了一嗓子："小环，早点放桌子上了，我和阿文回所里吃。"

从那天起，我开始注意小环了，偶尔夜里还会回想她滚圆的臀部和细长滑腻的腿，也许我像师父年轻时喜欢上师娘一样喜欢上了眼前这个女孩，不能自拔。

我听说小环在刑警队也是许多男孩追求的对象，小环也不避讳地称："只要抓到杀害我妈的凶手，无论是谁我都嫁给他。"

有个坏小子讲："要是李队那老家伙呢，他死了老婆，还有一个大小子，你乐意吗？"

"乐意，只要李队抓着了凶犯，我给他当填房，给他儿子当继母。"小环这么一说，大家倒哑口无语了，似乎还带着一点伤痛。

后来李队长知道此事，破口大骂刑警队那帮小子："你们他妈的一群混蛋，小环是我侄女，是你们的生死战友，这样的玩笑也开，我还怎么见老只，怎么对得起死去的小环妈妈？"打那以后，刑警队的弟兄们再也不敢开这样的玩笑了，大家都憋着一股劲，希望早日抓获杀害师娘的罪犯，给小环和师父一个交代。

小环对我的感觉似乎一般，但师父肯定没少和小环介绍我的优点，甚至夸大了我的长处，他认准了我就是他理想的乘龙快婿。我也知道，主要原因是我刚到派出所不久，一次和师父出警在控制一个武疯子的时候，我替师父挡了一刀，左臂受伤缝合了十四针，住院七天。其实没多大事，可是组织上关心，拿我当英雄，还说部队培养的战士就是素质高，敢打敢拼，为了保护战友，有勇于自我牺牲的大无畏精神。师父也总是感激地讲："那一刀，十四针应该是我的，让阿文这孩子挡住了，这要是有什么好歹，我对不住阿文爸妈呀。"为此，我还荣立了一个个人二等功。住院期间，小环为了感激我，一直陪在我的身边，我父母看到小环都觉得我俩有夫妻相，应该成为夫妻。

可是小环到底喜不喜欢我，我心里也没底。

04　李凡

李凡是我们分局刑警队队长，原名叫李平凡。听师父讲，李平凡当警察的第一天就说："当警察的哪能平凡呀？"于是，他改名李凡，把"平"字去掉，他觉得这个名字叫起来简洁，写起来简单。

李凡的妻子死于一场车祸，是五年前的事情了，如今他已过不惑之年，一个人带着儿子。他儿子上了初中，他也算熬出来了，不用接送儿子了。过去都是他妻子带孩子，他哪有时间照顾儿子。从警校毕业，李凡就在刑警队，一直干了二十来个年头，从侦查员到队长，胸前挂满了奖章，最大的一个是二级英模称号。那是他妻子去世的那一年，他击毙了贩毒集团的两名毒枭，打掉了一个跨国制贩毒品集团。为此李凡也付出了代价，现在他脑袋里还有几粒医生取不出来的滚珠呢，那是毒贩用自制火枪击中他的右脑射进去的，取出了六十九粒，还有六七粒是不能动的，大夫都说他命真大。每逢阴雨天气或是冬日，他的脑袋就特别疼，要大把大把地用止疼药片顶着。那几粒没有取出来的滚珠压迫了他的脑神经，造成他左眼几乎失明，一年四季他都要戴着墨镜。

李凡比小环大了足足十八岁。李凡看上去还挺年轻，身板结实，满脸英雄气概，就像电影里的侠客警官，同事们都喊他"中国队长·李"。他妻子死后这五年里，不少好心人给他提过亲，都被他回绝了。李凡说自己这辈子也许就是孤寡老人的命。他儿子还对他说过："爸，你要是再找媳妇，我就不认你这个爹。"那时，他儿子上小学三年级。李凡觉得再娶对不起妻子孩子，他让儿子放心，他不会给儿子找后妈的。李凡心里一直觉得愧对家庭，结婚十来年和家人聚少离多。

市局领导在师娘被害现场下达了指令，要求抓紧破案，必须将凶手绳之以法。当时，李凡作为负责技术的副队长勘察取证。听说师父在现场没有流泪，只是愣愣地看着师娘面带愠怒的样子，虽然她是被凶犯活活掐死的，但看上去她没有太多的痛苦，反而非常从容，甚至可以说是临危不惧。经过李凡和技术员、法医鉴定，认为凶手有可能认识师娘，否则，她没有闭上的眼睛为什么紧紧地盯着前方。最可恨的是凶手还把师娘的衣服脱光，放到了卫生间，打开了淋浴喷头冲洗，这明显是凶手故意制造被害人在洗澡时突发心脏病死亡的假象。

师父家里被翻得乱七八糟，值钱的物件和小环存的一些纪念币全被盗走。更可气的是，这个入室杀人凶犯还把一桶食用油倒进了师父家里的大鱼缸里，可怜的几条大锦鲤鱼也被活活地呛死。此人作案手段残忍，好像跟师父家里有血海深仇一样，师父和小环绞尽脑汁也想不出和谁有这么大的仇恨。

案件分析研判会上，李凡坚持说，凶犯一定是和师父家有仇，而且熟悉师父家的情况，甚至是师娘给开的门，还唠了家常。出现场的时候，李凡发现桌子上有一杯喝了一半的温茶。他还对师父没等技术员来，私自给师娘穿上了衣服，破坏了现场有些不满意。师父到了刑警队，破口大骂李凡不是东西，破不了案子找借口。师父说："用不着你姓李的破案，我一个人也能抓住杀人犯。"

由于师父住的是分局向企业求助来的几套房子，而这个小区的监控设施还不够完善。李凡他们走访调查好多相关联的人，都没有发现可疑迹象。全局都发出了通告，全市凡是抓获入室盗窃的犯罪嫌疑人一定要通知李凡他们，看看有没有线索串案。

李凡一直拿小环当徒弟、侄女看待，因为前几年他和师父在办理一起拐卖妇女案件的时候建立了生死友情。

那是一年的冬天，漫天飘着大雪的东北某县城小镇，师父和李凡押解犯罪嫌疑人在回来的路上下了火车，正准备将犯罪嫌疑人押上警车，突然那家伙纵身一跃跳到了对面火车站台下面的铁轨处，进站火车迎面驶来，李凡也想跳下去抓捕他，千钧一发之际，师父一把将李凡拽住——犯罪嫌疑人死在了铁轨上。回来后，师父把责任都揽到自己身上，受到了严厉处分。李凡那时就是一个普通侦查员，挨了几句批评，没有受太大的影响，后来还当上了副队长。由于师娘的被害，原来的刑警队长被免职，李凡被提拔当了刑警队"一把手"，他的压力能不大吗？他恨不得早日抓住杀害师娘的凶手，报答师父担责之恩。

小环似乎是喜欢李凡那样的男人吧，平日里她总是帮助李凡照顾他的儿子，临考试的时候，她还主动给孩子补习功课，给孩子买好吃的，遇到李凡出差甚至会把他儿子接到自己家里。师父也挺喜欢李凡儿子的，他儿子叫小环姑姑，叫师父爷爷。师父不怎么乐意，总是纠正孩子叫他大伯，还让孩子叫小环姐姐，也许师父着急让小环和我谈对象，也是怕小环真的给李凡当填房，那样他就对不起死去的小环妈妈了，怎么也得给小环找一个如意郎君，大小伙子。师父严格地观察了我三个月后，就开始有意无意"渗透"我，想让小环当我媳妇。从那天早晨开始，我是一百个乐意娶小环为妻。

李凡和小环还有点亲戚关系，听说是在师娘被害时大家才知道的。师娘的三妹、三妹夫来参加葬礼的时候，李凡见到球子他爸小刘老师，喊了声"表哥"，大家有些疑惑。李凡解释称，小刘老师的母亲和他的母亲是老家一个村的表姐妹。所以李凡喊小环的三姨父表哥。虽然这种亲戚关系不算近，但毕竟两个人的母亲沾点远亲，又是老乡。打那开始，球子就喊李凡表叔，小环也应该喊李凡表叔，所以李凡儿子喊小环姐姐，喊师父大伯也是对的。但是师父不认这门亲戚，师父说："各论各的，同事就是同事，那么远的亲属，也没有血缘关系，排不清楚，就算了吧！"其实李凡愿意小环喊他凡哥，他倒是希望和小环一个辈分。谁知道这家伙心里是怎么想的，也许他真的对小环有意思，只是碍于面子。在师娘被害案子上他十分努力，为此他也逼供过几个嫌疑人，有一次差一点把犯罪嫌疑人打成重伤。不过他每次都能化险为夷，谁也抓不到他的把柄。

在李凡他们破获游戏厅聚众赌博案件时，他还当场抓到了球子。球子死活不承认，说就来过这么一次，看着好玩，他央求李凡看在亲戚关系的分上放了他，还要求李凡千万别告诉师父和小环，否则的话师父饶不了他。

李凡倒不是因为和球子他爸有一点亲戚关系，而是看师父或者是小环的面子，才偷偷放掉了球子。

05　刘小先和罗莉

刘小先就是球子的爸爸，师父的三妹夫小刘老师；罗莉就是球子的妈妈，师父的三小姨子。刘小先比师父小两岁，比罗莉大了不到一岁，他和罗莉青梅竹马，两人从小学、中学到大学都是同学。大学毕业，一个在镇上小学，一个在县城中学，两人都是语文老师。可是罗莉就是不喜欢刘小先细皮嫩肉的白面书生模样，她喜欢师父那种高大威武的革命军人形象。怎奈师父就是看上了师娘。师娘当时步入了大龄女青年行列，能有这么好的军人看上她，算是上辈子修来的福，这是师娘父亲的说法。为此罗莉恨父母，恨师娘，更恨师父是有眼无珠的无情郎。不过，这倒是成全了追求罗莉的刘小先。

那天清晨刘小先还在家里做梦，罗莉就敲了他家的门。刘小先的副县长爸爸开了门，高兴地把罗莉请进屋里，没等他喊刘小先，罗莉就说："伯父，我愿意和小先结婚，您告诉他吧。"就这样没过多久，刘小先和罗莉举行了盛大的婚礼。副县长、副镇长做亲家，也算是门当户对，更何况刘小先的副县长爸爸当镇长时就和罗莉爸爸一起工作，罗莉爸爸的副镇长之职还是刘小先的副县长爸爸提拔的。

罗莉的父母特别高兴，二女儿和三女儿都有了如意郎君，剩下的老四老五两个女儿还上着学。这五朵金花，三朵都有主了，而且三个女婿都很体面，她们的爸妈心满意足，尤其是师娘终身大事得到解决，是他们最高兴的事情。

刘小先和罗莉婚后一年多无子，急得刘小先爸妈一直嚷嚷让他俩去市里的专科医院体检，结果是刘小先患有先天性无精症，这下要了全家的命。刘小先家里是三代单传，如果没有孩子怎么对得起列祖列宗呀，他们求医问药，一点效果也没有。最后还是副县长提出一个大胆意见，让罗莉试管怀孕。在当时，只有南方已经改革开放的大城市，还有就是首都的大医院才拥有这样的高科技技术。本市虽然也是大城市，但还是不具备这种技术。不过这倒不是难题，刘小先当副县长的父亲有这个能力。

经过副县长和婆婆做工作，罗莉同意了，但她提出用二姐夫的精子才行，那样一是保密性好，二是二姐夫形象好，生出来的孩子一定漂亮帅气。副县长夫妇当然同意，他们决定知道的人越少越好。在副县长的策划下，罗莉成功怀孕，生下了一个大胖小子，师父在师娘的恳求之下也尽了力，反正都是医院操作，师父也没有和三小姨子见面，全程都是在刘小先和师娘的监督下进行的。罗莉更是高兴，她心想缘分就是缘分，怎么着也能把"她"和"他"拴在一起，不是红线，也得是粉红色的线。

现在每当球子喊师父"姨爸"的时候，刘小先的身体就发麻，他恨不得师父赶紧得急病死了才好，这样他这个"爸爸"当得才踏实。知道球子真正身世的一共有六个人，副县长和他老伴，副镇长和他老伴，师父师娘，要是再算上刘小先和罗莉就是八个人知道此事。这不，副县长去年在师娘被害的一个星期后去世了。师娘的母亲三年前患病去世。现在健在的有师父，副镇长，刘小先的母亲，还有刘小先夫妇五人。

我知道这件秘事，是正式和师父坦白喜欢小环，开始对小环展开爱情攻势的时候。我俩那天值夜班，刚处置一起儿子和老子的纠纷后，师父莫名其妙地跟我说了球子的真正身世，他还告诉我千万不要对任何人讲，要烂在肚子里，不能和小环说。他告诉我是有一个目的，就是今后对球子要像亲弟弟一样照顾。师父说到动情之处有些害臊地讲："毕竟他有我的精血，也许命里注定我和球子他妈上辈子就是夫妻，这是说不清道不明的缘呀！"

刘小先在球子的恳求下，在罗莉的支持下，办理了提前退休，卖了县城里的一处老房子，将积攒给球子结婚买城里房子的钱凑一起，开办了优育文化教育机构培训部。球子主要是看到爸爸老同学开办优生文化教育机构培训部，这几年发了大财，才撺掇他父母也开一个这样的教育机构培训部。球子讲："现在的家长不怕花钱，就怕孩子没有学上，更何况老爸当了多年的班主任，教学有一套，我在教育机构培训部也没白干，尤其是招生工作，还是有点资源和经验的。"拗不过球子和罗莉的刘小先只好按照球子的设想开办了优育文化教育机构培训部。

刘小先全身心投入了球子的发财梦想中。怎奈商场无情，一向守本分教书的刘小先根本就不是经营教育机构的料，他教教文科知识还可以，管理教育机构，尤其是经营民办培训部，他还真的不是内行。球子更是眼高手低，一个假期都没有冲刺成功，招了几个生，还不够支付老师的讲课费呢。培训部的资金很快周转不开了，总是找亲朋好友借钱也不是个事。刘小先后悔听了罗莉和球子的话，这可怎么办呢？

刘小先本来对球子不是自己的"种"就嘀嘀咕咕，怕"东窗事发"，又不敢过分埋怨娘俩，只好把苦水往肚子里咽。无奈下，他找到了师父请求帮忙，看能否给培训部找一些学生资源，或者把房子高价租出去，然后还是给球子找一份其他职业干干，回老同学的教育机构显然是不合适了。师父严厉批评了刘小先太宠孩子，他称球子发展到今天就怨刘小先和罗莉，凡事都依着球子。说到动情处，师父还骂了几句刘小先没有当爹的狠劲。师父这么一说，刘小先不乐意了，他也不示弱地嚷嚷道："你把球子认领了吧，我和罗莉离婚，你们一家人团聚好了！"说完，他摔门就走了，回到了县里，一进家门就呜呜地大哭起来。

刘小先母亲搂着知天命的儿子，也是老泪纵横，一个劲地唠叨："作孽呀，作孽呀！"哭了一会儿，刘小先擦干了眼泪，又像没事人一样给师父打了电话，让他看在死去的二姐面子上，再帮帮球子。

师父心软了，也觉得自己对刘小先说的话太重。师父和我商量，又找了一些朋友，真的把刘小先和球子租赁的教育机构培训部转让了出去，而且价格不低，基本挽回了刘小先他们的经济损失。刘小先和罗莉，还有球子感激得不得了，球子更是亲切地叫着"姨爸"。当然，刘小先的心里很不舒服，罗莉倒是觉得亲姨父帮忙天经地义。

06　罗娇

罗娇就是我师娘，我们没有见过面，她比师父大三岁。罗娇初中毕业就被分配到了镇上的玻璃厂，在镇上当干部的爸爸托付当时还是镇长的刘小先父亲给解决的工作。罗娇上班不到一年，就当上了厂办文书，这主要还是因为她漂亮的外形，让人们总有一种亲近感，当然也有上级领导的关照。

罗娇和师父婚后一年多就有了小环。小环两岁时，师父转业回到市里。罗娇随着师父转业，被分配到了玻璃厂的上级单位，市二商总公司经理办公室工作。罗娇努力勤奋，又带孩子又到夜校补习，取得了高中毕业证，紧跟着上了自考大专班，学习财务专业，取得了大专文凭。那个时代文凭就是一个宝，罗娇被公司任命到一个下属企业任财务科科长。她在科长位置上一直干到六十岁退休，到她遇害前，单位遇到上级财务检查的时候，总要请她帮助整理账目。在公司里，罗娇口碑特别好，年年获得先进个人，退休前一年还获得了全国三八红旗手荣誉称号。女干部都是五十五岁退休，唯独她干到了六十岁退休。

罗娇特别疼爱球子，不仅因为球子是自己的亲外甥，也算是她对三妹内疚的一个回报。而且因为球子的身体里毕竟有师父的精血，现在长得也越来越像师父年轻时的容貌，她怕刘小先受不了，也怕三妹又开始异想天开。好在师父不是随便的男人，从结婚起，师父对爱妻那可是百依百顺，就因为支持她进步，师父在家里洗衣做饭照顾一家老小，连自己的前程都耽搁了。那年局里准备提拔师父到分局行政科当副科长，本来师父转业的时候就是副营级干部，对应安排的职位就是副科长，而且师父到了分局行政科任职也算是干了老本行。可为了家庭和罗娇，师父硬是不去，他说："我就愿意在派出所和老百姓打交道，这样才算为人民服务，不去机关当那个一杯茶、一张报纸，开会讲话的科长，那样实在受不了。再者说，我一个当兵的出身，文化水平一般，还是老老实实在所里，接警出警抓坏人，调解纠纷好。"

罗娇不这么认为，她认为都是自己把师父耽搁了，自己倒是学习工作两不误，还当上了科长，这要是还在镇上的玻璃厂上班，可能都被买断工龄或者下岗了。这么多年让师父成了"家庭妇男"，罗娇难免心里觉得有些亏欠。

罗娇母亲说过，家里孩子多，虽然都是丫头，可生活还是很拮据，只有孩子父亲一个人在镇上当干部。那时候家里上有老下有小，全家十几口人，真的挺困难。最后还是五个女儿的爷爷痛快，说道："都五个闺女了，别生了，咱老罗家到这辈子就算绝户了，等她们五个丫头成了家，你俩选一个女婿倒插门，生个男孩姓罗，也对得起我了。"此外，镇上和县里的领导也警告罗娇的爸爸，五个孩子已经违反国策超生了，再生就要开除党籍和公职。没有了工作，怎么养活一大家子人？听师父说，他岳父曾偷偷去算了个卦，算卦先生讲："你生的第九个孩子，才是男孩，前八个都是女孩，你天生就是闺女命。"师父的岳父吓出了一身冷汗，从那时起就再也不敢想生儿子的事情了，他急忙响应号召带头做了结扎手术，在当时男同志做结扎手术是一件勇敢、有担当的事。不久，罗娇的父亲就当上了副镇长。

罗娇学生时代学习特别优秀，可是因为家里孩子多，初中毕业她就早早参加了工作。十六七岁的罗娇在镇上是出了名的美少女，街坊邻居都说这家二女儿都可以当明星了，长相就像邓丽君一样甜美。吓得副镇长马上制止街坊邻居："我闺女可不是邓丽君，邓丽君的歌是靡靡之音，不许再提。"

那个年代，在镇上谁敢唱邓丽君歌曲，大家会立马报告派出所，不把你抓起来"法办"了，也得到派出所写检查，保证不唱了才行。如果有邓丽君的磁带，会立即被没收。

罗娇是一个听话的女孩，但她特别喜欢邓丽君的歌曲，在那时只能在心里默唱，一点声音也不敢出，否则爸妈都会提心吊胆。罗莉可不管那一套，唱着："小城故事多，充满喜和乐。若是你到小城来，收获特别多……"吓得她母亲赶紧关门："小三呀，别给你爸惹事。"

罗娇最爱唱的也是《小城故事》，罗娇比三妹唱得好听。"……看似一幅画，听像一首歌，人生境界真善美，这里已包括，谈的谈说的说，小城故事真不错，请你的朋友一起来，小城来做客……"

这首歌也许真的唱出了这个小镇里姑娘们的心声，她们也向往大城市里的繁华。罗娇还喜欢唱《千言万语》："不知道为了什么，忧愁它围绕着我。"后来遇到了师父，快三十岁的她恋爱了，小城姑娘也可以放声歌唱了。改革开放的春风吹遍大地，县城小镇满大街的邓丽君画像和磁带，"小城故事多，充满喜和乐。"罗娇兴高采烈随时哼唱着，母亲也笑着说："俺家的二丫头比邓丽君唱得好，唱得真好听。"这一句话增添了罗莉的恨，她恨二姐把小城故事唱成现实，转念又为二姐找了一个称心的爱人高兴，自己的那点苦恋则埋在了心中。

这人世间就是在情感、纠结、纷繁、简单的矛盾中用自己的灵魂折磨着自己的肉身得以生存，谁不向往可心的生活呀，罗莉在这纠结的日子里快乐、烦恼地生活。

退休后的罗娇就是一门心思照顾师父，还有球子，因为此时小环还在外地读大学。她希望小环毕业，进公安局成为警花，以后也找一个警官帅哥结婚。她可以给他们看孩子，如果是外孙女她就一定教孩子唱邓丽君的歌曲，让小环的女儿成为小邓丽君。"小城故事多，充满喜和乐。"多么好听的一首歌呀。

罗娇那天去菜市场买菜回家，一看防盗门没关严，还露着门缝，以为是小环出差回来了，嘴里说着："这丫头进屋不关门，进来坏人怎么办？"她进屋关上门，一起重大案件发生了。

罗娇被害近五个小时后，好心邻居发现她家的门缝向外流水，立即给师父打了电话。师父打开防盗门，满屋凌乱，满屋水流，大声喊着："罗娇——小环妈——"见没人应答，师父便打开卫生间的门，罗娇裸露着身体，淋浴喷头冲洗着她古铜色细腻的身体。她面容安详，没有闭上的双眼似乎在微笑，又似乎她没有死，只是在梦中。师父木讷了，完全傻了眼。

师父拨打了110报警电话，之后又给女儿小环发了微信："你妈突然病重，速回！"接着，他又给罗莉和球子打了电话。警察战友们来了，市局领导也来了，亲人们来了，师父提前给师娘穿好了衣服。李凡犟脾气上来了，说师父破坏了现场。现场的刑警队队长骂了李凡句"混蛋"。李凡知道自己说错了话，当着大家的面给了自己一个嘴巴子，他哭了，他不知道怎么安慰师父。师父抱着妻子的尸体，静静地等待着什么似的，他没有眼泪，像是在小声哼唱小城故事多……

翌日，小环从外地回来，一听到母亲被害的消息，她便疯了似的捶打师父的胸口。这时师父紧紧抱住小环，放声大哭起来，那哭声震天撼地。

07 只仁善

只仁善是师父的全名。罗娇死后的一年多里，别人都说他胖了，不爱说话了，连他一直帮扶的老绝户傅老秃都不像过去那样，屁大点事就来找他帮助。傅老秃提供了不少可疑的线索，还真帮警方抓到了一个入室盗窃的团伙，可惜与罗娇凶案无关。

那天罗娇遇害，出入小区人群，尤其是脸生的人，傅老秃全部指认出来，但经过辨认和排查，还是没有发现杀害罗娇的犯罪嫌疑人的相关线索。自从罗娇被害后，区里、街道上的领导高度重视监控系统的重要性，赶忙打了报告。很快，市里批准上亿元的专款，要求在五年内全市各个区域都要安装视频监控设备。

只仁善一九五九年四月出生，一九七八年高中毕业入伍，在部队里算是有文化的兵。当兵时他的年龄偏大，他们那个年代当兵的基本上都是初中毕业，还有好多待业青年也就十五六岁，把户口本改大一两岁就到了部队当兵。师父不用改户口，他可是堂堂正正的高中毕业生。新兵连训练结束，战友们都下了连队，步兵、炮兵、特种兵，还有报务员、放映员、汽车兵……而他这个大个子、文化水平高的战士愣是被分配到了团部炊事班，当了一名火头军。

只仁善搞不懂，跟新兵连指导员哭了鼻子。"为什么让我干火头军？"指导员耐心和只仁善进行了思想交流，还告诉他张思德是烧炭的，雷锋是汽车兵，他们都是好样的，只要是解放军战士就是人民的子弟兵，干什么都是革命工作，都是保卫祖国，保卫毛主席的好战士。就这样，只仁善还是带着一点委屈到了炊事班。没承想他第一年就荣立了个人三等功，第二年就入了党，第三年就提了干，当上了司务长，结识了副镇长，娶了美丽新娘——罗娇。

只仁善在新兵连的时候，到偏远山区训练了三个月。三个月后就被分配到了家乡城市的一个县城，距离市区二百公里的某集团军步兵团团部食堂。赶上假日，后勤处长还放他一天假回趟家，不过让他熄灯前归队，也就是晚上九点半之前回去。部队的团部距离县城火车站很近，坐上火车两个多小时就能到市区家里。当了十多年兵，他没少回家，让许多战友羡慕。后来他当上了后勤处副处长，相当于副营职干部。结婚一年多，有了小环，他就开始打报告要求转业。三年后到了市区公安分局，在派出所一干就是近三十年。本来还有不到一年就退休了，只仁善都计划好了和罗娇一起开始晚年幸福快乐的生活，然而一切落了空。想到这里，只仁善就要流泪，就想哭一场。他发誓一定要抓到该死的凶手："抢钱就抢钱呗，为什么要了她的命？为什么还脱光她的衣服？王八蛋，抓住凶犯，豁出命也要亲手宰了他，让他给我的罗娇偿命。"想到这里，他就咬牙切齿，恨不得马上退休，开始他的"复仇"计划。

我有一种预感，他似乎已经发现杀害妻子的凶手，只不过他不想给警察队伍抹黑。他要等到退休，当了老百姓，抓住凶犯问个究竟，之后宰了凶犯。只仁善怀疑的是谁，谁也不知道，这是我个人的猜测。我还偷偷找过傅老秃询问有没有新的线索，傅老秃眯着眼使劲吸烟，欲言又止，他唉声叹气，说了一句："找只仁善问去，你们是警察。"不久傅老秃患病去世，我唯一的线索中断，我也一直没敢询问只仁善，他一定有他的难处。

我和小环确立了恋爱关系。我真的开始爱上了小环，是那种一日不见如隔三秋的热恋。小环表面看上去挺强势，但当你真正了解她，接近她时，你才会感受到她的温暖和柔情。只仁善之所以把他家的绝密——球子的身世告诉我，是因为我和小环在他的"强势"要求下定亲了。我爸妈出钱，我给小环戴上了两克拉的名牌钻戒。不过，小环还是坚持要把杀害母亲的凶犯抓获再结婚。只仁善不同意，他向小环承诺一定会查出杀害她妈妈的凶犯，他多次苦口婆心对小环讲："你要是真听爸爸话，告慰九泉之下的妈妈，就和阿文赶紧结婚，让妈妈安心，让爸爸早日抱上外孙。"

只仁善每天忙碌，接警，出警，处警，所里的同事谁要是家里有事，他就替人家把班值了。我们派出所本来就是三天一个班，师父基本上一个月回一趟家就不错了。他说，回家一个人闷得慌。小环在分局刑警队忙起来根本就不回家，只有小环回家师父才回家。师父把家里的钥匙交给了球子，告诉球子别在外面租房子住了，回家住，那里也是他家，等小环结婚了，房子就归球子。师父希望在法办杀害师娘的凶犯后，给小环看孩子，再老点就去敬老院，不给孩子们添负担。每当听到这里的时候，我的眼睛就要流泪。

过完年，只仁善还有一个多月就要退休了，我们所长给全所下命令，不许再让师父替大家值班，让他放松放松，否则退休后，回到家里就一个人，他会憋出毛病来，要让他有一个缓冲的适应期。

由于工作的需要，加上我的写作特长，我被借调到市局政治机关帮忙。市局为了庆祝中华人民共和国成立七十周年大庆，组织献礼伟大祖国七十年华诞的文学作品，让我写一组诗歌在庆祝大会上朗诵。

只仁善给小环下了最后通牒："今年就在十月一日伟大祖国成立七十周年大喜的日子里和阿文结婚。"他还告诉小环和我，也许在这之前凶手已经伏法，他会加快速度摸排线索，配合李凡他们破案。小环怕父亲伤心，默默地点点头，算是同意。我是欣喜若狂，也省得爸妈整日催促。

临近清明，还有一天只仁善就要领退休证，他很难受，干了一辈子军人、警察的事，穿了一辈子国家的制服，就要告老还乡了，唉，自己挚爱的罗娇却没了。那天我看到他真的老了许多，不是头发稀少灰白的缘故，是整个人的精神，没有了从前那股革命军人的劲头，也许是因为罗娇的死，也许是因为他真的老了。其实，现在六十岁的人真的看不出来老。我父亲也是六十多岁的人，他在大街上还有小姑娘喊他大哥呢，搞得我母亲还有些吃醋，说我父亲总盯着漂亮女人，尤其是夏天，看人家露出白皙的肉感部位。这是母亲偷偷对我讲的。看到我父母的退休幸福生活，我特别心疼只仁善，我的师父，未来的老丈人。从明天开始他一个人怎么生活？只能我和小环结婚后和他一起住，有了孩子再让他照顾，让他忘记调查杀害罗娇的凶手。这个案子由我和战友们来办，这样他晚年才会幸福。等案子破了，过几年只仁善想通了，再找一个老伴，那样生活会更好，那才叫告慰死去的岳母。我喜欢叫岳母的名字——罗娇，多么迷人的女性名字呀。

就在只仁善退休的第一天，他从分局开完退休欢送会回家。这天中午，噩耗传来，只仁善死于突发性心脏病。当时，在场的有球子和刘小先、罗莉夫妇。我和小环赶到时，救护车已经把只仁善拉到医院抢救。小环像疯了似的，嗷嗷大叫，没有一滴眼泪，直至晕死过去。医院又是一阵抢救。李凡带着法医赶来了，他们坚持复查一下只仁善的尸体。李凡称刚和老只同志分手，他不信只仁善就这么死了。经过分局法医鉴定，得出结论：只仁善死前和相关人进行了搏斗，导致突发性心脏病死亡，如果没有搏斗，他不会死的。

分局立即成立了"4·1"专案组，分局领导亲自挂帅，要求将罗娇被害的"9·27"专案合并侦破。

"如果三个月内破不了案子，撤掉分局主管局长职务，刑警队李凡队长撤职，其他参加办案的侦查员调离岗位，去大街上巡逻，刑警队要大换血，让能破案的警察干。今年是特殊的一年，我们要向伟大的祖国献礼，不是现眼，人民警察就是维护法治的尊严，抓不到犯罪嫌疑人，我们都是饭桶，命案必破，是板上钉钉的誓言。"这是市局领导流着眼泪下达的死命令。

大家心里明白，就是市局领导不这么说，也必须尽快破案，否则对不起自己被害的战友。按照分局领导指令，我立即回到了专案组。

08 刘球和父母

刘球，乳名球子。他和侦查员讲，那天他知道姨爸退休了，特意请了假，让父母也来市里，给姨爸举办一次退休家宴，主要是怕姨爸孤独，退休想姨妈。

"我们全家来和姨爸、小环姐姐热闹热闹，谁承想姨爸太激动了，犯了突发性心脏病。"刘球撕心裂肺地哭述。

"你们谁先到的只仁善家？"侦查员问。

"我先到的，我有姨爸家的钥匙，我到家，姨爸还没有回来。"刘球回答。

"你父母什么时候到的？"

"我姨爸回家，让我买醋去，说吃饺子没醋可不行，我出去买，等我回家，我爸妈已经到了。"

"只仁善什么时候发病的？"

"我回来以后，就看到姨爸躺在我妈怀里，我爸打电话叫救护车，对了，姨爸家的邻居也来了……"球子回答得很清楚。

回到办公室，李凡说："排除他的嫌疑。"

球子和他爸开办的优育文化教育机构培训部赔了本，最为艰难的时候，还是只仁善找到球子原先工作的优生文化教育机构培训部负责人，让人家兼并刘小先爷俩办的培训部，可以说是救了刘小先全家。刘小先没了工作，还是人家聘请他当教师，球子作为股东之一，分管招生和后勤工作。一开始刘小先老同学也是不同意，他们过去是竞争对手，刘小先老同学一直认为他爷俩是忘恩负义，不想和他们合作，但碍于只仁善警官的面子，只好搞了一份约法三章的合同，救了他父子俩的场。

对只仁善的死，刘球非常伤心，他到医院看望小环姐姐，搂着小环姐姐，哭着说："姐，现在咱俩就是这世上最亲的亲人了。"

小环出院之后，组织上照顾她，先安排她到法制部门工作，她不干，她非要参加专案组，想亲手抓住杀害父母的凶手。为此，分局也理解小环的心情，为了照顾小环，领导把我俩安排在一起，一来照看小环，二来控制小环的情绪，毕竟大家都知道我俩的恋爱关系。分局政委还特意叮嘱我一定要依法办案，不能让小环再有一点闪失，否则对不住老只和他妻子的在天之灵。

罗莉和球子讲的差不多，就是在球子外出买醋期间有二十分钟的空当。

难道就是在这二十分钟里只仁善被害了？根据罗莉描述，她和刘小先没有敲门，因为门没有关上，开着一道门缝。他俩一推门进了只仁善家，一进屋只见只仁善气喘吁吁地躺在地上。罗莉一个箭步上前，抱住二姐夫大喊大叫起来，对面的邻居听到跑过来帮忙。刘小先赶忙打了120急救电话，可以说一点也没有耽搁，可救护车赶来，只仁善已经死在了罗莉怀里。

二姐、二姐夫都去世了，准确讲都是被害身亡，罗莉和谈话民警说："你们一定要查出凶手，给我二姐和二姐夫报仇，再说，只仁善也是你们警察，你们要赶快破案呀。"

罗莉面对死去的二姐夫痛苦万分，可是她又能怎样，她只能表面上好好安慰一下自己的外甥女小环，这个苦命的女孩。就在这个节骨眼，副镇长得知二姑爷也被害了，没有两天的工夫就抱病而终。不过副镇长死得也没什么痛苦，是微笑而亡。另外就在同一天深夜，刘小先的母亲也突发脑出血病逝。

罗莉的父母当时把她介绍给只仁善，就是因为两个人年龄相仿，罗莉又是师范大学毕业，一名人民教师，足以配上他这个城市来的军官，等只仁善转业也可以把三女儿带到城里学校当老师。再说罗莉也是自幼聪慧，一双大眼睛好像会说话，总是含情脉脉，说话大大方方。罗莉在父亲的安排下，早就偷偷看过只仁善，这个雄赳赳气昂昂，穿着四个兜绿军装的解放军干部。也可以说，她当时一眼就相中了这位驻军某团的后勤干部。

可阴差阳错，只仁善来到副镇长家第一眼看到的是古铜色皮肤的美丽罗娇。春心荡漾的只仁善不能自拔，他是完全被罗娇滚圆的臀部、细长的大腿，还有看见陌生人就低下头，害羞一笑的举止迷倒了。罗莉恨罗娇，也心疼二姐，见快三十岁的姐姐都长出了几根白发，她心软了，放弃竞争。早早把自己嫁给副县长的儿子，也是一种报恩，报父母恩，报姐妹情，因为二姐初中毕业参加工作，也是为了她和妹妹能更好地读书。再说罗莉能留在镇上当小学老师，也是刘小先父亲的功劳，否则刚当上小学老师的首先要到农村小学锻炼至少三年才能调回县城。有的小学还在大山里边，一干就是三年五载，如果再在村里安了家，就一辈子那样生活了。在县城镇里长大的罗莉听到去艰苦的大山农村学校，心里就犯嘀咕，就害怕，所以她主动找到追求过她的刘小先，也是为了报恩。

刘小先的口述和罗莉、球子一模一样。专案组的侦查员们陷入了举步维艰的境地。这个老小区的视频监控设备还没有安装到位，调取的一些监控录像也没有发现有价值的线索，周围熙熙攘攘的人群中哪一个是凶手呢？李凡和战友们感到十分迷茫，调查—取证—走访—无果。

刘小先最大的痛苦就是球子不是自己的"种"，他看着一天一天长大的刘球越来越像只仁善，内心翻江倒海，恨不得把球子那张讨厌的脸扯下来，换上自己干干净净的白脸蛋。可是不争气的球子，不仅脸蛋像只仁善，就连脾气秉性都和只仁善一模一样，而且还总往只仁善家里跑，甚至住在只仁善家。罗娇对球子也有一种溺爱，更像是母子。球子也是甜甜地"姨妈""姨爸"喊着，而小环拿球子简直就是当亲弟弟，两孩子从小就好得不得了。球子放假高高兴兴到市里只仁善家住，一回来就哭闹。罗莉还说过，不行就让球子转到市里上学，住在二姐家，他俩还省心呢。刘小先听后火冒三丈，因为球子，他们两口子没少争吵。最后还是罗莉让步，尽量不让球子到二姐家。

刘小先这些日子发现自己恨连襟只仁善也是没有道理的，毕竟自己那方面不行，父亲方才出此下策，悔不该要这个试管婴儿。为了不让外人知道，父亲还动用了关系，苦口婆心央求只仁善帮忙。还不如不要球子这个"种"，就和罗莉过两个人世界，当一个丁克族也挺好，现在社会上小青年还兴这个。刘小先知道后悔药是没有的，他越想心里越是空落落的，二十多年了，他和球子依旧父子情深，球子毕竟是从罗莉——自己深爱的女人的肚子里出来的孩子。

清明节到了，刘小先一家人给父母上坟。在回家路上，已经到了县城路段，球子开的车与一辆厢式货车迎面相撞，一起重大交通事故发生。

警车、救护车、消防车都到了现场。开车的球子和坐在后排的罗莉重伤，但没有生命危险，坐在副驾驶座的刘小先当场遇难身亡。罗家、刘家、只家接连亡人，在过去这叫"重丧"，是不吉利的象征，县城和镇上的人议论纷纷。同时，这几个家庭的家人也不得不承受这种灾难性打击。

罗莉望着天花板，自言自语地讲："作孽，作孽呀！"

09 阿文和只美环

阿文就是我。师父、小环和大家都喜欢这么喊我。我的战友，未婚妻小环，全名只美环。她家的重大变故，让她痛不欲生，我也是一样，因为我和只仁善情同父子。只仁善没的那天夜里，我和只美环一直相拥，她一句话也不说，只是吧嗒吧嗒地流眼泪，我觉得劝说"节哀""想开些"之类的话没有什么意义。我只在心里想，快些破案，给被害的师父师娘一个交代，尽快迎娶美环，给她更多一些人世间的爱，这样也许能填补她的一些伤痛。天快亮了，她轻轻地吻了我的唇。"我爱你，阿文。"她温柔似水地说出五个字。我情不自禁紧紧地拥抱着她，那一刻我们真正热恋了，成长了。

那一夜，我们伤感，我们幸福，我们彼此相爱，我默默地告诉师父师娘，小环今后有我，请他们放心，她一定能拥有家的温暖。我给小环做早餐，她整理家务。"杀害爸妈的是一个人吗？为什么？"小环突然的一句问话，让我脑神经瞬间紧张起来。

师父临退休前和我讲："阿文，我退休了也没什么送你的礼物。"我赶忙抢话说道："您把小环都给了我，还有什么比小环大的礼物。"

师父笑了，补充一句："还有我家的秘密，记住了。"我知道他说的秘密就是球子。

现在知道这个秘密的就一个人，球子的妈妈罗莉，当然还有我这个局外人。我在想球子要是知道他是一个试管婴儿，而且是他姨爸只仁善的"种"，他会不会接受不了呢？会不会感激只仁善？会不会痛恨刘小先？或者是可怜刘小先这个养育他二十多年，却没有任何血缘关系的父亲呢？我在胡乱猜想着，师父为何告诉我他和球子的绝密关系。

刘小先的遇难对罗莉似乎没有太大的打击，她办理了退休手续，搬到了市区二姐家陪伴小环居住。球子忙于教育机构培训部的工作，偶尔来一两趟，如果不是罗莉打电话也许他都不会来，而且他似乎和小环也疏远了。他对家人的态度似乎也变得很冷漠，每天无精打采。听小环讲，球子和交的一个女朋友分了。罗莉为了这个宝贝儿子也是操碎了心，过去有只仁善，他姨爸在，说他几句还能听进去。刘小先是管不了他的，刘小先说一句话，刘球有一万句话等着回敬呢，每次都气得刘小先要吃几粒救心丸。刘小先回家就要跟罗莉闹，把满腔怒火撒给罗莉。罗莉也是毫不在乎地顶撞刘小先，急红眼了就吵吵离婚，再急红眼，就威胁要公布球子的身世："谁让你那玩意不中用呢！"刘小先好几次想寻死，可考虑到老父亲和老母亲，白发人送黑发人，那是多么痛苦呀，这么一寻思也就算了，这下正好刘小先稀里糊涂去找他父母了。

刘小先死后，他的一个大姐、两个妹妹和罗莉、球子大吵大闹一通，说他们娘俩就知道欺负软弱的刘小先。他们动起了手，罗莉报了警，家庭纠纷，民警调解一番，没有什么实质问题。家里有父母留下的一套大房子，还有三十万存款，老副县长活着的时候立下了遗嘱，都给刘球，他是唯一的家产继承人。老副县长的三个女儿不知道球子的身世，当姑姑的，给自己侄子没话说，要是知道球子是试管婴儿，又是只仁善的"种"，非得打出人脑子，肯定要打到法院。再者，罗莉拿着遗嘱，三个小姑子没辙。

只仁善临退休前几天，送了我三样物件，一个工作笔记本，一张发旧的师父穿军装的黑白照片——那是一张师父年轻时的照片，和球子现在一模一样，乍一看还以为是球子——还有一支英雄牌钢笔。他还说："我送你的最大礼物就是我的宝贝闺女小环，小环太像她妈妈，你这小子有点我年轻时那么一股子劲，也说不清，就是和你小子有缘。另外还送你一个我家的大秘密，你小子要保守秘密，而且还要替我照顾姐弟俩。"

没想到只仁善就这么走了。想到这些我就有一种说不清的心理反应，这个反应似乎告诉我"9·27"罗娇被害案子一定会让我破获，小环也会真心实意地嫁给我。

只仁善送给我的三样物件我放在了办公室带锁的抽屉里，我不愿意触碰它们，我怕我看见这些物件想起我们一起值班，一起出警，一起蹲堵抓盗贼，一起喝醉了酒说军营里那些偷看女兵的烂事……只仁善说："你个新兵蛋子，白白净净也那么坏，以后娶了小环可不能再花心了，否则我替你爸妈揍你。"

我醉醺醺地说："放心，老只，我对小环绝对专一，我要让小环生两个孩子，你给我看一个儿子，让我爸我妈给我们看一个女儿。"

只仁善嚷嚷说："都给我一个人看，包括球子的孩子也得我看，干脆我办一个托儿所，我当所长，你爸妈当老阿姨老阿叔，我还给他们发工资。"我俩说得特别幸福。

马上就到五一国际劳动节了，距离市局领导给的结案时间还有两个多月，六月必须找出线索，力争七月抓获犯罪嫌疑人，两起案件一并破获。李凡马不停蹄地深挖线索，现在的他根本顾不上儿子，他把儿子交给了孩子姥姥姥爷，偶尔打电话问问孩子情况。倒是小环心细，有的时候我俩会一起去看看孩子。

我一直在李凡的领导下，跟着另一组战友核查线索，走访调查，以及查询相关视频监控，可是查来查去没有新的发现，包括和外省公安机关串案也没有明显的线索。我们陷入了难以破解的困局。

这天我值班，望着窗外的夜空，几团云朵慢慢地飘动着，我似乎看到了一朵熟悉的云，那更像是一张熟悉的脸：你是只仁善，我的师父吗？

"阿文，你好！"

"师父，你好！"

"案子还没有破，犯罪嫌疑人也没有抓到吧？"

我惭愧地低下了头。

"其实我知道凶手是谁！"只仁善说。

"是谁？"我急切地问。

"你就是凶手！"

"不，不是我！"我满头大汗地喊叫起来。

我惊醒了，墙上的钟显示是凌晨三点十一分，我起床喝了一杯白开水，楼道寂静无人，从卫生间回来，我情不自禁打开抽屉，拿出只仁善给我的三件遗物。

我打开只仁善的工作笔记本，翻看密密麻麻的记录，大部分都是日常工作提示，如：所长布置的工作任务，几个孤寡老人的名单和需求，几个外来人口情况……我无心翻到最后一页，"你就是凶手"五个字出现在眼前，后面还明显地写了一个句号，也就是说"你"就是凶手，只仁善查出了凶手。可"你"又是谁？为什么没有告诉我？为什么不告诉李凡，或者小环？他有什么隐藏的秘事吗？我在空白处模仿他的笔迹写下"你就是凶手"五个字，一遍一遍，写了十几遍"你就是凶手"。然而无论怎么写，也识别不出他那几个字的暗示，但我的猜疑指向了一个人！

突然，我又有一个新的发现。在他的工作笔记本塑料皮内侧夹层，我取出了一个小透明塑料袋，从中掏出两页纸，里面夹着两绺头发，每绺头发都用一根红线系着，两页纸上是一家本市较大的民营医院的头发归属鉴定结果。我仔细查看，鉴定结果写着："提取两根发丝符合同一人血样，是同一个人。"

翌日，我向李凡请了半天假，谎称家里有点私事要处理。我去了那家民营医院，说明了来意，接待我的工作人员告诉我，不能给我提供鉴定人的情况，这是为鉴定人保密。无奈我亮出了身份证明，说明出于办案需要，我也会保密。按照医院规定的程序，我和医院负责人签了保密协议，他们配合了我。没错，是只仁善来鉴定的，被鉴定的是谁，没有登记。鉴定医生回忆，说那个老同志只是说，他怀疑儿子不是亲生的，所以取了自己的头发和儿子的头发鉴定一下，花多少钱都行。鉴定结果是两绺头发为同一血样，那个老同志说了声"谢谢"，头也不回就走了。

我感觉到只仁善一定发现了杀害罗娇的凶手。我马不停蹄赶回分局，把只仁善给我留下的遗物装入书包，立即回家，把自己锁在房间里，开始梳理罗娇被害的案件。我觉得可能会串联起只仁善被害的案件，我不敢相信自己的预感，可是职责所在，我必须把真相还原。我不停地画着句号，越画那个句号越大，形成了一个圆圆的球体，再加上"你就是凶手"五个字一个句号。

我拉上窗帘，打开台灯，尽量让屋里有一种不够亮的光芒。我再一次仔细观察我所写的"你就是凶手"，它包围着只仁善写的"你就是凶手"。在放大镜下，只仁善写的那个圆圆的句号，就像一个滚圆滚圆的足球，难道这就是在告诉我，凶手是球子？我比对了一下鉴定表中的一些数据，就是他，杀人犯球子，刘球！

窗外狂风暴雨袭来，气象台昨天播报今天夜间才有暴风雨，怎么提前到了中午呢？是我思想里的暴风雨，还是窗外真正的暴风雨？我扭过身体，奔跑到窗户处，用力拉开窗帘，窗外一股股的激流击打着玻璃，我疲惫的身体被窗外的激流击倒在地面上。我躺在地板上停留了好久好久，好像是窗外的激流弱化了我的神经，我放松了，哦！这不是一场梦，这就是"4·1""9·27"案件的真相吗？这是只仁善交给我的最后的任务，是护着球子？还是将他绳之以法？

距离七月破案还有足够的时间，我应该怎么办？只仁善把这些遗物交给我，把他家族的重大秘密告诉我，把球子交给我，把漂亮的小环交给我，我应该怎么办？

阿文，你是警察，执法警察！也许，只仁善信任我的抉择。他为什么没有选择自己动手？难道他在和自己斗争吗？他为什么没有选择李凡？他不信任他？或者为了小环？也许他徇私，认为我会放掉球子吗？他不愿意看到球子的终结，还是球子知道了真相，做出了大逆不道之事？所有的答案就是球子的口供。

我悄悄地搞到了球子的发丝，再一次找刑科所的同志鉴定，结果显示，杀人犯就是他——刘球。

10　罗莉和球子

我整理着相关证据，傍晚接到了小环的电话，她询问我："今天家里有什么事？一天没有见面，李队长说你请半天假，可是下午也没见你人，不过刑警小郭说，中午看到了你，不一会儿你又匆匆忙忙离去。"

我不知道如何回答小环，嘟嘟囔囔地随口说："我妈身体不舒服去了趟医院，现在没事情了。"

小环没有深究，我挂断了电话，思绪万千。我该怎么办？要是李凡，他会怎么办？我为什么又会想到他？因为他是队长，我只有这样想，才能给自己一个安慰。我不能越级直接向分局领导汇报自己侦查的线索和判断，以及只仁善生前对我讲的秘密，这个秘密我要为他和他的家族保守终身。但该怎么把实情解释清楚，又怎么能依法传唤刘球呢？

深夜，我一个人在街道上行走，春风拂面，可我的内心一片沼泽。我陷入了无形的泥潭，不知道有没有一双大手拯救我呢？我到队里的值班室，我知道李凡一定在等我，他在等我向他解释为什么请了半天假，一天没有见，而且挂断了他几次的电话。他发微信骂了我。

我鼓足了勇气，发出一条微信："李队，我发现了线索。"

值班室，我俩四目相对。"阿文，快说！"李队的第一反应不是责怪我，而是急切地想知道是什么新线索。

"我发现了只仁善夹在本子里的两绺头发，还有两张鉴定单子，我去了这家鉴定医院，发丝是一个人的，球子的。"

"你有什么依据说是球子？"李队反应强烈，他知道球子身世了？他为什么这样问我？也许是为了小环，她的亲人越来越少了。

"我又偷偷弄了几根球子的头发，鉴定结果显示和只仁善鉴定的是同一个人。"

李凡惊讶了："你和小环说了？"

"没有，你是第一个。你是队长，我是向你报告。"

"先不要告诉小环，她弟弟，她要回避。"

"我是小环的未婚夫，我也申请回避。"

"同意！"他话语坚定。

我把整理的相关证据交给了李凡。

李凡他们经过细致分析，再次秘密调查取证，基本认定了球子的犯罪事实。分局立即行动抓捕了刘球。分局领导在抓捕刘球的前一天把小环派到外埠调查另一起入室盗窃案，小环以为和自己父母被害的案子有关联，爽快地和副队长领命前行。

分局领导对我无比信任，还是让我参加了抓捕和审讯球子的任务。

就在我们抓捕球子，审讯他期间，又一起事件让我痛心疾首。刘球的母亲，罗莉，小环的三姨在自家八楼跳楼自尽。到了现场，罗莉家的客厅上放着空空的红酒瓶子，一只透明的高脚红酒杯，一只还剩下三个饺子的白盘子，一支英雄牌钢笔压着一张白纸，白纸上面有一行字："我吃饱了，喝足了，再见！"罗莉写的几行秀气的钢笔字让我们谁也捉摸不透。我看到那支英雄牌的钢笔，想到只仁善送给我的遗物中也有一支一模一样的钢笔。

罗莉死得很安详，面带微笑而死，这又是为什么？

审讯室里，刘球脸色苍白，没有任何表情，他似乎知道这一天终会到来，他还不知道母亲已经跳楼自尽。李凡看着球子，恨不得上前给他几个大嘴巴子，又恨不得他什么都不认账，或者说凶杀案件跟他毫无关系，就是我的胡乱猜测。他是为了小环，还是不想让只仁善一家人如此惨烈？

刘球全部承认了。"姨妈是我杀的，姨爸是我杀的，就连我爸的车祸都是我弄的，只可惜我和我妈还活着。"

又是惊讶，又是绝望。

"你说，这是为什么？混账，你疯了，他们都是养育你的最亲的亲人！"李凡也疯了，他甚至是崩溃了。

"球子，你家人这么疼你，爱你，你又是为了什么？你后悔吗？"我问。

"后悔，可是我走投无路，我欠下了一大笔钱，你们想象不到的一大笔钱。"

球子到了市区工作后，一开始每天下班到罗娇家里吃饭睡觉，在姨妈姨爸的关心爱护下，他还算听话。可没过多久，他说单位给他腾了一个套房，在单位住下方便，就手给值个班，还可以挣点值班费，这样培训部也能省下一个守夜人的工钱，是两全其美的事。

球子一个人开始了自由的生活。他在网上交了一个女友，叫小雪，不到一个星期就恩爱得如漆似胶。这些个事家里是不知道的。罗娇总是打电话让他回家吃饭，他十天半月不见得来一次。他告诉姨妈自己太忙。只仁善也不敢过分，总是让球子来家里，虽然随着年龄的增长，他对球子的爱是越来越深了，也许这就是骨肉至亲的那种感觉。有时只仁善有意无意地会到球子工作的地方巡逻一下，其实我是懂他的。"人越老越稀罕儿子。"这是他不经意间自言自语讲的话。

球子为了爱情开始大把大把地花钱。为了讨得小雪的欢心，他对小雪的要求是有求必应。为此，球子一会儿使用透支卡，一会儿办理小额贷款，一会儿回家找爹妈要钱，一会儿找同事借钱，实在逼急了他还挪用公款。对不上账了，他就跑到姨妈家编瞎话找姨妈要钱。如此，他竟然欠了上千万的债，尤其是在小额贷款公司欠的钱，利息高得要命，不还钱就要挨揍，那帮人打得球子鼻青脸肿，他都不敢回家。

小雪把身子给了球子。这不，小雪又说怀上了球子的孩子，要不做人流，要不就结婚。球子傻了眼，逼债的打手还不停地催促他还本金和利息。

那天讨债的几个打手找得太急了，他就蒙上脸去姨妈家翻箱倒柜寻找值钱的物件，正巧罗娇买菜回来。在她愣神不知所措的瞬间，蒙面盗贼上前捂住罗娇的嘴，她使劲地反抗，他就使劲地勒紧她的脖子，一直把她拖到卫生间门前。罗娇使出最后的力气抓掉了他的蒙面布，还有一绺发丝攥在手心里。当罗娇看到自己最亲的外甥球子时，不知道她为什么只是一笑，非常镇静，兴许她是想告诉球子："孩子，不要恐慌，遇上难事情啦……"可是她一点力气都没有了，甚至连闭上双眼的气力都丧失了。

只仁善退休的当天，球子到了家里，只仁善把鉴定证明扔在了球子面前。

"你就是凶手！"只仁善直截了当地大声吼道。

"我不是故意的！"球子大声回答。

只仁善动手打了自己的亲骨肉，第一次一拳就把球子打倒在地，他骑在球子身上，挥起拳头继续捶打，他要给爱妻罗娇报仇，他边打边泪流满面，"逆子！逆子……"

球子反抗，狠命地推搡姨爸，夺门而出……

只仁善一口气没有喘上来，看着消失的球子，他百感交集，倒在了自家门前。

审讯室里，球子继续交代："那天，给我爷爷奶奶上坟回来，我看到前方一辆厢式货车，头脑一热，心想干脆一起死了，欠账也就没了。没想到我和我妈活了，我爸没了，这样也好，我再找对方敲诈一笔钱还账。"

…………

"阿文，你负责整理好所有证据，报法制办。"李凡头也不回，擦拭了几下眼角，走出办案区。

前年的"9·27"，今年的"4·1"案件破获。

11 我和李凡

根据相关规定和工作需要，上级组织把只美环调整到市局刑科所岗位。国庆节李凡和只美环宣布结婚。我听说，她那天特别高兴，李小凡一口一个"妈妈"地喊叫，她高兴得都喝醉了，是李凡抱着她入的洞房。

这对于刚刚出差归来的我，无疑是天崩地裂的打击，我陷入失恋的旋涡，痛苦万分。

我百思不解，小环为何负心？更想不通混账的李凡竟做出这种事，他明明知道我和小环早已定亲，他也知道只仁善生前把小环托付于我，我们年龄相仿。这个虚伪的老家伙趁火打劫，挖我墙脚，满腔愤怒燃烧着我的灵魂。下雪了，我冲到分局刑警队值班室，给了李凡重重的几拳，打得他满地找牙！

后来我听说，他告诉局长，是他不小心喝大了，地又滑，摔在马路牙子上，把两颗大门牙都磕没了。

李凡娶了小环，他比小环整整大了十八岁零七十六天，小环进门就当了李小凡的妈妈。

教导员用手机告诉我说："李凡考察完了，任分局副局长，正在公示期。别说，只美环和李小凡这娘俩真像母子。"

市局号召全体中青年民警报名支援边疆任务，去三年晋升一级职级，我第一个报名，被批准了。

临行前一天的晚上，我在真理道派出所值最后一个班。邪门了，今夜无警情。我躺在值班室的铁架子床上，望着窗外，无限惆怅。我又看到了黑暗的空中滚动着的那朵熟悉的云，它冲我发怒。

我并不害怕，我对着它说："知道球子秘密的人都没了，我给你保守了秘密，法办了凶手。我知道你下不去手，罗娇无奈，刘小先、罗莉又能咋办，就连傅老秃也替你护着他，毕竟他跟你有血缘关系。我懂，我来当这个恶人。"

师父，你打"妄语"了。第一，你早就猜到了凶手；第二，傅老秃好像什么都知道。

"出家人不打妄语，我不是出家人，我有七情六欲呀，我打了'妄语'。你是会理解我的，也就是你！"他似乎在逃避，又似乎在肯定我的做法。

师父呀，我把你送给我的最大的"礼物"——我的挚爱小环妹妹弄丢了。她是痛恨我把球子绳之以法，还是她渴望父爱，再或是她要无私奉献给小凡母爱？

窗外大雪纷飞，我已泪水涟涟，那夜她给了我她的全部，我们一起朗读：若你拥我入怀，疼我入骨，护我周全，我便愿蒙上双眼，不去分辨你是人是鬼……

此刻，我一个人孤独地默诵那段寒彻骨的语句，不知道哪一片雪花，哪一滴泪水，能够把我的悲凉和真情传导于她的心魂。

行进在塞外边陲的玄冬中，铺天盖地的圣洁雪花温暖了我的心魂，我望着夜空中那朵熟悉的云。哦，小环幸福就好。

深秋落叶上的血迹

桑亮回到家后辗转反侧，怎么也睡不着。他一直解不开尹守强失踪六年之久的谜团。如果梅和平是他杀，凶手是谁呢？为什么要制造出自杀的假象呢？

悬　　案

01

　　章乌梅又来喊冤了，她知道今天是派出所所长桑亮第一天到任。她要告诉新所长桑亮，她老公已经六年多没有回家了，生不见人死不见尸，她让警察给她一个说法。按章乌梅的说法，她老公就是被他们厂的厂长梅和平勾结黑社会给害死的，还有那个帮凶——化验班的车间女班长。

　　六年前的深秋，新风化工厂的职工尹守强失踪了，刑警队出警的侦查员当中就有桑亮。在调查尹守强失踪案件的时候，原新风化工厂退休的老职工说他认识尹守强，他每天都会到厂外的六米河钓鱼。根据他讲，他上午看到了尹守强在六米河周围转悠，他们两个人还点头示意，但是没有讲话。尹守强在那里溜达了好几个小时，到中午的时候就再也没有出现过了。

　　刑警队的侦查员们带着那位发现尹守强在河边转悠的老职工，来到了尹守强转悠的地方。深秋时节，那里已经有了一地落叶——干黄的叶子中夹杂着几片还带有一点绿色的叶子，散发着一股铁观音茶的味道。侦查员们仔细勘察，发现有一处落叶特别多，落叶上边还有一些血迹。当时的技术员桑亮立即提取了血迹，后来经过化验，结果显示和尹守强登记的血型是一样的。也就是说，尹守强有可能掉进河里了，他在落水之前肯定是受了外伤。否则，他的鲜血怎么会流到了落叶上呢？他是割腕后跳河自尽呢，还是他杀？

　　刑警队的侦查员们几天几夜也没有打捞出来尸体，可以说把这个六米河翻了个遍也没有发现任何尹守强的踪迹。尹守强是死是活谁也说不清，就这样一晃六年过去了。

这六年章乌梅一直独自带着儿子生活。自打去年她退休，基本上是天天到派出所报案。"我老公叫尹守强，被他们的厂长梅和平害死了，还扔到六米河里喂了鱼虾，连尸体都没有了，厂里还有一个车间女班长也是帮凶。"遇到节日和重大安保任务的时候，她还表示要去上访，弄得派出所民警和化工厂的领导头疼得很。

去年，她儿子大专毕业，章乌梅又跑到派出所一把鼻涕一把泪地述说这六年含辛茹苦一个人拉扯大儿子有多么不容易。还是派出所老所长找到化工厂新任厂长解决了那次的问题，当时老所长还告诉她，她儿子在化工厂上班了，她就不能总去厂里闹腾了。关于尹守强失踪的案子，公安局会查清楚，给她一个明确的交代。

化工厂原厂长梅和平已经五十五岁了，现在已经改任化工厂党委书记。一开始梅和平还不同意尹守强的儿子来厂里上班，主要原因是章乌梅整天上访，说他杀害了尹守强，他气得都想抽章乌梅几个嘴巴。后来还是派出所老所长和新来的厂长做了工作，梅和平才同意。

桑亮在办公室里耐心地给章乌梅做了许多工作，他告诉章乌梅："没找到老尹也许是一件好事，这证明老尹还活着啊，我们公安机关在全国通报了失踪人口，一有老尹的消息，第一时间就会告诉你的。"

章乌梅还就信任桑亮，高高兴兴地拿着桑亮送给她的大红袍茶叶走了。桑亮知道她下周还会来，还得准备一些米面油之类的东西，好应付章乌梅的到来。桑亮心里也明白，她一个女人带着二十多岁的小伙子不容易。桑亮也一直感觉内疚，觉得自己对不起章乌梅，六年了，都不知道尹守强是死是活，这个人怎么就人间蒸发了呢？桑亮自愧作为一名人民警察，不能还老百姓一个真相。这怎么对得起组织的培养，人民群众的信任啊！

桑亮正在思考着，值班民警喘着粗气向他报告："桑所，化工厂的梅书记在办公室身亡了！"

"是被杀，还是自尽？"桑亮问。

"不知道。"值班民警摇着头说。

"走，通知办案队，去现场。"桑亮和民警一起驾驶警车急火火地向化工厂奔去。

新风化工厂是一家老国有企业了，这几年由于市场经济大潮的影响，原先企业开发的产品受计划经济的制约，不具竞争力，目前正和央企石油化工公司合并重组，开发新型产品。在这个节骨眼上，老厂长，也就是现在的党委书记怎么会身亡呢？

桑亮布置好现场的警戒后，分局的刑警队来了，来的人也都是他的老战友。经过对现场的初步勘察，梅和平是在自己里外屋的门框上上吊自尽，初步鉴定为自杀。原本要调取仅有的几个监控的视频录像，但是厂子里的监控设备全部是坏的。

保卫科的谢科长解释称："厂子里一直效益不好，连工资都只能发一半了，哪有闲钱搞那个视频监控！这个就是老厂长梅和平在任的时候不让干的。梅厂长曾说：'安装那么多监控探头有什么用？现在搞市场经济，厂里也不囤货了，再说了现在化工市场也不景气，哪还有那么多贼呀！还得经常给它们做保养，那些个探头比大闺女还难伺候，刮风下雨，鸟屎污泥糊一层，它们还监视谁呀！'"

反正梅厂长是坚决反对，保卫科谢科长也没辙，只好每次应付着管片的民警，遇上分局治安部门联合大检查，就写一份检讨书，再写一份整改计划，完事。没钱，治安部门也没有太多的办法，企业都不景气了，没钱整改，国有企业又能怎么办？

刑警队徐爱华冲着桑亮就说："行呀，桑所，刚到任就有命案了，还是一个大人物，你就是破案的命。现场都搞定了，初步鉴定为自杀，我们还要进一步验尸，再下最后的结论。你收拾局面吧。"

她就是这么一个假小子的性格，在刑警队时桑亮是正队长，她是副队长。有传言说徐爱华都三十三岁了，不结婚就是等着桑亮离婚，气得桑亮到局长那儿嚷嚷着要查出是谁诽谤他们两个人。好在桑亮的妻子理解他们，不怕流言蜚语，再说了桑亮的儿子都上小学五年级了，他也不会那样做呀。

桑亮也经常劝说徐爱华赶紧找对象结婚，省得外人议论说三道四。徐爱华天不怕地不怕的，还总是开玩笑："桑队，你要是和嫂子真的离了，我还真的就当小桑的娘了，还省得自己生养了，一过门就有这么大的一个儿子，多好。"徐爱华一说到这里，就臊得桑亮从脖子红到脑门。

年初分局调整干部，提升徐爱华为刑警队队长，桑亮到派出所当所长，属于平调，也算让他到基层领导岗位锻炼锻炼，同时拆开了他们两个人，省得谣言成真。

经过市局刑科所进一步对梅和平尸体的勘验，最后的结论是他杀，是凶手将梅和平先勒死之后，伪造了梅和平上吊自尽的假现场。分局立即成立了"4·16"专案组，任命分局刑警队长徐爱华为组长，管片的派出所所长桑亮为副组长，他们带着办案队开始了走访调查。两天过去了，没有一点线索。过去桑亮在分局刑警队就希望有案子，有案子他就兴奋，他破案的效率高，而且是又快又准。

梅和平从化工技校毕业后就被分配到这个新风化工厂，他在技校学的专业就是化工产品的化验分析，后来当上了车间主任，再后来成了分管安全的副厂长。当上厂长那年，他才四十五岁，是他们化工系统最年轻的干部。

六年前，化验车间二班的尹守强和车间女班长因为工作上的矛盾，发生了口角。车间女班长骂尹守强是有人养没人教育的"人渣"，还推了尹守强一下。尹守强气得就地躺下，眼斜嘴歪，算是轻度脑出血。尹守强住院歇了足足有一个多月，他要求保卫科严惩车间女班长，要派出所拘留她，最起码要扣除她的全年奖金，撤销她所有荣誉称号，再给她一个严重的处分，否则他是不敢上班的。尹守强说自己怕车间女班长联合她背后的靠山，合伙来报复他。

保卫科的调查结果是，在场的同事们都能证明车间女班长就是轻轻地推了尹守强一下，主要是因为他胡说八道，污蔑车间女班长"有靠山"，还说是厂级领导，气得车间女班长这才推了他一下。这一推不要紧，要紧的是他开始住院，泡病假，还要求拿全勤工资和全勤奖金。即便如此，他还不满意，要求厂里开除车间女班长，否则他还要把车间女班长告到市委和中央去。梅和平厂长实在是太气愤了，就带着工会干部到了尹守强家里做工作，一是表示慰问，二是让他病好了就上班，再不上班就按照病假处理。同时，梅厂长也想通过章乌梅做做尹守强的工作，让他别瞎折腾了。

尹守强听后当场就和梅和平闹了起来，说梅和平和车间女班长有作风问题，所以不主持公正，还陷害、报复他。厂工会同志也劝尹守强不要胡说八道，否则就是诽谤。尹守强更加疯狂了，开始跳脚骂街。气得梅厂长骂了他一句："混蛋，你等着瞧吧！"这一下更惹了祸。自此，尹守强就开始借题发挥，说梅和平带着厂工会干部到他家对他进行人身攻击，要组织厂里的职工对他及他家人进行报复，威胁他"等着瞧"。尹守强通过写信的方式把梅和平的事情告到中纪委，上级派人来调查，发现事实和尹守强写信状告的内容不太相符，于是上级也对尹守强做了不少的工作。

上级同梅和平也谈了话，让他要有好的姿态，对待职工群众要耐心做工作，说话注意身份，要注意男女同事之间的关系。找他谈话的上级领导语重心长地告诫他："对待职工举报批评，要做到有则改之，无则加勉。"梅和平对待上级的谈话，也只能表面服从，尽量做到有则改之，无则加勉，但他在心里愤愤地说："我没有错，改什么呢？加什么勉呢？"

再后来，厂里按照厂规厂纪开始扣除尹守强病假期间的工资了。尹守强也自知理亏，开始上班了。厂里特意照顾他，让他在车间管管安全和后勤工作，也就是带着民工打扫车间卫生，干点杂活。其实，梅和平也想息事宁人。老厂长和梅和平讲："别和尹守强一般见识，国有企业就是这样，还是要讲团结，讲政治，不像民营企业老板自己说了算，想开除谁就开除谁，谁也拿人家没办法。"

几个月后，刚有点稳定下来的尹守强忽然又失踪了，而且生不见人死不见尸，搞得梅和平也是很无奈。

六年了，章乌梅变本加厉，三天两头地到厂里大哭大闹，让厂里交出尹守强，非说是梅和平为了报复，把尹守强给杀了，之后毁尸灭迹。

派出所、分局刑警队分别出警，给了章乌梅答复。章乌梅要求也很简单："生要见人，死要见尸，尹守强总不能人间蒸发吧。否则，公安机关就把梅和平枪毙了，那样也算是给尹守强一个交代了。"

这不，梅和平死了，章乌梅又跑派出所找桑亮来了，嚷嚷着问是谁给他们家老尹报了仇，她要感谢杀人凶手。桑亮气得也是没了话，在心中怒骂："混账，真他娘的是一个混账，来这里捣什么乱啊！"其实，桑亮也不知道在骂谁，他心里可能也是急得在骂自己了。桑亮好说歹说，又用了一袋大米把这个难缠的章乌梅送走了。

静下来的桑亮开始思考刚上任三天要面临的工作："11·16"尹守强失踪案已经过去六年，至今没有一点线索；这期间还有一些其他的故意伤害、群殴致残等案件处理得不公正，老百姓天天来上访，都还没有解决；现在又发生了"4·16"梅和平被杀案件。派出所的工作真的不好干，没有刑警队的工作简单，在刑警队就是破案。现在派出所有一堆要给老百姓解决的事，还要集中精力破案。桑亮想，"有困难找警察"这句话是真好听，但是真的不是那么好办呀！

徐爱华闯进了桑亮的办公室："行呀，桑所，你还有闲心坐在这里享清福呀，找到凶手了？"

"哎呀，我的徐队长，我刚打发走章乌梅，你就来了，我也要静下来想一想尹守强的失踪和梅和平的死有没有联系啊！你是有线索了吗？"桑亮觉得她的问话是话里有话。

"你知道你管片里高品绿色再生能源开发公司的民营企业老板叫高品吗？"徐爱华神秘地问。

"我知道，不就是那年被咱们法办过的那个收废品的高秃子吗？他还成立公司了？他和案子有什么关系？"桑亮不明白她想要说什么。

"对，就是被咱们法办过的高秃子。他现在的买卖做大了，不光是收废品，他还有九家美容院，三家新开的足疗院和三家面食小馆。今天中午我去吃了碗面，不仅面做得地道好吃，小馆面积也不小！"徐爱华兴奋地讲。

"哦，这和梅和平的死有关吗？"桑亮还是不明白。

"当然有关了，就在梅和平死的前一天，他宴请了新任厂长和厂里有关科室的干部。据说化工厂要被央企石油公司兼并，现在化工厂的老旧设备要卖掉，好给职工补发工资，省得日后改革了老职工去上访。这不高秃子听到信了，准备吃掉这块'肥肉'。可是梅和平同意，新任的厂长却不同意，两人发生了争执。梅和平甚至骂了新厂长不讲原则……"说了半天话，她端起桑亮沏好的茶水，咕咚咕咚地喝了起来。

"就为这个，高品会杀人吗？不会吧？有什么线索吗？"桑亮给徐爱华续上水，急切地问。

"听说，梅和平死的那天上午高秃子去了他办公室，两个人谈得还挺好。保卫科谢科长中间也去了一趟梅和平的办公室，他走后一个多小时梅和平就死了，你说这怪不怪？"徐爱华继续讲。

"好，那赶紧找高品询问一下。"桑亮说。

02

高品和桑亮同岁，两人还是小学同学。上初中后，高品就辍学了，而桑亮高中毕业后考上了人民警察学校。他和高品没有什么联系，毕竟小学同学也不懂得什么交往，桑亮也不愿意说他们两人是小学同学这个事，甚至徐爱华他们也不知道高品和桑亮是小学同窗。

六年多以前，高品伙同化工厂一名工人盗窃电缆，被当时值班的尹守强发现。尹守强将此事告诉了保卫科干部，将高品抓了个正着，扭送到了派出所。因为高品他们盗窃数额较高，所以派出所按照刑事案件移交至分局刑警队，正好是桑亮负责此案。高品一眼认出了桑亮，想求老同学放自己一马，桑亮这才回忆起他们曾经是小学同学。桑亮不仅没有通融，而且调取证据后立即报检察院批捕，后来高品被判了四年零两个月有期徒刑。

高品这小子灵通，在监狱表现积极，提前一年释放出狱，也就是说两年多前就出狱了。出来以后，他重操旧业，还是倒卖废旧钢材等物资。近两年他还笼络了一帮在监狱认识的狱友，发展壮大了他的生意，这不还成立了高品绿色再生能源开发公司，同时还涉足了餐饮等服务业，这个高品今非昔比。

桑亮在调查尹守强失踪案件的时候，也考虑过是否与高品有关，可高品是在六年前的春天因盗窃罪判刑入狱的，而尹守强是十一月份才失踪的，两个人也没有什么交集。再者，梅和平和高品他们只是认识，但据说关系一般，而且梅和平在相关厂里的业务上把关比较严，对待厂里的"三重一大"一律从严——任何决定都必须经过党委会讨论研究，同时还要求纪委和监察室监督供销科的全程工作。这也是上级领导最为看重梅和平的工作水平的一点。

所以关于尹守强失踪案件，早已确定和高品无关。高品的确在被捕的时候，放过狠话。可是，高品入狱半年左右时尹守强就失踪了。高品再出狱，抓获他的仇人尹守强已经失踪三年多了。

桑亮和徐爱华来到外环边界处，位于西郊区的高品绿色再生能源开发公司的露天大院，这里堆满了废旧钢材、废旧汽车，以及一些其他的废旧物品，靠里边有几个铁皮集装箱就是办公区。高品听保安报告，公安局一个姓桑的同志找他，便马上带着司机连跑带颠地出来迎接。

"你好，老同学，现在当了大所长啦。您可是稀客呀。"高品满脸堆笑，阴阳怪气地说。

桑亮心里明白，这小子是对几年前盗窃公共财产的案子自己没有照顾他有怨气。他哪里懂得法律面前，铁证如山，桑亮一个人民警察哪能胡来。桑亮不温不火地客气了几句，介绍了徐队长等人后，便走进了高品的办公室。

好家伙，别看这个公司的大院子里乱哄哄的，堆满了废旧物品，可是高品的这间办公室用"金碧辉煌"来形容一点都不过分，真是"肉馅在包子里不在褶上"。

大家落座后，高品吩咐司机："老谢，快，给大家倒上好茶！"没等桑亮开口讲话，高品就来了个先礼后兵式的谈话。桑亮看着司机感觉有些面熟，和化工厂保卫科谢科长很像，而且高品还喊了声"老谢"……桑亮话到嘴边，还没来得及问，就被高品打开话匣子一样不停的话语给打断了。"我知道你们很快就要来，本来我想自己去找老同学说明的，但是我一想，别给老同学找麻烦，再落一个包庇罪什么的不好，所以我就等你们来了。"高品扬扬得意、满不在乎地说了一通，他知道梅和平死的那天他去过厂子里，这个桑亮不会放过他的。

"好，高品，既然你明白我们的来意，那你就说一说，那天你到梅和平办公室的情况吧。"桑亮不客气地问。

"我去他办公室就是和他谈近期他们厂里要卖一批废旧设备的事情，我和新来的厂长也说了，这个老梅不同意，我去找他是央求他。你不信问问他们保卫科谢科长，他一直在现场。"高品理直气壮地说。

"他们保卫科谢科长一直都在？"徐爱华紧紧地逼问。

"他们谢科长中间出去了一阵，就是去给我们洗茶杯，沏茶，后来我们一直在一起，最后还是谢科长送我出厂的。"高品回答得有些磕磕巴巴。

"桑所，你们继续谈，我们几个去化工厂。"徐爱华说完就带着刑警队侦查员走了。

徐爱华就是这么个急脾气，不过也好，桑亮和她一唱一和，搞得高品真的有点做贼心虚。

"老同学，这次你可得帮帮我，我真没有杀他。我也不至于因为一点废旧设备杀人呀，再说我们谈好了，他基本同意了。"高品有些害怕地解释。

"他为什么又同意了？"桑亮话少，可是字字句句问的都是要害。

"行了，我也不跟你绕弯子了，反正他也死了，你们也在他办公室里搜查到了，我给了他五万块钱好处费，他收下了，我想他应该同意了。"高品的脑门开始流汗了。

"你再详细说说？"桑亮抓住了高品的弱点。

其实，高品是一个可怜的人。在他刚上学的时候，他妈妈就因为总和他爸爸吵架跑了。他爸爸天天酗酒，也不好好上班，高品跟着爷爷一起捡破烂维持生活，所以同学都喊他"小叫花子"。小学毕业后，他就不再上学了，和他爷爷干起收废品的营生，后来听说唯一爱他的爷爷死了。高品爸爸经受不住家庭的打击患了精神病，被送进了精神病院。他继承爷爷的营生，开始自己经营废品回收行当。三十多岁的人了，一直也没有娶上老婆，三十三岁那年又进了监狱，出来后他就拼命地挣钱，也遭了不少罪，还得照顾在精神病院的爸爸，所以他有今天的业绩实属不易。

高品一五一十地向桑亮全盘坦白，说清楚了那一天的所有行程，的确可以排除他杀人的动机。

徐爱华打电话过来，告诉桑亮化工厂保卫科谢科长的陈述和高品一致，没有冲突。桑亮问徐爱华在梅和平办公室搜查的时候，有没有现金。徐爱华愣了一下："没注意，多少钱，放在哪里？"桑亮把高品说的一些情况和徐爱华讲了一遍。"梅和平收受高品的五万元到谁那里，谁就是凶手吗？"桑亮想到了保卫科谢科长。

不多久，桑亮和徐爱华一起又找到了厂保卫科的谢科长询问。谢科长差点哭出声了。"什么五万块钱？我真的不知道！"看得出来，五万块钱的事他还真的不知道。最后，他吓得坦白说高品还给了他一万块钱，说是日后让他帮忙给拉运废旧物资出大门办证件的"操劳费"。他发誓没有其他的事隐瞒。此外，他还保证明天就把一万块钱交到厂里纪检部门，再也不和个体老板来往了。

徐爱华让谢科长写了保证书，此事不许对外讲，也不要跟任何人说。桑亮把谢科长叫到一边，背着徐爱华问他："你业余时间给高品当司机，挣外快？"他丈二和尚摸不着头脑地说："没有。"桑亮笑了几声就走了。

临近傍晚，桑亮对徐爱华讲，到所里随便吃点饭，再与今天外出调查的同志研究下一步工作。他们下车后，刚走到派出所门口，就发现章乌梅早已等候在派出所大厅了，她见到桑亮就说："我的桑大所长，您可回来了，我们家老尹找到了吗？是死是活？"

桑亮这一天真的很累，他无可奈何地说："乌梅大姐，您明天再来吧，今天我真的很累。您放心吧，尹大哥的事我一定给您一个交代，天太晚了，您快回家吧，儿子还等您吃饭呢。"

"没事，我儿子上中班，不在家吃，我今天换换口，吃一吃你们派出所的饭行吗？"章乌梅赖上了桑亮。

"你没完没了！我告诉你，你再不走，我抓你信不信，你妨碍公务了！"徐爱华可不管那一套，她早就想吓唬吓唬这个难缠的女人了。

没承想徐爱华这几句话可惹恼了章乌梅。"你是什么东西？我和桑所说话，你算老几？你抓我一下试试？你敢抓我，我就到北京上访，我也没见过你这号的公仆，你看看你的样子，就是一个假小子，男不男女不女的。"

"你敢骂我假小子，抓你又能怎么样？我还打你呢！"徐爱华暴脾气上来了，冲过去就要给章乌梅一拳。这时候桑亮一把抱住了徐爱华。章乌梅也不示弱，冲上前用手去抓徐爱华的脸。值班民警都跑过来了，好说歹说，把两个人分开了，章乌梅躺在地上开始撒泼。

桑亮把徐爱华推进了办公室，严厉地批评她。"徐队，别忘了你的身份，她是老百姓，你是人民警察，你就应该服务他们，忍受他们的不理解，甚至无理的……"假小子性格的徐爱华竟然"呜呜"地哭了起来,这一哭可把桑亮吓了一跳,他哪里见过徐爱华这个样子。

桑亮赶紧让值班女民警安抚一下徐爱华,随后又跑到前厅劝说章乌梅。这个章乌梅可是个不好惹的主,桑亮就差给她磕头了。章乌梅泪水哭干了,嗓子哭哑了,桑亮又是给她"大红袍"、奶粉、方便面等物品,才把她哄回家。桑亮知道章乌梅不会罢休,她一定还会到分局、市局等部门去告徐爱华的状。

徐爱华气呼呼地走出派出所,桑亮带着值班女民警赶紧去章乌梅的家里。章乌梅在街道的一个大集体服装加工厂工作,去年五十岁退休了,退休工资也不多,好在她儿子在化工厂上班,工资挺高。可是现在搞改革,赶上了化工厂被石油公司兼并,如果儿子下岗就坏了。她今天本想借着到派出所闹腾一下,和桑亮谈一下条件——不能让她刚上班的儿子下岗。

章乌梅知道儿子二十一岁了,过几年该搞对象了,还得要钱,想到这些她就恨死了尹守强这个不负责任的丈夫。他到底在哪里?是死是活?这些问题她已经在心里问了自己无数遍了。

章乌梅年轻的时候也是一个漂亮、温柔、体贴的女孩,她和梅和平还是老街坊,她的父亲就是梅和平的师父。后来她的父亲因工伤去世了,那个时候章乌梅才十九岁,高中毕业在家里待业,二十三岁的梅和平经常来帮师母干些活,一来二去章乌梅和梅和平有了些感情。章乌梅心灵手巧,在梅和平的帮助下,就在街道的服装加工厂上班了,后来她还当上了副厂长。

章乌梅和梅和平最终没有成婚,主要原因是梅和平被化工厂保送到北京化工学院上大学时,认识了漂亮的女同学。于是,梅和平就被传成了"陈世美"。尹守强也是章乌梅父亲的徒弟,梅和平上大学那四年,尹守强乘虚而入,加上厂里传言梅和平已经成了"陈世美",章乌梅一赌气就嫁给了尹守强。

可毕业回来的梅和平不仅不是"陈世美",还梦想着和章乌梅一起过"洞房花烛夜"。没承想章乌梅早已成为人妻,梅和平痛苦了一段时间。后来梅和平娶了厂里的一个外地分配来的大学生技术员,还养育了一个漂亮的女儿。

桑亮买了一些水果来到了章乌梅家，他知道今天无论多晚也得把章乌梅"摆平"，不能让章乌梅"胡来"，否则徐爱华的处分给定了，甚至撤职也是有可能的。

到了章乌梅家，桑亮看到了一台老式的长虹电视机放在一个旧五斗柜上，屋里的大衣柜还是章乌梅夫妇结婚时购置的，一台缝纫机更是显得这个家庭仍然是生活在二十世纪七十年代末的样子。桑亮看到后有些内疚，他觉得章乌梅的生活的确是很困难。

桑亮安慰了章乌梅，并且代表徐爱华向章乌梅道了歉。章乌梅一开始还很气愤，后来在桑亮他们的真情感化下，说原谅徐爱华可以，但是要求桑亮向她保证在企业改革期间，不能让她儿子下岗。桑亮爽快地答应了她。桑亮还和章乌梅的儿子尹峰聊了许多厂子里的事情。尹峰现在是化工厂水处理车间倒班操作工，这孩子性格内向，不像章乌梅那么泼辣，也不像尹守强那么狭隘、小心眼。

03

桑亮回到家后辗转反侧，怎么也睡不着。他一直解不开尹守强失踪六年之久的谜团。如果梅和平是他杀，凶手是谁呢？为什么要制造出自杀的假象呢？

桑亮妻子被吵醒了，她对桑亮说："亮子，你别总是工作，破案，工作。你爸劳动节过生日，咱儿子马上就上初中了，这些事情你要想着点。"桑亮转过身，紧紧地搂着妻子，感觉这么多年，自己的确亏欠这个家太多了。桑亮几十年如一日——一大早就走，很晚才回家。他能够看到儿子睡熟的甜美，可儿子只有在梦里才能见到爸爸去抓坏人了。要是赶上出差办案子，也有可能几个月见不到人。

这一夜在妻子的怀里，桑亮睡得特别踏实。

桑亮起床后，还没来得及吃早餐，就接到了电话。

"桑所，高品死了，死在他家里了！"值班民警向他汇报。

高品的家就在距离派出所五百多米的阳光公馆里，一套二百六十多平方米的豪华住宅。他三十九周岁了，一直没有结婚，但是和他相好的女朋友可是不少，近期他和一个医院护士好上了，基本上都会住在一起。还有人说，他们要结婚了，在这个时候，他死了……

桑亮到达现场后，同徐爱华他们一起对现场进行勘验。高品的死亡和梅和平一模一样，表面上是在他家主卧的门框上上吊自尽的。侦查员和法医初步鉴定得出的结果也是自尽。徐爱华说："他的死亡原因待定，回去进一步验尸下定论，先仔细查验屋内各个角落有无可疑线索。"

桑亮同意她的建议，并提出立即开展拉网式的调查，兵分三组，他自己带队找相关人员调查取证，特别是要找高品的未婚妻。徐爱华带队去市局刑科所，对高品尸体进行解剖，得出最终结论。刑警队副队长带着其余侦查员去调取高品近期活动区域的监控。分局领导也到了现场，指示迅速分兵调查。不到一周连续发生两起命案，怎么向受害人家属交代？怎么向上级交代？怎么向老百姓交代？徐爱华和桑亮他们压力巨大，梅和平的案子刚有一点线索，就是在高品身上，现在高品又死了，又是谁杀害的高品呢？高品自杀是绝对不可能的，一是他有钱有事业，还有一个在精神病院的父亲；二来他刚有了娶妻生子过好日子的想法，不可能想死呀，也太不符合常理了。

徐爱华他们在市局刑科所的细致勘验下，得出了结论：高品是被类似氰化钾的无味剧毒药品毒死的，是他喝的红酒有问题。现场是被设计好的，伪造成了上吊自尽的假象。可以说，凶手害死高品和梅和平的手法如出一辙。

上级指示"4·21"高品被害案件和"4·16"梅和平被害案件合并侦查，要在五一国际劳动节前破案。

桑亮办公室的墙上挂满了现场图片，以及梅和平、高品、失踪六年的尹守强等人的照片，墙上还写了一连串名字，都是和他们息息相关的人。桑亮也想跳出这个圈子，可是出了这个圈子，谁又是凶手？谁又是幕后的人？真相到底是什么？

桑亮到了医院，找到了高品的未婚妻——市第一人民医院的护士仲果。她脸色苍白，整个人哆嗦不停，她说："我叫仲果，二十三岁，我们是在高品去年住院时认识的，后来就确定了恋爱关系。我爸爸妈妈本来坚决反对我们在一起，后来高品给我家买了一套房子，给我爸买了轿车，我家也就默认同意了。上个礼拜我们登了记，准备'五一'结婚的，他打算结婚后就不让我上班了。"

仲果呜呜地哭了起来，她说昨天晚上她值夜班，没有在家住，她现在基本是住在高品的洋房里，他们已经同居有半年多了，而且她已经怀孕两个多月了。

桑亮他们经过调查取证，仲果昨天的确是值夜班，也就是说昨天晚上他们没有在一起。那么高品昨天晚上和谁在一起呢？或者说是谁到了他家，然后杀人的呢？是仇杀？是情杀？

桑亮安排民警对周边的视频监控进行了检查，也没有发现可疑人员。保安称高品的车是晚上十点多开进来的，他好像喝了酒，开了车窗打了招呼，之后就进了地下车库，后来他的司机就开车出来了，没有什么异常现象。这和监控显示的一样，那杀人凶手又是怎么进到高品的家的呢？一团迷雾罩在了桑亮和徐爱华他们的头上。桑亮陷入困惑，虽然这几起案件让徐爱华牵头，实际上分局领导是有意让他带带徐爱华，给新上任的她一些压力。然而，几起案子都发生在桑亮所在的派出所辖区，他是第一责任人，分局领导也明示他，破不了案子，就撤职当巡逻民警去。他倒不是怕当巡逻民警，他是愧疚自己作为一名警察，不能维护一方平安。徐爱华心里更明白，参战民警也清楚，他们的主心骨还是桑亮。

桑亮和徐爱华召集专案组的全体同志，经过研究分析，周密部署，由桑亮带队对尹守强失踪六年的"11·16"案件再次侦查，由徐爱华带队对"4·16""4·21"两起命案补充侦查。全体停休，每天晚上回到所里碰头汇总，再研究次日的工作安排，深挖线索，五一前必须破案。桑亮说："案子破不了，我辞职，主动去交警大队站马路，你们也都去当巡逻民警吧，让人家更胜任的同志来破案。"

专案组的战友们都憋着一股劲，甚至觉得犯罪嫌疑人是故意给他们设计圈套，让他们难堪。

桑亮他们刚散会，章乌梅就来了，为的还是她儿子不能下岗的事情。就这么巧，徐爱华正要走出派出所，便赶上章乌梅迎面走进来，她们正好打了一个照面。章乌梅没好气地说："徐大队长，你什么时候抓我？"

"章大婶，那天我冲动了，请您原谅，后来桑所，还有我的领导都批评了我，改天我到您家道歉。"徐爱华很诚恳地说。

章乌梅有点不好意思了，脸直发烧，烧到了脖子底部了，她有些不知所措地说："好了，都过去了，你也别往心里去。"她一边说一边和值班民警讲她要找桑亮所长。

桑亮正准备找章乌梅，她倒是自己来了。在派出所的会议室里，桑亮又询问起章乌梅丈夫尹守强失踪的一些细节。

"章大姐，你放心，你儿子的工作包在我身上了，这次化工厂改革，我已经和新来的厂长说了你家的困难，还讲了尹守强大哥失踪以及尹大哥还是保卫厂里公共财产的英雄的事，我们所里这些民警都可以做证。"桑亮给章乌梅吃了定心丸。

"我信你，我信你！"章乌梅高兴地回答。

"对了，您今天来得也巧，我正准备到家里找您，您能不能再详细说说尹大哥失踪前的经过？"桑亮问道。

"反正梅和平也死了，老尹失踪这么多年，他可能也早已经死了，说一说也不影响梅和平了。"章乌梅一把鼻涕一把泪地开始讲述。

章乌梅和尹守强婚后生了儿子尹峰，日子过得很平静。后来梅和平当上了厂级领导，也结婚生了女儿，也挺幸福。章乌梅在街道的服装厂干得出色，很快就当上了副厂长，分管销售业务，她想到梅和平是化工厂的"一把手"，他们也需要做工作服，如果能和他们建立业务关系，那今后服装厂就有长期业务保证了。

打扮得漂亮大方的章乌梅走进了化工厂。梅和平看到自己的初恋，当然是百感交集，而且这几年他们两个人都不敢接触，因为尹守强是个醋坛子。另外，章乌梅对梅和平的"恨"还没有完全消除。经过这么多年，双方的孩子都大了，随着岁月的快速流逝，慢慢地，情感上的怨恨被柴米油盐酱醋茶给削弱了。

章乌梅看到了多年不见的恋人，如今任国有企业"一把手"的梅和平。不惑之年领导干部特有的魅力，让她怎能不记忆起曾经难忘的岁月：两个人如胶似漆地拥抱着，亲吻着，发着誓言。章乌梅的泪水止不住地流淌。梅和平恨不得一把搂住他一直惦记着的女人，可现实还是让他们守住了底线。秘书进来给章乌梅倒了杯水，梅和平询问了章乌梅的现况。

其实梅和平一直在偷偷打探章乌梅的情况，可他们二人各自都已经成了家，而且他又是一名党员领导干部，即便什么都不发生，也怕其他人误会和猜疑，所以他们连正常的联系都不存在。就是在厂里看到了尹守强，梅和平都不会提及章乌梅的情况，两个人心里都存在着不理解和怨恨。

这一切都是尹守强为了得到章乌梅而造谣生出的事端，可他们两个人是不清楚的，为了爱情不择手段的尹守强有错吗？

章乌梅把找梅和平的来意说了，希望梅厂长给他们街道小企业一次机会，如果再没有好的订单，他们的服装厂就面临倒闭，那样在这里工作的姐妹们就会失业。在章乌梅的苦苦哀求下，梅和平当然是动心了。他把分管后勤的副厂长喊来，研究了明年厂里的工作服能否让街道服装厂来承包的问题。

梅和平能够得到上级重用，不仅是因为他业务能力强，还因为他是一个特别讲原则的"一把手"，他在工作上从不"一言堂"，总是要和分管的领导商量，然后经过厂务会和党委会决定，所以他也深得大家的尊敬和信任。

新风化工厂经过调研以及考察，最终把定制服的任务交给了章乌梅的街道大集体服装厂，服装厂的职工们都非常感谢章乌梅副厂长，甚至都喊她"大救星"了。的确，在市场经济改革的初期，一些大集体企业都濒临倒闭，梅和平的帮助点燃了他们这个小小的服装厂的希望，街道服装厂死而复生。

然而，这一下也把尹守强的"醋坛子"打碎了——由于章乌梅负责销售，每天打扮得比较时尚，尤其尹守强在厂里也听到了他们的厂服是自己老婆找梅厂长给承包下来的，他心里根本接受不了章乌梅和梅和平的再一次接触。尹守强开始酗酒，开始猜疑，开始跟踪章乌梅。因此经常迟到早退，被班组的车间女班长批评后，不仅不改正，还说什么车间女班长有作风问题。车间女班长气不过，骂了他，给他推了一个大跟头，因此尹守强开始了上访之路。他找到梅和平评理，梅和平一开始还看在师兄弟情分以及他是章乌梅丈夫的关系上，好言相劝，试图息事宁人，可尹守强变本加厉，不依不饶，非要让车间女班长撤职，给她处分，他还说车间女班长不配做共产党员。这一下梅和平急了，要知道车间女班长是优秀党员，还是劳模骨干，是化工系统大比武的标兵，是准备提拔为车间副主任的。被尹守强的一通搅和，车间女班长都得了抑郁症了，这才有了梅和平大发雷霆骂了尹守强"混蛋"的事。这一下正中尹守强的下怀，他开始胡乱造谣梅和平和车间女班长有作风问题，一直告到了市里的上级部门，气得章乌梅要和他离婚。最后，章乌梅看在孩子面上，加上真的离了婚外边风言风语就更多了，更不利于梅和平工作了，这事才不了了之。不过尹守强一回到家里，就像变了一个人，对章乌梅言听计从，伺候章乌梅和孩子，好像是个百分百的好丈夫、好父亲。

深秋那一天清晨，尹守强出了家门，当时是十一月十五日。后来尹守强就再也没有回家，二十四小时过去了，他却一直没有音信，十一月十六日章乌梅报了警。于是，有了章乌梅和梅和平的又一次误会，章乌梅认为是梅和平和车间女班长真的有问题，才对尹守强下了手。再加上化工厂没法与服装厂合作，服装厂经营不下去倒闭了，也让章乌梅压力极大。章乌梅失业了，还要一个人拉扯一个十五岁的男孩，于是她也开始上访之路。自打尹守强失踪，街道服装厂就只给她一点生活费度日，这所有的仇恨她又都记在了梅和平的身上，她认为她生存所有的坎坷都是梅和平造成的。

六年多过去了，尹守强失踪案件似乎也被人们忘记了，他的人间蒸发多少有些诡异。在尹守强失踪的第二年，有人说在本市的解放桥桥底下看见了尹守强，那个看到尹守强的人立即跑到章乌梅家里告诉她，还报了警。结果那里只有几个脏兮兮的乞丐，经过派出所仔细排查，发现那些人都不是尹守强，大家空有一场希望。章乌梅想这一定是梅和平成心找一帮乞丐恶心她。

在高品出狱一个月的时候，有人说遇到尹守强和高品等一群小流氓在大街上打架。章乌梅跑到派出所确认这件事，高品的确是和一群人因为抢生意大打出手，被派出所刑拘了，但没有尹守强的踪影。

最诡异的是，在桑亮到派出所任职的前三天，有人又发现了尹守强和一个女青年在金融街友谊商城购物，还说尹守强发财了，一副穿金戴银的样子，看起来很阔气，旁边那个女人很漂亮。听到这里，气得章乌梅在金融街友谊商城转悠了好几天，什么也没有发现。

后来，还是老所长劝说章乌梅："那都是谣传骗你章乌梅的，还是等公安机关的结论吧。

追求章乌梅的大有人在，还有一个比章乌梅小九岁的男人，愿意和她共同抚养儿子。然而，最让章乌梅无法容忍的是高品去年让人来提亲，说是尹守强让他吃了三年半的牢饭，他不计较尹守强抓捕之仇，而且还要以德报怨，迎娶章乌梅，要把尹峰抚养成人。

章乌梅气得赶跑了媒人并报了警。派出所找到高品，高品说他是发自内心地怜悯章乌梅母子俩，他还请求老所长给他们俩当媒人，他保证自己是真心爱章乌梅的，结婚以后他也会好好抚养尹峰。老所长将高品臭骂了一顿，也算是给章乌梅出了气。这样的事还有过几次，时间久了，章乌梅的主要精力就放在了抚养教育儿子尹峰上，再有就是满世界地寻找尹守强。

04

距离五一国际劳动节还有七天，桑亮的压力一天比一天大，他倒不是害怕当巡逻民警，或是到交警大队站马路，指挥交通。他总觉得这样对不起自己的誓言，一名人民警察的神圣誓言，那就是打击犯罪分子的嚣张气焰，让社会有一个良好的治安环境，人民群众能安全地生活。这是他们义不容辞的天职。

这几天他和徐爱华带领大家走访一些知情人了解情况，没有取得有价值的线索。检查视频监控的民警，也没有发现可疑人员出入高品的小区。因为高档小区都是特大面积房屋，业主也少，大院子的确冷清，案件的侦破工作进入了无头绪的状态。

大家在会议室里，吸着烟，喝着浓茶，你看我，我看你。最后大家还是看向桑亮，桑亮冲着徐爱华喊了起来："看我有什么用，你们说话啊！"谁也没有说话，还是愣愣地看着他发呆。值班民警跑了进来，告诉桑亮："桑所，章乌梅又来了，她要找你，不过这次是带着笑脸来的。"

章乌梅见到了桑亮第一句话就是："桑所，我来就是告诉你一个喜事，我儿子在五月一日那天结婚，希望你来当证婚人。"

桑亮先是一愣，紧接着说道："好，好，我一定去给你家尹峰当这个证婚人，恭喜你啦。"桑亮也是强颜欢笑，他心想："到了五一国际劳动节那天，破不了案子，我就被免职了，不过给章乌梅孩子当证婚人还是应该的；而且即便五一国际劳动节之前不能破案，上级领导也得等到节后再免去我的所长职务。"想到这里，桑亮又追问一句："新娘是哪个单位的？"

"桑所，我一说，你可能要吃惊的，就是仲果！"章乌梅神秘地说出了新娘的名字。

"仲果，就是高品的未婚妻？"桑亮很吃惊地问。

"就是这个仲果，怎么了？两个孩子本来就是同学，是那个臭流氓高品仗着有两个钱，把人家仲果给骗了，他就是个没福气的死鬼，刚登记要结婚，人没了。还是仲果的父母找到我的，给我和尹峰赔礼道歉。行呀，两个孩子乐意就行，再不结婚，仲果那闺女的肚子就大了！"章乌梅好像满不在乎，还很同情仲果的遭遇。

桑亮瞪大眼睛没有开口，章乌梅继续解释："我知道，仲果怀的那个孩子是高品的，一开始我是不同意这门婚事的，毕竟仲果这个孩子嫌贫爱富，也不是什么好女孩，而且还怀了高品那个臭流氓的孩子。可后来仲果的爸爸妈妈央求我和尹峰，我们家一分钱不用花，房子车子，还有一切费用全部由他们出，他们还答应给我两百万养老。我和儿子一商量这也算好事，就同意了，我也是俗人，谁跟钱还有仇呀。"

桑亮不知道怎么说好，点了点头。仲果在与高品认识之前是和老同学尹峰谈恋爱，可是仲果的父母坚决不同意这门婚事。仲果父母告诉她："尹峰爸爸不知道死活，六年多了没有音信，而且尹峰妈妈在外面的名声也不好，家庭条件太差了，他们母子就一套老房子，现在尹峰妈妈还在吃低保。过门后，你就等着吃苦受罪吧。"

就在这个时候，仲果与高品认识了，她爸爸妈妈就更不同意了，认为高品毕竟有过犯罪记录，而且比仲果大了十六岁。可高品紧追不放，而且给仲果花钱如流水，从不吝啬，还给仲果父母买房买车。最后，高品用金钱真的打动了仲果和她的家人。没承想高品福浅命薄，马上就要和小美女成婚，而且还是奉子成婚，却被杀害了。

送走了高兴得像孩子一样的章乌梅，桑亮总觉得不对劲，她这么讨厌高品，还让儿子迎娶高品的未婚妻，而且仲果的肚子里还有高品的孩子。这个章乌梅是疯了还是傻了？桑亮有些想不明白。

送走章乌梅，回到会议室的桑亮和徐爱华他们讲，章乌梅来派出所是告诉他她儿子五一国际劳动节结婚，让他给当证婚人，而且新娘是仲果。徐爱华和大家都吃了一惊，讨论也有了主题。桑亮问："你们把车间女班长的情况介绍一下？"

"那个和尹守强吵架的车间女班长，今年年初已经辞职。随后她去了开发区一家外资企业工作，因为她的业务能力强，具备高级技工职称，所以找工作不是难事，我们也给她打了电话了解了一些情况。"徐爱华说道。

六年前车间女班长因为尹守强总迟到早退批评他几句，尹守强和车间女班长顶撞起来，还说车间女班长跟厂级领导有一腿，才得到重用的，并且还满口脏字骂骂咧咧，车间女班长气不过，狠劲推了尹守强一下，尹守强就手躺在地上撒泼，他是又哭又闹，保卫科的人全过来了劝阻，他还不依不饶非得要报警，让警察把打人的车间女班长抓起来，派出所民警来了，也惊动了梅和平厂长。梅厂长批评了车间女班长，感谢了出警的同志，尹守强才罢休。后来厂里没处理车间女班长，而且还有小道消息说梅厂长准备提拔车间女班长当车间副主任。尹守强不干了，他找梅和平看在师兄弟的情分上，给他也提拔一下，当一个副科级干部，毕竟他还抓过高品这个盗窃厂里物资的犯罪分子，怎么说也是保卫国家财产的"英雄"人物，否则的话他就不同意车间女班长当车间副主任。

梅和平当场就回绝了他，还说他是痴心妄想，借此机会梅和平还把他为了得到章乌梅不择手段，在外造谣他是"陈世美"的陈芝麻烂谷子的事情说了出来，梅和平把十多年前的一肚子委屈和怨气都撒了出来，给了尹守强一个闭门羹。

尹守强也不示弱地嚷嚷起来："你有什么了不起的？那次保送上大学是师父偏心眼，本来我也够条件，我爸还找了化工局领导，是师父非得推荐你。为什么什么都是你的？我知道师父有私心，是为了他日后的乘龙快婿你。嘿嘿,你上大学,我娶了他的宝贝独生女儿,我看他后悔不后悔。我和章乌梅结婚他一百个不同意,后来听说你是'陈世美',他才同意我们的婚事,而且他临闭眼的时候,还跟我道了歉。"

梅和平被这个无赖气得直咬牙根,挥起拳头揍了他。这时正好车间女班长进来。尹守强借题发挥了,又倒在地上,大哭大闹,说梅和平和车间女班长是通奸的狗男女,他们合起伙来在厂长办公室对他进行殴打迫害。听到厂长办公室这么热闹,机关的干部们跑了过来劝说。尹守强见人多了,更加理直气壮地血口喷人,胡乱编造梅和平的丑事。

回到家里尹守强把当天的事情添油加醋地和章乌梅一说,章乌梅也信以为真了,痛恨梅和平是一个道貌岸然的伪君子,一个色狼厂长。她刚对梅和平重新生起的好感,被尹守强这么一闹又给抹去了。

再后来尹守强整日不好好上班,天天想着要上访,上级领导还派纪检部门来进行了调查。为此,车间女班长的车间副主任也黄了,梅和平调到市化工局的希望也破灭了。尹守强的这出把戏,把化工厂的全市文明单位称号都给弄没了,全厂的全年奖金减少了一半。

因此,尹守强在厂里,从保卫国家财产的英雄劳模变成了人人喊打的落水狗。没过多久他又失踪了,人间蒸发了,所以大家伙怀疑梅和平找人报复他是有原因的,但是没有证据。

桑亮带队立即赶去开发区,想见一见那个车间女班长,深入了解一下梅和平有没有仇人或有什么其他疑点。

桑亮和徐爱华,以及两名侦查员驾车一个多小时到了开发区。这是一家外资独资化工产品有限公司,车间女班长现在是这家公司的产品研发部副经理。经过属地派出所的协调,在开发区派出所,桑亮他们见到了车间女班长。

车间女班长叫吴可欣,一个已过不惑之年的要强女性。她是化工学校毕业后被分配到化工厂的优秀学生干部,原来还是尹守强的徒弟,后来在全市青年岗位练兵比武中荣获了化工系统青年技术标兵的称号,接着便代替尹守强当上了班长。尹守强当上了车间安全员,后来因为一起安全事故,他负有责任,又回到了班组,成了自己徒弟的下属了。这倒也没什么,吴可欣还是特别尊敬照顾师父尹守强的。然而，听说吴可欣要升为副主任的时候，尹守强的内心不平衡了，也是怕章乌梅看不起他，毕竟师兄梅和平都当上了厂长。

吴可欣，高挑的个子，壮实丰满的体格，身上有一股工人阶级特有的憨厚实在的劲头，说起话来也是直来直去，和章乌梅在形体上还有几分相像，就是没有章乌梅白净细嫩。

吴可欣见到桑亮和徐爱华他们时，勉强地笑了笑："我知道你们迟早要找我。其实尹守强的失踪，你们派出所老所长和我谈过，我真的不知道，我也挺关心尹师父的，毕竟刚进厂时尹师父特别关照我，教我学习技术，还关心我，给我介绍男朋友。就是后来因为考勤，尹师父总是迟到早退，班组的同事反应太大，我又是他徒弟，说了他几句要注意的话，他就大发雷霆，还侮辱我和梅厂长有事儿，弄得我爱人差一点和我离婚。后来我气不过了，打了师父。其实我就推了他一下，真的没有打到他，我当时就是气昏头了。尹师父可倒好，他还没完没了了，弄得我那几年都得了抑郁症了。于是，我干脆就辞职了，来了这家企业。"

吴可欣流出了眼泪，可以看出她是真诚的。提到梅和平时，她的脸色有些愠怒，她不是很情愿地讲道："梅和平已经死了，其实我是不想说的，他就是一个衣冠禽兽。尹师父说得一点没错，他就是道貌岸然的伪君子！"

桑亮先是愣住了，甚至打了一个冷战，以为自己的耳朵出了问题，他冷静了一下，说道："哦，可欣大姐，您喝点水，慢慢说。"

因为吴可欣的长相的确和年轻时候的章乌梅有些相似，所以每次梅和平看到吴可欣时，他就会回忆起当初的恋人。梅和平上大学时的确想追他们班的班花，这个班花不仅漂亮，父亲还是中央部委的副职领导，如果攀上班花这门姻缘，日后飞黄腾达，成就事业那可是指日可待。事与愿违，班花根本看不上这自以为是的梅和平，她早已有了男朋友。不过，梅和平给班花写的肉麻爱情信件还是传开了。

尹守强的所谓"造谣"也是有点依据的——吴可欣的爱人是一名武警消防中队长，两个人很恩爱，还有一个可爱的女儿，生活幸福。可是梅和平念念不忘章乌梅，他就用"车间副主任""厂办秘书""厂妇联主任"的头衔给吴可欣许愿。其实吴可欣就想当一名普普通通的工人，一名优秀的技术工人，可她遇上了这么一个厂领导，而且是人前公认的知识分子、优秀企业家。

吴可欣知道她要是反映给上级，恐怕上级不会相信她，所以她尽量躲着梅和平。就这么巧，尹守强胡说八道正中梅和平的下怀。那几天，梅和平借题发挥，三天两头找吴可欣谈话，让吴可欣不要往心里去，清者自清，其间还动动手脚，被吴可欣拒绝了多次。那天吴可欣去梅和平办公室，其实是想交辞职报告，她爱人的战友转业到开发区一家外资独资化工企业，急需化工人才。没承想正巧碰上尹守强和梅和平吵闹，把事情扩大化了。吴可欣原本是热爱自己的岗位的，也舍不得离开国有企业大家庭，可被厂里的领导、师父这么一闹，她坚定了一定要离开这里的想法，辞职去了外资企业。

至于梅和平被害案件的凶手是谁，据吴可欣讲，她怀疑过高品，因为高品出狱后和梅和平关系不错，后来新厂长来了，他们两个人又发生了矛盾，梅和平被害的上午高品在梅和平办公室待了好长时间。

桑亮看得出来吴可欣是一个可以信赖的人，问道："你认识高品吗？他和梅和平的事你知道些什么？"

吴可欣说："我知道高品这个人，他就是个收废品的，以前经常来厂里。我和他不熟，尹师父和他挺熟，但尹师父发现他偷厂里的物资，抓到他了，让他蹲了几年大牢。"

桑亮感觉虽然寻找凶手还是没有线索，但吴可欣提供的情况也是很有价值的，起码自己对梅和平和高品有了一个新的认识。

桑亮让大家回家休息一晚，他自己没有一刻的休息时间，他把自己整个人都投入了案件的侦破工作中。自从和吴可欣谈过话后，桑亮就把自己关在屋里，开始甄别民警拷贝的高品居住小区的监控视频，以及他所有公司、门店的监控视频。桑亮想把梅和平被杀后高品的行踪再仔细核查一次，寻找端倪。

徐爱华干脆返回所里，她决定不回家了，把找吴可欣谈话的情况整理一下。他们两个人一边吃方便面，一边研究案情的进展和疑点。

05

梅和平在化工厂当车间主任的时候就认识了以收废品为营生的高品。高品因为家境贫寒，很小就和爷爷出入各个工厂，凡是有工业垃圾的地方，就有他们爷孙俩捡破烂的身影。后来，爷孙俩又走街串巷收废旧物品。高品这小子进入社会早，练就得嘴甜、脑袋灵光，他发现化工厂扔的垃圾净是废铁和一些有色金属之类的值钱东西，于是找到了梅和平，一口一个"梅叔叔"地喊着。梅和平也看他可怜，就把车间没有用的废品统统给了他。高品也是知道感恩的，每次挣了钱，就会把一半的收益给梅和平。后来，梅和平便开始和高品偷偷地合作废品回收营生，他也因此有了资本，开始给领导送礼。于是，这个讲原则的年轻干部"芝麻开花节节高升"。要不是尹守强捣乱，恐怕梅和平已经是化工局的领导了，可惜现在的他连命都没了，还不如他的师兄尹守强失踪，还有一线生机。

梅和平和高品产生矛盾与章乌梅是有关系的。章乌梅找到梅和平谈承包厂服的事宜，而之前厂服都是高品联系的承包商。梅和平旧情复燃，管不了那么多了，但表面上他还是把程序走得很体面，因为那个时候他还是局领导班子的后备干部，不能因为小事"翻船"。梅和平暗地里指示行政科长告诉高品现在上级有规定，要支持街道大集体企业，所以定制厂服的任务今年乃至以后，都由街办事处下属的大集体服装厂承包。

高品也打探到了梅和平是为了给昔日恋人章乌梅营生把他替换的事，这是一笔有很大盈利的生意，就这样被章乌梅撬走，他心里不舒服。于是，他找到梅和平说："梅叔叔，你要什么样的女人我没给你找？至于为一个半老徐娘连钱都不挣了？"梅和平这个时候哪里听得了这个话："你他妈的滚蛋，没有我，你他妈的就是一个拾破烂的、臭要饭的，现在跟我吆五喝六的，你没有资格，滚！"梅和平原形毕露，官人脾气长了。

"现在让我滚？没有我这个捡破烂的、臭要饭的给你大把大把地挣钱，你当什么厂长？狗屁，你惹急了我，我到纪委告你。我一个臭要饭的怕什么，大不了再蹲几年大牢，前几年为你也蹲过了，再蹲几年大牢还有你做伴，我值！要不是你通风报信让我偷你们那些新电缆我哪敢呢，到头来你还安排尹守强那个小子逮我，让我替你坐大牢！你还好意思骂我臭要饭的，要不咱俩找地方评评理？"高品混混的无赖嘴脸也暴露出来了。

梅和平气得无话可说了，他冷静了片刻说道："行了，大侄子，叔叔错了，不过我也答应人家了，今年给她，明年我要是当上了副局长，你的生意还需要这点厂服吗？好了，晚上我们好好喝一顿，我请客。"

高品也是个明事理的主："行了，我的亲叔叔。咱爷俩谁跟谁呀，晚上豪门夜宴大酒楼，我给梅叔叔一个惊喜！"

那天晚上高品把章乌梅请到了酒席上，只有三人，梅和平、章乌梅和高品。高品喝到一半的时候，假装酒醉，溜了，临走时把开好的房间钥匙给了梅和平。

那一夜，梅和平得到了他梦寐以求的初恋章乌梅。章乌梅的身子到手了，梅和平很是满意。不过，过了一段时间，他还是惦记车间女班长吴可欣，死皮赖脸找借口向吴可欣示爱。世上没有不透风的墙，尹守强还是怀疑章乌梅和梅和平有隐情，所以他才无心上班，总是盯着章乌梅，这才有了他与车间女班长、他的徒弟吴可欣大打出手的闹剧。

章乌梅自从与梅和平有了外遇，家里的活计也顾不上了，主要是尹守强操持家务，接送孩子。见妻子天天花枝招展的，本来心眼小的尹守强就开始了跟踪生涯。他每天忙完家务和孩子的事，就是跟踪章乌梅。章乌梅也是做贼心虚，处处小心。尹守强没有她和梅和平偷情的证据，再加上高品那小子从中掩护，只能哑巴吃黄连，没辙。

但只要章乌梅回家晚了，尹守强就要查看章乌梅的包、手机和衣兜，甚至闻一闻她的身上有没有男人的烟草味道。章乌梅这个服装厂长的确不好当，自打承包了厂服生意，就连街道的书记、主任都高看章乌梅了，也提拔她当了"一把手"厂长，甚至还要向区里建议直接提拔她当街道副主任。章乌梅这时也是风光的"明星"，她当然要感谢昔日的恋人梅和平。

好景不长，市化工局有新的政策，统一定制本市化工系统工作服，也就是由市局统一发放工作服，原来各个厂子自行定制的厂服作废不许再穿。这下可把章乌梅的街道服装厂给坑了，街道服装厂再一次面临倒闭，章乌梅的努力奉献付诸东流。

这时，梅和平也有意无意开始疏远她了。没多久尹守强失踪，六米河岸边的深秋落叶上有他的血迹，但没有其他证据证明他是死是活。这六年他人间蒸发了，杳无音信。"尹守强，你到底在哪里？真的对不住你了。"这是章乌梅在深夜自己偷偷对自己说得最多的一句话。

桑亮在查看高品高档住宅小区的监控视频时，发现有一个面孔很熟悉。在高品被害的夜晚，一个巡逻保安来回溜达，桑亮放大了看，太模糊；拉远了看，真的像一个认识的人。这是谁呢？桑亮决定去一趟高品家所在小区的物业公司，让他们辨认一下。

桑亮正要和徐爱华商量自己的想法，值班民警告诉他，外边来了两位自称是市纪委干部的人，要找他核实一些关于梅和平的事情。桑亮让徐爱华他们先去高品家所在小区的物业公司询问情况，他先接待来访的纪委同志。

市纪委同志主要是来核实梅和平向相关化工局领导行贿买官卖官的问题，以及梅和平涉嫌的其他犯罪问题。桑亮介绍了梅和平被害案件，以及勘验他死亡现场的情况，桑亮还特别说明了高品供述的因为化工厂处理废旧设备一事给了梅和平五万块钱现金，可是桑亮他们勘察现场，没有发现这五万块钱，市纪委同志请求派出所再一次配合市纪委对梅和平办公室进行搜查。

桑亮请示了分局领导同意，配合市纪委再一次来到了梅和平办公室。"4·16"案件还没有侦破，梅和平办公室大门贴着封条，暂时停用。

桑亮撕开封条，走进了梅和平办公室，这里一片狼藉，而且窗户是半开的，明显有人进来过。桑亮制止住了纪委同志的搜查，他问一起配合工作的保卫科谢科长是否有人进来过。谢科长也是蒙圈了，一直摇头。桑亮立即打电话向分局领导汇报，并让徐爱华带着技术员赶紧到现场。

梅和平的办公室在办公楼二层的一间套房，外屋是三十多平方米的办公室，里屋小一些，是休息室，带着卫生间。卫生间倒是挺大，足足有十多平方米，不过也简陋，只有一个淋浴喷头，一个高级马桶，一台洗衣机。洗衣机好像基本没有用过，桑亮仔细察看了洗衣机，发现了一个大秘密，原来这台洗衣机是空心的，也就是说它的内部结构就是一个箱子，原有洗衣服的内胆设备全被拆除了，现在是空的，但洗衣机的外壳根本看不出来，而且打开盖子也发现不了，只有再掀开里面的机盖才能发现问题。

这台洗衣机应该是藏匿贵重物品或是现金的最好地方。这个发现证明了梅和平有很多不可告人的秘密，甚至是违法犯罪的事实，但是他死了，带走了这些秘密，给桑亮他们留下了众多的难题。

桑亮他们对现场提取了证据，并且又一次细致地勘验，发现了梅和平坐的椅子下有一个烟头。这个烟头是新的，那进屋来的是盗贼，还是什么进来找东西的别有目的的人？是无意间留下一个烟头，还是有意留下这个烟头？……再有五天就是五一了，案件越来越扑朔迷离……"尹峰，对，章乌梅的儿子尹峰，他是一个有嫌疑的人！"桑亮突然想到了这个内向的青年。

尹峰本来是个品学兼优的好孩子，从小就听话，用章乌梅的话讲，尹峰知书达理，还特别厚道，随她和尹守强的优点，长相也非常帅气，瘦高个子、单眼皮、大眼睛、黑眼珠，眼睫毛比女孩子的还长，特别像欧洲男孩。尹峰的确是章乌梅和尹守强的骄傲。

自打章乌梅当上服装厂的副厂长后，天天早出晚归，家里都是尹守强打理。尹峰特别懂事，尽量帮助爸爸干一些家务。到了晚上，章乌梅醉醺醺回来，尹守强就和她吵闹，弄得尹峰幼小的心灵留下了家庭父母不和睦的阴影。后来尹守强失踪给尹峰带来了巨大的打击，章乌梅又下了岗，生活陷入了困境。尹峰一度要辍学，参加工作，被章乌梅苦口婆心劝阻，但他也因此学习成绩下滑，最后只能上一个大专学历的职业学院。尹峰毕业后，还是老所长找到梅和平帮忙解决，他才在化工厂当上了一名倒班工人。

桑亮马不停蹄，到了化工厂，让保卫科谢科长立即联系尹峰，找他了解一些情况。尹峰正好今天上白班，他来到了厂部保卫科。在家里尹峰见过桑亮，章乌梅经常说，桑亮所长为人豪爽，总是给些米面茶蛋帮助他家。所以一见到桑亮，尹峰就礼貌客气地说："桑所长您好！"

见到这个稳重礼貌的青年人，桑亮似乎有了某种亲切的感觉，把此前突然而来的怀疑给淡化了："你好尹峰，今天我来找你主要是想和你聊聊，关于梅和平被害，你最近在岗位上听到些什么议论没有？或者你对梅和平的死有什么看法？"

"梅厂长人挺好的，我到厂子来上班还多亏他照顾，他出事之后，厂里的确议论纷纷，都说他是被高品杀死的，还有人说他是上吊自杀的，别的我就不知道了。他死的那天我上夜班，白天不在厂里，在家里睡觉，你可以问我妈，就这些。"尹峰很清晰地说着，把自己不在厂里的事也讲清楚了。

"你这两天上什么班？"

"这周我上早班，四点就下班，车间照顾我，您知道我五一准备结婚，我妈还说请您给当证婚人呢。"

这可让桑亮没想到，尹峰不仅不慌张，而且似乎这几起案子和他真的一点关系都没有。高品死了，他不计较，在仲果将要"生产"的情况下，决定娶她，这是一般男人不能容忍的事实。

桑亮心想，当着保卫干部和民警的面询问尹峰太多细节问题不好，明日再单独找他吧。

"谢谢了，咱俩加个微信，我给你当证婚人没问题，但这两天咱俩再见一面，看看我到时要说些什么，我这可是第一次当证婚人呀！紧张呀！"

送走了尹峰，桑亮他们让谢科长叫了几名职工，询问一些情况，这样也能让尹峰放松警惕，让他觉得派出所是找厂里一部分人了解情况，不是针对他一个人。

桑亮找相关职工，也只是进一步核实尹峰的近况，以及他有没有进入梅和平办公室作案的动机。目前看来，梅和平办公室卫生间的洗衣机里一定有秘密，这个秘密是破案的重要线索。徐爱华自责当初查验现场有遗漏的问题，没有细致地针对每一处，她佩服桑亮细致认真的工作作风。桑亮安慰了她，接着赶忙返回派出所，刚才派出所值班民警打电话向他报告，说又有一群群众找他，举报"恶势力"殴打搬迁户。徐爱华只好一个人到分局，向领导汇报案件进展了。

桑亮坐在副驾驶上，一路思考：六年前十一月十六日上午尹守强失踪，这个月十六日下午梅和平死在自己的办公室，二十一日晚高品死在自己家中，这三者之间有什么联系？凶手难道是"他"？不，不。章乌梅，尹峰，现在又多出一个仲果以及她的父母，还有车间女班长吴可欣，保卫科谢科长。高品公司那个长相和化工厂谢科长相似，不，是长得一模一样的司机"老谢"，这个"老谢"又是何许人也……

还有四天就是五一劳动节了，桑亮在警车里伸了个懒腰，似乎迷糊了。

在梦里他看到了妻儿和父母，突然一个长发老者跑来，冲着他的家人张开血盆大口，这个吃人的魔鬼要吃掉谁？

"啊，住嘴！"桑亮大喊一声，"桑所，到了，您又做梦了？"开车的民警叫醒了他。

走进办公室的刹那间，桑亮又想到一个人，高品在精神病院的父亲。桑亮看看手表，已经是傍晚七点多了。刚过清明，初春的城市有一些清凉，他思考了片刻，给在精神病院当医生的老同学打了电话，老同学正好值班。

桑亮独自开车到了精神病院，见到了高品的父亲。高品的父亲和桑亮的父亲年龄差不多，都是六十多岁。老人家在这里住了有十余年了，出狱后的高品，逢年过节会把老人接回家。高品发财后干脆把父亲接回了家，不让父亲受那份罪，也不让人笑话他不孝顺。平日里高品事多，于是他找了保姆伺候父亲。可女保姆都被他父亲"吓跑了"，男保姆他父亲也非打即骂，这份钱谁都挣不起，高品无奈又把他父亲送回了精神病院。

高品的父亲见到桑亮，不知为什么"呜呜"地哭了起来，特别伤心。桑亮安慰了几句老人家，说道："伯父，我是高品的同学，他工作忙，我来看看您。"桑亮想反正老人精神有问题，可能对儿子被害之事不会太悲伤，甚至不是很清楚。

老人摇着头，眼泪唰唰地往下流。桑亮心里也不是滋味，毕竟小学同学一场，虽然高品没有给桑亮留下什么好印象，但他毕竟没有犯死罪，经过教育挽救也许还能改变。桑亮总是把"救人"思想放在第一位，从警二十余年，他认为警察就是"社会医生"，要通过宣传法律法规去拯救人的意识，使犯罪得到制止。

"死了，死了，他死了，他不管我了，呜呜……"老人开口了，之后还是痛哭着。

老同学医生讲，上午他没过门的儿媳妇一家人来了，还带着律师，让老人家签字，说依据法律规定，按照高品生前立过的遗嘱，给老人留了一部分财产和资金养老用，余下的财产和公司全部由儿媳妇仲果和她肚子里的孩子继承。不过那个仲果还算有良心，说会给老人养老送终，每年也会接他回家过年。

桑亮见高品父亲是这种情况，也没有问他太多问题，也许老人是间歇性精神不正常，此时他头脑是清楚的。桑亮拜托老同学多关怀老人，有事招呼他。

天黑极了，没有一颗星星，桑亮给妻子打了电话，告诉她这几天先不回家，加班，有重要任务，等五一休息再回家，让她照顾好孩子和父母，也照顾好自己。妻子那边显然是哽咽了，只说了声"好吧，你也要注意安全"。

06

高品的父亲原来是化工厂的工人，母亲是厂里办公室的打字员，两人结婚后有了高品，一家三口生活得挺安逸。不久，高品奶奶在老家去世，他父亲把爷爷接来一起生活。高品的母亲嫌弃老人，与他父亲的矛盾开始升级。后来，他母亲参加舞会认识了南方某民营化工厂的老板。在私企老板的追求下，他母亲与老板私奔了，杳无音信了一段时间。据说，高品母亲在南方生活富裕，和那个私企老板还生了一个女儿，并把高品的姥姥姥爷都接到南方生活去了。去年，他母亲让同母异父的妹妹找过他，被高品拒绝了，这样说的话高品还算是一个讲情义的男人。

高品母亲和私企老板私奔，撇下丈夫、儿子、公公三个男人，导致高品父亲开始整日酗酒吸烟，要不然就是借口高品不听话，不好好学习暴打年幼的高品。高品的爷爷也是无奈，每日拾点破烂维持这个家，后来高品父亲也许是思念妻子，得了失眠症了，再后来整个人都抑郁了，在单位怀疑工友害他，怀疑别人说他是"王八"，说他媳妇跟别人跑了，他戴了绿帽子，搞得他神经兮兮的。高品的爷爷实在是受不了，找到单位把他送到了精神病院。

高品辍学和爷爷一起收废品维持生存，还要付他父亲在精神病院的医药费。

桑亮回到所里已经临近午夜了，徐爱华在他办公室的椅子上睡着了。他一进来，她就醒了。见办公室就她一个人，桑亮没敢关门。

"怎么样，那个保安那边有线索吗？"

"我们查了个遍，物业经理也挺奇怪的，他们那个小区的确换保安比较勤，但都是有登记的，这个人却没有呢。你再仔细看看，我看有点像化工厂保卫科谢科长。"

"啊，对，有点像，我说有点面熟呢。"桑亮有些兴奋，"现在找他吗？"

桑亮看看手表，已经凌晨一点了，他说："你到女民警宿舍凑合一宿，我在这儿眯瞪一会儿，天一亮咱们就去化工厂！"

徐爱华出去，桑亮在楼道左看看右看看才关上门。他哪里睡得着呀，他想，明天如果从保卫科谢科长那里有所突破，接下来他还要和尹峰谈谈，毕竟尹守强失踪六年多了，这个做儿子的肯定有什么想法。必须给章乌梅一个结论，给社会一个解释，尹守强失踪的案子不能成为一个无法解决的"死案"。

虽然桑亮是专案组副组长，徐爱华是组长，但是他们在一起工作，私下里还和原先一样以桑亮为主，徐爱华协助。这也是市局党委的意思，有意要培养桑亮这个好苗子。

一大早，桑亮、徐爱华他们又来到了化工厂，保卫科谢科长非常热情自然地接待了他们。谢科长询问今天找谁谈，桑亮直接说道："谢科长，今天咱们聊聊。梅和平死后是谁进入了他的办公室？作为保卫科科长，你是不是有责任？"

"当然我有责任，这个人是从二楼窗户进去的，他胆子也够大的，竟敢往死人屋里闯。"他有些答非所问。

"谢科长，我给你看一张照片，你看看他是谁？"桑亮让徐爱华掏出了打印的从电脑上下载的保安图片。谢科长看了先是大吃一惊，然后他平静了一下说："您这是从哪儿找到的照片，怎么还穿着这样的服装？"

"别兜圈子了，说说你化装成保安去那里干什么了！"徐爱华没有那么多耐心地问。

"化装成保安，你们说这张照片上的是我？"谢科长疑问道。"不是你，是谁？"徐爱华有些上火了。

"谢科长别着急，好好想一想再说，咱们都是老熟人了，不叫你去派出所就是给你面子，希望你配合，你也是老保卫出身了，道理不用多说了，你解释吧。"桑亮缓和了一下紧张的气氛。

谢科长耷拉着脑袋，若有所思地说："事到如今，我说。这个人是我的双胞胎兄弟，他给高品当司机，这个事谁都知道，不信你们问章乌梅也行，她最清楚，原来也给她当过司机。"桑亮当然记得，在高品公司，给他们沏茶的司机老谢，对，他就是谢科长的双胞胎弟弟谢长利。

谢科长是一名退役的消防战士，退役后一直在化工厂，从保卫干部一直到保卫科科长，都是梅和平提携的，所以他对梅和平是感恩的。梅和平被害后，他经常去梅和平家帮助他的遗孀。刚过不惑之年的他，虽然头发稀稀拉拉的，但面色红润，双眼炯炯有神，高大魁梧的身材挺有保卫干部的气质。他的双胞胎弟弟和他长得一模一样，不仔细看还以为就是一个人。

谢科长的双胞胎弟弟谢长利原来在章乌梅的服装厂当司机，后来下岗，是他哥哥谢科长找到高品，才让他给高品当了司机，工资也挺高。这样一来，高品在化工厂的生意谢科长也是关照有加。

桑亮和徐爱华讲，算上今天还有四天就是五一了，必须跟进侦查。桑亮还是找尹峰了解情况。徐爱华迅速传唤谢科长的双胞胎弟弟谢长利核实情况。

谢长利到了派出所显得十分紧张，他看到徐爱华严肃的脸，甚至都要哭出声了："徐队长，我知道错了，我一直想让我哥带我去自首，但我又不敢，今天我想开了，您问吧，我什么都说。"

"好，谢长利，你先说说你装扮成保安到高品小区干什么去了？"徐爱华始终用双眼瞪着他。

"徐队长，人不是我杀的，真的不是我杀的。"谢长利崩溃了。

"别害怕，你慢慢说。"徐爱华话里藏针。

谢长利交代："那天我送高总回家，路上我哥说找我有事。到我哥家以后，他让我穿上保安服再去一趟高总家，并且打车去，不准开高总的车，说高总要给一些东西，但是什么没说。我也很纳闷，穿保安衣服要干什么？打车去？再说了我和高总刚分手，这不是遛我一趟吗？我也不敢多问，便打车去了，穿着保安服就进去了。门卫也不问，上楼，不用我敲门，门是开着的，于是我就进门了，嘴里喊着'高总，我是长利呀'，但没人答应。我走进客厅，妈呀，吓死我了，高总在门框上上吊了，于是我扭头跑出去了。走出他家楼道，我都不知道自己是谁了。我害怕公安局怀疑是我干的，便假装是巡逻的保安，在小区转悠了几圈，之后离开。"

"那你进屋看到高品上吊，还看到其他人了吗？或有什么可疑的？"徐爱华缓和了语气。

"我当时很害怕，什么都没有顾上看。之后我赶紧找我哥，我哥听了也很吃惊，告诉我跟谁也别说……"

徐爱华打电话给桑亮，说明了询问谢长利这边的情况，还说将立即讯问谢科长。

桑亮找到尹峰，尹峰讲他父亲失踪时他正在读初三，没有考上高中，上了一个"3＋2"的大专学校，六年了，他有点忘记父亲了，都是妈妈把他养大成人，过去父亲在的时候也挺疼他，可是他们两人总吵架，尤其父亲好像变态。有一次他假装睡着了，父亲竟然说要给他做亲子鉴定，怀疑他是梅和平的种。那一夜他失眠了，他蒙上被子，偷偷地哭了一夜。他认为自己是多余的，他的亲爹是谁他也不确定了，他开始恨尹守强和梅和平甚至母亲。后来他和初中同学仲果倾诉自己的苦恼，仲果像大姐姐一样关心他，可后来仲果又和高品谈婚论嫁了，他感到了人世间的凄凉。

再后来高品死了，仲果带着身孕找尹峰想办法来了。尹峰又能怎么办？他让仲果父母找章乌梅，只要妈妈同意就行。章乌梅看到仲果继承了这么一大笔财产，高兴坏了，同意了这门亲事。她还和儿子尹峰讲，结婚了，这些公司和房产、存款都是他俩的了，他也可以不用在化工厂干了，直接辞职自己当老板，经营这些公司就够了。于是，尹峰也就想明白了，答应了和比自己大一岁多的仲果结婚。

别看尹峰刚二十一岁，言行举止却稳重得体，显得城府挺深，也许这与他的成长经历相关，多少能看出他身上有一种章乌梅的气质。

尹峰明白桑亮单独找他也是有意图的，他直言不讳地告诉桑亮，他是不可能杀害梅和平的，他也一直想知道自己的亲生父亲到底是谁。本来尹守强就失踪了，他不想梅和平也出事。梅和平被害后，他还偷偷地哭了一场，毕竟梅和平在让他进厂工作这件事上是非常关照的，可能是担心舆论才没太敢照顾他，可是每次他们在厂里见面，他总是有一种亲切的感觉。其实尹峰真的想问问母亲，到底谁是他的亲生父亲。他没敢问，他怕问出了实情。桑亮和尹峰谈得特别知心亲睦……

接了徐爱华的电话，桑亮和尹峰告别，直接回派出所。

桑亮虽然表面上打消了对尹峰的怀疑，但总觉得在他身上还是隐藏着不可告人的秘密。尹峰对自己的亲生父亲是尹守强还是梅和平产生疑虑，对高品的事却只字不提，关于仲果，他倒还算实在，有感情基础，也有经济原因，否则找一个怀着别的男人孩子的女人结婚，他的心也真是够大的！

派出所里一对孪生兄弟在不同的房间里接受着讯问。徐爱华正在讯问谢科长："为什么把责任都推给弟弟谢长利，不讲自己的问题？"谢科长解释："你们问的是照片上的人，又没说找他干什么，所以没有讲什么。"气得徐爱华真想动手了。

谢科长说高品答应送他一幅本市著名画家画的《钟馗砺剑图》，让他弟弟给取一下，他自己去不方便，会让别人怀疑他接受高品的礼物，所以他让同胞弟弟谢长利去取。

徐爱华反问道："你兄弟是高品的司机，他送高品回家时给你带回来不就行了吗，还装扮成保安去单独拿？你骗傻子呢？"

"不敢，我绝对不敢骗您和桑所呀！咱们都是老熟人了，我能那样吗？我要那幅画是送给新来的厂长，他说梅和平死在了办公室太晦气了，要找一幅钟馗图避避邪，于是我就打电话找高品，没想到这个小子还挺仗义，这不，找本市最有名的老画家花高价买了这幅《钟馗砺剑图》。我一听是著名画家的画，知道价格不菲，怕日后因为要这幅画出事，所以让我弟弟穿上保安服打车去取，不留下证据，就是省得日后给自己找麻烦。"

桑亮进来说："老谢，咱们是老熟人没错，你说的这个理由姑且算你过关，那么梅和平办公室的烟头你怎么解释，你前天夜里从窗户跳进去干了些什么？"

谢科长彻底崩溃了，没了保卫科科长的威武形象了，他跪在桑亮脚下说道："桑老弟，不，桑所长，人真的不是我们杀的。梅厂长的死是我和高品给帮的忙，是他骗了我们，为什么，我们也不清楚，但真的不是我和高品的本意，我们杀他干吗？后来我俩商量想跟你说一下，也算是自首，可高品又死了，我就不敢说了，我是真的说不清了，高品真的更不是我杀的了呀！"桑亮听谢科长的哭诉也是一惊。

"你慢慢说。"桑亮把谢科长扶到椅子上。

据谢科长供认，那天是梅和平找来高品商量收购废旧设备事宜，他也叫了谢科长到办公室。梅和平告诉他们，市化工局收到了不少关于他近几年勾结黑恶势力高品，把化工厂的"经营"搞成腐败的"阵营"的举报信，上级这次派来了新厂长，就是准备对他进行双规。他告诉他们，自己已经吞食慢性毒药，发作之前请他们把他吊起来，就说他是上吊自尽的。两人一听吓坏了，想跑。梅和平威胁他们，说不按照他的想法做的话就告发他们坑害国有企业，他和谢科长受贿，高品行贿，而且欺行霸市威胁其他经营者投标，到时候都得进监狱。高品这小子胆大，拿起了梅和平准备的绳子套住了梅和平的脖子。谢科长慌了神，在高品劝说下，帮忙一起先是勒死梅和平，又把他给吊在门框上，然后才走出办公室。

其实梅和平根本没有喝毒药，就是想让高品和谢科长帮忙杀死他，他自己没有勇气自尽。桑亮想，梅和平也可能是想临死之前把这两个"坏人"一起拉下水，制造一起谋杀案件，这样他的死也许"光荣"一些。毕竟他选择自杀，会影响家人，如果是被这两个人杀害，还能落得一个为了维护厂里的利益而被害的"好名声"。桑亮想，这个梅和平真的不简单呀！

那边谢长利也交代了。那天夜里是谢科长指使他去梅和平办公室，看看梅和平有没有留下证据陷害他们两人，再看看有没有贵重物品，尤其是高品说的那五万块钱，而那个时间段谢科长正好出去洗茶杯了。谢科长其实知道梅和平的"洗衣机"百宝箱里的秘密。那年，他带人给梅和平卫生间更换过马桶，就发现这台洗衣机特别沉。他好奇地看了一眼，吓了一跳，里面全是四个伟人像的百元钞票，他赶忙盖上洗衣机盖。所以，他安排弟弟到卫生间看看，看公安局把东西拿走没有，结果打开洗衣机，好家伙，是空的。看来梅和平这老家伙早已经把东西转移了，因为他想死，还要嫁祸给高品和谢科长。谢长利气愤地点燃一支香烟吸了起来，而且临走时随意把烟头扔在了地上。

"4·16"案件有了突破，桑亮和徐爱华默契地交换了眼神。桑亮继续深挖线索，徐爱华立即回分局向领导汇报案情进展和下一步工作打算。经过对烟头的比对，证实就是谢长利所为。

谢科长和谢长利还交代了他哥俩和高品的一些违法事实，也举报了一些纪委还没有掌握的梅和平以及其他领导干部的违法违纪问题，他哥俩请求组织让他们立功赎罪。

07

关于高品的死也就是谢长利供述的情况，其他情况他们两个人讲的确不知道。在尹守强失踪案件上，谢科长也说了一点线索，他说就在去年夏天他好像真的看见了尹守强。那天下班工会主席让他顺道给章乌梅家里送点防暑降温食品和补贴，他也没和章乌梅打招呼就直接去了她家。章乌梅家在五层，还是地震之后厂里盖的职工宿舍老楼，他到四层的时候，突然看到一个中年男子急匆匆地下楼。他愣住了，好像是尹守强，他还以为自己遇到鬼了。上楼之后，章乌梅就一个人在家，他还开玩笑说看到了尹守强。章乌梅打开门，惊讶地问在哪里看到的，她认为保卫科谢科长说看到了，就一定是真的。结果谢科长赶紧赔礼道歉，说自己是看花眼了，还说是和老大姐开玩笑。

谢科长和他的双胞胎弟弟被刑拘，等待进一步调查取证，谢科长供述的证据的确还有待进一步核实。然而，高品的死——凶手又是谁呢？尹守强没有死？他在哪里？桑亮在一团迷雾中徘徊。

还有三天就到五一国际劳动节了。桑亮想，目前"4·16"梅和平案件就算有了线索，正在核实证据，但是"4·21"高品被害案件还是扑朔迷离。谢科长说的去年夏天看见了尹守强是否真实呢？桑亮感觉真相在逼近！

徐爱华赶回来了，把分局领导的批示和口头表扬向专案组全体民警传达了。局长还特意让徐爱华告诉桑亮，不用去交警大队了，好好当派出所所长，多为老百姓办实事，办好事。

大家为案件有了新进展和突破，又得到领导表扬肯定而高兴，准备一鼓作气把"4·21"案件攻破。这时,值班民警追着章乌梅跑进了会议室,章乌梅向桑亮求救来了。

"桑所长,你要救救我们家的尹峰,救救他呀!"桑亮和在场的民警全都愣住了。

今天上午尹峰驾驶高品给仲果买的宝马豪华轿车,和仲果一起高高兴兴去购物,被迎面行驶过来的货拉拉汽车给撞上,现在两个人已经送医院抢救,交警大队正在处置当中。桑亮马上带人去了现场了解情况。仲果和肚子里的孩子已经死亡,尹峰还在抢救中。据交警大队出现场民警介绍,货拉拉司机在副驾驶位置上晕厥过去了,他醒过来说他装完货,刚要上车,一名戴口罩和棒球帽的中等身材男子过来问路,他正要回答,突然被一个重物击伤晕过去了,应该是那名男子驾车冲撞的宝马轿车。货拉拉司机刚被医生抢救过来,还在观察室。

"徐队,你先去事故现场调取监控视频,再找目击者了解一下具体情况,我去稳住章乌梅,别再出意外。"桑亮稳重地布置了工作。

尹峰抢救活了,可他真的疯了,他拔掉输液的针管,疯狂地大喊大叫:"我的仲果,我的孩子,我的老婆,我的儿子,杀人犯!"守在病床前的章乌梅被他推得摔了一个跟头,护士们也拦不住他,弄得抢救室一片狼藉,还是外科主任和赶来的桑亮制服了他。护士又给他打了一针催眠剂,他也闹腾累了,又昏过去了。

桑亮扶起章乌梅,章乌梅看着桑亮说:"报应呀,报应呀!"

尹守强没有死,肇事司机就是他?他不愿意自己的儿子跟高品的未婚妻结婚,并且还有高品那个混蛋的"种",于是得知今天尹峰请假购物后,就用榔头砸晕了货拉拉司机,寻找到机会开车猛撞尹峰旁边副驾驶仲果坐的位置。

六年前,尹守强和章乌梅为了报复梅和平,设计让尹守强不明不白失踪,因为他们知道不整倒梅和平,梅和平还要刁难他们。梅和平表面上是一个懂业务、体贴职工的好领导,而实际上他则是一直利用权力勾结高品等个体经营者,做着损害国有企业利益,装满个人腰包,并用一部分钱财请客送礼,买通上级求得官位晋升的腐败行为。他还利用权力和多名女职工或者外边有利益关系的女性发生不正当关系。章乌梅一开始和他旧情复发，再一次到办公室找他的时候，发现了他正和厂里一名女性科长暧昧。从此章乌梅开始远离他，憎恨他，又想起了十多年前他抛弃她和她肚子里的孩子，也就是尹峰的事，她真的觉得对不起尹守强，所以配合尹守强对梅和平实施报复。

尹守强也是害怕高品出狱后，报复他和家人，于是他告诉章乌梅自己会假装失踪，接着去大西北和老同学淘金，让章乌梅折腾梅和平和化工厂。这样一来最起码尹守强生死未卜，而且是被厂里迫害的，所以他的每月基本工资要给章乌梅和孩子生活用。他要是辞职走，工资没有了，大人和孩子怎么办？喝西北风啊！这样一来还能报复梅和平，让他身败名裂，等淘金挣了大钱再回来。

尹守强上演了一出失踪把戏，而且在化工厂后门的六米河处故意让人看见他，还在深秋落叶上割破手指留下血迹，让警察误以为是他杀，制造出他被扔进了六米河的假象。这些情况章乌梅是全部知情的。

尹守强偶尔回趟家看看就走，今年年初他没有淘到多少金子，还落了一身病，偷偷回到家，就窝在家里不敢露面。平时也没有人去他家，厂里慰问，他就捂得严严实实躲出去。章乌梅也在想对策怎么让尹守强死而复生，之后再去厂里工作。

听说尹峰要娶仲果，而且还有一个孩子是高品的，他又和章乌梅闹起来了，坚决不同意。章乌梅出主意，等尹峰和仲果结了婚再想办法除掉仲果和她肚子里的孩子，这样一来仲果继承的高品的财产就是尹峰的了，有了钱再让尹峰娶妻生子。尹守强同意了，尹峰和仲果也领了结婚证。尹守强觉得可以了，不用等结婚了，再说五一马上到了，他暂时也不能露面，干脆搞一次车祸，尹峰继承了财产，什么样的女人搞不到，再说尹峰刚二十一岁，急什么。

徐爱华打电话让桑亮赶紧到化工厂门外的六米河来，说是尹守强割腕自尽了，就死在了六年前发现深秋落叶上的血迹的地方。

尹峰醒过来了，疯疯癫癫地不停地唠叨："我杀死了高品，我杀死了高品，仲果，我的老婆，我的孩子……"

派出所的讯问室里，章乌梅脸色煞白，没有一丝血色，她面对着桑亮神情呆呆的。

章乌梅突然说："桑亮，告诉你吧，尹峰是梅和平的儿子，不是尹守强的儿子。仲果肚子里的孩子是尹峰的，也不是高品的。"她也疯了，他们母子都疯了。

尹峰属于间歇性精神分裂症，他在清醒的时候和桑亮交代，高品死是因为仲果去了他的办公室，趁他不备在茶水里下了慢性毒药，只要他一喝酒，（酒就是这种毒药的药引子），其毒性发作就快。然后，尹峰装扮成女性溜进高品家里，伪造了他也是上吊死亡的现场，让公安机关误以为凶手和杀死梅和平的是一个人。

尹峰精神病发作糊涂的时候，就不分时间地点场合，动情地反复演唱一首老歌《最远的你是我最近的爱》："夜已沉默，心事向谁说，不肯回头，所有的爱都错过，别笑我懦弱，我始终不能猜透，为何人生淡薄……只因有你在天涯尽头等着我！"他一字不漏地唱着，感动了医护人员，甚至一些病人都因他的歌唱不再疯闹了。不知道为什么，听到这首来自尹峰的歌，桑亮心情特别沉重，他心疼怜悯这个可怜的大男孩。

纪检正在调查梅和平的违法腐败问题，他压力巨大。于是找到了章乌梅给出主意。章乌梅失业的时候曾经兼职卖过保险，因为梅和平那时候在她那儿买了不少意外险，所以章乌梅就给梅和平导演了假装服毒自尽，之后骗取高品和谢科长二人帮他上吊自尽的戏。实际上他根本没有喝毒药，就是高品、谢科长将他勒死的，之后将他吊在门框上。

章乌梅既是导演也是演员。

五一国际劳动节来临，桑亮和徐爱华他们还在加班，整理"4·16""4·21"案件，准备上报分局法制办。同时，他们也整理了六年前"11·16"尹守强失踪案件的总结材料。

傍晚，桑亮妻子打电话催促他："今天是爸爸生日，在你们派出所对面的鸿宴楼吃饭，给老人祝寿，全家就等你了……"桑亮看看手表，已经是十九点五十分了。

"徐队，弟兄们，一会儿吃完饭再干，走，对面鸿宴楼，我请客！"

寻　妻

　　马副局长原本想把丁一留在刑侦支队，但是市局有了要求——新警必须到基层派出所工作三年。年轻的民警一定要有与老百姓打交道的经验，要锻炼和提升他们在最基层所队和犯罪嫌疑人做斗争的本领。没承想丁一在派出所一干就是近八年。这八年，他荣获了一个二等功，两个三等功。

悬　案

01

芒种节气的午夜，丁一从梦中惊醒。他侧过身来，看了看身边妻子俊俏的脸庞，内心涌动出一股激情，他把脸靠向妻子的脸，嘴唇慢慢地移动，向着散发异性体香的樱桃唇上轻吻。妻子似乎也在梦中坠入幸福的爱河。两个人闭着眼睛，享受着人世间那份最亲近、最幸福的夫妻之爱。

太阳透过窗帘射了进来，照亮了卧室，丁一睁开了双眼，一切似乎是在梦里畅游。丁一懒卧在舒服的索菲奈真皮大床上，把手伸向左边，想轻柔地抚摸一下爱妻俊俏尖尖的鼻子，这是丁一从小落下的怪癖。小的时候只要丁一一哭闹，他外婆就让他用小肉手抚摸自己滑润的鼻子，时间久了，这就成了丁一的嗜好。后来外婆去世了，他就抚摸母亲的鼻子。再后来他娶媳妇了，自然就抚摸自己媳妇的鼻子了。

丁一以前在上高中和大学的时候也谈了几个女朋友，就是没谈几天，他就摸人家女孩子鼻子，吓得人家以为他是精神出了问题。不过俊俏不一样，她还特别喜欢丁一轻柔地抚摸她尖尖的鼻子。

"俊俏去哪里了？"丁一心里念叨着。"俊俏，俊俏，俊俏！"丁一连续喊了三声，嗓门也一声比一声大，音调一声比一声高，但是无人应答。丁一又揉了揉眼睛，舒展四肢，突然坐了起来，穿上裤衩，径直去了卫生间。出来之后，他又继续嚷嚷着："俊俏，俊俏！贝贝，贝贝！"他的喊声明显有了些撕心裂肺的音调。他走到厨房没有找到人，就又返回客厅，但还是无人。他三步并作两步到了书房，还是没有俊俏的踪影。这就奇了怪了，他自言自语地念叨起来了："怪了，怪了，一个大活人没有了，一个大活人没有了，难道是遛狗去了？"

"怪了，怪了……"丁一依旧自言自语，放低了声音不停地嘀咕着。

说起俊俏饲养小泰迪犬"贝贝"的事情，就让丁一心烦意乱。这只泰迪犬是俊俏的顶头上司李总去年在她的生日宴上送的。俊俏下班后带贝贝回家。丁一特意请了半天假，买了生日蛋糕，做了一大桌子俊俏爱吃的美味菜肴，他想给妻子过一个两人世界的生日。没承想，她抱回来一只狗，还是李总送的。丁一当时就和俊俏大吵一架。丁一最不喜欢的就是猫、狗之类的小动物。丁一觉得养几条鱼、几只鸟还凑合，它们毕竟生活在鱼缸和笼子里，还能控制它们。但是小猫小狗会乱跑乱跳，丁一一看就烦。他心里埋怨着妻子："生个孩子不情愿，非要当丁克，养狗就行，什么人呀。"但俊俏就是不理睬丁一，更让丁一忍受不了的是，俊俏喊贝贝为"儿子"。时间长了丁一也没有办法了，谁让俊俏太美丽了，自己一刻也离不开俊俏呢。每次值班，他都要和俊俏视频一会儿。有时候俊俏带着贝贝还会跑到派出所看看丁一，顺便遛遛小狗。同事们都羡慕丁一和俊俏的爱情。

丁一麻利地穿好衣服，也顾不上洗漱了，拿起手机拨通了妻子俊俏的手机号码，客厅响起了美妙的铃声——《祝你平安》。

"你出门手机也不带，大周末的跑出去也不打声招呼，眼里只有贝贝，哪有我呀……"丁一还是自言自语低声埋怨着。丁一走到卫生间洗漱了一下，又对着镜子，把自己的头发梳一番，张开嘴，咬咬牙，对着镜子做了个鬼脸。之后，他又走到厨房，打开了冰箱的门，一股冷气冒了出来。他快速地从冰箱里拿出两块面包片，咬了一口自制的肉肠，流下了几滴眼泪，情不自禁地又把自制肉肠放回了冰箱里。

接着，丁一又卧在索菲奈牌真皮大沙发上，一边吃着凉面包片，一边不停地嘟囔着："这娘们一准又去她姐姐王大俊家了，一会儿又得去逛商场，就知道乱花钱，买一堆没用的东西。"

他走到电视柜旁，打开了电视，中央电视台电影频道正在播放一部美国电影《黑暗塔》。他像个学龄前儿童，站在那里傻傻地看着，而且越看越兴奋，完全忘记了他妻子失联的事情，也忘记了给大姨姐王大俊打电话询问俊俏的事。时间有序地流逝着，一部电影即将结束了，丁一站在电视机旁，聚精会神地进入了他自己的"黑暗塔"。

突然间，俊俏的手机又响了，那曲美妙的《祝你平安》把丁一从"黑暗塔"里拉了出来。他赶紧接了俊俏的电话："喂，老婆你在哪里呢？连手机都没有拿就走了，是不是跟哪位帅哥、靓妹约会去了？也不带上我，贝贝呢？"丁一装腔作势地质问俊俏。

"行了，还不都是你惯的，别来这一套，让我妹接电话。"对方不耐烦地说。

"噢，是大姐呀，我还问你要人呢，一大早她连招呼都没打，人就走了，手机也没带，但没忘了带贝贝。你妹妹就这样，我行我素，大女子主义，心里哪有你这个倒霉的妹夫呀。"丁一不示弱地回答道。

"别废话，俊俏到底在没在家，我有事找她。"大俊焦急地询问。

"真没在家，我七点钟醒来，就没有看见她的人，我以为她带着贝贝溜达一圈就回，这么久了，还没回来，我给她打电话，手机在客厅里响了，我还想着俊俏一定是去你家了。"丁一回答。

"真没在我家，你们是不是又吵架了？"王大俊不安地问。

"瞎说，我们恩爱极了，昨天夜里我们还搂着睡觉了。"丁一的话语中带着满满的幸福和一点风流的劲。

"好，没吵架就好，赶紧找人吧，你一个当警察的不会找不到自己媳妇吧！"大俊放下了电话。

丁一冷笑，开始自言自语："这么大的一个活人，大白天还能丢呀，再说了，过去我是警察不假，从明天开始我可就是自由的人了。"

丁一开始打电话寻找妻子和贝贝的下落。

02

范丁一和王俊俏是首都政法大学的同学，两个人虽然不在同一个系里，但都是学校的文艺骨干。范丁一是学校有名的大帅哥、流行歌手，还是京剧票友，高高大大的十八岁大小伙子，瓜子脸，运动员体型，十足的美少男。王俊俏美丽大方，有一张像她名字一样俊俏的脸，有着窈窕的身材、迷人的眼睛和厚厚的嘴唇。两个人在大学二年级的时候相识了，之后丁一展开了猛烈的攻势，一个月就拿下了俊俏少女的初恋。

范丁一，父亲范长健，区教育局局长；母亲丁佩鸿，区重点中学的语文老师。丁一的母亲逢人就骄傲地说道："我们丁一从小就聪明，遗传了我们老范的脑细胞，模样一看就知道是我的亲儿子，大帅哥。"她也是在含蓄地夸自己漂亮。

王俊俏，父亲王志安，农民；母亲刘翠红，农民。俊俏的母亲在村里逢人就夸奖："俺二闺女从小就懂事、聪明，嘴还特别甜，又俊又俏，所以她的爷爷就给她取名俊俏。俺闺女也争气，这个脸蛋子呀，是越来越漂亮了。"在老师和同学们的眼里，他们就是金童玉女的绝配，大家甚至认为他们比《上海滩》中的两位主角还般配。

大学毕业了，为了范丁一，王俊俏放弃了保送读研，甚至放弃了留在首善之区工作的机会，跟随范丁一来到了滨海市。

王俊俏喜欢相对自由的职业，没有考取当地公务员的岗位，应聘了本市著名的牡丹房地产集团公司，通过奋斗最终当上了法务部副总经理，月薪两万元，年底还有绩效考核奖金。

范丁一按照父亲的要求考进了市公安局，原本想留在市局机关宣传部门工作。七年前，当时录取警察有了新要求和新规定，所有新警一律分配到基层派出所工作三年以上，之后才会根据工作需要再分配岗位。就是说，走后门、找关系也不好办，这是绝对的原则。

这不，丁一在分局基层派出所一干就是七年多。不过丁一习惯了。在派出所巡逻队，四天轮一次值班，主要是在金街商业区巡逻，处理一些小的纠纷，案件全部移交办案队。丁一觉得省心，也就没有心思去机关了。丁一比较实际，也没有什么上进心，这一点也是他平常和俊俏吵架的焦点。俊俏希望丁一有点出息，她经常对丁一讲："趁着你爸还在教育局局长的岗位上，给你调到市局机关工作，或者调到市委市政府的相关部门工作也行呀，将来也有个发展。你看咱们的老同学季文，现在都是刑侦大队长了，正科级，你看你，现在还是个科员，大头兵，整天值班，连在国内旅游的时间都没有，更别说出国旅游了。"丁一不这么认为，他总是对俊俏讲："季文是当了个刑侦大队长，但你看他回得了家吗？案子破不了还得挨支队长和局长的骂，搞不好哪天就降下来，还不如我了。"

丁一还讲："你看看我父亲，就是一个区教育局局长，整天开会、讲话、做报告，没有一点自己的时间和空间。前些日子，区里一所小学发生了饮食安全问题，孩子们都拉肚子了，给我父亲一个处分。我父亲自己都说，他好像天天坐在热锅上，每天累得回家就倒在沙发上，连一句话都不愿意多说。别人找他办事，他敢办吗？现在政策多严呀，搞不好就要问责、挨处分。"

丁一继续有理有据地讲："我才不干呢，当个大头兵挺好的，多自在呀，再过几个月呀，我的警龄也八年整了，自然就给我晋升到副主任科员了。再说了，我在派出所也是师父级的警官了，到了机关我还得先当学徒，算了吧，如果有机会，我去你们地产集团当个安保部总经理还行。"

"你就自以为是吧，烂泥巴扶不上墙。"谈到丁一的工作问题，两个人不欢而散。

时间长了，俊俏也就不愿意与丁一交流他前途的事了。平日里各忙各的，两个人也就是在夫妻的那点事情上，还能够开心地在一起。

丁一多次对妻子说："老婆，要不咱也要一个孩子吧，你看季文的闺女明年都上小学了，我妈也总是问我，还问到底是你还是我有毛病，怎么就怀不上，让咱们去医院看看。我妈还说范家好几代都是单传，到我这里可别断了，那可是对不起祖宗呀。"

"别废话，当初你追我的时候，我就提出来要做丁克，不要小孩。你是满口答应的，你现在要是反悔，趁着年轻，咱就离婚吧，你让别人给你爸妈生孩子吧。"一说到要小孩的时候，两个人也是意见不一致，闹点小别扭，最后都是丁一妥协让步。

日子一天一天过得挺快，一晃王俊俏都三十二岁了，事业有了成就。上个月她生日那天，她被提拔为牡丹房地产集团公司的总裁助理兼法务部总经理，当然薪水也翻了一倍，俊俏现在是名正言顺的高管了。

三十一岁的范丁一在派出所继续当师父级的警官，前两天他顺利地晋升到副主任科员，工资也涨了五百多块钱。

其实俊俏跟随丁一来到滨海市，还有一个主要因素就是她的姐姐王大俊和姐夫姚远也在这个城市定居。远在东北农村老家的父母早晚也得过来和她们姐妹生活。

可就在日子过得好好的这段时间，丁一忽然好像不满意自己的这份工作了，整天念叨着要辞职，不当警察了。俊俏起初以为是她说丁一"烂泥扶不上墙"，丁一往心里去了，但她发现丁一越来越萎靡不振，郁郁寡欢，都快要抑郁死了。俊俏觉得丁一干不干警察也是无所谓的事情，反正不指望他挣的那点工资，于是她就帮丁一联系了绿叶房地产集团公司，应聘安保部总经理的职位。那家公司当然是非常愿意丁一到公司任职的，毕竟丁一的学历和警察经历，都能为公司赢得利益，再加上他父亲是教育局局长，社会关系就是经济前提。明天就是周一了，丁一就要正式成为绿叶房地产集团公司的安保部总经理了。

在这个节骨眼上，俊俏失联了。不行，丁一想要马上找到俊俏。丁一辞掉了公务员里的金饭碗职业——警察，他父母是不知道的，如果他们知道了，最起码范长健立马会抽他一个大嘴巴，丁佩鸿老师也会立马晕过去。

03

丁一继续懒卧在沙发上，任凭电视机里广告吵闹，他认为这样显得屋里有人在陪伴着他，也有生活的气息。他拿起了俊俏的手机，把她存入的手机号码全部打了一遍，包括她公司的领导和经常接触的一些同事以及相关客户的号码统统打了一遍，结果人家都说没有和俊俏在一起，或者说近期根本就没有见到过她。

他又重点给俊俏公司的总经理李国民打了电话。李总接通了电话，没等丁一开口，就说道："俊俏，有事吗？周末要多陪陪丁一呀。"

"我说李总，你喊俊俏喊得够带劲的，她是该多陪陪我了，平时都陪您了。我是丁一，我问你，俊俏和你在一起吗？"丁一有点恼火地问。

"噢，丁警官啊，噢，不对，你现在是范总了。俊俏怎么会和我在一起啊，开玩笑，你们两个又吵架了？俊俏的手机在你手里，你问我找人，哈哈，我说老弟呀，你开的是什么玩笑呀。"李国民话里既有点玩笑成分，又多少带了点对丁一的不满。

"没有就算了！"丁一用硬气的语句回敬了李国民，之后他狠狠地挂断了电话。

丁一还用自己的手机询问了自己朋友里认识俊俏的，同样是没有一点消息。

丁一一整天就是打电话寻找妻子，这个时候墙上的挂钟又敲响了，已经是下午五点整了。她大姐也打来电话询问了几次，姐夫和俊俏的小外甥多多也起哄似的询问小姨回家了没。

"真他妈的咸吃萝卜淡操心。"丁一骂骂咧咧地把手机扔到地板上了。他又打开了冰箱的门，拿了一些自制肉肠塞到嘴里，狠狠地嚼着，还一口气喝了一盒凉的牛奶。刚才饿得肚子咕咕响，现在好受一点了，他依旧幻想俊俏此时此刻就在自己的怀抱里。

挂钟嘀嘀嗒嗒地走动着，到目前为止，俊俏已经失联快十二个小时了。丁一莫名地开始紧张了，再一次给大姨姐打通了电话，他有些颤抖地说道："大姐，你还是问问咱爸咱妈吧，俊俏她是不是回东北老家了？"

"放屁，她回东北老家能不跟我说一声吗？再说了，我们跟爸妈说好了，明年就让他们搬过来住。我们去年在小区买了一套二手的独单房子，都准备装修了，你不知道呀？如果问我爸我妈，他们知道俊俏人不见了，非得急死，她没去你爸妈家？"大俊带着怒气问道。

"没有，我爸我妈到北京看我奶奶去了，明天才能回来。"丁一无奈地挂断了手机。

丁一拨通了分局刑侦支队老同学季文的电话。"季文，俊俏'失联'

了。"丁一有气无力地告诉老同学。

"别瞎说，丁一，你俩又吵架了？不可能啊，当初多少人羡慕你们呢，是不是你小子马上当总经理了，想当'陈世美'啦？"季文开玩笑地应答，他知道最近两人因为要小孩的问题上总是吵嘴，丁一还特别喜欢女孩。

"老同学，到大企业了，是不是有事求我办，让俊俏求我，你求我可不行啊。"季文继续开玩笑地说。

"真的，季文你到我家来一趟吧，如果今天晚上再没有她的消息，我就报案了。"丁一严肃地说。

"好，哥们，你别着急，我马上过去。"季文感觉到了丁一不是在开玩笑。

季文知道事情紧急，否则丁一是不愿意求助自己的。季文穿好衣服，与正在给女儿辅导数学的妻子李曼打声招呼，径直出门了。李曼赶忙说道："开车小心点，好不容易休息一天，这个范丁一呀，俊俏不要孩子就不要呗，弄个孩子多累呀！快写作业，没你事情。"李曼一边说一边数落自己的女儿，话还没有说完，季文就开门一溜烟走了。女儿珊珊还没有来得及和父亲说再见，就被母亲数落了一通。她赶紧写作业，否则母亲就会念叨个没完没了。

到丁一家已经是晚上八点多了。丁一明显有些疲惫了，他把今天早上七点到现在，打电话寻找俊俏的经过详细地描述了一遍，甚至把昨天午夜和俊俏恩爱的事情都简要说了。

晚上九点，丁一的大姨姐一家三口来了。

大俊急火火地问丁一："丁一，你到底和俊俏吵架没有？"

"没有，我都说了没有，我们好极了，昨天晚上还……"丁一也憋不住了，发起火来嚷嚷着。

"俊俏呀，俊俏，你到底藏哪里了？"王大俊急切地自言自语。

大姐夫姚远一边劝说大俊，一边安慰丁一，并扭过脸来对季文说道："季队，你们是老同学了，咱们也是老朋友了，你们公安局调取一下监控录像，看看俊俏什么时候走的，去了什么方向，不是难事吧？再说还有贝贝这个机灵鬼，从它身上想点办法查一下俊俏的行踪，能不能行？"

丁一抢话说道："大姐夫，下午我去小区的监控室了，保安队长说监控已经坏了一个星期了，正在维修。监控轨迹只有上上周的，从上星期一到今天就没有监控了。"丁一说完就像一摊泥巴一样窝进了沙发里。

04

季文思考了一下说道："大姐、姐夫、多多，你们在这儿陪陪丁一吧，我回队里，立即向刘支队长和分局领导汇报。丁一你也和你的派出所领导讲一下，如果二十四小时到了，我们还没有找到俊俏的话，你就直接报案吧，我们立案开展侦查，另外大姐你们也从侧面问问老家的父母还有亲属们。"

大俊赶忙说道："谢谢啦，季文兄弟，我们来之前给我爸我妈打了电话。我爸还说给我妹打电话没人接呢，他知道我妹忙，会多，就没有再找她。我妈还问我和俊俏有没有吵架，我妈对我妹不要孩子的决定是极力反对的，也就是说我妹肯定没在老家，否则我妈会和我说俊俏回家了。"

丁一有点不耐烦地说道："行了，你们都走吧，让我静一静，今天晚上俊俏再不回家，明天一早七点我就去报案。"

大家在议论俊俏失联的事，大俊的儿子多多打开了冰箱，想找一些饮料喝。过去他们一来，俊俏就要给自己的小外甥从冰箱里拿一些好吃的零食和饮料，所以多多来到小姨家也是不见外的。这次多多的举动让丁一突然反感了，他迅速跑了过去，一把抓住多多的胳膊，关上了冰箱的门。孩子"哇"的一声吓哭了。

"干什么呀，老婆找不到，你就拿我们家多多撒气呀！"大俊愤怒了，甚至举起拳头就要给丁一一拳。

姚远赶紧过去抱起了儿子多多，说道："大俊，丁一管管多多是对的，小孩子乱摸电器会有危险的。丁一，别和你大姐一般见识。"

季文也说了丁一，要和多多好好讲道理，别吓着孩子。丁一坐在椅子上，低下了头，竟呜呜地哭了起来。大俊也流泪了，多多不哭了，撇着小嘴天真地说："小姨父，我错了，我不应该打开你家冰箱的门。"丁一起身紧紧地抱着多多。

季文和大俊一家人一起走出了丁一的家门。姚远带着老婆、孩子开车回家了，季文也开车回队里去了。

丁一又给自己原单位红霞里派出所的蒋所长打了电话："蒋所，我老婆不知道去哪里了，这件事我也向分局刑侦一大队长，我的老同学季文说了，俊俏再不回家来，我就得报案了，提前跟您打个招呼。"

蒋所长和王俊俏也是老熟人了，不光因为丁一和俊俏是夫妻，还因为前年蒋所长买牡丹房地产开发的房子，给儿子置办婚房时，俊俏给蒋所长帮了大忙，他很是感谢这对热心肠的夫妻，一直说要宴请丁一和俊俏。

蒋所长立马说道："丁一兄弟，别着急，俊俏不会丢的，我马上就回所里去，连夜布置，看看能不能有弟妹的消息。明天再没有她消息，你可以报案，我们就可以向分局和市局报请审批，动用技术手段。没事的，兄弟，虽然明天你就不再是咱们所里的人了，但咱们是一辈子的好兄弟、好战友，放心吧。"

蒋所长的安慰感动了丁一，他心里热乎乎的。丁一放下电话，犹豫了片刻，还是硬着头皮给自己的母亲打了电话，告诉父母俊俏失联一整天了。丁一的母亲焦急地说道："好儿子，你别着急，我和你爸马上坐末班高铁回家。你也再好好想想，她到底还能去哪里，赶紧再找找呀。和你们派出所领导说一声，帮忙找一找，现在社会上坏人多，骗子多，尤其她在私营企业工作，还当什么法律顾问，打官司得罪人太多了。"

"妈，你们也别大惊小怪的，你告诉我爸一声，没事的，你们明天再回来吧，我奶奶他们都挺好的吧？等找到俊俏了，过些日子呀，我们再一起去看奶奶。俊俏失联的事先别告诉奶奶了，免得奶奶也跟着担心。"丁一显然有些疲惫，现在已经是深夜了。

丁一又打开了冰箱，吃了一些自制肉肠，一片面包，喝了两盒冷藏柜里的牛奶。二十四小时过去了，丁一几乎是一夜未眠。他似乎在梦里，他有一种感觉，就是俊俏没有失联，一直在屋里，在床上和自己亲吻着，拥抱着。

虽然只是六月初，但天气已经开始燥热了。星期一的清晨七点钟，丁一迷迷糊糊地起床了，他没有拉开窗帘，简单收拾完床品便准备吃早餐，如果还没有妻子的消息，他就要去报案了。

　　门铃突然响了，丁一快速地冲过去，打开门。结果是丁一的父母来了，丁一沮丧地说了一句"我还以为是俊俏回家了"，就扭头回到客厅，半躺在沙发上。

　　丁一的父亲愤怒地想上前抽他两个嘴巴，被他的母亲丁老师拦住了，他母亲说道："丁一，我们知道俊俏失联了，你心急，可是你也不能用这个态度对待父母呀。我们也替你着急呀，这可不是受过高等教育的孩子的表现啊。"

　　其实丁一也是有点故意的，他想让父亲抽他几个嘴巴，一来是想把自己抽醒了，二来是他放弃了那个在公安系统的"铁饭碗"，父母知道了早晚是要吵一架的。

　　丁一的父母很快冷静下来了。丁一的态度也平和了，他和父母详细地说明了俊俏昨天一大早就不见踪影，他找了一整天，问遍了所有认识的人，都没找到俊俏，一直到现在俊俏还是没有半点音讯的事。

　　丁一的父亲说道："这么大一个人了，又是高智商的成年女人，怎么会失联呢？她指不定有什么事来不及告诉你，也许今天就回来了。我先去局里上班，今天是星期一，我还要主持局务会，让你妈请假，和你一起找，一起等。"说完范局长走了。

　　丁一的手机铃声——一曲京腔《空城计》响起，把他带回了现实。

　　别看丁一年纪轻轻，他可是从小就和外祖父一起听京剧。丁一的外祖父可是杨派老生的高级票友，所以丁一从小就喜欢京剧，还能唱几段著名的老生唱段，尤其是《大雪飘》，他表演时扮相漂亮，嗓音老辣，将一个蒙难的林冲演得潇洒、悲壮，可以说他在当地也是京剧界难得的青年票友。丁一唱流行歌曲也非常棒，在上大学的时候，就有很多女孩追求他，可他偏偏就喜欢上了来自东北的王俊俏。范局长、丁老师对此不是很满意，尤其是俊俏还赶时髦，非要到民营企业上班，不考公务员。丁一的父母认为女孩子当人民教师挺光荣的，可俊俏就是主意正，不听他们劝说，气得他们都不愿意搭理这个儿媳妇。可是现在的年轻人，有谁能管得了呢？毕竟他们的儿子没出息，离不开俊俏呀！后来丁一结了婚，他们也就认可俊俏了，他们还想可能丁一和俊俏有了孩子之后，一切都会好的。

到目前为止，丁一的父母还不知道俊俏是一个坚决的丁克族呢。他们要是知道这个事情，估计丁一和俊俏的日子就更难过了。俊俏似乎不怕离婚，可丁一他太重感情了，恐怕还得向俊俏妥协。他也想好了，大不了就告诉父母是自己身体的原因，他和俊俏才没有孩子。其实他们在结婚第三年的时候，俊俏就意外怀孕了，但她不听丁一的劝阻与央求，最后还是做了人流。俊俏就是这么固执。

电话是老同学季文打来的，他告诉丁一，俊俏失联的事情已汇报给分局刑侦支队的刘星支队长，他也向分局领导做了汇报，分局领导高度重视，指示他们今天再找不到俊俏，要尽快立案，开展侦查工作。

丁一刚挂掉电话，就接到了派出所蒋所长打来的电话，蒋所长说他们还是没有俊俏的消息，要丁一立即到刑侦支队配合季文他们开展调查工作。

丁一向绿叶房地产集团的耿总经理解释，目前所里还有一些事情要处理，一个星期后他才能去上班。耿总经理爽快地答应了，还说等丁一把所里的工作干完了再来不迟，工资会照发。其实，丁一的调动手续在上个星期就办妥了，也就是说丁一现在已经不能穿警服了，他已经是老百姓了。

丁老师似乎听到了什么工作调动的事情，还有什么绿叶房地产集团的耿总经理，她想问一问丁一是怎么回事，但是又怕丁一现在心情不好，会顶撞自己。丁老师心想，也许是自己耳背，没听清楚，也就算了。

丁一放下手机，穿好衣服，对丁老师说道："妈，你先回自己家休息吧，我去分局报案，把俊俏失联的情况跟分局领导汇报一下，你和我爸等我的消息吧。"

丁老师拗不过儿子，只好走了。母亲走后，丁一似乎有些绝望。家里只有他一个人，冷冷清清的。他伤心地大哭起来，还自言自语："俊俏，我的好老婆，你不要我了吗？"他哭声凄惨，还夹杂着悲愤。

05

丁一到了分局刑侦支队，刘星支队长和季文等战友们正在等着他。

　　刘星说道："丁一兄弟，你别伤心，我给蒋所长打电话了，你直接在咱们支队报案就行，不用再到所里报案了，让他们配合我们就可以。咱们刑侦支队成立了专案组，分局主管领导马宏副局长亲自任组长，我任副组长，我们一大队抽调五名侦查员，加上从派出所抽调的三名同志一起开展工作。"

　　刘星还安慰道："丁一兄弟，我们一定会找到弟妹的。陈局长和马副局长都很重视，他们讲：'我们连自己民警的家属都不能保护，还怎么保护全区的老百姓！'一会儿马副局长从市局开完会就过来和你见面。另外，马副局长听说你走了，离开了咱们的队伍，他还是挺为你惋惜的。"

　　丁一控制不住自己，放声哭了起来，在场的战友们也都红了眼圈。季文抹了一把眼泪说道："老同学，放心吧，战友们一定帮你把俊俏找到。"

　　丁一配合做笔录的两名民警，详详细细地把俊俏近一个月时间里的情况都叙述了。丁一毕竟是首都政法大学的优秀毕业生，又有近八年基层公安工作的经验，他用了不到两个小时就完成了报案人的所有陈述，而且每一个环节都讲述得有条有理，清清楚楚。

　　临近中午，季文给丁一准备了饭菜。"老同学，你这两天也没有好好吃饭，今天将着吃吧，一会儿马局来，和你聊聊，安慰安慰你，这几天你就到我家吃饭吧，别忘了你和俊俏可是我们家珊珊的干爹干妈呀。"丁一哪有心思吃饭啊，他说他在家吃过了，现在一点都不饿。季文和丁一正说着话，马副局长走了进来，丁一赶紧站起来敬了一个礼，马副局长还了礼，并紧紧地握住了丁一冰凉的手。战友之间相互尊敬的礼节，让丁一的心里充满了亲情的感觉，他真的后悔自己离开了警营。

　　马副局长是丁一的老领导了，丁一刚来的时候在分局刑侦支队实习一年，马副局长那个时候还是刑侦支队长。马副局长对丁一的印象非常好，这个小伙子不仅外表帅气，性格温和，而且办起案子来也很有头脑，敢打敢拼。丁一因为与外祖父练习京戏，还有很扎实的武术功底，他实习的时候，在侦破"3·27"系列盗窃企业电缆专案行动中，独自一人勇敢地抓获了两名犯罪嫌疑人，那年还因此荣获了个人三等功。

　　马副局长原本想把丁一留在刑侦支队，但是市局有了要求——新警必须到基层派出所工作三年。年轻的民警一定要有与老百姓打交道的经验，要锻炼和提升他们在最基层所队和犯罪嫌疑人做斗争的本领。没承想丁一在派出所一干就是近八年。这八年，他荣获了一个二等功，两个三等功。

季文在派出所工作了三年，就回到了分局刑侦支队，次年因工作突出，得到了提拔重用，任刑侦支队一大队副大队长。季文因为去年屡破大案，如今已经是一大队大队长了，工作不到八年就成了正科级领导干部，这是季文个人努力的结果，更是因为组织的培养和信任重用。当然，这也是王俊俏埋怨丈夫范丁一不求进步的理由和他们吵架的导火索。

其实季文在上大学的时候追求过俊俏，只不过季文当时挺内向的，再者他论长相、个头、家庭、学习，都不如范丁一，所以他把对俊俏的爱埋在了心底，后来他还和丁一成了警营里的亲密战友。季文现在的妻子是市人民医院的护士李曼，还是丁老师给他介绍的。婚后的季文和李曼很快就有了孩子季珊珊，一心要丁克的俊俏，倒是很喜欢季文和李曼的女儿，所以在珊珊周岁生日的时候，丁一和俊俏还当了孩子的干爹干妈。

其实丁一心里不想当珊珊的干爹，他对俊俏说过："咱们又不是没有生育能力，干脆咱们自己生一个闺女，这样多好呀！"丁一想借此机会改变她丁克的想法，然而俊俏就是决心要做一个彻彻底底的丁克族。丁一的确深爱俊俏，可是有的时候丁一会觉得自己对不起父母，尤其是母亲总想抱大孙子，总念叨他们去医院看病。丁一有口难辩，也不敢讲出实情。

在学校谈恋爱的时候，俊俏就和丁一谈过结婚的条件：丁克，否则就各奔前程。丁一当时也是对天发誓，只要俊俏同意嫁给自己，他什么条件都答应。丁一还顽皮地说道："俊俏，我谁也不要了，你就是我的大闺女，我永远爱你一个人，不会让别人来分享我对你的爱。"俊俏嘴里说着"你好讨厌，这都乱了辈分"，可心里那叫一个甜蜜，她也同样深爱着丁一。

丁一也想得开，他觉得做一名普通民警挺好，在派出所工作也挺好，只要找到了自己的价值，当不当领导无所谓。他不愿意像俊俏那样争强好胜，总想拔尖，他就想普普通通地守着俊俏过一辈子。丁一是这样想的，也是这样做的，否则自己当区教育局局长的父亲，和分局陈局长打个招呼，再加上自己努力工作，恐怕自己现在已经是派出所副所长了。

丁一在派出所里的人缘特别好。去年派出所还想给丁一申报一个三等功，结果丁一非得让给民警小段，他谦虚地说："我已经有好几个奖章了，还是给小段吧，他是外地分配来的大学生，踏实肯干，去年还协助市局刑侦总队完成了'7·18'投毒案件的侦破工作，应该奖励给他。"丁一被大家认可的最大优点就是为人厚道，心地善良。

季文给马副局长打来了饭菜。马副局长和丁一一边吃一边聊天，他了解了一些俊俏的情况，还让丁一好好回忆俊俏有没有什么仇家，或者丁一自己有没有什么仇家。马副局长安慰丁一，让他一定要相信组织，积极配合支队的同志们，大家一起想办法找俊俏。

下午两点多了，丁一走出刑侦支队。他告诉季文，自己先去俊俏姐姐家看看有没有她的消息，然后去自己母亲家。这两天丁一父亲也请了假，托了一些朋友打听俊俏的消息。丁一父母也是不放心丁一，怕丁一想不开，再出点意外。

前年丁一在派出所办案队执行任务，由于案件多、任务重，压力过大，丁一有近半年时间睡不好觉，都快得抑郁症了。他在那段时间精神恍惚，天天念叨着自己想要一个漂亮的小姑娘当女儿。

后来还是丁一父亲和俊俏找到了陈局长，请他帮忙照顾一下丁一，将丁一从派出所办案队调整到巡控队。现在丁一的精神状态好了许多，也能睡好觉了。谁承想，好端端的日子过着，俊俏又失联了，而且像外国大片一样，人间蒸发，杳无音信。

06

丁一走后，马副局长又仔细看了询问笔录。

之后，马副局长看了看手表，对季文说道："小季，你通知一下刘星，等另外几个组的同志调查取证回来，你们就到五楼会议室，六点咱们开专案会议，我现在跟陈局汇报一下丁一的情况。"

马宏副局长向机关大楼走去。分局机关五楼会议室里烟雾缭绕，陈局长和马副局长已在这里静静地等候其他同志了。陈局长首先讲话："同志们，你们辛苦了，刚才马副局长已经介绍了丁一同志陈述的关于其爱人王俊俏失联的情况。下面我们开门见山，你们分别把侦查到的线索做一个详细的汇报，我们共同分析，要尽快破案，给丁一同志一个交代，到底是俊俏离家出走了，还是另有隐情？"

一大队副大队长侯波汇报了今天与牡丹房地产集团公司相关领导见面了解的情况，以及从王俊俏经常打交道的工作人员那里了解取证的情况。

"集团总经理李国民高度评价了王俊俏的工作表现和业绩，同事们也都对俊俏的为人处世很满意，尤其是她对法律知识的运用特别专业，为公司解决了不少问题。这次提拔她做总裁助理，也是董事会一致同意的。同时，李总对她爱人范丁一同志印象也很好。丁一同志过去经常会去公司接送俊俏的，现在公司给俊俏配了专车，丁一来公司的次数少了点。李总对王俊俏失联了也感到很意外。上周五下班的时候，俊俏还到李总办公室汇报了一些工作，准备下个月到欧洲考察，是李总让俊俏下周好好休息几天，回老家看看老人，多陪陪丁一的。"

三组警长夏春天接着汇报："我们今天重点对王俊俏每天行程地域的视频监控进行甄别，调取了近三个月的录像。王俊俏基本上是乘坐地铁3号线转7号线，大概四十分钟就到公司了，到公司后如果外出也都是由公司派车，她本人不会开车，也没有驾驶证。通过查看三个月的监控视频了解，有二十一次是丁一开车接的俊俏，虽然公司给她配了专车，可她还是喜欢乘坐地铁，她说是为了锻炼。上周三，俊俏是晚上七点钟走出公司大门，乘坐地铁回家的，到达瑞景站是晚上七点四十五分。之后，路面上的视频监控坏了，丁一他们小区的视频监控在上周三时也是坏的。据物业介绍，已经报告上级公司了，说好了下周一来维修。我们刚刚又去了小区物业，目前还没有维修好，路面上的监控就更没人管了。我们找了交警大队，让他们通知有关部门抓紧维修。后来周四和周五两天，俊俏上下班都是俊俏的司机接送的，而且这两天俊俏都在公司忙于工作。周五晚上是丁一接她下班的，他们在外边吃的饭，看了一场电影才回的家，丁一的询问笔录里都说明了。周日清晨七点，丁一发现妻子失联了。"

四组于鹏接着汇报："今天按照分工，我、大梁、小魏对王俊俏手机里的号码进行了甄别。我们从与俊俏接触密切的号码入手，调查取证，共走访了七人。他们对王俊俏印象非常好——知识性的女性，还特别善良，朋友有什么困难，只要开口，她立即解囊相助。上周她的一个闺密找她借了十五万买车，俊俏转天就把钱打过去了，她特别仗义。另外，我们通过核查她的微信了解到，俊俏的朋友交往很正常，没有其他问题。俊俏自从大学毕业应聘到这家公司工作八年，没有到过其他企业兼职。出国记录有二十三次，七年前俊俏刚到公司上班，公司就选派她去英国参加为期一年多的高级法务总经理培训班的学习。后来，她主要是去日本、韩国、新加坡等地陪同公司高管考察项目。她去香港、澳门的次数较多，还去过一次台湾，那次是与她父母姐姐一家人私人旅游。"

刘星和季文也分别汇报了下一步工作重点。马宏副局长讲："马不停蹄地把人给我找到，即便是尸体。"

陈局长做最后讲话："我同意大家的意见，一是找人；二是做好丁一工作，不能出现意外；三是继续扩大线索；四是要从其他派出所再抽调一些精干警力充实专案组；五是十天之内要破案。"

陈局长走出了会场。马副局长又与专案组同志进行了案情研究分析，他们一直工作到午夜之后。

马副局长同意了刘星的提议——于次日对丁一的家里，也就是案件现场进行一次搜查，并说道："季文，你是丁一的老同学，你去做好他的思想工作，这是必须进行的搜查，他是学法律的，应该懂得这个道理。再说，现在俊俏失联的时间只能认定在周五下班出了地铁回家后，没有其他任何证据能证明她出来的方向，以及他家宠物贝贝的去向，也没有其他线索。"

在搜查丁一的家里时，丁一很配合，季文几乎没怎么做工作，丁一就同意了，而且丁一还和队里的技术员一起分析俊俏失联的原因，对休息日这两天她在家里的行为活动详细进行了描述，甚至把午夜从梦中醒来和俊俏做亲密的事情都进行了简单描述，还把俊俏的衣物、鞋子等全部拿了出来，没有漏掉屋子里的任何角落。

勘验丁一家里的情况时，没有发现任何俊俏和她爱犬的新线索。丁一补充道："俊俏穿的是一条蓝色的七分裤，水红色的高跟鞋，上衣是乳白色的衬衣，拿一个棕色挎包，那个挎包还是我们结婚七周年的时候，专门从友谊商店花一万多元买的，包里都是她的日常用品，只有手机丢在家里了。"其他组调查也没有突破性进展，一晃一个星期过去了。

周日的专案分析会上，马副局长激动地说："你们十五个人，加上我十六个人，分成四个组，七天了，一点有价值的线索都没有找到。王俊俏活不见人，死不见尸。每天你们汇报的都是王俊俏如何机智聪明、稳重大方、工作能力强，她和范丁一如何恩爱，金童玉女，就是不要孩子，赶时尚做丁克夫妻，这些固然也重要，但是我们要的是人的线索，哪怕是那只宠物狗的线索也行呀……她到底去哪里了？人是死还是活？

"现在市局领导也很重视案件进展，明天市局刑侦总队的领导也要介入此案，一个好好的人，怎么会人间蒸发呢？现在社会舆论也很多，包括俊俏工作的集团公司的领导都找到市领导过问此人到底去哪里了！

"三天再没有进展，我辞职，刘星你去派出所巡逻，你们都下基层巡逻！"马副局长真的急了，他从刘星放在桌子上的一盒香烟里抽出一根狠狠地吸着，吐出来的烟雾极少，大部分的烟都吸进了他的肺里。其实马副局长已经戒烟四年了，最近由于俊俏失联的案件，他又开始吸烟了。

"同志们呀，丁一是我们的战友，我们怎么和他、他的家里人交代，怎么向市局领导交代，怎么向老百姓交代？"马局激动地说着，他的每一句话都像针一样扎进季文的心里。

会议室里沉寂了一刻钟，马副局长站起身来继续说道："今天咱们都回家，好好休息一下，捋一捋你们侦查的漏洞，明天市局刑侦总队领导来听汇报。刘星和季文留下来和我一起汇报，其他同志继续按照计划寻找线索。另外你们再去一趟水上治安科，看一看近期有没有投河自尽的，或者是打捞上来的尸体。"马副局长布置完工作已经是凌晨两点了。

季文的脸一直沉着，他不知道如何向领导说明他心里一直存在的疑惑：一个是优秀的女强人，一个是优秀的民警，怎么会出现这样的事情。一周的调查，结果只有他们小两口为人处世都很好，基本上总是帮助别人，典型的热心肠。去年刘星给兄弟购买房屋，还找了丁一的媳妇，俊俏不仅托关系给优惠了三个点，而且还给挑选了一个好楼层。刘星对季文讲过，他一直想着找机会好好谢谢她，可是现在连俊俏的人影都找不到了。

刘星一根接一根闷闷地吸着烟，他叹了口气："哥几个按照马局的吩咐，先回家休息吧，好好捋一捋线索。这三天，咱们就是不睡觉，不吃不喝也要把俊俏找出来。"

丁一这几天，在配合季文他们了解情况之余，白天基本上都是在大姨姐家。岳父岳母前天来了，暂时住在大俊家，他们现在还瞒着老人，谎称俊俏去美国了，要一个月之后才回来。

"一个月之后还没有找到俊俏的话，该怎么办呢？"丁一越想越害怕。

傍晚，丁一去了母亲家。这些日子，丁一晚上七点半之前一定会回家，他和父母说："没准俊俏晚上就回家了，她没带手机找不到我，我要回家等她。"丁一父母心疼儿子，可是又没有办法，只好由着丁一去了。

丁一从小就是品学兼优的孩子，在他还小的时候，父亲在中学当校长，母亲又是初中毕业班的班主任，工作都很忙，他只能和外祖母、外祖父一起生活。丁一很懂事，他喜欢唱京剧、流行歌曲，小学就是市青少年宫的合唱小演员，初中、高中一直是三好学生，高考还是全校的文科状元。

丁一一直是父母和亲属的骄傲，以及同辈的学习榜样。

07

季文回到家里已是晚上九点半了，妻子和女儿早已入睡。季文经常是深更半夜回家，为了不影响妻女睡眠，有时候他就在沙发上将就一宿。

季文坐在沙发上，望着对面黑屏的电视机发呆。他的脑袋里面一片混乱，他也不知道这是怎么回事，在派出所三年，在刑侦支队五年，办了大大小小案件数不清，每次都有兴奋点。想到这次老同学失联——俊俏既是自己的大学同学，又是现在的战友加兄弟的丁一的老婆，季文的眼泪唰唰地流了出来，丁一和俊俏的影子总在他眼前晃悠。不知道为什么，季文突然起身，穿上短袖衬衫，疾步走出了家门。

"喂，丁一你干吗呢？我刚开完会，心里闷得慌，你出来，在你家楼下新疆兄弟烧烤店见面。"

没等丁一那边答应，季文摁了手机，走出了小区，拦下了一辆出租车，直奔丁一住处附近的新疆兄弟烧烤店。

新疆兄弟烧烤店营业有半年多了，是两个维吾尔族兄弟开的，哥哥叫买买提，弟弟叫买买江，他们的店面不大，是丁一居住的瑞景公寓对面的底商，因为距离丁一家比较近，这半年同学聚会五六次，吃饭唱歌之后，他们还会在这里吃夜宵，所以季文他们和新疆两兄弟也算是熟人了。

年前腊月的时候，他们的大学同学赖存声从英国回来探亲，路过这里，特意来看看老同学们，而且提议由薪水高的女强者王俊俏做东请客。因为天气寒冷，王俊俏和范丁一商量之后，决定带领同学们回忆一下大学时代凑钱撸串的感觉。

于是，丁一特意找了新疆兄弟烧烤店哥哥买买提，提出在这一天晚上包场，二十几个同学聚会，该付多少钱一分不少，买买提高兴地答应了。

那天晚上下起了鹅毛大雪，一群大小伙子、小媳妇竟然又哭又笑，整整打闹了一个通宵。这里的男主角是赖存声，女主角是王俊俏，丁一成了跑堂的伙计，同学们你一句我一句，即赞美了校花王俊俏，又夸奖了帅哥范丁一。当然，大家一致给学霸赖存声点赞。主要是赖存声给每个人都带了礼物，听说送给俊俏的是一枚两克拉的英国某品牌钻戒。

赖存声是王俊俏的半个老乡，老家也在东北，只是在山区，曾经属于超级贫困地区。他上边有三个姐姐，家里只有他一个儿子，全家为了赖存声能上大学都付出了很多——他大姐十五岁就嫁人了，为了给他交学费，他大姐相当于把自己卖给了县城的工人。每次说到这里，赖存声就会泪流满面地讲："我们全家都是为了我，为了我呀。"赖存声很争气，大学毕业后顺利考上研究生，之后又被学校保送到英国读博士，博士毕业后就留在了英国著名的大学任教，赖存声还娶了导师的女儿为妻，他们现在已经有两个儿子了。

当赖存声听说丁一和俊俏要当丁克夫妻的时候，他借着酒劲还对俊俏说："我给你一个儿子，我还可以再生孩子，我还是很想再生一个女儿的。"同学们还起哄，怂恿赖存声让他儿子认王俊俏做干妈。

那天丁一也喝多了，还揭穿了赖存声偷偷给班里一个女生写情书，让那个女生回信，女生送他一幅自己画的画，画上有一只癞蛤蟆，还有一只流泪的天鹅。

"这个女生是谁呀？大家猜一猜。"

"是王俊俏！"同学们给赖存声和王俊俏鼓起了掌，说赖存声勇敢。

因为这件事，俊俏回家后和丁一狠狠地吵了起来。送别赖存声那天，是王俊俏让公司司机开车送的，俊俏怕丁一又猜疑自己，就没去送同学。即便如此，丁一为此仍是耿耿于怀，直到赖存声走后，这件事才算过去。

另外，年前俊俏的公司搞春节联欢会，邀请了丁一参加。在联欢舞会上，李国民总经理和王俊俏成了联欢会的男女主角。两个人的舞步配合默契，先是跳了一支探戈，后又跳了一支轻漫步的布鲁斯，紧接着又是跳伦巴、华尔兹，他们借着酒劲疯狂地跳舞，全然忘记了丁一的存在。

丁一也借着酒劲，清唱了《大雪飘》："大雪飘，扑人面，朔风阵阵透骨寒……望家乡，去路远，别妻千里音书断……"丁一高亢、悲悯的歌声赢得了俊俏同事们的惊叹与赞美，丁一还在舞池中央翻了几个跟头，展示了一些拳脚功夫。他借着酒劲讲："感谢大家能听得懂这段故事，谢谢了。"联欢会中的掌声不断。

"再来一段，再来一段。"

联欢会热闹空前，邀请丁一跳舞的女士络绎不绝。丁一都一一回绝了，他说："我是有原则的，唱歌不跳舞，喝酒不抽烟，做人啊，搂着别人的老婆甜蜜蜜成何体统呢？"丁一的一席话令大家酒醒了，俊俏脸红了，李国民总经理醉醺醺的，然后偷偷溜走了。

联欢会结束了，大家走出门，外面大雪飘飘，大家都说这一定是个好兆头，是丁一的《大雪飘》把鹅毛白雪给唱出来了。

08

季文到了新疆兄弟烧烤店，他发现丁一早已经到了。丁一要了六瓶冰啤酒，五十个羊肉串，还有一盘煮毛豆和花生，季文坐下来，开了一瓶冰啤酒，咕咚咕咚地喝了起来，一瓶酒下肚后，就开始撸串，吃了一个羊肉串后，又接着喝冰啤酒。

"你慢点，有什么好消息吗？你找到俊俏了？"丁一拍了一下季文的肩膀问道。

"没有，马局把我们骂了一通，还说真的对不住你，要不然，我们怎么留不住你呢。他还说你是一个优秀的侦查员，一直以来忽略了你的成长。"季文回答。

丁一听到季文的话，感动地流泪了，他也举起了酒瓶子，恨不得直接把冰啤酒从嗓子眼全部灌到肠胃里。一瓶喝完了，他又用牙咬开另一瓶冰啤酒，继续往嗓子眼里灌，不仅如此，他双眼流出的泪水好像和冰啤酒一起流进了心里。两个人你一瓶我一瓶，一会儿要六瓶，一会儿再来六瓶，喝得买买提兄弟二人不知所措了。

季文喝醉了。"你小子到底把她藏哪里了？让她出来，她是我的妹妹，要不是你小子长得帅，你父亲又是当官的，你小子能有这艳福？我一定把她追到手的，本以为她跟你比跟我这个穷小子幸福呢。"

丁一也不含糊地说道："季文，你小子混蛋，俊俏是我的女人，我把她藏在心里了，你管得着吗？就你这武大郎身材，穷小子一个，美得你，还看上我们家俊俏了，李曼算是瞎了眼，看上你什么了！什么破案能手，狗屁，我要是在刑警队，这大队长就是我的，我爸要是再找陈局说一句话，支队长没准都姓范，你他娘的，也就是给我打个下手。"丁一一反常态地炫耀着自己的优势。

两个人你骂我一句，我骂你十句，你说我武大郎，我说你西门庆。《水浒传》说完了，就说《西游记》。你是猪八戒，我是牛魔王，反正没有一个好东西。过了一阵，他们又是最好的兄弟，他们抱头痛哭，好在天气炎热，外边有几个人撸串，屋里闷热，也就他们两个人坐在屋里，他们一直在胡说八道，一直到天空开始泛白了，买买提兄弟二人等得都睡着了。

季文一看手机，凌晨四点多了，他叫醒了买买提兄弟二人，让他们一会儿把丁一喊醒，送他回家。季文则赶紧打车去队里了，上午市局刑侦总队和分局领导还要听汇报。

星期一的清晨，丁一被买买提叫醒了，他回到家里时，墙上的挂钟正好敲响——北京时间七点整，距离王俊俏失踪整整八天了，丁一半躺在沙发上，眼角的泪水止不住地流，一直流进他的耳朵里、嘴里，还有心尖上。丁一在想，也许赖存声给俊俏发的消息里的邀请，让她去英国也证明不了什么，也许真的是自己小心眼了。可是俊俏的确说了，七月上旬公司派她去英国等国家考察，不过她也说，让自己请假去英国接她，她要给自己一个惊喜。

"离婚，她和赖存声一起耍我？"丁一的想法总是和俊俏相反，他怀疑一切，这也许就是当了八年警察落下的毛病。丁一越想头越疼。他还听俊俏公司的人传言——这次她被提拔是因为李国民潜规则了俊俏，俊俏是用自己的身体当上总裁助理兼法务部总经理的。他还梦见，俊俏抱着珊珊说："好闺女，妈妈爱你！"他还梦到季文和俊俏甜蜜地拥抱在一起。

丁一突然惊醒了，他开始自言自语："什么呀，真是乱了套了。"昨天夜里和季文喝得太多了，丁一又迷糊起来了。

季文直接去了刑侦支队，到了办公室后，他把这几天整理的材料又系统地看了一遍，之后又给刘星和夏春天打了电话，告诉他们上午的汇报会议时间。

上午八点半，三名侦查员准时到了分局会议室，市局刑侦总队的孙涛副总队长和两名侦查员以及陈局长、马副局长等同志已经在研究相关工作了。

会议开始了，马副局长把"6·2"王俊俏失联案件进行了全面汇报，刘星、季文、夏春天按照市局刑侦总队孙副总队长的要求做了相关案情调查情况介绍。孙副总队长又问季文现在范丁一的情况和情绪，以及王俊俏公司领导和比较亲密的同事的反映情况，季文一一作答。

因为陈局长在区政府还有重要会议，九点半就离开了。送走陈局长后，马副局长与孙副总队长耳语了几句。马副局长说道："好了，今天的会议就到这里，一会儿孙副总队长与技术员还要核实一些勘验情况。刘星、季文，还有不到七十二个小时就是陈局长给咱们的截止时间了，到时候还没线索，你们看着办吧。"

刘星等三人走出了会议室，季文突然说道："刘支队，你们先走，我的手机落在了会议室，我去拿一下手机，稍后就追上你们。"季文说完就转身回会议室了。

季文敲了敲会议室的门，停了片刻，里面传出了马副局长的声音："进来。"会议室里只有马副局长和孙副总队长在商量工作，季文站立在两位领导面前，欲言又止。

马副局长说道："季文大队长，你有什么想法说出来吧。"

季文恭敬地坐在两位领导的对面，似乎有些难为情地说道："马局，孙总，丁一是我最要好的同学、战友、哥们，可以说我们吃喝不分，两家人像亲戚一样。我爱人李曼和俊俏就是闺密，我女儿喊俊俏就是俏妈妈，喊丁一就是帅爸爸。"说着说着季文眼圈红了。

马副局长很是理解当代这些独生子青年民警，他们在家里个个都是父母的宝贝，一个孩子全家宠着，不像上几代人，兄弟姐妹好几个，遇事知道谦让，不像现在的很多青年都是唯我独尊的。

"季文，你别着急，有什么事就说出来。"马副局长平静而温暖地说。

"马局、孙总，我昨天晚上和丁一在他们小区附近吃夜宵、喝啤酒，我们都喝多了，丁一醉酒说俊俏没有死，永远活在他心里，我们还回忆了上大学和年前的一些旧事。后来我们在烧烤店睡着了，凌晨四点多我醒了，赶紧回来了，我让烧烤店老板喊醒丁一，送他回家休息。另外我现在怀疑丁一是有问题的。"

马副局长和孙副总队长对视了一下，似乎马副局长对丁一早有了想法。

马副局长说道："季文，你汇报情况很及时。很好，孙副总队长会带着市局技术员再一次到丁一家里进行搜查勘验，我还在想谁能配合这件事。就你了，另外我也向陈局做了汇报，让政治处同志找范丁一做一做他的思想工作，毕竟我们没有任何证据，虽然他已经是绿叶集团的员工了，但是他毕竟曾经是我们的战友、我们的人民警察，我们还是要挽救他，找到他妻子的。"

其实，刚才季文的手机是故意落在会议室的，他不想让人知道昨天和丁一喝酒是想了解丁一到底知不知道俊俏的下落，他更不愿意承认这件事情的真相是丁一把俊俏给"藏"起来了或者是……季文真的不敢想下去了，出于对职业的忠诚，他思来想去还是向上级领导汇报自己的想法，他甚至希望马副局长破口大骂他不是东西，不能怀疑自己的战友。

马副局长起身说道："季文，你马上给丁一打一个电话让他在家等着，就说你要去他家找他商量点事情。"

"是。"季文答道。

三代警官，三个人向外走去，这时候指挥部小张急匆匆到了马副局长面前，低声说道："马局，陈局让我立即通知您，有人报警，瑞景公寓9号楼八层有一男一女跳楼了，陈局已赶赴现场了，让您组织警力也马上去。"

丁一就住在瑞景公寓9号楼，不过他住在六层。马副局长回过头，对着愣神的季文说道："你赶紧通知刘星带队赶到瑞景公寓案发现场。"季文来不及多想，立即按照马副局长的指示，通知了刘星带队火速赶往瑞景公寓。

09

在瑞景公寓9号楼八层坠楼的正是范丁一，他紧紧抱着的女人也正是王俊俏。

市局刑侦总队的法医、技术员和马副局长带来的分局刑事技术员都在现场进行勘验。

丁一的父母来了，俊俏的姐姐、姐夫也来到了现场。低音的哭声、骂声响着，丁一的母亲在现场直接昏了过去。他们的悲痛已经无济于事了，现场警车、救护车连成一片。俊俏的姐姐没有告诉她的父母这件事，更不能让父母来看他们最后一眼，她害怕父母承受不了这样的打击。

刘星组织相关侦查员按照马副局长的指令，在现场指挥调取证人和视频录像等具体工作。

经过刑科所的法医和刑侦技术员的鉴定，范丁一属于跳楼自杀，他紧紧抱着的那个女子的尸体，根本不是王俊俏本人，而是一个仿真的克隆机器人。这个克隆仿真机器人王俊俏还不时地眨眨眼，给人欲言又止的感觉。

据专业人士介绍：这种克隆仿真机器人全世界只有日本生产的最为逼真和形象，但是价格昂贵，这样一个由客户提要求的克隆仿真机器人起码需要二十万人民币。仿真的王俊俏和丁一描述的一模一样，穿蓝色七分裤，水红色的高跟鞋，乳白色的衬衣，还有棕色的挎包。克隆仿真机器人俊俏没有多少损伤，丁一紧紧把它搂在胸前，它的身子朝上，压在了丁一的身体上。

这个克隆仿真机器人俊俏，就在技术员扶起来它的时候，它还冲着丁一的尸体说道："丁一，我爱你，丁一，我就爱你一个人。"

民警和技术员把现场处理妥当之后，已经是中午十二点半了，陈局长要求部分同志马上回局里，部署向市局汇报此案情况，以及研究善后处理事宜。马副局长继续配合市局刑侦总队同志到丁一家里，再次勘验，到目前为止，案件还没有真正破获，关键失联者王俊俏至今没有下落。

其实，季文在心里早就有了一个大胆的设想，但是他没有任何证据，又不能用猜测解释这起案件，而且他更不愿意他的猜测是事实，他既想念丁一和俊俏，又痛恨丁一变态的罪行。

季文没有想到的是丁一选择了这样的死法，了结了自己的一生，而且是如此把王俊俏"藏"在心里了，他不敢再想下去了。

市局刑侦技术人员再一次把丁一和俊俏居住的房间全面勘验，还是没有发现王俊俏的踪迹，技术员向大俊询问丁一和俊俏两个人是否从不开火做饭，大俊回答："他们基本都是在各自的单位食堂吃饭，赶上休息日，有的时候到我家吃饭，有的时候去丁一父母家吃饭，或者他们去看场电影，之后在外边用餐，从不在家做饭，连烧开水都是用电热水壶，偶尔他们懒了，就吃面包、零食、泡面什么的，我妹妹俊俏赶时尚，做丁克，丁一也宠着她。"

马副局长是老刑侦技术员出身了，他又对厨房进行了勘察，厨房更加简单，一个冰柜，打开后，里面干干净净的，一尘不染，但是机器还在运转着。

还有一个挺大的进口的破壁机，听丁一母亲讲，他们超级爱喝鲜果汁，这是丁一父亲让同事从德国买的。另外还有一把水果刀和一个电磁炉。马副局长让把这些物证带回队里再进行勘验分析。

现在还是没有任何证据证明王俊俏到底在哪里，马副局长心里想：就是把俊俏碎尸了，也应该有痕迹呀。丁一这小子到底隐藏了多少秘密？自己真是看走眼了。

季文取证时，听住在九层的报警人李某某陈述："我在市钢铁公司工作，这几天身体不舒服，休病假了，大概十点多钟，我走到自家的阳台吸烟，看着窗外的景色，突然就看到了从八层楼道窗户处跳出去了两个人，接着"扑通"一声响，当时把我吓得够呛，我定睛一看，楼下地面上像是一男一女两个人，就打了110报警，之后又给物业经理打了电话。"

马副局长临走的时候，让季文和红霞里派出所蒋所长留下来，做好相应的后续工作。同时看看丁一在派出所里还有什么私人物品，让其家属取走等等。虽然丁一离开了公安系统，可他一天也没有去绿叶房地产开发集团公司上过班。

马副局长报告了陈局长，丁一的一切后事处理还是由分局承担。陈局长同意他的意见，沉痛地说道："我们也是有责任的，毕竟我们对这些青年民警关心、爱护还是不够的。我们只重视破案了，没有重视青年民警的思想教育和家庭帮扶的工作。"

陈局长在现场还指示，让分局王政委和政治处的同志们好好总结教训，制定工作方案，对青年民警进行全方位的家访，以及教育整顿，不能再出问题了。

回到分局，陈局长和马副局长，以及刘星等同志一起研究了下一步工作计划，同时陈局长还指出："'6·2'案件中的王俊俏没有找到就没有结案，无论是生是死，都要找到她！"

马副局长坚定地说道："放心吧，陈局长，还有五十来个小时，我们一定完成任务，找出证据，就是丁一这孩子……唉！"陈局长和马副局长同时感叹了一声。

季文按照马副局长的指令，与派出所的领导一起把丁一父母亲送回了家，之后又和俊俏的姐姐、姐夫商量了一下丁一的后事。

大俊悲愤地讲，还是等俊俏失联案件有个了结吧，那时候也好做自己父母的工作。另外，她不想管丁一的后事了，交给丁一自己的父母来处理吧，不管俊俏有没有被找到，都跟他们家没有关系了。

处理完现场，已经是晚上十点多钟了，季文回到家里，女儿珊珊已经睡着了，妻子李曼给季文热了饭菜，季文没有心思吃饭，喝了一小碗米粥，李曼询问了一些丁一坠楼的情况，小两口的眼泪一个劲地流。

夜深了，李曼问季文俊俏是否还活着。季文没有正面回答，他自言自语地说："俊俏永远活在丁一的心里，永远吧，这个自私自利的混蛋。"这一夜季文的泪水流干了，是为了好哥们还是为了初恋，他自己也想不明白了。此时此刻他也陷入了迷茫和梦境之中。他回忆起俊俏的大眼睛，一笑就能把男人的魂勾走。他回忆在四年的大学生涯里，俊俏是多么善解人意，自己写给她的情书，她偷偷地给退了回来，还告诉自己，她只爱丁一一个男孩。

10

星期二的清晨七点钟，季文在似梦非梦中醒来。李曼告诉他早餐在客厅桌子上，她送珊珊去幼儿园，然后就直接去医院上班了。李曼还特意叮嘱他："季文，只要有俊俏姐的消息，一定要立即告诉我。"

季文起身了，他简单地洗漱了一下，拿了一根油条，一边往嘴里送，一边走出了家门，驾车向分局驶去。

一路上，老同学丁一和俊俏的影子总是浮现在他的脑海里，丁一真的把俊俏放在心里了吗，那个克隆仿真机器人到底证明了什么呢？难道丁一这几天天天搂着机器人睡觉吗？上次搜查还是草率了，竟然没有发现机器人。而且丁一又是怎么把俊俏放在心里的呢？他们家的"贝贝"呢？也蒸发了？季文越想越有一种恐怖的感觉，他不敢再往下继续想象了。

但是季文的大脑中枢好像失灵了，他没有自控力了。他回忆起了俊俏的小外甥多多打开冰箱的瞬间，丁一的紧张反应，他想到了那天在新疆兄弟烧烤店，丁一总是和自己念叨着，他是多么深地爱着俊俏啊！可是俊俏自打当上了什么总裁助理就变了心，变得领导架子十足，变得一提到他们公司的总经理李国民，就是夸赞对方的处事水平和能力很强，说丁一没有出息……

季文越想越糊涂了，他在十字路口处闯了两次红灯。到了刑侦支队，刘星又给四个专案组的同志们重新部署了分工。最后刘星说："明天下午六点钟之前，务必把俊俏失联的证据拿出来，或者是俊俏的遇难证据，对生者、死者都有一个交代，这也是我们刑侦支队的光荣使命，人命关天，命案必破！"

工作安排好了，季文还是到派出所，和所里的领导分别调查克隆仿真机器人王俊俏是从哪里买的，被丁一藏在了什么地方。同时他们继续走访丁一和俊俏的亲属，了解小两口一些生活和感情的情况。

获取证据渺茫，季文心里不知道是酸甜苦辣咸哪一种滋味在作怪，他真的希望这是一场梦，他还想回到大学，他一定抛开自卑的心理，一定和范丁——争高下，把王俊俏这个大美人拥抱在自己的怀里，让她幸福快乐。

季文驾驶着轿车刚到了分局门口，门卫值班的老李把他叫住了："喂，季大队长，有你一封信，是日本东京寄来的。"老李一边说着，一边走出了警卫室，把信件交给了季文。季文先是有些蒙，把信扔在了副驾驶座上。季文把车停在了停车场的车位上，不经意间又看了一眼那封来自东京的信件，他想骗子的手段又花样翻新了？竟从物流平台寄信进行诈骗。

他坐在车里，有一种不愿意进办公室的感觉，便随手撕开了信封，里面只有一张发票——一张来自东京的发票。发票的日期是5月9日，是克隆仿真机器人定制费用，共计十九万九千元人民币。季文一边看着发票，一边犹疑着，忽然想起自己的手包因为那天凌晨走得匆忙，落在了烧烤店，随后他驾车向新疆兄弟烧烤店奔去。

因为烧烤店是下午四点之后营业，白天买买提兄弟二人休息。季文到了烧烤店敲门。买买提一边揉眼睛一边说："季警官，我知道你今天要来，范警官告诉我了，说你的手包丢在我这儿了，他还说不准我打开手包，也不允许我给你送去，否则处理我。他说必须让你自己来拿，你等一下啊，我把手包锁在保险柜里了。"

买买提把一个黑色的真皮手包交给了季文。季文凭直觉迅速打开了手包，里面有几张A4白纸，上面写着：

亲爱的老同学，我的季文兄长：

我知道我现在不配称你为老同学、兄长，你是不是特别鄙视我？但是我还得这样喊你，我习惯了。你看到这封信的时候，我们应该已经天各一方了。

俊俏失联其实是我一手策划的，自我感觉还是很完美的，你忘了我是视频监控设计和安装的高手。俊俏的行踪你们也只能看到她失联几天前的情况，其他的我已经处理掉了，估计在我死后的第三天，视频记录就可以恢复正常了。

日本东京的发票是我让厂家按照我的计划时间发给你的，你给了我九天时间让我完成了这一切的导演。

其实我知道咱们的马宏副局长是老侦探了，不出七天他就应该怀疑到我有问题，他安排到我家搜查只有一次，我原以为他要组织去我家搜查至少三次，但是他不愿意承认自己的判断，他还是爱惜我这个听话又有才干的青年人，我真的挺对不住马副局长的。你小子应该也有点察觉出来我的反常了吧，毕竟，过去我们穿一条裤子都嫌肥，但是你更不愿意承认我就是杀害俊俏的凶手这个事实。

我之所以离开公安机关到一个民营企业工作，真的不是为了钱，你知道在我们家我管账吗？俊俏的年薪有六位数，而且她信任我，我们的所有收入都由我来控制。你也知道，我这个人是财迷，守得住钱财。我出来的根本用意是不给咱们队伍抹黑，丢人现眼。

我老婆王俊俏的克隆仿真机器人是我预谋之后，从网上定制的，把俊俏的近期照片和相关资料发过去就行，我怕你们调取我的手机记录，特意购买了一部带别人卡的手机然后在网上定制成功的，现在给点钱，他们什么都干，之后我把手机扔了，你们是找不到的。

克隆仿真机器人我放在八楼了，我侦察过，802的业主出国了，长期没有人住，我白天用床单把机器人俊俏盖上，晚上搬进屋里，让机器人陪我睡觉，说说话。这个机器人跟她活着的时候一个样，甚至比她活着的时候还听话，我之所以这样做，就是因为最近我总会做梦——俊俏和赖存声去英国了，不要我了。我真的很郁闷，我彻底抑郁了。

我怀疑俊俏和他生了一个孩子，毕竟赖存声还要把他的一个儿子过继给我们，这样一来我联想到了俊俏刚到牡丹集团工作的时候，就到英国培训了一年多的时间，她回来后我们才结婚的，我觉得他们两个人在英国有一腿，并且还有了一个男孩，所以这几年她当丁克的决心才会这么强烈吧。

赖存声也被我杀了，看到这里，你应该很惊讶吧？想知道我怎么杀死他的吗？听我慢慢讲来。

这小子上大学的时候就对俊俏图谋不轨，在咱们大学毕业前夕，他曾经将俊俏约到了小树林，结果他被俊俏拒绝了，他跪地求俊俏饶恕自己，别告发他，否则他的前途就完了。你知道俊俏是何等善良。后来这小子发愤图强，竟然被公派到英国留学，而且还娶了自己导师的女儿。他娘的，他真是艳福不浅。还这么巧在英国和俊俏邂逅了，亲密之后有了一个孩子……季文，你说我能善罢甘休吗？

看到这里，你又该疑惑了：第一，你可能不相信他在英国和俊俏邂逅并有了孩子；第二，赖存声和咱们聚会后，是俊俏让司机送他走的，他怎么会到了我的手里？

告诉你吧，那个司机就是我，我的易容术本领你还不知道吧，之后我把他迷倒了带回了家，撬开了802的房门并且讯问了他，就他那点本事，抽了他几巴掌，还没等他全部招供，我就急不可待地杀了他。因为他告诉我他这次回国就是与俊俏商量趁着下个月她去英国考察，就不回来了。俊俏和我要当丁克，也是不想连累我，国内再有一个孩子，她会分心的，俊俏让我管家里的钱，那是她走后给我的补偿，当时我的肺都要气炸了，我三下五除二就把赖存声给肢解了，之后把他肮脏的身体分别喂了流浪狗了，你们是发现不了的，俊俏也发现不了。我还逼他给英国的媳妇打了电话，说国内有事要半年后回英国，估计不久他的英国媳妇也该报案了，现场我也处理得很完美，你们就是现在去现场勘验，也是没有任何证据的。

基本真相大白了吧，再有就是俊俏的宠物贝贝的情况。我把贝贝也解体了，给它解体是完美的，让它没有一点点痛苦，是在我的爱意中完成的，这一点你应该相信，我在刑侦支队帮忙的时候和法医吴老师学的，她说，我真是当外科医生的好材料，可惜入错行了。

之后，我把贝贝的所有血肉筋骨通过破壁机碎成肉馅，灌入了羊肠子里。我每天食用这些肉肠，吃掉贝贝，如同吃掉我们的"孩子"，毕竟俊俏一直喊它儿子。直到我跳楼的那天，那是我的最后一顿晚餐。

最后要告诉你的是，俊俏是在我们做爱的快乐的瞬间，被我用双手掐死的，她没有感到一点痛苦，她是在幸福的时刻赤裸着身体在我的怀抱里死掉的。之后我为她梳洗打扮，让美丽的她到地狱等我。整理好这一切后，我在深夜的时候把她的尸体放到了地下车库的下水道里。我已经提前侦察好了，我们住的小区的下水道直通海边，她的尸体会直接漂入大海，你们应该不会发现尸体，即便在大海里发现尸体，那个时候我们的魂魄应该也在一起了……

其实，我还怀疑你和俊俏也好过，但是对你我是下不了手的。还有她们公司的李国民总经理，我只是怀疑他们比较亲密，我也考虑过杀了他，可是时间太紧了，我的寻妻计划即将败露，来不及了，就便宜那小子了。

不说了，你应该痛恨我了，也应该破口大骂了，我和俊俏在阴间洗耳恭听。我们本来就是丁克，没有什么牵挂，今后我父母你老哥多多照顾，俊俏爸妈有她姐姐一家了。

手包里有两张卡，黑色的是我们攒的，主要是这几年俊俏挣的钱，连同房子给我岳父岳母留着，他们从农村来这里没有保障，我爸妈用不着。另外一张卡是留给你女儿珊珊的。珊珊也是俊俏和我的干女儿啊。让我的干女儿好好读书，结婚后一定要做一名贞洁的贤妻良母。

人的一生最幸福的其实就三点：第一是结婚后有一个只爱你一个人的好妻子；第二你们有一个健康听话的好孩子；第三就是在单位有一个赏识你的好领导。

这三点，你基本是都拥有了，这就足够了。而我呢，都是失败的，我最对不起我的父母，让他们白发人送黑发人。

以上是咱兄弟二人间的心里话，也是我的口供，这是证词，物证就只有一张来自东京的发票。

绝笔，再见了！

丁一和俊俏

"妈的，混蛋，混蛋，丁一，你就是一个丧心病狂的混蛋！"季文歇斯底里地一个人在车里愤怒地呐喊着。

星期三晚上六点钟，距离王俊俏遇难十天了，"6·2"案件破获了，可是大家谁也没有轻松的感觉，反而觉得心灵深处被那把无情的水果刀剜走了心肝肺，之后，还被撒了一大把咸盐，然后被破壁机搅成了肉泥……

分局五楼的会议室里马副局长主持的"6·2"结案会议开得很是沉闷。会议桌正前方摆放着一台冰箱，会议桌子上摆放着一张狗皮、破壁机、水果刀，黑色手包以及在几张A4白纸上写的信件，字迹工整漂亮，还有黑色和金色的两张储蓄卡。

这些是丁一和俊俏生前的家庭用品和遗物，也是丁一的作案工具。另外，会议桌子上还摆放着物证——一张来自东京的发票，还有躺在桌子上的仿真俊俏。

按照马副局长的指令，季文带领侦查员迅速到地下通道勘察，又找了港口集团和海运局相关部门调查，没有发现俊俏的尸体和任何踪迹。

五年过去了，滨海国际机场走出来一个美丽的少妇，她身边有一个帅气的十几岁的男孩。竟然是王俊俏带着她和范丁一的儿子回国了。

原来俊俏没有死，她被丁一放到下水道里后，三只老鼠趴在她的脸上，像是给她做呼吸急救，也像是大声唤醒她，一阵难闻的气味把俊俏呛醒了。三只老鼠向前奔跑，不时地回头指引方向，她回想了发生的一切……她恨丁一的绝情，她发现身份证等一系列物品都在自己的挎包里，她知道这也是丁一精心策划好的。她顺着三只救命老鼠的引导，被冲进了海河……

俊俏爬上岸，望着夜空，她的心已死。她联系了深圳的同学，凭借这几年积攒的资源，在国外朋友的帮助下开启新的生活。为了感激三只老鼠的救命之恩，她改名舒三情，寓意是牢记三只老鼠的恩情。

那年俊俏临出国培训的前日，她和丁一恩爱时意外怀孕。到了英国她才发现，她请求赖存声帮忙，让他说这个孩子是他们的私生子，这是为了给儿子办理英国国籍，免去日后出国办绿卡的烦琐。她和赖存声之间是干干净净的同窗之情，这些事赖存声的妻子也是知道的，并且愿意帮她照看孩子。

　　俊俏也是想给丁一惊喜，然后两个人一起出国，享受幸福生活。可是丁一陷入了孽情深渊，他听不进去赖存声最后的解释，残忍地杀害了帮助他养育儿子的恩人。

　　丁一把一切改变了。

　　这几年王俊俏隐姓埋名在异国朋友的帮助下打拼，取得了成绩，当她去找儿子的时候才知道赖存声一直没有回英国，她也知道丁一不会放过他的。她和赖存声的老婆讲明了实情，带着儿子回国。

　　她拨通了季文的手机……

一缕暗白色的发丝

　　程军环顾屋内的各个角落，有一种悲伤、凄凉的感觉涌入他的身体，他取下了全家福并抱在怀里，走出了这个既让他幸福过也让他痛苦过的家。

悬　　案

　　"砰"，一声枪响，行刑的法警对准死刑犯欧小圆背上的圆圈就是一枪，跪着的欧小圆应声扑倒在地，行刑法警收枪后一个跨步立正站到一旁。身后的法医慢吞吞地上前勘验犯人是否死亡。

　　"没死，补枪！"法医冲补枪法警说道。

　　补枪法警掏出54式手枪，子弹上膛，扣动扳机，对准同样的位置，又打了一枪。法医又上前勘验，欧小圆"噉噉"地从嘴里发出恐怖的哀号声。不等法医说话，补枪法警拨开法医的身体，又朝死刑犯补了第三枪。

　　三次扣动扳机，死刑犯欧小圆还是没有死，这是连从警一辈子的老法医都没遇到过的事情。

　　死神好像拿欧小圆没有办法。

　　"他在说什么？"法医疑惑地说。

　　法警们和法医凑到死刑犯的头边，耳朵对准死刑犯的嘴。只听见欧小圆喃喃地说道："我真的没有杀人，老天爷都不收我，你们偏不信，唉！"

　　按照行刑规定，对死刑犯最多执行三颗子弹的枪决，如果还没有死必须上报。三枪不死的案例千年不遇，而且三枪还没能让死刑犯昏厥过去，竟还能说话，简直不可思议，这让法警和法医都感觉到了恐慌。两名法警疑惑地看着法医，法医有些精神恍惚地说道："三枪了，向领导汇报，或许老天爷不让他死。他也说了，他没有杀人。"

　　经请示领导同意，暂且把欧小圆立即由刑场押解到医院抢救。

01

小O被执行枪决的那一天，天色暗灰，乌云滚滚，刑场上空一阵雷鸣，还伴随着狂风。霜降节气，不知让人琢磨不透的天气将要给人们带来怎样的惊奇。

中了三枪的小O在送医的路上还不停地自言自语："我没有杀人呀，我没有杀人……"

小O比鲁迅先生笔下的阿Q少了一个"小辫子"，但是他的长相比阿Q年轻许多，也英俊一些，不过他们的精神世界倒是有几分相像。

家里人叫欧小圆小O，叫他小O是因为他出生的时候脸圆圆的。他被丢弃在一个民营医院的妇产科，这家医院的护士报了警，派出所民警赶到后，找不到他的生母和家人，没有办法，民警就联系了民政局，民政局在派出所的见证下，把孩子送到了保育院，因为这个孩子的脸圆，保育院就给孩子起名字叫小圆，当时还没有给他起姓氏，一般都是长大一些，如果没有人领养就跟保育员姓。后来他在三岁的时候，被好心的欧英俊和常美华夫妇领养了。

他的养父欧英俊是大学里面外文系的副教授，年纪轻轻就已经有了诸多学术成果。他看着孩子可爱的小圆脸，说道："咱们叫他小O吧，你瞧这个小圆脸，多像英文字母O呀，等他长大了也让他学英文，当教授。"这也许就是欧英俊对自己职业的无限热爱吧。

法院判决欧小圆是"7·13""7·20"案件的杀人凶手，判处死刑。执行枪决时，三颗子弹把欧小圆的后背打出了一个红洞，就像一朵鲜红的月季花绣在了后背上，后来想起自己当时的情景，小O就总对自己说："地狱和人间怎么都是一个样呢。"

七月十九日，小O在养父欧英俊、养母常美华被害后的第六天，去见了从外地来到这个城市的网友"怀念清晨"。晚上他请"怀念清晨"喝酒，结果两个人都喝得烂醉，然后他们就去开了房。

七月二十日一大早醒来，小O看到身边躺着一个似曾相识，却又有些陌生的中年女人，他吓得赶紧穿好裤子，慌乱地跑出了旅店。

小O知道养父母死后，自己的情绪就变得忽高忽低，他不知道程军大哥能不能破案，能不能抓到真正的凶手，也不知道自己和常好姐姐未来的生存方向。

小O的养父母就在小O和"怀念清晨"开房的六天前——七月十三日被害于家中。

六月二十八日这一天，常好前来看望养父母欧英俊和常美华，结果发现家里大门紧闭，无人应答。于是，常好给在市公安局刑侦总队工作的弟弟程军打了电话，程军一直忙于案件侦破，也有一个多月没有去看望常好姐姐的养父母了。

程军给同是领养的弟弟小O打电话，小O说他最近也没有去看养父母，小O还有点不满地说："程军哥哥，不是亲生的就是不一样，前几天我找他们借点钱，想扩大一下汽车修理厂的业务，他们不给，还说买别墅的时候把钱全花光了，你说这要是亲生儿子能不给吗？还是常好姐姐好，二话没说就给了我五万块钱，常好姐姐真是比亲姐姐还亲。"

后来常好又给养父母的同事、朋友分别打了电话，大家都说没有看见欧老师夫妇。

常好养父欧英俊的校领导还找常好要人呢！校领导说："常好，你爸爸欧教授连着好几节研究生的课都没有上，人也没有露面，打手机也不接，家里电话也不接，他到底是怎么了？他的课没人能代，是不是欧老师生病啦？"

常好又给程军打了电话，急切地说："程军，你赶紧回来一趟，我都找遍了，还是没有爸妈的消息，如果他们生病，困在屋里就麻烦了。"常好有些哽咽。

程军让常好姐姐别着急，先联系居委会或派出所，把家里的门给撬开，看看欧老师和常妈妈是否在家。放下程军的电话，常好就给派出所民警打了电话，民警找来了开锁师傅，打开了房门，他们发现家里被收拾得干干净净，没有一点主人的影子。

常好养父母现在住在南郊区古镇的华融别墅里，这是他们去年年底购买并装修的别墅。今年春节过后欧英俊夫妇才搬来居住的。年初常美华满五十五岁，从区教育局光荣退休了，欧英俊为了让晚年的常美华更加幸福，居住得更舒适一些，就卖掉了市区的房子，倾尽几十年的积蓄买了这栋别墅，还买了汽车，毕竟搬到这里后距离学校较远，欧英俊要开车上下班，他还有三年才能退休。

欧英俊常美华结婚三年一直没能怀上孩子，欧英俊查出患有无精症，欧英俊坚决不相信自己患有这种病，他执意叫常美华也去查体，结果常美华没有毛病，这就定性了欧英俊的病情是属实的。后来是常美华的真爱使丈夫鼓起了生活勇气，欧英俊虽然多次向常美华提出离婚，不想耽误了常美华，可是常美华深爱着欧英俊，这才有了后来他们领养孩子的计划。

欧英俊常美华在二十多年前，从孤儿院和保育院分别领养了常好和欧小圆两个孩子。欧英俊夫妇先是在保育院领养了三岁的小O。当时小O还没有正式起名字，在保育院大家就叫他小圆，欧英俊给孩子上户口就起了欧小圆这个名字。

过了一年，小O提前上学了，常美华在区教育局工作，加上欧英俊老师又带着研究生班，两个人都特别忙，就想着再要一个大一点的女孩——一来是大一点的女孩现在能照顾小O，二来两个孩子也能做伴，三来有一个女孩的话，等常美华他俩老了后能够有一个女儿来照顾、相陪。

后来他们夫妇又来到孤儿院，常美华相中了九岁的白净的大眼睛女孩程望。当常美华办好了手续，领着程望走的时候，程望哭了，她回过头看着弟弟程军，跪在了欧英俊常美华面前，央求新的爸爸妈妈带着弟弟程军一起走，夫妇俩虽然被程望感动了，但是他们的精力和经济条件也有限，的确没有能力抚养三个孩子，最后，欧英俊答应每到周末可以接程军到家里和姐姐程望、弟弟欧小圆在一起生活一两天，之后再把程军送回孤儿院，程军就算是他们家编外的一个儿子。

程望和程军原本也不是亲姐弟关系，在孤儿院里，两个孩子有缘，他们都随了程院长的姓氏，是程院长成全了他们做姐弟的亲情——在这所孤儿院里，程院长和老师们都会给孩子们结成兄弟姐妹关系，为的是将来他们走出去后，在社会上还能有一个亲人惦记和联系，有的男女小伙伴长大后还结为夫妻了。

程望改名随了常美华的常姓，欧英俊讲："女子为好，就叫她常好吧，也希望孩子各方面都好。"

程军一直在孤儿院里生活着，每当他到了欧英俊夫妇家里，就亲切地喊欧英俊"欧爸爸"，喊常美华"常妈妈"。常美华特别喜欢程军，总说，早知道一开始就到孤儿院领养孩子了，把常好姐弟俩领来就好了，小O太调皮了，还总欺负姐姐，不如程军老实厚道。

欧英俊也总是说妻子常美华："算了，这是缘分，别让小O听到，孩子会伤心的。"他倒是挺喜欢这个调皮捣蛋的欧小圆，他认为调皮的孩子聪明。不过欧英俊更喜欢常好，他总夸常好懂事，不是亲女儿胜似亲女儿。

程军现在二十九岁，中等个子，略瘦的身材，他高中毕业后报名参军，成为一名海军战士，四年的军旅生涯，为他日后成为一名好警察奠定了基础。退役后程军在警营历练八年，他更加成熟了，现在已经是刑侦总队一大队的大队长了。

常好一直没有结婚，如今她更加漂亮稳重大方了，一双大眼睛更加迷人了。她圆了养父的梦，师范大学毕业后，就在本市一所中学当了一名高中英语老师。

其实在常好的心里一直装着一个人，那就是在孤儿院相识的弟弟程军，可是在前年程军就已经和他的同事——女法医赵霞结婚了，去年他们还有了一个儿子，名字叫程小军。

在程小军过周岁生日的时候，常好坚决让孩子喊她"常妈妈"，还说让程军、赵霞再生一个孩子，那样她就可以让程小军和她一起生活了。更有意思的是，孩子在生日这天，嘟着小嘴冲着常好笑着，似乎发出了"常妈妈"的声音，常好紧紧抱住了程小军，流出了幸福的泪花。大家也感动得都笑了，以为常好是在开玩笑。

养父母失联，常好、程军、小O很是焦急。程军虽然没有和欧英俊、常美华生活在一起，但是他们经常接触，彼此还是有着亲人间的深情厚谊。常美华对程军格外关心，程军结婚的被褥都是常美华亲手制作的，她待程军就像亲生儿子一样。

程军让常好和欧小圆报警。分局和派出所的民警出了现场，他们仔细勘察了欧英俊夫妇的家里，没有发现什么情况，他们又去了欧英俊单位了解了一些情况，也没有什么结果。目前只能按照失踪人口处置。

欧小圆嘴上说养父母对他不好，还不如对外来的程军好，但是他心里还是感激养父母给了他一个完整的家，让他有一个疼爱他的姐姐，让他享受了有家才能感受到的浓浓亲情。

欧小圆初中毕业时，没有考上高中，还是在区教育局当科长的养母常美华托人找门路，他才能就读于本市的运输技术职业学校，毕业后在区属的一家大集体企业——汽车修理厂做了一名汽车修理工。

这几年汽车修理厂也不景气，他和几个工友准备承包这个集体汽车修理厂。他找过养父欧英俊借钱，养父不仅不借钱给他，还数落了他一顿，最后还是养母常美华让他找常好问一问，常好毫不犹豫地借给他五万块钱。

七月十三日，欧英俊常美华失联两周。因为欧英俊不仅是本市学术界著名的教授，还是市政协委员。市、区领导自然非常重视欧英俊教授失联的情况，市公安局领导要求近期一定要查清欧英俊夫妇的下落。市局刑侦总队还选派了刑事侦查专家，协助指导程军他们再次到欧英俊常美华家中进行细致的勘验。

欧英俊夫妇居住的是独栋别墅，前后有两个院子，前院种植了好多花草，后院主要是休闲区，老两口毕竟是文化人，生活情调高雅，特别喜欢清静。

程军和同事们进入了欧英俊常美华居住的别墅，对一楼、二楼和顶部阁楼，进行了仔细勘察，还是没有发现任何线索。

程军来到前院，看到打蔫的月季花，感慨万分。一个月前，他还给欧爸爸常妈妈来温居，那个时候月季花上长满了含苞待放的花骨朵，然而今天栽花人却失联，就连月季花都感到了悲痛。程军心想：这个季节应该是满园花香，花朵鲜艳夺目的时候，怎么花朵会衰败呢，难道真是跟主人有感应不成？

程军目不转睛地看着花池里打蔫的月季花以及松动的土壤若有所思。忽然，他让刑事侦查专家和侦查员们来这里看看，并提议挖出花池里的泥土和花草，看看是否能发现一些端倪。

侦查员们开始按照程军的指令破土动工。当大家汗流浃背挖到半米多深的时候，发现了泥土里有红色的血迹，再深挖下去，露出腐烂的尸体，侦查员们开始清理尸体——两具尸体拥抱着，腐败的气味让大家喘不过气来。

常好跑了过来，趴在花池旁的地上哭得天昏地暗，她不停地痛哭，让在场的民警都为之动容。程军劝着姐姐，一边流着泪水一边给欧小圆打电话。现场的法医赵霞也是含着眼泪和战友们一起勘察现场，提取证据。因为她和欧英俊常美华两位老人也是熟悉的，两位老人还等着程小军有一天能喊他们爷爷奶奶呢。

侦查员们先是整理好尸体，然后运回刑科所进一步勘验核实，为侦破此案提供依据和线索。

另外，这个华融别墅小区是今年刚开始有人入住的，这里远离市区，监控设施还没有安装，物业管理也不到位，入住率连八分之一都不到。

民警询问大门的保安，保安讲："没有发现什么可疑人员出入，每天进出的人，就是一些装修人员和刚搬进来的业主，而且人很少，都数得过来。"

临近傍晚，七月的天空依旧明亮如晨。欧小圆跑来了，看到常好姐姐哭成泪人，他抱住姐姐，也流下了几滴眼泪。"到底是养父母，看不出欧小圆有多悲伤呢……"在场的几个侦查员小声嘀咕着。

欧小圆的悲伤程度跟姐姐比起来简直是天差地别，也许欧小圆的内心更加痛苦，他毕竟在三岁的时候就被欧英俊常美华夫妇领养了。

欧小圆开始并不知道自己不是欧英俊常美华的亲生儿子，他初中毕业，没考上高中的时候，欧英俊发怒时说漏嘴了。

"你这个不争气的东西，不是自己的种，就是不行，没有我们高级知识分子的基因，你也就是个阿Q。"欧英俊的这几句话，把一个刚刚十五岁，正在青春发育期里的男孩给刺激了，小O很是嗒丧，认为自己的命苦，是一个没有人要的"弃婴"，有一种走投无路的感觉。

小O选择逃离了这个家，逃离现实。派出所民警、保育院老师、养父母，还有姐姐常好、哥哥程军好不容易才找到小O，生生地给他劝回了家。一番说服，一番感动，他们父子才和解了。不过在小O的心里自此埋下了隔阂与不满。

欧小圆开始疏远这个高级知识分子家庭，他在上技校的时候住校，毕业工作后就住在汽车修理厂里，每周应付性地回家看看养父母。欧英俊特别后悔自己的言行，尽量挽回和小O的父子情感。也许是因为没有血缘关系，自打亲情关系破裂以后，父子俩的心里都有了一道坎，一道无法逾越的坎。

02

在刑侦总队的会议室里，程军向市局领导和总队领导汇报"7·13"案件的情况。

七月十三日，经过对欧英俊常美华居住的南郊区古镇华融别墅小区的独栋别墅进行勘察，发现欧英俊常美华夫妇已经被害，尸体被埋在了其家里的前院花池里。

死者欧英俊，男，五十七岁，身高一米七五，本市星耀大学外文系教授，博士生导师，无党派人士，本市政协委员，是一位有多项学术成就的德高望重的教授。

死者常美华，女，五十五岁，身高一米六八，本市某区教育局科长，中共党员，于今年二月份退休。

欧英俊与常美华夫妻关系和睦，两个人已经结婚二十七年了，夫妇二人非常恩爱。因为膝下没有儿女，在二十多年前，分别在本市保育院和孤儿院领养了一子一女。养子欧小圆，今年二十六岁，未婚，现在是太平汽车修理厂的股东之一。养女常好，今年三十岁，未婚，现在是本市第一中学的英语老师。另外，程军还向领导介绍，自己也在孤儿院长大，和常好还是孤儿院给结对的姐弟关系，也和欧英俊一家人有过许多接触，故此申请回避本案。程军回避本案的申请当即被领导驳回，市局和总队领导非常信任这位责任心强又敢于担当的刑侦大队长，为此在会上程军也向领导表决心说一定不辱使命，争取早日破获此案。

"经过验尸检查，初步鉴定，欧英俊常美华应该死于三周前的6月23日左右。男性死者是被钝器猛烈砸击头部而亡。女性死者应为突发心梗后死亡。有可能是凶手发现两个人都死了，就把两具尸体一起埋在了别墅前院的一米多深的花池子里。"法医赵霞说道。

程军紧接着又说："目前，勘验现场发现，欧英俊常美华家中没有被盗窃的迹象，经过他们养子养女的确认，没有发现丢失任何钱财物品。"

赵霞补充道："进行尸检的时候，发现常美华的头发少了一缕，常美华的发丝是暗白色的，凶手是用剪子剪掉的这一缕发丝，这样分析下来，凶手很有可能认识他们夫妇。"

侦查员郭明亮认为欧小圆有嫌疑，他们组在调查取证时了解到，欧小圆和他养父欧英俊历来就有隔阂，而且他前些日子找养父母借钱承包汽车修理厂，养父没有把钱借给他，他只好找姐姐常好借钱。欧小圆对他的养父母十分不满，那天发现养父母尸体的时候，常好哭得死去活来，欧小圆只掉了几滴眼泪，所以建议先控制住欧小圆，以免欧小圆外逃。

市局主管刑事侦查工作的副局长指示："一定要抓紧破案，欧英俊在本市学术界是德高望重的教授，他们夫妇在家里遇难，这是公安机关的责任，是我们没有保护好百姓的安全，这起案子在社会反响极其恶劣。另外，法医刚才说发现了死者常美华有一缕发丝被剪掉了，这可是一个突破口呀，要立即排查一切可疑的犯罪嫌疑人，尽快将凶手缉拿归案。"

程军开车前往南郊区古镇华融别墅，他总觉得还有什么细节没有被发现，或者说还有一些没有搞清楚的可疑之处。他走近欧英俊常美华的别墅，看到里面灯光通明，他知道常好姐俩一定在收拾养父母的遗物。

其实在程军的心里，他早就把欧英俊常美华的家当成自己的家了，每逢节假日，他一有空就会来串门，说是来看姐姐常好，其实心里也是有一种回家的感觉。在程军的心里，常美华就像他的妈妈一样，所以他每次来都会喊"欧爸爸""常妈妈"。常美华也特别喜欢程军，还嚷嚷着让常好和程军干脆结为夫妻，这样就是真正的一家人了，可是这一切都事与愿违。

程军摁响了别墅的门铃，常好打开了门，两人一见面，泪水止不住地流淌。程军进到屋里，发现就常好一个人，整栋别墅有一种压抑的空落感。

"姐，小O呢，他没在吗？"

"哦，他刚走，他说刚承包汽车修理厂，事多。明天安排好工作再来和我一起收拾，唉，爸妈也没有什么亲戚，老家的也都是远房亲属。"讲到这里，常好又是泪水涟涟。

程军紧紧搂住姐姐常好，眼泪无声地流在了常好黑黑的发丝里。

其实程军对常好一直也是一往情深，他从小对常好就有一种暗恋的情愫，只不过他不敢触碰她，常好是那么善良美丽，在程军的心里她就是一尊圣母像，不可侵犯。

其实在常好的心里程军也是自己在这个世上唯一的亲人，她也早就爱上了这个比自己小一岁的弟弟，可是天公不作美，程军结婚了，现在他有了自己的妻子和孩子，过着一家三口人的幸福日子，常好只能默默地祝福程军。

姐弟俩就这样深情相拥，心贴着心，一声不吭，灵魂之间好像在述说着下一辈子再延续不可割舍的爱情。他们始终没有逾越雷池一步，各自守卫着自己的底线，任凭泪流，始终保持着那份特有的纯洁的姐弟亲情。

欧小圆内心也是痛苦万分，虽然他和养父有些隔阂，但是他小的时候毕竟在欧英俊的肩膀上骑着，把爸爸当成一匹大白马。欧小圆一个人在满是汽油味的汽车修理厂里泪流满面，号啕大哭，他想把心中的悔恨彻底地宣泄出来。

欧小圆回忆起他出疹子的时候，是妈妈常美华紧紧抱着他发抖的身体，整整抱了他一夜，欧小圆出汗了，身体恢复了，妈妈才笑了。欧小圆又想起了爸爸给他起的绰号"小O——小O——小O就是爸爸的小OO。"爸爸还说："O比Q少了一个小尾巴，所以你不是阿Q，你是爸爸妈妈最爱的小O。"后来欧小圆还读了鲁迅的小说《阿Q正传》，他觉得这个阿Q是个悲剧人物，但是鲁迅的小说好看，从此他读了很多鲁迅的小说。

欧小圆走出了太平汽车修理厂，他要去喝酒，把自己灌醉后又跑到网吧，向一个聊了很久的叫"怀念清晨"的网友诉苦，迫切地想要她来到他身边，倾诉衷肠。没过几天"怀念清晨"就飞到了本市，当晚两个人一直喝到很晚才找到一家恋人旅店开房入住。转天大清早欧小圆狼狈地跑出了恋人旅店。

恋人旅店的大堂经理报了案，一名中年妇女死在了1408房间。程军带领侦查员在属地分局的配合下，对恋人旅店开展了现场勘验。通过死者的身份证知道死者名叫宫晨辰，女，四十六岁，在华东地区×省×市居住。法医尸检后，初步鉴定是酒后发生性行为后有厮打的痕迹，最终导致死亡的是心脏病发作。

"心脏病发作"，程军脑子里一闪，常美华也是心脏病发作而死。他冷静了片刻，这时侦查员报告说视频监控发现情况——七月十九日的夜里十一点十八分，死者宫晨辰和一名男子进入1408房间，从搀扶走路上看两人都喝得烂醉，一名女性服务员给他们开的房门。这名男子经过辨认，无疑是欧小圆。程军下了命令：立即抓捕欧小圆。

另一队调查宫晨辰的侦查员汇报如下情况：经×省×市公安局协查通报，宫晨辰是他们市大理街工商银行的普通职员，早年离异，目前跟女儿一起生活，查其电脑记录，宫晨辰一年前迷上网聊，主要聊天对象是一个网名叫"小O"的人，"小O"自称是本市汽配集团的总经理，具体聊天内容都是你情我爱的话。

小O没敢说自己是修车工，要是"怀念清晨"真的来了就露馅了。"怀念清晨"（宫晨辰）也没告诉小O自己已是半老徐娘，万一和小帅哥见面，岂不是露馅了。为了有朝一日能跟小O见面，宫晨辰不顾女儿的反对，竟做了个脸部的医美手术。

其实欧小圆心里最爱的是姐姐常好，别看姐姐比自己大四岁，但他们从小在一起生活，早建立了不是亲情胜似亲情的感情。小O上小学的时候，都是姐姐哄着他睡觉；他要是淘气了，考试不及格了，爸爸动怒打他，都是姐姐护着他，甚至姐姐替他挨打；只要有好吃的东西，也都是尽着小O吃，常好就是这样一个比亲姐姐还亲的姐姐。

青春期的时候，欧小圆知道常好不是自己的亲姐姐，他就萌生了暗恋。每当他躺在床上就禁不住地思念常好，想象和常好结婚，亲吻常好的嘴唇……那年夏天的下午，常好和欧小圆放假在家，吃完午饭，常好累了就去睡午觉，养父母都在单位上班，常好穿着连衣裙，白净嫩嫩的双腿裸露在小O的眼前，小O控制不住了，悄悄地躺在常好的身边，小O轻轻地用他那颤抖的手触碰姐姐的膝盖，并且他的手慢慢地向上滑动着……常好惊醒了，她推开了小O，嗓子好像被鱼刺卡住了一般说不出话来，她直勾勾地看着眼前这个莫名其妙的小男孩。小O感到姐姐无以言表的愤怒，他无地自容地跑了出去，一个暑假，都没敢用正眼瞧过姐姐。

后来，姐姐原谅了他，姐姐没有和养父母讲他这件丢人的事情。再后来，小O发现常好喜欢程军，从此，他开始讨厌程军，不再欢迎程军到他家来，直到程军结婚，小O才和程军恢复关系。

常好一直都拿小O当亲弟弟对待。小O感觉得出，姐姐不找男朋友不结婚是因为她的心里还惦念着程军，为此小O经常生闷气，直到网聊遇到一个心仪的女人——"怀念清晨"。他有一种直觉，总感觉"怀念清晨"有常好姐姐的影子，又有一种特别亲的亲人一样的感觉，好像什么话都不由自主地愿意主动和她讲。那阵子，小O在网吧里天天跟"怀念清晨"聊到很晚，完全沉溺于自己想象的"爱人"当中。

03

宫晨辰的女儿宫阳得到消息飞到本市，证实了在恋人旅店被害的就是自己的母亲宫晨辰。

在刑侦总队的办案区里，郭明亮正在严厉地讯问欧小圆。欧小圆身体里的酒精早就被吓飞了，他今天一大早看到身边躺着个面目狰狞的老女人，吓得跑出了恋人旅店，他告诉郭明亮前一天晚上接机时宫晨辰化了妆，看不出来她长得这么老。"到机场接到她之后我们找了一个饭馆吃了饭，酒喝得太急太猛太多了，我们俩都醉了，之后怎么开的房、怎么睡的觉，真的什么都记不住了。"

问话进行得不顺利，欧小圆一问三不知，到现在他还不知道宫晨辰已经死亡。法医提取了欧小圆的精液做比对，他们同床共寝的床单上遗留的，以及死者私密处外部等多处残留的精液确实属于欧小圆。在郭明亮的一再强势的追问下，又得知宫晨辰已经死亡，欧小圆彻底崩溃了，他耷拉着脑袋，哭着向民警交代说："我承认，那天我喝得烂醉，加上失去父母的悲痛，我要发泄，我就想和她干那种事，结果她又下意识地反抗，我好像用手自己弄的，没有和她干那事，之后我恨她玩弄我的情感，我记得我用手掐过"怀念清晨"的脖子。那个晚上太乱了，后来我就记不清楚了，真记不清楚了。"欧小圆精神又处于崩溃的边缘。

郭明亮发现撬开了欧小圆的嘴，乘胜追击，厉声问道："你养父母的死呢！你怎么不交代！"

欧小圆痛哭流涕地说："警察哥哥，如果宫晨辰是我害死的，是不是我得判死刑？"

"你说呢？"

"如果要判我死刑那我就全说了吧，这样也省得程军哥哥到处去找杀死我养父母的凶手。"

程军严厉地警告欧小圆，要实事求是坦白犯罪事实，既不能伪造事实，也不能胡乱认罪。

"我知道。程军哥哥，爸妈确实是我杀死的，因为借钱的事，我去找过爸爸，他见到我，先是怒骂我一通，之后还举起手中的扳手砸我，我一气之下抢过扳手把爸爸打死了，妈妈买菜回来看见我打死了爸爸，她就晕过去了，我没能把妈妈救活过来……我该死，程军哥哥你枪毙我吧，我罪有应得！"

程军和郭明亮听后大吃一惊，虽不可思议，但欧小圆交代的细节基本符合调查的情况，再之后带欧小圆到现场指认，再次证实其所描述的犯罪过程，这样证据链完整且闭合，坐实了欧小圆就是凶犯。

但程军不死心，他觉得欧小圆虽然与欧英俊有过隔阂，但欧小圆本性是好的，他怎么会不了解欧小圆呢，但这个年岁的欧小圆正是冲动的时候，往好处想欧小圆只能算是过失杀人，如果是蓄意杀人，程军是绝对不会相信的，现在只能抱最大的希望——欧小圆不会被判处死刑。可是那三条人命……程军一想到这儿就既难过又气愤，虽然他们不是亲兄弟，应该算是同为天涯沦落人，他真不希望欧小圆年纪轻轻就这么走上刑场。

程军在找宫阳了解情况时，听宫阳讲道："本来她对男人、对感情是不为所动的，况且人到中年时再成家的想法也会越来越淡薄，但没想到有一天我去网吧上网，竟然在网吧看见了她，我观察她好久，她都没发现我也在这家网吧上网，后来她去电脑市场组装了一台电脑，然后天天半夜三更不睡觉，就在家里上网。有一次我无意发现她是在跟一个男人热聊，她毕竟是我妈，我当然希望她能再找到幸福，可是我也担心啊，怕她上当受骗，唉，反正我管也不是不管也不是，没想到这才多久就应验了我心里的担心。对了，还真有一次我干涉她，我们吵起来了，她哭了，她说她只跟这一个男人聊，不会有什么事的，她说她跟这个男人惺惺相惜。"

结案前，欧小圆承认自己杀害养父，意外致使养母死亡的罪，比承认害死宫晨辰来得痛快一些，他一直强调杀养父时没喝酒，脑袋是清醒的，而宫晨辰死的那天半夜他喝了太多的酒，实在没什么印象，只觉得是跟身边的女人有过打斗，但起因是什么真记不起来了。但无论欧小圆怎样说，床上和宫晨辰身体上的精液，留在宫晨辰脖子上的掐痕，监控视频等，都足以说明宫晨辰的死亡是与欧小圆搏斗后突发心脏病造成的，欧小圆不会被定为故意杀人，但是他与宫晨辰搏斗确是导致宫晨辰死亡的主要原因。法院在量刑上自然会考虑这方面因素，但欧小圆杀养父，致养母死的量刑一定不会轻。

就在程军对欧小圆的定罪还存有一点疑惑的时候，负责这起案子的主管领导突然被双规了，很多警员包括郭明亮也被牵扯其中，新来的分管领导批示要依法将手头的案子抓紧结案，给社会一个公正的交代。欧小圆的杀人案件证据确凿，不易久拖，程军也没有更多的证据，证明欧小圆能够被宽大处理，他只能提交法制部门审核，随即移交检察机关。

欧小圆不再受杀人凶手罪名的折磨了，现在他抱着必死的决心等待法院的判决。程军在欧小圆临刑的前一天，才委托看守民警告诉欧小圆，在抓捕他归案的那天，常好也失踪了……

程军和赵霞每次回到家中都不无遗憾地谈论这件事，就为了五万块钱杀死了养育自己二十多年的养父母，即便一时冲动，怎么能狠心把自己的养父母埋在化池子下？可反过来想，欧小圆又能怎么办呢？

在程军和赵霞的心里，欧小圆还是比较懂感恩的。虽然他嘴上说养父母不是亲的，对他怎么也不像是对待亲生的儿子，但是每次回家他都要给养父母带一些营养品，尤其总哄着养父高兴，给他买烟买酒，时不时都要陪养父喝两盅。常美华也总是说："谁养的就像谁，你看咱们家小O，长得越来像欧英俊年轻的时候。就说这栋别墅的装修吧，小O可是立下了汗马功劳，基本上都是他忙里忙外，装修得特别让养父满意。"

可是在法律面前，在证据面前，程军也只能按照办案程序，取证完毕，提交人民检察院。欧小圆中三颗子弹没有死，中级人民法院根据刑场欧小圆又有翻供的话语，再一次提请高级人民法院重新审理欧小圆的案子。

当程军得知欧小圆在刑场上没有死的情况下，又陈述他没有杀死自己的养父，鉴于此，市局的领导层层布置，最终责成程军重新侦查补充相关证据。

欧小圆被送到医院里进行了抢救，他竟然活下来了。医生都说这是一个奇迹，他的心脏不仅比正常人的小，而且还有下移的现象，属于医学界的稀奇研究课题，有待进一步研究。

欧小圆被医治好后继续羁押在分局的看守所，等待证据充足再提交法院进行重新审判。

程军请示了刑侦总队领导，他认为还是先从"7·20"宫晨辰死亡案件开始补充侦查，之后再进一步补充"7·13"发现欧英俊常美华被害案件的证据。程军还请示他要带两个侦查员去一趟宫晨辰原籍的居住地和单位调查取证，他认为宫晨辰的死亡还存在着疑点。

程军记得一年前欧小圆迷恋上了网络聊天，有一次他失联了三天，养父母和常好都联系不上他，不知道他出了什么事。实在没办法，常好哭着找到了程军，在程军的帮助下，在一个网吧里找到了欧小圆——三天来，欧小圆吃喝拉撒全部在网吧里解决，找到他时，他整个人都变了样子，像是个大烟鬼，蓬头垢面的。程军从网吧里拉出来欧小圆就抽了他一个大嘴巴，吓得常好抱着欧小圆哭了起来。回到家后，养父母是又心疼又生气。后来在程军的耐心教育感化下，他不怎么去网吧玩了，直到养父母被害，他又跑到网吧和"怀念清晨"聊上，之后便闯下了大祸，差一点连性命都搭上了。

到了宫晨辰原籍，程军先联系了当地刑侦部门，在当地公安部门的积极配合下，他们来到了宫晨辰工作过的大理街工商银行，查看了宫晨辰的人事档案，了解了她的基本情况。

宫晨辰，曾用名宫和平，现年四十六岁，于去年六月办理了提前退休手续，主要是想让她女儿宫阳顶替她到工商银行上班。

宫晨辰的单位领导和同事们都说，她是一个内向的女人，工商银行的老人说刚上班的时候，宫晨辰一天到晚就知道工作，很少和人交流，很快就找了一个皮鞋厂的工人结婚了，生下宫阳这个女儿。

后来听说她找的丈夫是一个"家暴"变态狂，总怀疑宫晨辰外边有野男人，不仅在酒后殴打宫晨辰，有的时候宫阳要是被吓哭了，就会连宫阳一起打，还拿烟头烫伤过宫阳的小手，宫晨辰实在不能忍受了，就在单位妇联和工会的帮助下与一起过了两年多日子的丈夫离婚了，后来她的丈夫因为酗酒出了车祸身亡。

还有一个重要线索——宫晨辰曾经在遇害城市的财经大学读书，上到大二的时候突然不上了，返回原籍在她父亲工作的工商银行干起临时工，最后顶替父亲转正，本来宫晨辰学习成绩优秀，但不知为什么上到大二就突然辍学，这点没有人知道。

程军又找到了宫晨辰的女儿宫阳了解情况。当程军询问宫阳，知不知道宫晨辰曾经在遇害的城市学习过的时候，宫阳回答道："好像听母亲讲过，上大学的时候特别喜欢读书的城市，也想过大学毕业后留在那个城市工作，可是后来身体不好，得了病，外公就把母亲接了回来，再后来就在工商银行工作，一直到去年。"

宫阳对她父亲没有什么印象，就是现在手上还有两个圆形的小伤疤，听母亲讲，那就是她那个畜生爹，喝醉了酒，用烟头给她烫的疤。

宫阳把母亲的尸体在当地火化，之后把母亲的骨灰带回了原籍。她也听说了害死母亲的欧小圆竟然连自己的养父母都残忍杀害，法院已经宣判了欧小圆死刑。宫阳心满意足，这样也算告慰了母亲的在天之灵。

程军没有与宫阳过多地解释"7·20"案件的真实情况，只是说目前还有一些补充的证据要扎实、完善地整理好，不能有遗漏，宫阳也理解公正执法要依靠证据来支撑的道理。

04

程军带队返回，紧接着就去保育院了解欧小圆被保育院收养时的情况。

保育院的现任院长姓马，马院长听到欧小圆是杀人犯，而且杀害了养父母时，感到十分震惊。

马院长介绍，欧小圆三岁左右被欧英俊常美华夫妇领养，他们两口子都是教育工作者，又在本市工作，所以保育院还是很放心的。

保育院每年都要回访孩子的基本情况，大致在十八周岁之后，基本上就不再过多联系了，回访也只是打电话访问养父母，了解孩子的现况，有的孩子被领养的时候特别小，根本不懂事，以为领养人是亲生的父母，保育院也就不再打扰。

马院长还介绍了欧小圆初中毕业那年，他和养父欧英俊发生了口角，知道了自己的身世，是马院长苦口婆心说服了欧小圆，他才给养父欧英俊赔礼道歉，父子二人还抱头痛哭了一场。打那以后欧小圆经常到保育院来看望马院长和孩子们。参加工作之后，他每年都要捐一些钱，或一些儿童图书，说是世界上没亲爹亲妈的孩子最可怜，他说等他结了婚，不管有没有孩子，都要在保育院领养一个女孩，把她当亲生的女儿养活，绝对不让她知道自己是被亲生爹妈抛弃的孩子。说得老师们都流眼泪了，老师们认为欧小圆是一个讲情义的好孩子，他怎么会成为杀人犯呢？

马院长还讲述了当时民政局和派出所送来欧小圆的情景，当时有很多同事都在场，是见证人。程军他们又开始了深入调查取证。经过细心的走访，程军最终通过当时出警的派出所退休民警了解到，欧小圆被遗弃在一家叫"艾欣瑞德"的妇科医院，是小护士刘爱香报的案。

程军和侦查员们来到这家艾欣瑞德妇科医院的原址，这里已经改为"迎宾来"超市了。紧接着程军又从市局户政处查询全市名叫刘爱香的女性，大约五十岁，一番周折，程军终于找到了刘爱香——当年接生欧小圆的小护士。

小护士刘爱香已经不小了，现在已经是另一家民营妇女专科医院的护士长，她向程军他们讲述，二十六年前的一个深秋，一个白净、文雅、挺着大肚子、微胖的女孩来到了医院，戴着一副紫红色眼镜框的近视镜，女孩岁数不大，但显得很憔悴，像是一个大学生。

大夫和护士们一眼就看出来了，这是一个要打胎的女孩。那个时候这种事情挺多。民营医院不管这么多，只管挣钱，从不多问这类事情。可是这个女学生和其他的女孩不一样，她非要生下腹中的孩子。经过大夫检查，她已经怀孕八个多月了，于是在那年深秋时节，一个男孩出生了，孩子圆圆的脸蛋，可爱极了，三天之后，她结算了费用，还给大家买了好多水果、糖果等食品表示感谢。下午，她说去接她父亲，突然一走了之了，他们等了一周，也不见她的音信，院长也没办法，只能让刘爱香打电话报警。

程军又请刘爱香再次描述一下那个女孩的具体长相。突然一个侦查员憋不住了，和程军讲："程大队，刘护士长说女孩的长相，怎么越说越像宫阳呢？"其实在刘护士长一开始描述怀孕女孩外形的时候，他就有一种预感，这个怀孕的女学生就是宫晨辰，她二十岁左右的时候就在本市读大学。

程军立即叫侦查员拿出来几张收集来的宫晨辰在大学时期的照片，以及从宫阳家里提取的宫晨辰年轻时期和现在的照片，还有宫阳的照片。刘爱香一眼就认出了照片中的宫晨辰，"就是她当年在我们医院产子，又抛弃儿子。"刘爱香还回忆起那个女孩当时填写的名字叫"陈辰"。

程军和侦查员们震惊了，他们是亲生母子。程军他们立即返回市局刑侦总队，向领导汇报这个重大线索，并且建议赵霞他们的技术大队立即开展对宫晨辰、欧小圆、宫阳相关的DNA亲子鉴定比对工作。

程军的心情特别复杂，如果这两起案子的凶手不是欧小圆的话，那么又会是谁呢？难道欧小圆和自己的亲生母亲宫晨辰真的发生了性关系吗？欧小圆要是知道了，他还能活吗？他的亲生父亲又是谁呢？

程军在迷茫的世界里寻找着答案。此时此刻，程军特别想念姐姐常好，他认定了这个世界上只有和常好在一起，他才能够倾诉所有秘密。

在刑侦总队的会议室里，技术大队进行了针对"7·20"宫晨辰死亡案件的汇报。

经过DNA亲子鉴定比对，宫晨辰系欧小圆的生母，也就是说，当年在艾欣瑞德妇科医院生育一子后弃婴的女孩就是宫晨辰，她当时化名为"陈辰"。同时也可以肯定欧小圆和宫阳是同母异父的兄妹关系。

宫晨辰一共有三个名字，在原籍出生到大学二年级返回老家之前叫"宫和平"，返回原籍重新登记户口至今叫"宫晨辰"，在艾欣瑞德妇科医院产子的时候用的假名字叫"陈辰"。

　　会后，程军回到办公室闭上眼倚靠在转椅上，脑海中突然闪现出一个四维空间的网络图，他同时还想到欧小圆交代在恋人旅店与宫晨辰在一起的当晚，有诸多细节有很多不确定性，难道是有第三人在场？程军凭借多年办案经验，猜测、还原着当时旅店房间内发生的情况，突然程军起身召集侦查员：提审欧小圆。

　　程军盯着欧小圆的眼睛，吓得欧小圆心里直发毛，他不知道自己又有什么不对的地方，或者还要被枪决？死过一次的人，而且背后还有一个洞口，是一个穿越了三颗子弹的红色的洞，他有些畏惧了，他怕死了。

　　程军严厉地说："欧小圆，你可听好了，那个被你灌醉的女网友，跟你发生性关系的女人，其实是你的亲生母亲！"

　　"你妈的，你胡说八道，她是你妈！"欧小圆疯狂了，急红眼了，他自己都不知道自己在说什么，他已经忘了他是杀人犯，他也忘记了站在他面前的是审讯他的人民警察。

　　这也是程军故意刺激欧小圆，让他重新激活脑神经的一种策略，或许能叫他回忆起什么重要的细节来。

　　"是的，你就是一个十恶不赦的大混蛋，你知道吗？你还有一个妹妹叫宫阳，如果你不老实交代，那你就成了乱伦的王八蛋！"程军的嗓门比欧小圆高出百倍，训斥着欧小圆。

　　"你也别忘了，你现在还是杀人犯，不老实坦白，随时都可以枪毙你，而且你还得背着与亲生母亲乱伦的骂名。"程军继续紧逼欧小圆。

　　欧小圆像泄了气的皮球，瘫软在椅子上，他双眼直勾勾地发愣，眼泪直往下流，看得出他已经不知所措、心慌意乱了。

　　程军见欧小圆慢慢冷静下来，问道："欧小圆，你说实话，你的养父母到底是不是你杀的，那天到底发生了什么事？"

　　欧小圆突然央求道："程军哥哥，看在常好姐姐的面子上，别跟我一般见识，刚才我不是在骂你，我是在骂我自己。我真的没有杀人，那晚我真的喝得烂醉，真的什么也记不起来了，还有我的养父母的死，我也记不清了，我现在脑子全乱了。程军哥哥请你相信我，所有人都不是我杀的。对，那些日子我都没有去过养父母那里，合伙人可以给我做证，你们可以问问他们。

"还有程军哥哥，你说我妈妈是宫晨辰，那我爸爸是谁，他们为什么不要我了？为什么？"欧小圆的问话像一把刀一样，捅进了程军的心脏里，程军也想问问自己的爸爸妈妈为什么不要自己了。

"欧小圆我还想问你一件事，"程军见欧小圆态度缓和，"我问你常好去哪里了，你肯定知道吧？"

"怎么可能，程军哥哥？我怎么会知道呢？我一直在里面，我都不知道她找不见了，还是你托人告诉我常好姐姐失踪了！"

没等欧小圆说完，程军就明白了：自从欧小圆归案后，他就没怎么问过关于常好的事情，他发现自己没有好好回答后也就不问了。而且按常理讲，姐姐不来看弟弟是说不通的，他又这么爱自己的姐姐，他一定会发狂的，可是他没有，他始终非常镇定，这完全说不通！

程军立即安排侦查员去找欧小圆的合伙人取证。

在后来的几次提审中，欧小圆只字不提养父母被杀的事情，却像神经病一样反复地念叨他和"怀念清晨"是怎样去恋人旅店开房，然后门锁打不开，喊了服务员，服务员把自己和"怀念清晨"送进屋。自己迷迷糊糊地睡到天亮，然后醒来看到眼前的女人就害怕地跑了。

欧小圆最后一次的念叨让程军忽然想到那个旅店的服务员，程军马上叫人把欧小圆押回看守所，然后也没打招呼，只身一人奔向恋人旅店。

05

程军一直挂念着常好失踪的事情，虽然早就做了人口失踪登记，而且也在派人查找，但是全今没有一点音信。程军有一种预感——欧小圆知道常好失踪的缘由。程军在心中暗暗猜测：这两起案件会不会跟常好有瓜葛？但现在毫无证据证明常好被卷入其中，可是常好为什么又弃自己的弟弟于不顾，消失得无影无踪呢？即便是不能宽恕欧小圆犯下的罪行，那也可以跟自己这个弟弟说一说内心的苦闷啊，难道自己不是她的亲人吗？

外调的侦查员打电话告知程军，欧小圆在六月二十三日至二十八日的确没有到其养父母家里去，他的合伙人可以证明。那几天他们二十四小时都在一起，主要是办理承包汽车修理厂的事情，他们三个人是合伙人。也就是说欧英俊常美华的被害确实与欧小圆无关，可以排除犯罪嫌疑人是欧小圆。

程军到达恋人旅店，详细地询问了旅店经理和服务员相关事情，程军的这次单独行动收获不小，因为当他再次接触当晚值班的服务员时，那个女服务员招架不住了——当晚值班的服务员叫丁佩珍，侦查员第一次看监控录像询问她时，她说录像里开门的人是她，但这次她害怕了，开始还是推三阻四地不肯承认，因为录像里的女服务员高矮胖瘦跟她差不多，而且始终是低着头，她觉得自己能蒙混过关，后来经过程军的法律教育，她明白了做伪证的后果非常严重，才供述了实情。

那天晚上丁佩珍脱岗了，她因为之前有多次脱岗的行为，被经理呵斥过，说再发现她在值夜班时脱岗就开除她，而且要额外扣除她一个月的工资，她这才跟警察撒了谎。那天真实情况是孩子奶奶打来电话说孩子发高烧，烧得很厉害，叫她马上回家送孩子去医院，她丈夫是大货车司机，天天跑长途，在家的时候少，丁佩珍正着急想请假的时候，正巧孩子的英语老师常好来到旅店，说她有两个同学喝醉了，在这个店里留宿，她来看看他们。丁佩珍灵机一动，央求常老师帮她值会儿班，她送儿子去医院后就回来，常好爽快地答应了。之后她就走了，把工作服放在了椅子上，还把全部的房门钥匙留给了常好。

程军获知情况，返回局看守所再次提审欧小圆。

"你跟'怀念清晨'进入房间是谁给你们开的门？"

"服务员。"

"你撒谎！"

"程军哥哥我说的千真万确，是真的没跟你撒谎。"

"那个服务员是谁？"

"不认识。"

"撒谎！"

"程军哥哥，我真的不认识服务员，你肯定能从监控录像里看到那天晚上我确实喝得烂醉，腿都站不稳，脑袋也抬不起来了，只看见，反正是穿旅店工作服的人帮我们开的门。"

"撒谎！欧小圆，你的酒量我还不清楚吗？你喝一整瓶高度白酒外加十瓶啤酒都不醉，你骗得了我吗？你那天晚上根本就是装醉！"

欧小圆冷笑了一声："程军哥哥，你知道我们那天喝了多少酒吗？总共一斤半白酒，她喝了大概有半斤白酒，后来我们俩喝了大概有二十瓶啤酒，怎么样，她喝得当时都站不起来了，是我连抱带扛的，把她弄到房间门口的，我打不开门，才叫来的服务员。"

欧小圆的解释很像喝醉了酒。他在这里装疯卖傻，还口无遮拦地说："程军哥哥，你要是不好交差的话，那就再枪毙我一次吧。"

自从这次提审后，后面审问欧小圆就演变成对欧小圆精神层面的攻坚，程军意识到这个案件变得异常复杂起来，不像当初想的那样简单。而后经历了数十次漫长的、毫无结果的审讯，欧小圆一直缄默不语，他的嘴像被焊条焊上了一样，打死也不开口。即便有审问罪犯"零口供"也可以定罪之说，但那必须是在证据链完整闭合的情形下，才可以给犯罪嫌疑人定罪，可是这两起案件的证据链上确实有缺口，怎么也衔接不上。程军在万般无奈的情况下使出了最后的杀手锏。

程军打好主意再次提审欧小圆。

"你养母死后头上被剪掉了一缕头发，你怎么说？"

剪掉了一缕头发？欧小圆第一次听说养母头上少了一缕头发，这一定有诈，欧小圆依旧不开口。

"我告诉你欧小圆，你不开口是没用的，即便是'零口供'，我们一样能给你定罪！"

欧小圆依旧不语。

"你不说话也没有关系，实话跟你说，剪掉一缕头发的剪刀我们早就找到了，上面留下了指纹，你以为我们不知道真正的凶手是谁吗？"

其实程军还真不知道真正的凶手是谁。那被剪掉的一缕发丝也没有在现场发现，专案组始终没有分析出凶手剪掉死者的一缕发丝的原因，只当是案犯的怪癖举动，赵霞等法医在显微镜下鉴定那一缕发丝确实是用剪刀剪下来的，但剪刀始终没有找到，专案组只得猜想凶手剪完头发后将头发和剪刀一同揣进口袋带离了凶案现场。

欧小圆终于开口了，但他很冷静也不慌张，开始讲述道："程军哥哥，我知道你的心情，也非常理解你办案的压力，其实我一直拿你当我的亲哥哥看待，看到你为这个案子连日操劳，我也于心不忍，本来我是想承担全部罪名的，想让自己解脱，也想让你解脱，更想让那个人解脱。我知道你不想让我死，你绝对不想让我死第二次，不过我在跟你讲完事实前，你必须向我证实一件事。"

"你问吧，我一定向你证实。"

"'怀念清晨'真的是我的生母吗？"

程军忽然沉默下来，自己没有想到欧小圆让他证实的是这件事，如果将宫晨辰是他亲生母亲的实情告诉他，他会怎样？会不会像上次一样发疯？毕竟他在不知情的情况下有些不雅行为。况且死者为大，宫晨辰已经死亡，应该叫死者瞑目才对，不能再骚扰死者了。再者赵霞也说了，在1408房间欧小圆和宫晨辰共寝的床上，提取的只是宫晨辰身体外部的精液和床单上的精液，没有在更深入处发现，也就是即便欧小圆强行和宫晨辰发生性行为，也是体外性行为，没有发生真正的性行为。

程军想好了还是实事求是，把真实的情况说明。"欧小圆，上次是我对不住你。我上次只是为了刺激你，说了让你不能接受的话，我向你道歉，况且我也是没有爸妈的人，我理解也体谅你的心情，给你造成了痛苦，我保证那个女人跟你没有真正发生性关系，你一定要相信我，其他你就不要多想了，你就放心交代问题吧。你还年轻，如果不是你犯的罪，以后你还能堂堂正正地做人，出去后咱们还是好朋友、好兄弟。宫晨辰就是你的亲生母亲，已经通过DNA鉴定得出了结论。"

欧小圆狠狠地抽了自己几个极响亮的嘴巴，用手抹去了脸上那悔恨的泪水。"哥哥我相信你，我就告诉你那天晚上的实情吧。那天晚上我确实是喝得烂醉，但是我心里还是清醒的，我就是恨'怀念清晨'骗我说她才二十多岁，是仙女下凡。我见到她跟我在网上看到的照片根本不是一个模样，而且还那么老，可是人家已经坐飞机来了，我至少得请人家吃一顿饭，就这么着我把她灌醉，其实就是不想跟她上床。可是她确实醉了，我们回旅店的路上常好姐姐给我来电话，说要见我，我就把旅店地址告诉姐姐，后来是姐姐给我们开的房门，她还穿了旅店工作服，我还挺纳闷的。进屋后我们把那个女人放到床上，姐姐她说让我先出去躲躲，远远地离开这座城市，跟身边的女网友走也行，但她没告诉我要去哪里，我也没有问。我只告诉姐姐让她先走，走了以后安稳下来我会去找她，而且我让姐姐放心，人是我杀的，他们抓不住把柄。我想让姐姐彻底放下心来远走高飞。"

"就这些，完了吗？后来你在屋里做了什么？"

"姐姐不放心我，跟我说：'你如果不想和她继续交往，就自己另找一处赶紧走，别惹这个女网友，她要是赖上你就麻烦了。'当时我的酒劲上来了，就躺在床上，把自己的衣服脱光了，我实在是太热了……我情不自禁地掏出了不该掏出的东西，冲着姐姐使劲，又想起小时候常好哄我睡觉的感觉了，再后来，我还把姐姐的衣服全部扒光了（其实他脱的是宫晨辰的衣服）。我实在是太兴奋了，后来就是宫晨辰和我厮打起来，我发现她不是常好，而是那个女网友'怀念清晨'，而且她还胡说八道：'怎么？你杀人啦？杀谁啦？'我当时酒劲大发就去掐她的脖子，怕她去告发。后来我好像又没劲了，好像也没怎么掐她，她也就不动了，我又睡着了，一直睡到早晨。我看到'怀念清晨'一动不动好像还在烂醉中，就跑了。"

"常好为什么要你远走高飞？刚才你说杀了人是杀了谁？"

"我养父欧英俊。"

"你养母是怎么死的？"

"吓死的，第一次判我死刑时我都交代了，程军哥哥，你不要问了，现场我也指认了，事实你们也全知道。"

"既然承认是你杀死的养父，你又为何在枪决时，翻供说人不是你杀的？"

"当时我疼，我害怕，我不想死，我害怕死……"

"不对！欧小圆你不怕死！人不是你杀的，我说的是你养父欧英俊不是你杀的！之前讯问你，你还有证人为你做证，欧英俊死亡时你一直跟合伙人待在一起。"

"不对，人是我杀的，那俩哥们没有说实话，这不怪他们，我把五万块钱的股份全分给他们了，他们替我瞒着你们，其中有一天我没跟他们在一起。"

"你知道吗？做伪证是要负法律责任的！"

"我知道，我对不住他们，到时候我会报答他们的。"

"你用什么报答？用你的灵魂吗？如果你再这样执迷不悟，到时候还得被判死刑！"

"我知道肯定得死！"

"既然知道会死，为什么还要人家为你做伪证，逃脱惩罚？前面一时说你没杀人，一时说你杀了人，你心里到底是怎么想的？"

"程军哥哥，之前我说的都不算数，这次我真的想好了，我死了，大家就都解脱了。本来我也是一个弃儿，多活一天少活一天没有人挂念，我死了大家就都清静了。"

"不对，你没有想好，其实你有挂念的人，也有挂念你的人。我知道你这样做是在为别人去死，而且是心甘情愿地去为那个人死，但那个人不会想到你会这样做的，否则也不会先走，你想让我说出那个人的名字吗？"

"程军哥哥，既然这样，那我就无话可说了，但我也提醒你一句，你是警察，你在办案，办案是要讲证据的。如果你找到证据，我们就会伏法，如果你仅凭猜测就断定那个人是凶手，那你也是在犯法。"

程军对欧小圆心灰意冷，他当然从心底里是不会也不想说出那个人的名字的，欧小圆最后一句话说得对，只有拿到充分的证据，才能给犯罪嫌疑人定罪，才能让死者瞑目。

实际上在程军心里，他宁可凶手就是欧小圆，也不愿意凶手是他深爱着的苦命人。可是人民警察的职责使命在身，他又怎么能践踏神圣的法律，程军真的很纠结。

不可能再从欧小圆嘴里问出什么有价值的线索了，程军让民警把欧小圆押回看守所。程军的手机响了，是宫晨辰的女儿宫阳来电。"程军大哥，我是宫阳，我明天乘飞机到您那里，关于我母亲的事我想再跟您讲一下，您有时间到机场接我一下吗？飞机是上午十点二十分到达。"宫阳很客气地问道。

"好的，明天我准时到机场接你。"程军不假思索地答应道。程军心里明白，宫阳的到来很可能会给他带来有价值的线索，宫阳到现在还不知道欧小圆是她同母异父的哥哥，同样她也不知道欧小圆与自己母亲的那件事情，程军心里想着，等到见了面再和宫阳解释。

傍晚，程军不由自主地驾车来到欧小圆养父母的别墅，他打开了门，刚一进去就有一种万分痛苦的感觉在内心涌动。他看到了客厅正前方挂着的全家福，那是在他十八岁生日的时候，全家到照相馆特意为他这个"编外儿子"拍的照片，养父母坐在第一排，他和姐姐常好、弟弟欧小圆分别站立在父母的身后，一家人幸福地微笑着。

程军跪在地板上，把头贴在地面上痛哭。

程军环顾屋内的各个角落，有一种悲伤、凄凉的感觉涌入他的身体，他取下了全家福并抱在怀里，走出了这个既让他幸福过也让他痛苦过的家。

程军连夜和刑侦总队领导汇报了宫阳明天来本市的情况，他还是和领导提出回避，总队分管领导拍了拍他的肩头，很信任地讲："此案继续由你负责，毕竟你们姐弟没有血缘关系，而且常好也在很小的时候就被欧英俊夫妇领养了，你们早已经解除了孤儿院的结对关系。再者说了，这个案子你最了解情况，办案更加合适，同时总队领导考虑到宫阳是一个女孩子，就派赵霞配合你一起与宫阳见面，掌握案件情况。"

十二月三十一日，明天就是新的一年了。在这辞旧迎新的时刻，宫阳再次来到既是母亲青春时代辉煌于此的，也是母亲最终遗憾陨落的城市。

宫阳下飞机出了大厅，迎面走来了程军和赵霞，程军介绍了自己的妻子赵霞，程军从宫阳脸上看出她已经从悲伤里走了出来。宫阳提出希望程军给她安排到恋人旅店1408房间，她要在那个房间和程军他们讲述一下母亲过去在这座城市求学期间的生活。

程军按照宫阳的请求一起来到了恋人旅店，并特意找到大堂经理，说有客人要住1408房间，大堂经理听后被吓了一跳，心里嘀咕着：哎哟，谁有这么大的胆子要住那间房，那间房有半年没敢安排给客人入住了。虽然他心里这么想，但嘴上是不敢这么说的。

大堂经理马上让服务员把1408房间打扫干净，铺好新的被褥，多喷点空气清新剂，然后把钥匙交给了程军。程军安排好宫阳入住，然后叫宫阳在旅店餐厅里吃饭。饭后，在宫阳的提议下，他们回到1408号房间，宫阳开始讲述母亲过去的生活。

宫阳拿出一个日记本，说是母亲留下来的，是她收拾母亲房间时翻腾出来的。日记上详尽记录了宫晨辰在这座城市的过往岁月。

十八岁的宫晨辰从原籍考到了这座城市的一所财经大学，那时候正赶上出国热，她想出国留学就得考托福，那需要有过硬的英语能力才行。宫晨辰就报了一个托福培训班，为了补习英语，宫晨辰这一年没有回老家。她告诉爸妈在学校补习英语，她想出国留学，她的父母就这么一个宝贝女儿，就同意了。

当时欧英俊也就三十岁左右，也是刚和常美华谈恋爱。宫晨辰是大学二年级的学生，青春美丽，既有南方姑娘细白的皮肤，又有北方女孩大大的眼睛。宫晨辰一笑起来眼睛就像会说话似的，招人喜爱，尤其招欧英俊的喜爱，欧英俊在托福补习班给学生们授课的时候，每次看宫晨辰就像给宫晨辰一个人讲课一样。欧英俊也是青春正当年的帅气小伙，又说得一口流利的英语，受到好多小姑娘的青睐、爱恋，当然宫晨辰也不例外。

就这样，课外在欧英俊的甜言蜜语之下，宫晨辰坠入了爱河，那一年的春天，宫晨辰发现自己怀孕了，到了秋天，宫晨辰的肚子越来越大了，她无法在学校读书了，跟学校谎称她父亲有病需要回家照料父亲，学校批准她休学一年，可是老家那边她更不能回去。思来想去，在和欧英俊商量后，欧英俊在外面给宫晨辰租了一间房，还说要娶宫晨辰，等他和常美华解除婚约就娶她。宫晨辰信以为真，就在宫晨辰怀孕期间，欧英俊依然没有放过宫晨辰年轻的身体。

宫晨辰临产的时候，欧英俊却不见了。后来宫晨辰去学校打听，学校说，欧英俊老师响应号召，自愿去支教一年。当时宫晨辰死的心都有，可是她肚子里的小生命是无辜的，于是她只能给父母写信求助。她还希望欧英俊支教回来，能够看在自己儿子的面上，娶她为妻。

宫晨辰父母赶来了，还付了租房费，交了住院费，不同意她继续等待那个"陈世美"，然后让宫晨辰抛弃刚刚出生几天的孩子返回了原籍，并匆匆忙忙给宫晨辰找了一个工人结婚了。

晚上赵霞陪着宫阳度过了一个难忘的年末。

新年的元旦，程军来到宫阳面前，说欧小圆的死刑暂缓执行了，很多问题还没有查清。还说她母亲的死跟欧小圆有关，但主要死因是突发心脏病。

另外程军告诉了宫阳她母亲留在这个城市的弃婴就是欧小圆。宫阳大吃一惊，不敢相信这个事实。程军想让他们兄妹相认，另外主要想借此机会让欧小圆知道自己的生父就是朝夕相处的养父欧英俊。程军这样做的目的就是再次刺激欧小圆，逼他讲出实情。

新年伊始，万象更新。程军带宫阳来到了看守所。欧小圆知道欧英俊就是他的生父后，心里空落落的，他感觉是在梦中，甚至认为上次枪决其实自己已经死了，现在听到的和看到的一切都是幻觉。

06

天气越来越冷，快到春节了，程军依旧没有找到常好，通缉令发布到了全国，她到底隐藏在了什么地方？她会不会选择自尽了？程军独自站在办公室的窗前，面对城市一座一座越垒越高的楼宇整整思索了一天。

除夕夜，程军一家三口人陪着赵霞的父母吃完年夜饭，随后装了一饭盒饺子开车来到看守所，那晚他在看守所里跟兄弟欧小圆说了好多话，他们一夜无眠，一直聊到大年初一，窗外大雪飘扬。

欧小圆拜托程军日后把别墅卖掉，然后把钱全捐给孤儿院和保育院。他对程军讲，等他交代完，请放他走，让他去找妹妹宫阳，他要在那里守候亲生母亲的墓碑。他还说，他抚摸了妈妈的乳房，嗅到了妈妈的体香，只是可惜……

最后，他又说，他要把常好姐姐也带走，远离这个悲伤的城市，他就和姐姐妹妹生活在一起，让她们和人结婚。自己就不结婚了，一个人给她们看孩子、做饭，再开一个汽车修理厂挣钱，不让她们太劳累，照顾她们一辈子。欧小圆"唉"了一声："姐姐她就在孤儿院。"

"姐姐那晚准备去找你自首，在恋人旅店里是我说服姐姐不要去自首的。我懂一点法律，姐姐的反抗导致欧英俊死亡属于防卫过当，不该承担严重的法律责任，但姐姐不能饶恕自己的是为此也害死了常美华妈妈，对这一点她特别伤心。是我说服姐姐先去孤儿院躲一躲，让她不要来找我和你，等我去找她。其实姐姐杀死欧英俊是欧英俊咎由自取。"

六月二十三日上午，常好买了菜、肉和水果给爸妈送去，他们搬到别墅购物不方便，所以常好每次去都买好多的菜和水果。

欧英俊见常好来了说："你妈妈出去买菜了，你们姐弟俩今天回家吃饭看把她高兴的，一大早就去菜市场了。"

常好跟爸爸聊了一会儿天，感觉有一点头晕，她想着可能是昨天晚上熬夜写论文造成的，就跟爸爸说去房间休息。欧英俊则在别墅的前院收拾花草。

半个多小时过去，常好刚睡着，这个时候欧英俊拿着扳手上了楼，进了常好的房间，常好惊醒，欧英俊说要找一些工具，常好正纳闷自己的房间能有什么工具。突然欧英俊兽性大发，扑到常好的身上，任凭常好反抗，他不顾一切地侵犯常好。常好这一次不再像小时候任凭这个禽兽养父玩弄，她趁欧英俊不备，用扳手狠狠砸向欧英俊的后脑勺，一下，两下，三下……

常好把这十多年的仇恨和屈辱一起宣泄在这个禽兽的脑袋上，任凭鲜血四溅，欧英俊没有了动静。

这时买菜回来的养母常美华听到二楼有动静，爬上楼来看，正看到常好用扳手狠砸欧英俊的头，当即突发心脏梗死，倒在地上。常好发现妈妈倒在地上，使劲呼唤，常美华完全没有知觉，过了一会儿，常好意识到妈妈已经死了，便从书包里取出一把小剪刀剪下母亲的一缕头发收藏纪念。就在这个时候，欧小圆也进了家门上了楼（欧小圆唯一没有看到的是姐姐剪掉母亲的一缕头发），看到眼前的一幕惊呆了。但欧小圆毕竟是男孩，有主见，先将姐姐安置在另一个房间，然后对欧英俊和常美华的尸体进行了处理，打扫了房间，下午又把欧英俊种花挖的坑继续挖深，然后又上楼去看望姐姐，这时姐姐给欧小圆讲述了自己不堪回首的往事。夜幕降临，欧小圆坚定地将养父母的遗体埋在了花池下面，然后清理了现场。

这一切让常好回忆起她在上高三的时候，也是夏天一天的深夜，突然有一个人趴在了她的身上，一阵剧烈的疼痛，让她再也不敢想象和程军结为夫妻了。这是禽兽养父第一次奸污他，在学生们的眼里一个为人师表的教授竟然是禽兽，常好的遭遇让她多次想死，可她舍不得程军。后来常好一直想和养母讲这件事，但是为了维护这个来之不易的家，常好忍受了侮辱，留在这个家庭生活，但是她开始有意疏远养父，其间养母常美华也有所猜疑。后来这个禽兽养父趁着养母常美华不在时总是侵犯常好，无奈、软弱的常好，有的时候只好委曲求全。

常好拼命地读书，考上大学后就不回家住了，即便每次回来，也尽量选择养母常美华在家的时候。

为此常好觉得对不起程军，就开始疏远程军，只有保持姐弟关系才能不伤害程军。

07

警笛鸣响，程军走下警车，常好站在孤儿院的大门口，手里领着一个六岁大的小男孩，这个男孩有点像程军小的时候。常好平静地说："我知道你要来了，这个小乞丐就是我那天在来这里的路上捡的孩子，我给他起了名字，就叫程小望，我告诉孩子了，长大当一名解放军战士。"

常好在踏上警车的一刹那，将一封信交到程军的手里。回到家里程军打开信封，里面掉出四个红色的小布袋，其中有三个红布袋上写着：常好、欧小圆、程军。还有一封信，常好在信里说："这是妈妈在咱们小时候给咱们剪下来的，她只告诉了我一个人，让我保密，说等她百年之后把咱们仨的头发放在她的遗体上一起烧掉，这样，她就能在另一个世界摸到咱们的头。"

程军打开最后一个没有名字的小布袋，里面只装着一缕暗白色的发丝，它像一缕阳光温暖着他的心。真相终于大白。

法院判决：常好在受到性侵犯的时候，夺过案犯手中的扳手，并将其殴打致死，属于正当防卫；而后在其养母常美华突发心脏病死亡的情况下，不及时拨打120救助，反而私自将尸体埋葬于自家的院落处理，违反了刑法，判处有期徒刑三年。

欧小圆在看到杀人现场后，不仅不报案，救治常美华，反而出主意将其养父母埋掉，同时在恋人旅店与网友宫晨辰厮打造成其心脏病突发死亡，负有一定的法律责任，判处有期徒刑三年。

程军回到了办公室，批阅了一些文件，伸了一个懒腰，心里总有一种无法原谅自己的内疚。是自己没有保护好常好姐姐，让她受了这么多的痛苦和委屈，他恨不得重活一次，给常好一种幸福的生活。

程军记得，有一次他去看望孤儿院程院长，听程院长讲，常好她原籍在广西某县村，在五岁的时候，家里实在太穷了，就把她卖给人贩子了，人贩子将她卖给其他人贩子。就是这么戏剧化，在本市一个长途汽车站，人贩子去方便，把五岁的小姑娘给放在了长途汽车站休息大厅里，长途汽车站派出所民警巡逻时发现了小姑娘，小姑娘一直在哭，也不知道在说什么，人贩子看到民警抱着这个小女孩，也不敢上前认领，被吓跑了。派出所一看小女孩没人认领，就把这个孩子送到了孤儿院，孤儿院给小女孩起了名，叫程望。

程军还在想，如果自己退役参加工作后，多找常好聊聊，追求常好，让她嫁给自己，或许那个衣冠禽兽的欧英俊就再也不敢欺负姐姐了。他在心里忏悔道："常好，我好心疼你，都是我没有细心照顾你，没有理解你的苦，我以为，你拿我当弟弟疼爱，远离我，是不想和我结婚，我没有什么文化，一个当兵的，配不上你这个大学生。我赶紧结了婚，也好让你早日遇上心上人，没承想……"

程军回忆着整个案情：常好在高三的时候，正是花季少女追求梦想的时候，就被禽兽般的欧英俊撕碎了美好的未来，他还一直不放过常好，不断地发泄他内心中不能生育的愤怒。侦查员走访了解时，他当大学外文系教授的同事反映，他平时总爱对他的女学生们动手动脚，系党委书记多次批评他，他的死就是咎由自取。他年轻的时候还欠下了宫晨辰的风流债，最后还是他亲生儿子埋葬的他，只可惜常美华嫁给了一个不值得她深爱的禽兽丈夫。

宫晨辰也是一个极其可怜的女子，好好的青春大学生，也是被这个混账的披着为人之师外衣的恶狼欧英俊给糟蹋了，而且还背负着弃子的罪孽。最后，宫晨辰死在自己亲生儿子的身旁，欧小圆也没有酿成大错，他只是在亲生母亲的身边享受了本该幼童时代就应该享受的抚摸母亲的乳房，享受了亲生母亲的呵护和爱恋。

欧英俊如果负责任地与宫晨辰结婚，那么应该会有一个完美的家庭，宫晨辰应该也会是一名出色的教授，欧小圆在这种气氛的家庭里，也一定会出类拔萃。他也不至于出生就是弃婴，在亲生父亲跟前生活二十多年，竟然不知道，还背负着害死亲生母亲的罪名，青年时期遭遇牢狱之灾，真是苦命的人。

后来程军还知道了，常好在孤儿院不是逃避杀人凶犯的罪名，就在七月十九日晚上，她想好了处理好养父母的后事，就投案自首，不能让程军为难。破不了案件，程军弟弟会背处分。她先是寻找欧小圆弟弟，让他逃出本市躲一躲，因为毕竟是欧小圆帮助自己埋葬的养父母，即便她没有故意杀人，他也是帮凶，也要受到法律制裁，常好还是想一人做事一人当，不连累欧小圆。没想到，在恋人旅店自己不仅没劝动欧小圆，他喝多了，还脱光衣服，在常好面前行为不雅地"嗷嗷"叫，甚至很像那个死鬼欧英俊，常好感到一阵恶心，跑出了旅店。

次日，程院长的病情加重了，嘴里不停地喊着程望、程军的名字。程院长一生没有结婚，一直担负着孤儿院的重担，送走了一批又一批没妈没爸的孩子走向社会，成就他们当了妈妈，当了爸爸，在程院长心里他自己就是这些孩子的爸爸，有的时候也是妈妈。在程院长弥留之际，常好一直守候着他，给予程院长儿女般的照顾，协助孤儿院处理好程院长的后事。程军来了，常好也释然了。

时光荏苒，一晃三年过去了，这几年程军一直在自责中忙碌着……这一天，天气晴朗，云朵特别白，白得刺痛了人的眼睛。赵霞穿好衣服，领着快五岁的程小军催促着程军："快点，我的程副总队长，一会儿人都出来了，他们再远走高飞了，我看你往哪儿去找。"

崇西监狱的大门口，走出来的人正是常好与欧小圆。

程小军撒腿跑了过去，"常妈妈，常妈妈，常妈妈"地叫，常好再一次紧紧抱起了程小军，她的泪水像泉水一样奔涌出来。最让姐弟俩激动的是宫阳从远处走来了。程军和赵霞上前,他们使劲地握手,拥抱,一股暖流在他们身体内流淌。

程小军在常好的怀抱里,抚摸着常妈妈已经发白的发丝,他们一起抬头看到一座高耸入云的塔楼,击碎了云朵。在太阳的照耀下,云朵落了下来,正飞舞着。程小军高兴地大声嚷嚷起来:"下雪了!下雪了!"

放 下

　　和进向刘大同道歉了。刘大同因为有亲属涉及此案，便不再参与调查，他瞪了一眼和进，愤愤地走了，似乎是不接受和进的道歉。和进挺后悔的，大家毕竟是老同学，怎么就不能和刘大同相处好呢？

悬　案

01

洪燕在市作协二层的会议室里安静地闭上了双眼。最早发现洪燕死亡并报警的人是物业的保洁大姐，主编罗天勤发现洪燕死亡后也拨打了110报警。今天是国庆节节后第一天上班。中午午休时，大家吃完饭都休息了。只有洪燕趁着午休的空隙，在会议室里利用投影看一些国内外的推理、悬疑、犯罪心理类型的电影作品，给她的小说寻找一些构想元素。洪燕平时也会这样，她在放假时还会外出旅游，为她的小说找些灵感，放松自己紧张的神经。

没想到她就这么安静地走了，带着她小说里还没有揭秘的亲情、爱情和敌情去了另外的世界。

分局刑警大队接公安指挥中心转警后出现场，在现场勘察的大案组探长和进与技术员刘大同的意见有些分歧：和进更偏向此案是他杀；刘大同通过技术手段初步判定洪燕死于突发性心脏病，应该是严重的失眠症引发的劳累过度导致的。当然，刘大同说也不排除他杀的可能，还要进一步勘验才能知道，况且死人案件必须提请市局刑科所出具最终的鉴定结论。和进认为是他杀的可能性很大，因为这里窗户是敞开的，窗台上有明显的攀爬印记，还有犯罪嫌疑人跳窗户时留下的鞋上的泥土。

洪燕是美女作家，擅长写作推理、悬疑类的小说。她早已过了而立之年，单身，父母是远在南方某县的中学语文老师。她的父母本想让她在中文系博士毕业后在大学当教师，可她就是想当作家，而且是写悬疑惊悚类型作品的作家。

洪燕有一个愿望——老公的职业一定要是警察。她曾说她这辈子非警察不嫁，一年多来，她也谈了三个警察对象。

第一个对象是附近派出所的一位大龄民警。他们谈了一个星期，洪燕觉得他不值班时话很少，就分手了。

第二个对象是市局法制部门的一个科长。两个人倒是挺般配，他们都是博士。但是不知道为什么，洪燕还是感觉两个人之间不能擦出爱情的火花，也就分手了。

洪燕的第三个对象就是分局刑警和进。他们的相识倒是洪燕理想中爱情的开端，挺有戏剧性的。他们不是经人介绍的，算是爱情主动找上门的。

去年夏天，洪燕下班后刚走出地铁站就被抢劫了，洪燕大喊抓小偷的时候，正巧碰上开着车回家的和进。和进堵住了抢劫犯的路，并下车十分利落地把那个抢劫犯摁在地上了。周围的群众都鼓起了掌，真的像电影里英雄救美的情节一样，洪燕也一下子心动了……

和进与洪燕就这样认识了，他们互要了彼此的联系方式。洪燕主动展开了爱情攻势，那时候和进刚和前女友分手，正是空虚、无聊至极的时候，两个人就这样莫名其妙地走到了一起。他们先是以好朋友的身份聊天，越聊越热乎，后来干脆一周见两次面。他们有了越来越多说不完的话题，不过谁也没有捅破那层窗户纸。

"这算不算是恋爱关系呢？"和进在想，洪燕也在偷偷地想。直到有一天，和进出差，一个多星期过去了也没有回来。洪燕联系不上他，就去了刑警大队。值班民警告诉她，和探长正在出差。洪燕有些焦虑，也没心思写她的小说了，她感觉自己已经六神无主了，这也许就是得了相思病吧。

和进终于主动联系洪燕了，约她晚上去香菇聚涮羊肉。和进说天热吃火锅最带劲，还给洪燕发了一个小鸭子亲吻的表情。这可把洪燕激动坏了，她精心地梳洗打扮，期盼着与朝思暮想的人相见的那一刻。两个人预订的是一个小单间。刚见面，洪燕就像久别重逢的情人一样，扑到和进的怀里："你太坏了，一点音信都没有，电话不回，也不理我，急死我了。"和进这个将近三十岁还没有结婚的男人也没有准备，在稀里糊涂的情况下，就不管不顾地与洪燕拥抱、接吻。这样的场景把刚进来送茶水的服务员吓了一跳。两个人疯狂了几秒钟后也觉得这么做有点唐突了，他们急忙分开，异口同声说道："不……不是……"

吃过火锅后，天气好像更热了，他们紧紧牵着对方的手。一直到把洪燕送到家门口，和进才恋恋不舍地回家了。其实这一天是洪燕三十岁的生日，她比和进大了不到五个月，她觉得自己从此算是真正恋爱了。她把这一天的爱情写进了她的长篇小说《放下》的第一章。

她喜欢和进，和进就是一个大男孩，一个固执的杠头。洪燕曾跟闺密讲，这样的人才是真正的警察，当警察就要讲原则，就要捍卫法律的尊严。其实她也是一个固执的杠头——在她博士毕业被分配到作协《小说天地》做编辑刚一个多月的时候，就有人传说她和知名作家、编辑部主编罗天勤关系暧昧。这件事情闹得沸沸扬扬，连罗天勤在安定医院当大夫的老婆都找上门了。可是后来有一次罗主编让她编辑一篇朋友写的短篇小说时，她觉得这篇小说写得不算好，就向罗天勤辩驳了几句，气得罗天勤拍了桌子，她也拍了桌子。这下可捅了马蜂窝了，一个刚上班的小编辑就敢顶撞大主编，以前还真没有出现过这种情况。他们将事情闹到了作协党组领导那里，最后还是没有刊登那篇小说。

再后来，人们又传说他们根本就没有什么关系。也许是罗天勤作风正派，没有答应洪燕的要求，不然师徒二人怎么会闹翻呢？还有的同事说洪燕是一个坚持原则的编辑。之后她就被调到文学创作室，做专职作家，天天写小说，落得清闲。

洪燕曾在一篇小说里以罗天勤为原型，把他写成了一篇悬疑小说里的变态村霸，利用在村庄里的权力专门诱导年轻女性和自己发生不正当的关系。凡有不从的女性，都会被他强暴。他还会咬掉女性的乳头吮吸鲜血，然后碎尸，将尸块喂给他饲养的藏獒……这篇小说被国外某传媒公司拍成了惊悚片，获得了一个国际奖项，为此洪燕拿到不少酬金，也出了名。国外某传媒公司出资，要求洪燕继续把这篇短篇小说写成长篇小说，于是她就构思了一部长篇小说——《放下》。

这时洪燕的名气已经超过了罗天勤，她还被破格选为市作协主席团成员。有的作家说洪燕很快就是市作协副主席了。罗天勤努力了大半辈子也只是一个市作协主席团成员，他气极了，发誓要写一篇女博士生乱伦的小说。可是一直没有杂志刊登他的小说，尽管他利用手中的权力找了一些媒体宣传也无济于事。因此，他对洪燕的仇恨更大了。

和进把出差一个多星期的工作中不涉密的部分讲给了洪燕听：他带着两名侦查员，到西南地区某省份抓捕通过网络贩卖枪支的三个犯罪嫌疑人。毕竟是抓捕贩卖枪支的犯罪嫌疑人的行动，危险系数很高，保密性很强。当地警方通过情报掌握了三个犯罪嫌疑人在某小区一栋高楼十二层的情况。他们安排一个女性物业工作人员以收取物业费的名义上前敲门，门打开后，和进第一个闯了进去。那是一个大三室的房子，分别租给了两对恋人，以及四个男青年。和进右手持枪，一个扫堂腿把开门的男青年放倒在地，其他侦查员一拥而上，分别到各个房间抓捕犯罪嫌疑人。就在大家紧张地进行抓捕活动时，一只恶犬从阳台处跑过来直扑和进。和进举枪，"砰"的一声，那只恶犬应声倒地。

在当地警方的配合下，和进等人成功抓获了两男一女三个犯罪嫌疑人，还成功缴获了两支54式手枪和一些79式冲锋枪的零件。和进还向刚进屋时被扫堂腿放倒在地的男青年道了歉。这男青年就是普通租房客，没有任何犯罪记录，不过在当时的情况下他也是能理解和进那样做的。

洪燕听完和进说的内容，就更加崇拜和进了，两个人进入了热恋状态，谁也离不开谁了，黏在一起都觉得不够近。

会议室里，刘大同讲道："'10·8'洪燕死亡案件，是死者经常性吞食抑制精神类的药物导致猝死的情况。死者属于正常死亡。"

和进提出不同意见："如果是有人故意的呢？比如趁死者不注意下的药物而导致死者身亡呢？我建议进行进一步勘验，毕竟有其他人从窗户处进入了案发现场的痕迹。"

分局领导随即宣布了两件事。第一件事是对和进的任命，和进被任命为刑侦一大队副大队长。第二件事是"10·8"案件目前表面上看死者像是死于心脏病发作，但是也不能排除他杀的可能。市局刑科所勘验出死者服用了大量抑制精神类的药物，所以成立的"10·8"专案组由和进具体负责，技术员刘大同配合工作。毕竟洪燕现在是知名的青年作家，市领导都在关注此案。

和进在领导宣布完对他的任命，部署完工作后，向领导讲明了洪燕和他谈过恋爱的事情，并表示坚决完成任务。分局领导也知道和进和洪燕谈过半年多的恋爱，后来因为感情不和在去年年底分手了。和进在今年的国庆节前一天结婚了，具体原因谁也不清楚。

和进与洪燕分手的主要原因是两个人聚少离多，和进总是值班，还经常外出办案，可洪燕情感需求高，需要陪伴。况且两个人都是固执的杠头，总会因为一点小事争吵起来。那时有一个市局政治部的女民警——和进的老同学，经常和他通过社交软件聊天、开玩笑。洪燕偷偷看了聊天记录后就受不了，赌气要分手。和进也是头脑一热，瞽言妄举——他告诉洪燕自己也不是没有女人要。后来他还真的和警校老同学——在市局工作的沈雨萱结婚了。

洪燕把自己与和进热恋的情节写进了《放下》的第三章——和进牺牲后，成了阴间的冥警，专门查阴间的疑案，以及游荡在人间的冤死鬼的案件。这章的内容真是感人泪下。其实洪燕还是深爱着和进的，她自己也不知道自己当初为什么要耍脾气，与和进闹翻。她也后悔过，一个人酗酒、吸烟，折磨自己。

可惜洪燕还没有活到三十二周岁就死了，她的父母办完她的后事后，就把她的骨灰带回了生她养她的县城。她没有结婚，只享受了与和进短暂的半年多的恋爱时光。他们虽然热恋过，但没有逾越过底线。

洪燕突然去世令和进很难过，他是一个重情重义的人，他之所以结婚，是因为他觉得自己配不上一个美女作家，更别说洪燕还是一个文学博士。他奉父母之命结婚，也省得别人说三道四。再说了，沈雨萱和自己同岁，也等了他这么多年，关于缘分这个东西，就要信命，他在这一点上也是固执的。其实，和进与洪燕分手还有一个重要原因，那就是洪燕非要当丁克，如果和进不同意的话就分手。和进认为结婚就是为了传宗接代，身体不好的人才会选择丁克，洪燕听到和进的想法后就急了，说："我有毛病！"两个人吵了半年，谁也不服谁。沈雨萱依旧关怀和进，他的父母、领导、朋友、同事都不停地劝他："你已经到了而立之年了，再不成家，要小孩的时间都耽误了……"和进就这样与沈雨萱结婚了。

结婚那天，洪燕以姐姐的身份参加了他们的婚礼，还随了一个大份子。她还告诉和进，他以后生的孩子要当她的干儿子或者干女儿。

洪燕参加完和进的婚礼就一个人出门旅游了，在途中她痛哭了一场。这不，在外度过了一个小长假，刚上班人就没了，的确让大家接受不了。

02

和进找到了罗天勤询问一些洪燕过去在编辑部的事。罗主编有些紧张，他一再表示洪燕是个有前途的知名女性作家，尤其在写悬疑、惊悚、刑侦题材的小说方面。现在好多传媒公司想和她签约拍电影呢。

和进还询问了罗主编与洪燕闹别扭的事情。罗主编好像更紧张了，他讲那是正常的，只是他们对业务有不同的见解而已，后来两个人和好了，毕竟师徒一场。罗主编还批评自己的老婆爱吃醋、乱想，精神科大夫就是有点神经质。他告诉和进，洪燕最好的闺密是市儿童医院的护士张洁。张洁也爱好文学写作，擅长写惊悚题材，尤其是医院停尸间的故事。她们的爱好有些特别，有人说她们是同性恋。但是任凭别人怎么说，她们两个人的关系就是好，她们有时候还自己对外说她们要结婚了。现在的时尚青年就是特别。

和进见到了张洁。张洁看到了和进先是哭了起来，弄得和进也红了眼圈，与和进一起来调查的民警也被感动了。

张洁说："和进，你要查出凶手啊！可能就是那个老色鬼罗天勤害死她的，他天天缠着洪燕，他也在洪燕和你处对象的时候老实了一段时间。他知道你是刑警，知道你手里有枪！"

"你能具体说一说他是怎么缠着洪燕的吗？"和进问。

张洁讲："我听燕姐说，她刚到作协《小说天地》做编辑的时候，罗天勤特别客气，一身学者风范，还收燕姐为徒。燕姐见自己读过的好多小说作品的作家就在眼前，她觉得自己太幸运了，能和文学界的知名大作家在一起工作，简直不可思议。可是没过多久，罗天勤就原形毕露，他以给洪燕改稿或讲述自己多年做编辑的经验为由头，开始对洪燕动手动脚。有一次中午他和洪燕一起在会议室看一部国外的悬疑电影，当看到男女主角接吻的镜头时，他竟然紧紧地搂住了洪燕的身体，强行和洪燕接吻，这令洪燕不知所措，跑出去了。"

其实张洁早在几年前为了刊登一篇短篇小说时就认识了罗天勤，那时罗天勤还强行和她发生了性关系，张洁恨得咬牙切齿。从那以后张洁对男性特别反感，也不和男性谈恋爱了，孤身一人，不是上班，就是写小说，或者是和闺密洪燕一起逛街购物，落得自由，不过这些她没有告诉和进。

和进阅读洪燕生前没有写完的长篇小说《放下》的第三章时，发现她描述了一个极漂亮的村花被村霸强奸后含恨而死的情节：村花活着的时候无力反抗恶霸，反而被全村的人们认为是她勾引了村霸，甚至村花的亲朋好友都认定是村花不检点。村霸还若无其事地编造事实，说是村花把他灌醉后，喊着自己的乳名，让自己以为是和妻子发生了性关系……村花被气得口吐鲜血而亡。警察来了，说是在阴间法律中没有气死他人应该偿命的条款，于是村花死了就死了，没有人给她主持公道，因为没有证据。但如果是村霸死了，村花是要给村霸偿命的。就连阴间的判官都让村花"放下"自己，好好修为来世。

小说中的内容令和进既气愤，又悲悯。"放下"是一个多么折磨人的词啊！他看不下去了，放下书稿，在脑海里回忆起自己和洪燕恋爱时她曾对自己说的话——情感是小说的灵魂。

洪燕曾说，写作小说要把握"三情"。第一情，就是亲情。亲情是复杂又丰富的生命源泉。比如与生育我们的父母，我们生育的儿女，还有兄弟姐妹、叔伯表亲等的。人与人之间好到一定的程度，没有血缘关系也可以走到亲情这一步，比如夫妻走到最后其实就是最亲的亲情了。第二情，就是爱情。洪燕特别喜欢描述这两个字，说爱情是最简单、最直接的，不只是异性在一起的性行为，连出轨也是一种爱情。和进当时是反对这种说法的，他这个杠头认为没有感情的性冲动不是爱情，那只能算是一种原始的、男女之间的本能需求。洪燕没有与和进继续抬杠，她认为警察对爱情的认识一定比自己认识的层面要浅。她讲爱情达到一定的时候就是亲情了。也许和进真的不能理解一个博士作家对哲学的深度认知，这便是他们分开的原因吧。第三情，就是敌情。敌情既复杂又简单，简单地说就是指站在我们对立面的敌人，也是矛盾的起源。用洪燕的话说，就是为了利益目的钩心斗角的演绎。古代简单的敌情，就是阵前两个将军骑着高头大马，拿着刀枪互相厮杀，胜者为王败者为寇。后来有了阵地战，也还算简单，靠枪炮飞机开战，谁的机械化武器厉害谁占据优势。当然有复杂一些的思想政治工作也很重要，我们的胜利虽然是靠小米加步枪，但是我们有强大的思想武器，有亿万万人民作为胜利的根本和保证。最复杂的是现在的敌情，钩心斗角，尔虞我诈，而且是内战！内讧！消耗战！

和进听后抬杠的秉性又来了，然而洪燕博士毕业，和进就是一个普通的警校生，两个人在理论认知上还是有一定差距的。和进认为亲情就是跟爹妈有关的，爱情就是跟老婆有关的，敌情就是跟小偷有关的。简简单单的人生多好，文人的事太多、太复杂了。

结果洪燕的小说《放下》里又多了一个头脑简单、四肢发达的冥间A侦探，这位A侦探在阴间办了好几个糊涂的案子。他虽然很正直，但是分析案件特别简单，人也很急躁。冤死的村花来到冥间告状，判官让A侦探查办，A侦探化装成阳间干部前去调查，只询问出了一些不翔实的情况，回去后直接就把村花打入十八层地狱。村花感到绝望了。"难道人间、地狱一个样吗？怎么会有这么多糊涂官呢？"村花就学着别人告状，继续上访，如果找阎王不行，那她就去天庭告御状！

和进看到这里，有些遗憾地笑了笑。"洪燕是在嘲笑我吗？"他合上了手稿。

洪燕的这部长篇小说《放下》准备要写三十二章，共计三十多万字，目前只写了二十多万字，还有三分之一没有完成她就去世了。余下的张洁说她来完成。张洁告诉和进，洪燕在外旅游的时候就提出希望和她合作完成小说《放下》。洪燕写了二十多章了，她不是按顺序写的，她写了前三章、第六章、第七章、第九章，中间又写了第十章、第十二章、第十五章、第十六章、第十七章、第十九章、第二十章、第二十二章、第二十五章、第二十六章、第二十九章、第三十一章……她就是这样一个天马行空式地写小说的作家。

和进在想：张洁开始写这部小说了吗？这个案子如何排除他杀的可能呢？如果是他杀，犯罪嫌疑人会在哪里？即便凶手是罗天勤，怎么用证据来证明他是凶手呢？就因为他调戏过洪燕吗？如果当初真的是洪燕崇拜罗天勤，自愿投入罗天勤的怀抱呢？毕竟不是没有这种可能的，和进与洪燕认识不到半年，他就感觉到洪燕是个开放、时尚的知识分子，难免会有一些不合实际的浪漫思想。和进的思绪有些凌乱，他真的有点像A侦探了。和进只看了前两章和第十章，便走进了小说里。那隐藏在小说里的线索会是真的吗？

刘大同向和进汇报勘察视频监控的情况。"作协的视频监控只有十一个，太不全了，而且二层会议室坐落在楼层的西南角，正好避开了监控。在门卫监控处查看到中午十一点半左右有一个外卖员来过，说是给二层的人送餐的，一个女同志订的一份黄焖鸡，之后他就走了。"

"你们找外卖员了吗？"

"没有。"

"抓紧去找他，我再找一下罗天勤。"

和进布置完任务，就去了《小说天地》的编辑部。这个编辑部一共有十二个人，分为三组，每组四个人。主编罗天勤独用一间办公室，两个副主编共用一间办公室，其余九个人共同在一间敞开式集体办公室中办公。警察已经连续两天到编辑部找大家谈话了，编辑部也是有了一点紧张的气氛，大家都怀疑这件事十有八九与罗天勤有关，这家伙这几年没少被一些女性文学爱好者的丈夫或者男朋友追着打。当然也有个别文艺女青年是自愿跟罗天勤好上的，她们有的也没有男朋友，就是崇拜他，就是愿意给他当情妇，谁又能管得着呢？

罗天勤正在办公室里看稿子，见到和进他们来访还有点不理解，但又不好意思拒绝，于是硬着头皮说道："和队长，您今天找哪位同事，我给您叫过来。"

"不用了，今天还是来找你了解情况的，希望你能理解和配合。"和进客气地和他讲。

"我有什么可说的？上次都说了。"罗天勤有些不耐烦地说。

"你知道洪燕在写一部长篇小说《放下》吗？"

"知道。"

"你看过吗？"

"她现在不在编辑部了，去了创作室做专职作家，怎么会给我看她还没有写好的小说呢？"

"您过去和她有过感情上的纠缠吗？"和进直截了当地问他。

"和警官，您可不能乱讲话，我和她是同事，是师生关系，也是上下级关系，您不要听外界胡说八道。"罗天勤有些紧张地回答。

"听说去年你爱人来过编辑部，找洪燕麻烦？"和进不紧不慢、一字一句地问。

"我还说你和她有过关系呢！"罗天勤原形毕露。

"没错，我们谈过恋爱，去年年底分手了，你也知道呀。"和进自然地讲。记录的民警因为罗天勤的态度瞪了他一眼。

"干什么，你们要刑讯逼供？"

"罗主编，你不要多想，请你实事求是地回答我的问题。"

"他用眼神威胁我。告诉你们，我也是有亲属在公安局的，我懂。"罗天勤开始无理取闹。

"罗主编，咱们作家就是有想象力。我同事眼睛大，他不是瞪你，他就这样看人。"

"是呀，罗主编，要不我笑一下给你看看。"记录的民警一边顺着和进的话解释，一边对着罗天勤笑了。

"算了，算了。"罗天勤看到民警的笑脸，比刚才瞪他还可怕，像是精神病院出来的病人。

"我说，我说。"罗天勤知道和进他们不好惹。"我老婆总怀疑我在外面有女人，这个我们领导都知道的。那次她来作协闹，跟洪燕动了手，你们派出所的警官也来了，调解好了。后来领导还和我们谈了话，再后来洪燕调走了，我们平时也不怎么接触了。"

"你们有过感情上的问题吗？"和进再次问出这个他回避了的话题。

"你非得让我说，我就和你讲，反正洪燕人也没了。她的确崇拜过我，也想当我的情人，甚至让我离婚，但我不能呀！我是她的长辈，我守着底线，后来你们俩好上了，我感觉挺好，省得她老惦记我，省得我老婆吃醋，也免了同事们在背后说闲话……"罗天勤厚颜无耻地说着。

和进联想到了洪燕小说《放下》里的村霸，联想到了在十八层地狱的村花，也联想到了头脑简单的A侦探……和进让罗天勤在询问笔录上签字，摁了红手印。

"罗主编，你对你今天说的话负有法律责任。"和进严肃地说出这么一句话，走了。记录的民警又瞪了罗天勤一眼。

03

和进决定去一趟安定医院找罗天勤的妻子。

罗天勤的妻子是个很文静、稳重的中年知识型女性，穿着白大褂款款走来，特别有一种内科主任的风度。安定医院保卫处处长介绍道："这是我们医院精神二科的侯静静主任，这位是公安局刑警和进大队长。"

"您好，侯主任！"

"您好，和进大队长！"

"你们找我有事吗？是不是因为洪燕的死？你们是怀疑我吗？"她抢先开口。

和进看着眼前这个漂亮的女医生，想着罗天勤有这样一位漂亮的妻子，怎么还总惦记着别人呢？"侯主任，请您理解，我们必须按法律程序调查死者生前的一些情况，听说您和洪燕之间发生过矛盾？"

"哦，那个事呀，我抽她一个大嘴巴子是轻的，她勾搭我们家老罗，在小说里描写一个少女爱上了自己的老师。老师和这少女的父亲差不多大，这少女还要逼着老师离婚！"侯静静大夫气愤地说。

"你怎么发现洪燕勾搭你家老罗的呢？"

"老罗给我看的她写的小说就是证据。你们也可以看看她是怎么写的，她小说里还写了如何暗恋老师呢！"她讲话的声音高了起来，和她的身份挺不相配。

"侯主任，一部文学作品怎么能是证据呢？"和进反问。

"当然是了，我们年轻的时候都读琼瑶的小说，她写的大部分都是自己的感情世界！你们破案也要懂得文学呀！"侯静静有些激动了，和进没有料到她会如此激动。

"侯主任，您别激动，您就把到编辑部和洪燕吵架的经过说清楚，好吗？"

那是去年洪燕认识和进之前的事。洪燕写了一篇短篇小说，写的是大学师生恋的故事。她写好后让罗天勤给看一看，提一提意见。罗天勤看后却想入非非，认为女主角就是洪燕自己，男老师就是他。他兴奋地阅读，给洪燕写了评论，还写了几句暧昧的话，表明想和洪燕有进一步的关系，就像小说里描述的那样。没承想侯静静看到了这些，醋意大发，找了私人侦探寻找证据。那个私人侦探通过非法手段获取了一些编辑部同事的谈话录音，以及罗天勤和洪燕在一起工作的照片。拿到这些所谓"证据"，侯静静"大闹"作协，还当着编辑部同事和罗天勤的面狠狠地打了洪燕一巴掌。

然后，洪燕报警了，她们走进了派出所。经过派出所调解，侯静静赔偿医药费，并道歉。洪燕因此在家休息了几天。一个多月后洪燕就被调离了《小说天地》编辑部。也是在那年的夏天，她认识了和进。

当听到侯静静狠狠地打了洪燕一巴掌时，和进的心剧烈地痛了一阵。他是真想狠狠地抽面前这个道貌岸然的女大夫十几个嘴巴。不是，是抽罗天勤这个衣冠禽兽十几个嘴巴。和进冷静下来，继续询问侯静静关于那个私人侦探的情况。侯静静讲他们是在网上联系的，不见面，证物都是邮寄……

天已经黑了，外面万家灯火。和进坐在警车副驾驶的位置上看着眼前车水马龙的景象，内心不由得涌出一股惆怅。他在想洪燕——一个美女作家，一个文学博士，一个曾经的恋人，一个只有三十几岁的未婚女子。太可惜了！他和洪燕在一起的那些时光太可惜了，总以为未来的日子还很长……和进是在后悔，也是在自责，更是在眷恋。也许应验了那句话，失去了才知道那是最珍贵的。

和进手机响了，是妻子打来的电话。"和进，今天晚上回来吃饭吗？"妻子已经两天没有和他见面了。

"你和爸妈先吃吧，我回一趟队里，还有一些事要研究。爱你，阿萱。"和进第一次在电话里说出了"爱你"这两个温柔的字，此时此刻沈雨萱一定是最幸福的。

"和队，行呀，懂浪漫了。"开车民警笑着说。

"是呀，生活需要浪漫，女人更需要男人的浪漫，她们就生活在浪漫的梦境中。"不知道为什么，他见到侯静静大夫后多了一些男人的责任感。

"你小子谈恋爱了吗？"

"谈着呢。"

"对女人好一点！"

"嗯，和队。"

和进刚进办公室，刘大同就跑过来了。"和队，有重大发现，外卖员讲，他前天中午送黄焖鸡米饭的时候，看到点外卖的女同志在一间大屋子里摆弄投影，旁边还有一个头发灰白的男人。商家还免费送他们一瓶冰红茶饮料。女同志让外卖员把饮料倒进一个空杯子里，然后把空瓶子拿走。点外卖的人就是洪燕，那个头发灰白的男同志应该不是罗天勤，罗天勤的头发染得乌黑乌黑的。"刘大同兴奋地说道。

"那个头发灰白的人是谁？"

"还没有调查，先跟你汇报一下。"

"马上和作协保卫部门联系，把头发灰白的男同志的照片准备一下，最好今天晚上给咱们。"和进对刘大同说。

"好吧。"

"对了，把罗天勤的照片也带着。"

"怎么还要罗天勤的照片，你跟他有仇呀？"

"不是有仇，或者干脆把作协男同志的照片都要过来，让外卖员辨认。"和进有点不耐烦了。

"不是，你刚当几天副队啊？你牛什么呀！我告诉你和进，罗天勤是我表姨父，侯静静是我表姨，你找人家调查案情，要客气点，别动不动就吓唬人家，你怀疑他们是杀人犯，证据在哪里呢？"

"怎么，你和罗天勤、侯静静是亲属？为什么不早说？"

　　"你还是洪燕的前男友呢！"刘大同早就对和进不满了，便借题发挥。和进一听刘大同和罗天勤是亲属，还揭开他心灵深处的伤疤——洪燕！不知怒火从哪个方向袭来，和进挥起拳头就要朝刘大同打过去，在场民警抱住了和进。

　　"你们别拉着他，让他打我，我看你是官大以后脾气长了，来呀，来呀，今天你不打我，你就不是爷们。"刘大同继续刺激和进。

　　和进、沈雨萱和刘大同三个人是警校同学。刘大同追求过沈雨萱，可是沈雨萱喜欢和进。和进一开始对沈雨萱也有一点意思，但是刘大同让和进帮忙，当一下他和沈雨萱的媒人，而且和进本来也怕别人说闲话，沈雨萱的母亲是警校的副校长，她的父亲是市司法局局长，和进不想让人说他攀高枝。刘大同就不一样了，他的继父是局级领导干部，他们也算是门当户对。沈雨萱不在乎和进的父母都是普通职员，就这样痴心等待着和进。刘大同一看追求沈雨萱没戏，早早地就接受父母之命结婚了，他的岳父是市公安局副局长。和进与洪燕热恋那半年沈雨萱很难过，但她还是坚信和进会改变心意的。也许是注定的缘分，和进与洪燕分手不久，沈雨萱的母亲亲自登门撮合他俩。和进觉得委屈沈雨萱等待了这么多年，便在今年国庆节前结婚了。那时，洪燕默默为他们祝福，她为了躲避情感的压力，为了继续完成长篇小说《放下》，去了云贵高原……

　　和进走出办公室，到分局主管局长那里汇报案件情况，并请求领导处分他。他差一点打了刘大同，是他对不起刘大同，全部是他的错误。分局领导笑了笑，讲道："近期案子多，你们压力大，年轻人一定要冷静。刚才市局领导来电话了，说已经批评他的女婿刘大同了，刘大同没有讲明自己与案件相关人员有亲属关系是不对的，和进副大队长这是在帮助他的女婿呢，这是对的。"

　　和进向刘大同道歉了。刘大同因为有亲属涉及此案，便不再参与调查，他瞪了一眼和进，愤愤地走了，似乎是不接受和进的道歉。和进挺后悔的，大家毕竟是老同学，怎么就不能和刘大同相处好呢？

　　和进回到家里，把和刘大同发生矛盾的事情告诉了妻子沈雨萱。沈雨萱说道："改天请大同来家里吃个饭说开了就好了。"

午夜时分，和进梦见自己被村霸追赶，吓出一身汗，醒了。他悄悄地走出卧室，来到客厅拉开窗帘，望着没有星星的黑暗的天空，几张脸映现在眼前：

脸色煞白的洪燕，她是村花吗？一脸奸笑的罗天勤，他是村霸？侯静静还是穿着白大褂，乳白色的双眼，一副冷酷的面孔。张洁面无表情，她指责和进是不负责任的伪君子，是懦夫。还有一张狰狞的脸，他是谁？A侦探？凶手？外卖员？或是刘大同？仔细看，和进又是一惊，那张脸多么像自己呀！

几声闷雷，一道闪电，下雨了，倾盆大雨冲走了天空中所有的脸。天亮了，雨过天晴。

市作协保卫部部长送来了作协所有男同志的照片。外卖员也按约定时间到了刑警队，他仔细地反复辨认，这些照片里没有一张是他看到的那个人的。头发乌黑的罗天勤主编倒是有几分相像，但是外卖员也不敢肯定。

和进与办案的战友们分析，觉得还得从与罗天勤相关的情况调查。和进又重新布置了工作，因为刘大同回避此案，所以与刘大同一起配合的民警接替了他的工作。

和进又来到市儿童医院找到张洁。他先是询问了《放下》的续写情况，张洁苦笑着说："这部小说其实一开始洪燕就邀请我一起完成，她写前二十章，我写后十二章。可是洪燕习惯了她的自由手法写作，一会儿写后边的结尾，一会儿写中间的过程，所以她讲干脆等完成二十章后给我，我再续写。"张洁还说洪燕每完成一章都会把写好的电子版发给她，以便她阅读，按照洪燕的思路构思下一章内容的续写。所以张洁对洪燕已经完成的各章的故事非常熟悉，她也写了几章的初稿……

中午张洁非要请和进他们在医院门口的快餐店吃午餐，和进也想借此机会和她再聊聊小说《放下》，顺便对案件做进一步调查。

刚吃上一口汉堡的和进接到分局指令：马上赶到市作协，罗天勤在办公室内死亡。

罗天勤趴在办公桌上，安静地闭着双眼。他的办公桌上摆着一份黄焖鸡米饭和一瓶冰红茶。经过法医初步鉴定，罗天勤应该是死于突发性心脏病，无明显他杀痕迹。和进仔细勘察现场，发现罗天勤办公桌的抽屉里放着小说《放下》的打印稿，而且部分章节上有他修改的痕迹以及他对小说的一些意见和建议。和进把稿件取了出来，翻看了几页，告诉技术员带回去。

和进心里还是觉得这件事情有蹊跷。

在和进他们仔细勘察现场的时候，一群人大吵大闹地向楼上跑来，为首的正是罗天勤的妻子侯静静。她闯进现场，抓住和进的衣领，怒骂道："就是你害死我们家老罗的，你要偿命！"

在侯静静无理取闹的时候，紧随其后进来的有刘大同等罗天勤的亲属和追赶过来的保安。和进看到疯疯癫癫的侯静静心生怜悯，摆摆手，制止了正在警告她的在场民警。

"侯主任，您节哀，我们正在调查，会给您一个交代的。"

"我让你偿命，呜呜……"侯静静哭晕了。

刘大同喊着"姨妈，姨妈"，他搀扶起侯静静，瞪了一眼和进，离开了现场。因为他知道再这样闹下去，就够给姨妈定妨碍公务罪和破坏现场罪了，所以他明智地选择了带姨妈离开罗天勤的死亡现场，但他也埋下了对和进的仇恨的种子。

刘大同一直认为自己比和进优秀，可是和进现在是刑侦一大队副大队长了，娶了自己的梦中情人沈雨萱，还害死了自己的表姨父。"这是为什么？"他在心里呐喊。他请求岳父帮忙，可岳父是个倔强的人，批评他要好好向和进学习，把业务水平提升上去。

04

和进又走进了洪燕的长篇小说《放下》的世界里。不过这一次他阅读的是带有罗天勤批注的打印稿。

和进又一次从第一章开始认真阅读。

村花年方十八岁，是全县闻名的漂亮少女，真是沉鱼落雁、闭月羞花。她由内向外散发着少女特有的淡淡清香，看到她的男人就会有一种觉得她冰清玉洁惹人怜的心动，可能古代的西施也不过如此吧。村花向往着城里的白马王子，那是她通过灰姑娘的故事想象出的她的爱情对象。

　　然而，为了一亩地、两头牛，父亲把她许配给了村霸的智障儿子，后来村霸还将村花占为己有。村花怀恨在心，吞服毒药自尽。村霸的儿子疯了，想杀死他的禽兽父亲村霸，结果被村霸夺过菜刀砍断了一只手。至此，村霸仍没有罢手，他继续作恶，变本加厉地祸害乡里，欺男霸女。

　　村花在阴间告状无果，开始复仇行动——她拜厉鬼为师，学的是专门陷害忠良的技艺；她拜吸血鬼为师，学的是如何吮吸人血来颐养容颜；她拜阎王为师，协助阎王爷分管十八层地狱的刑讯工作……

　　这时的村花表面上楚楚动人，可内心已经变得狠毒了。在十八层地狱里的村花已经不是人间的那个村花了，她不分好坏善恶，只要是男人就会被屠杀，在她眼里男人没有一个好东西，都是垂涎她肉身的色狼。

　　村霸终于被黑白无常带来了，村花使用各种酷刑折磨村霸。先是用油锅炸他，之后割断村霸的颈部，吸干村霸的鲜血，再将村霸的骨头碾成粉末，让狂风吹散，吹得无影无踪。

　　为了拯救由善变恶、走火入魔的村花，她去世的母亲向玉帝请旨，从天上到阴间度化村花。在十八层地狱相见的母女俩抱头痛哭。

　　"妈妈，您在哪里？我到阴间后到处找您。"

　　"我在天上。"

　　"那我为什么在地狱？妈妈，你知道我在人间遭受的摧残和冤枉吗？妈妈你知道吗？为了一点彩礼，爸爸把我卖给了村霸的智障儿子，我被村霸强暴，爸爸反倒认为是我勾引的村霸公公！"

　　"女儿，我知道。"

　　"您为什么不惩罚他呢？"

　　"我一开始也来到了地狱，在地狱我认清了自己的前生今世，恩恩怨怨。"

　　"什么是恩恩怨怨？"

　　"女儿，忘记仇恨，唯有放下。"

　　"为什么要放下？"

　　"放下了，就会到天上，到了天上，就会得到福祉。"

…………

村花和母亲的对话是罗天勤用红色笔写的。

和进还是觉得罗天勤的死有些蹊跷，他在想罗天勤为什么要把村花的母亲从天上请到十八层地狱度化村花呢？而且让村花"放下"是唯一的选择吗？罗天勤是在忏悔，还是在救赎自己的灵魂呢？他早就知道自己会死在办公室，死在洪燕死后的第三天吗？都是中午，都有一份黄焖鸡米饭，都是那个外卖员送来的。

村花是洪燕吗？村霸是罗天勤吗？A侦探呢？为什么还没有出现？难道他在等待村花的爱情吗？罗天勤又会怎样修改村花的爱情故事呢？他应该会惧怕这个A侦探吧，毕竟A侦探手中握着枪。

刑科所给出的"10·11"罗天勤意外在办公室死亡案件的结论是：经过勘验现场，确认为突发心脏病导致的死亡。侯静静坚决不认同公安机关给出的罗天勤死亡原因的结论，她到市信访办上访，咬定罗天勤是迫于和进他们给的压力，认为洪燕的死亡和自己有关才选择自尽的。她要求停止和进的工作，要警方调查出害死罗天勤的真正凶手。

和进心想：这一切幕后的操纵者一定是刘大同！

自从和进向领导汇报罗天勤、侯静静与刘大同的亲属关系，并将刘大同调出查办"10·8"洪燕死亡案件专案组后，刘大同就对和进怀恨在心。再加上表姨父罗天勤突然死亡，刘大同就添油加醋地唆使表姨侯静静写实名举报信。侯静静在信中写道："和进是逼死我爱人的凶手。他依仗着其司法局局长的岳父和市局领导'打招呼'，不正当地当上了刑侦一大队副大队长。他玩弄女性洪燕，还想将洪燕的死嫁祸给我爱人，强迫我们夫妇承认我爱人是杀害洪燕的凶手。"

局纪检部门的同志找和进谈话，进行函询调查并说明情况。分局领导很了解和进，表明组织是相信和进的工作能力和觉悟的，让他正确对待此次谈话，不要影响工作。和进打心底里感谢组织的信任，他暗暗下决心，一定要把这两个案件查个水落石出，给大家一个交代。

刘大同知道了市信访办收到表姨实名的举报信件后，不仅没有处理和进，反而继续任用他查案的事情，气得火冒三丈，发誓一定要找到扳倒和进的有力证据，最起码要免去他副大队长的职务，由自己担任此职务，才算胜利。为此，刘大同又开始研究扳倒和进的计策。

和进固执的毛病又犯了。他的直觉告诉自己——洪燕是故意吞食过量的抑制精神类的药物自尽而死，或是不经意吞食药物过量导致的死亡，也有可能是别人在她不知情的情况下给她下药致死。罗天勤每天服用安眠药才能睡着，他的妻子说过，她经常给罗天勤拿安眠药吃，罗天勤平时能控制药量。刑科所的技术员告诉和进，罗天勤体内也有抑制神经系统的药物存在，但是那些药物成分不至于让他死亡。罗天勤和洪燕体内的药物是相似的，难道真的是罗天勤先杀了洪燕，然后自杀吗？和进再一次陷入困境。

和进又约了张洁见面，这次和进是在儿童医院对面的快餐店先点好餐等张洁。和进一见到张洁就会特别想念洪燕，张洁也是，她见到和进的时候流下了眼泪。

"张洁，你好，《放下》写得怎么样了？"

"我现在每天写近一万字，加上之前写的内容，正常的话月底完成。"

和进看着双眼明显红肿，眼白上的血丝像一张破了的网一样，凝视着他的脸的张洁，有些心疼了。

"你也要注意身体，慢慢写。"

"谢谢你，难怪洪燕那么喜欢你，你再多情小心我会动心的，那样你的麻烦就大了！"

"你不是我妹妹嘛，哪能呀！"和进心跳加快，他想尽快转移话题。

"别害怕，我是独身主义者，洪燕也是。你们这些男人就是色大胆小。你怕担责任，对不对？"

"不是！"和进不知道说什么好了。

"算了，洪燕和你刚散没几个月，你就攀高枝了，你呀，太辜负她了。不过你们分手了，我高兴，她又属于我了！"

和进尽量和她讨论小说。张洁笑出了眼泪。"咱们谈的爱情问题就是小说里的故事，没有偏离《放下》里的内容，你不要紧张。"

…………

他们两个人从上午十点在快餐店一直待到下午一点多，还是医院的护士站打来电话，告诉张洁主任要查房了，该回去交接班了，张洁才慌里慌张地从包里拿出一大摞打印稿件给了和进。

"你先看着。"她说完就走了。

和进回到局里，纪检部门的同志正在会议室里等他，原来他今天在快餐店和张洁在一起的照片，被侯静静实名发到了市局纪检的官方举报平台上。这下事情闹大了。和进身正不怕影子斜，他一五一十地把调查案件的经过，以及与张洁交流洪燕的小说《放下》的写作情况，以便推进案件的侦破等，实事求是地向市局纪检部门的同志进行了汇报。分局主管领导也替他解释，说知道和进是因为工作需要单独见张洁的。

市局纪检部门的同志让和进写了情况说明，由分局领导签字。临行前，市局纪检部门的同志嘱咐和进，调查取证还是要有原则，同行人员至少两个，和女同志谈话要有女同志陪同才行。和进接受了纪检部门的同志的批评，表示自己一定注意。

自从洪燕不明不白地死了，和进固执的毛病似乎改了许多，也许是结了婚，成了家的缘故吧。的确，要是放在过去，他又该跟纪检部门的同志抬杠了。

和进心里明白这是刘大同找人跟踪了自己。刘大同这个人就是心胸太狭隘，和进一直想和他好好谈谈，消除老同学之间的误会，希望他们还能像从前一样——一起出现场，一起分析案情，寻找线索。那样多好，即便争吵不休，两个人之间也是有一种真挚的友情存在的。可是现在刘大同唆使表姨一而再，再而三地给自己添堵，和进真的想见面打他几拳，教训他一下。

和进因为与纪检部门的同志谈话，耽误了一些调查工作，他今天原本想找外卖员了解一下情况的。

他回到家，把自己关进书房里，他要认真地阅读洪燕的长篇小说《放下》，加上张洁的续写，罗天勤的批注。

05

村花还有一个妹妹村草，村草自从姐姐死后就想为姐姐报仇雪恨。可是家里实在是太穷了，母亲去世早，是父亲把他们姐弟三人抚养长大的。而弟弟马上要小学毕业了，要去县城读中学，父亲正准备卖掉用姐姐性命换来的老黄牛给弟弟交学费。怎么办？她现在还不能杀死村霸。

村草比村花小一岁，虽然比起村花的长相还是差一些，但是她机灵嘴甜，特别受父亲宠爱，也是村里男青年们追求的目标。村花是美得让你看到一眼就不会忘的，而村草则是你越看越会觉得她应该是你的爱人的。

村草的计划就是征服村霸，但是不让他占有自己的身体，并且达到让他给弟弟交学费的目的。

她找到村霸，一见面就说："姐夫，我姐姐让我来找你，她说她不怪你，是她没有福气当你的情妇或者儿媳妇。不过她还说宁可当你的情妇，也不要当你傻儿子的媳妇，你要是还想着她，她午夜后可以到你房间里找你。"村草几句不着边际的话吓得村霸丢了魂似的，摇着头，摆着手，不知所措。

"村草，我没有杀她，没有，真的没有！"

"对了，我姐让我跟你说，我弟弟到县城读书，学费你出。一日夫妻百日恩，怎么说他也是你的小舅子呀！"

"我出钱，出钱。"村霸就像吃了迷魂药一样，乖乖地给村草拿了一沓子钱。

村草午夜时特意到村花的墓地走了一遭，她告诉村花，请她放心，自己没有被村霸占到便宜，还顺利地把弟弟的学费搞到手了。

和进阅读张洁续写的村草情节后，觉得特别解气。村草用智慧鞭挞村里的不公平现象和恶人，而且还取得了阶段性胜利，他觉得村草的性格有点像张洁。也许作者就是愿意充当小说里的英雄，最起码是一个正义的化身。和进喘了口气，喝了口凉茶继续阅读。

村霸把钱给了村草。过了一天，他清醒了，感觉自己好像被村草愚弄了，他找来村里的地痞流氓要报复村草，让村草把钱还回来。

村霸雇用的地痞流氓跑到村草的家里。

村草的家是全村最破的家了，一间破草房里住着四代人——村草的父亲、祖父、外曾祖父，以及她和弟弟五个人。外曾祖父是村草去世母亲的祖父，一直跟着孙女，孙女死了只好跟着孙女婿，都一百零一岁了，据说人活到一百岁就是神了。家里有一位百岁老人是一种福气，这种福气传递给了村草的弟弟。村草的弟弟村根不仅长相帅气，还是全县闻名的小秀才，上知天文，下知地理。这位十三岁的小神童三岁的时候母亲就去世了，是大姐村花像母亲一样把他养大的。

村根能文能武，能文就不用说了，天文地理一学就会；至于能武，那是一件挺奇怪的事。村根说他做了一个梦，一个白胡子老人夜里给他打通了任督二脉，又教授给他几套少林拳法。他虽然身手不凡，但是外曾祖父告诉他不要轻易暴露自己的武功。村草认为这都是外曾祖父教授的，毕竟外曾祖父曾当过武术教头。

地痞流氓进屋后，看到屋子里除了一个老头、一个乳臭未干的男孩、一屋子破旧的家具之外，什么都没有。村草和祖父上山采药去了，村草的父亲拉着老黄牛种地去了。家里的一老一少正是村根和外曾祖父，几个地痞流氓合计着一把火把草房烧了，回去跟村霸交差，拿钱走人。等村草和她父亲回来，他们一定会去哀求村霸。几个坏蛋刚商量好，还没有动手，就看到十三岁的小男孩村根在草房里来回飞速转了几圈，然后他们就像一阵旋风似的飞出了草房。

丧心病狂的村霸又请来了杀手。杀手趁着夜色，一把火点燃了村草家的草房，幸好村草全家人都逃了出来。可是他们的生活更加困难了，村草的父亲无奈之下又找到了村霸。村霸这一次提出的条件是娶村草做六姨太。村草哭闹了一阵，随后计上心来——自己可以当姨太太，行，但是要给她家盖五间红砖瓦房。村霸满足了村草的要求，给村草家盖了和地主家一样的砖瓦房。迎亲那天，村草不哭了，她微笑着给父亲、祖父、外曾祖父磕了三个响头，并告诉弟弟村根好好读书，家里就指望弟弟了。村草带着她的嫁妆——许多草药……

和进还仔细地阅读了罗天勤在洪燕原稿上批注的文字，其中有他用红色水笔修改的一段情节：村霸真心实意地爱着村花，村花就是嫁给村霸，也不会让美丽的自己被一个智障儿糟蹋了。于是村花说可以和村霸同房，但是村霸要休掉前面五个老婆，一生一世只爱她一人。村霸答应了，但他们同房后村霸又反悔了，原因是村霸大老婆的父亲与县长交好，村霸没有了老丈人作为靠山，他还能是村霸吗？于是，村花吞毒自尽……

十月的天空依旧是暖和的，天倒是亮得晚了一些。和进完全沉浸在《放下》的世界里：村根会武功，村草会中医，现实生活中村根的原型又是谁呢？

和进到了队里安排日常工作。他请示了分管领导，继续侦办"10·8"洪燕死亡案件。

和进他们来到外卖公司，找到了正准备出发的外卖员——小伙子二十多岁，本地人，看上去很精干，机灵、憨厚，身体很棒，走路带风。听外卖公司老板讲，这个小伙子能吃苦，刚从部队复员回来，就喜欢外卖工作，天天在外边跑，自由，还能看风景，看城市的变化。他也喜欢读小说，所以一有作协的单子，他就抢着去送，他想借此机会认识一下大名鼎鼎的罗天勤和洪燕。没承想这两个人全死了，而且他们死之前全是他送的餐，而且点的都是黄焖鸡米饭。外卖公司老板竟然说："真邪乎！"说完他看了一眼和进和几位便衣警官，又迅速解释："口误，就是邪门！"

让和进惊讶的是外卖公司老板告诉他们，外卖员叫"张杰"。这个"张杰"是"杰出"的"杰"，不是儿童医院护士"张洁"的"洁"。

张洁和张杰有关系吗？和进在心里问自己。

外卖员来到和进面前，满脸堆笑，又朝他的老板点点头，说道："和警官，您找我？"

"你叫张杰？"

"哦，您知道？"外卖员有些惊讶地回答。

"你还会武功？"

"会一点。"他瞪大了眼睛更加惊讶地回答道。

和进的问话是出于职业习惯的询问，回答他问话的人也觉得和警察说话，就应该一问一答。最后你还得承认这是你自己说的，要负法律责任，还要按上红指印。

其实这次谈话，和进自己都觉得是看了张洁写的部分故事内容，把小说里虚构的人物在现实生活中对号入座了，他是不是被小说影响了？

"你认识张洁吗？"和进突发奇想地问。

"我是张杰，我能不认识自己吗？和警官，您把我问糊涂了。"

"哦，对不起，我是想问你认识儿童医院的女护士张洁吗？她是一个业余作家，你们的名字的读音是一样的，就是你是'杰出'的'杰'，她是'纯洁'的'洁'。"

外卖员张杰停顿了片刻，接着摇摇头说："不熟。"

和进感觉他在撒谎。不熟就意味着他们认识，但是当着大家的面，和进暂且不问他，待进一步查实再说。

他们同张杰又了解了一下两次送餐，以及此前他给作协其他人员送餐的情况。张杰记得他送餐最多的就是洪燕。洪燕每次都点黄焖鸡米饭，还要超辣的，而且一定会把商家赠送的冰红茶倒在她的水杯里，然后让外卖员带走饮料瓶子。

和进通过阅读洪燕写的小说《放下》，感觉到这里有玄机。而且张洁的续写和罗天勤的批注，让他觉得这部小说是一个真实存在的游戏，只不过需要他完善游戏的规则。村花和村霸，村霸和村草，村花和村草，村根和村花、村草，村根和祖父、外曾祖父，村花、村草、村根和他们的父亲、母亲……和进想揭开这起案件真正的缘由。这就是一起谋杀案，绝不是简单的自尽或者意外的猝死。

和进想，他一定要找张洁再仔细深入地阅读张洁的续写内容。他要找侯静静了解一下，罗天勤到底和洪燕有什么关系，以及他们夫妻和刘大同的关系。他把刘大同和A侦探联系上了，他觉得洪燕写的A侦探不是他，而是刘大同。洪燕认识刘大同吗？那么，他应该是另一个人。他在小说里又是哪一个角色呢？他一阵明白一阵糊涂。

分管领导让和进他们马上归队，又出命案了：刘大同在刑警队技术室里吞食大量安眠药后死亡！

和进赶到现场。他惊呆了，这位警校老同学，在一起搭档了九年的战友，他为什么这么做？他到底是为什么？

刘大同来自单亲家庭，他母亲在他三岁的时候，与他父亲离婚，离婚的原因就是罗天勤。罗天勤先是和刘大同母亲谈恋爱，就在准备登记结婚的时候，罗天勤在刘大同母亲的引荐下认识了她表妹侯静静——一个热爱文学的女青年，尤其崇拜本市著名青年作家罗天勤。罗天勤和侯静静坠入了爱河，已有身孕的刘大同母亲忍受着准新郎罗天勤背叛的痛苦，忍受着自己亲人夺爱之恨，她带着肚子里的刘大同嫁给了一个死了老婆，年纪比她大一轮的领导干部。刘大同的继父对他像对待亲生儿子一样。

那么刘大同知道真相吗？他自杀的原因又是什么呢？只是因为没有提拔他当副大队长吗？和进给了自己答案：不是，绝对不是！这里一定有缘故，他一定要找出凶手！

刘大同的母亲道出了真相。可是罗天勤死前知道喊他表姨父的刘大同是他的亲骨肉吗？刘大同是否知道他的表姨父罗天勤竟是他的生父？

06

和进固执的毛病又犯了，在分管领导办公室里，他就是认为洪燕、罗天勤、刘大同的死应该串并侦查。三名死者不是简单的药物中毒或者自尽，尤其是刘大同的自尽没有任何理由。分局分管领导想着多一事不如少一事，既然刑科所的结论是刘大同死于吞食超量安眠药，那就应该是自尽身亡；罗天勤就是猝死；只有洪燕的胃液里化验出大量的抑制精神类的药物，但也只能怀疑有人下毒，可是法医也说了，不能排除自尽的可能。

和进和领导抬杠，他认为可以从洪燕写的长篇小说《放下》里找出线索，气得分管领导骂他："你简直胡来！"

"警察是干什么的，就是还社会一个真相。"和进不服气地嚷嚷起来，他也不是第一次顶撞领导了。刘大同死于十月二十八日中午，是罗天勤死亡的十七天后。罗天勤的死亡时间是在洪燕死亡的第三天。他们的死亡时间都是中午，死亡地点都是单位。"这难道是巧合吗？"和进问自己，眼下他是没有答案的。

最后还是分管领导妥协了，但是分管领导提出要求，还是以侦查"10·8"洪燕死亡案件为主，同时秘密协查"10·11"罗天勤死亡案件和"10·28"刘大同死亡案件，毕竟后两起案件已经有了结论，他们的家属也认可。分管领导叮嘱和进不要节外生枝。

张洁来了，她把三十余万字的《放下》的完整打印稿给了和进。和进从张洁手中接过沉甸甸的《放下》，他的心揪了一下，他看到满脸憔悴的张洁有一种难以言表的心酸，他想如果自己没有成家，也许会和她谈一场恋爱。此刻的和进有了怜香惜玉的情怀。张洁在短短的二十几天内，完成了近十八万字的小说创作。平均算下来，她每天除了工作，还要写出八千字左右的文字。和进抚摸着厚重的《放下》，他感觉这不仅仅是两位女性作家的文学作品，更是她们对生活的美好愿景，对爱情的渴望和无奈，以及面对亲情、爱情和敌情的复杂挣扎。

和进打心底里敬佩这些作家。和进布置了一些案件侦办工作，然后把自己关在办公室里，开始阅读《放下》。和进的直觉告诉他，案件的线索似乎隐藏在小说里。

村草在和祖父上山采药的时候不慎把脚崴了，祖父年岁已高，要搀扶村草，还要背一些草药，行动艰难。这时候他们正好遇见了B侦探。B侦探古道热肠、侠肝义胆，是县内家喻户晓的神探。在B侦探的帮助下，村草和祖父回到了他们的草房。村根见到祖父和姐姐就把刚才到家里捣乱的地痞流氓的事情说了一遍。村草温柔地搂抱弟弟村根。B侦探了解了一些情况，他答应帮助村草家调查村花的死亡情况，以及村霸在村里欺上瞒下、无恶不作的犯罪事实。可是B侦探当下还有重要案件要查办，他答应村草自己回来后一定会找村霸讨一个说法。

二十年前，村霸他父亲花钱给儿子买了一个村长的职位。村霸当上了一村之长后，一开始还佯装亲民爱民的样子，等他娶了大地主家的千金当了媳妇后便原形毕露。这位村霸的媳妇真的是"千金之身"，肥大的脑袋像一个南瓜，人还没进门但肚子先进来了……村霸开始在外拈花惹草。村霸年轻的时候风流倜傥，加上漂洋过海读过几年的洋书，也算是个留洋学生，在县里是个文化人。因此，他总和别的女人打情骂俏。回到家，他还是畏惧他的肥胖老婆，因为他的大地主老丈人和县长是莫逆之交。

一日，村霸到邻村交流考察，碰上了年轻美貌的村花母亲。村霸见路边没人，顿起歹心。村霸在手下的掩护下，光天化日之下，竟把村花母亲拽进了麦田……村霸当然不知道村花她母亲怀上了村花，因为村霸怕暴露出和村花母亲之事，就把本村的光棍介绍给了村花母亲。村花的外祖父母死得早，村花母亲一直和村花的外曾祖父生活在一起，带着外曾祖父的村花母亲和带着祖父的村花父亲结婚了。这样村霸就可以经常骚扰村花母亲，达到他长期霸占村花母亲的目的，又不会被肥胖老婆发现了。村霸哪里知道村花就是他的亲生女儿呀……

村草嫁给了村霸，村霸达到了霸占村草的目的。就在成亲的那天晚上，喝得烂醉的村霸掀开了新娘子的红盖头后，没有看到新娘村草美丽的脸，他看到的是一个狰狞的骷髅架。村霸当场吓死在洞房里。

村霸肥胖的正房老婆和四个姨太太五个人开始疯抢遗产。村霸的亲戚们也跟着争夺遗产。只有村霸唯一的智障儿子一个劲地笑，他哪里知道他父亲死了就不会回来了。他笑着嚷嚷："爹死了，好呀，没有人跟我抢村花了，村花是我的媳妇了。"他更不知道村花已经死了，而且村花还是他同父异母的妹妹。

同时村霸的家人把村草告到了县长那里，县长不分青红皂白，把村草给关进了大牢。县长还命令B侦探负责调查此案件。A侦探因为在一起谋杀案件中徇私枉法，收受贿赂，被受害人告发了，目前正在接受调查。B侦探跋山涉水，调查取证。村草在大牢里被关了几天，就被县长接到了府上。村草没办法，又当了县长的九姨太，可怜B侦探还在收集证据的路上。村草一家人还住在村霸给盖的大砖瓦房里。村根也考上了理想的大学，这一切都仰仗村草的夫君——县长。村草好像也忘记了B侦探。

和进看到村草的行为有些气愤。村草的原型是张洁吗？张洁不是这样的人呀？难道村草是洪燕吗？和进吸了口凉气。他开始糊涂了，小说毕竟是虚构的文学作品，它怎么能和这三起案件挂钩呢？和进开始怀疑自己的直觉，他又重新梳理了一下小说的所有情节：县长是罗天勤，村花是洪燕还是另外一个人呢？村霸又是谁？村草是张洁吗？A侦探是刘大同还是自己？B侦探是自己还是刘大同？村根是外卖员张杰吗？

和进用冷水洗了洗脸。他对着镜子看着自己，坐下来，静了静心，继续阅读小说。

村花在地狱和母亲相见，村花母亲把自己的遭遇，以及女儿和村霸的父女关系都说了出来。村花爱恨交织，她恨禽兽父亲的所作所为，恨不得食其肉喝其血，方解心头之恨，可血缘这一层关系又如何断绝？

造化弄人，人间人害人！天理在哪里？她告诉母亲，她恨村霸无法无天，逍遥法外；她恨父亲懦弱无能，唯利是图；她恨A侦探糊里糊涂，草菅人命。她问从天庭赶来的母亲怎么消除这"三恨"。

村花母亲拥着村花，任凭泪水流淌。她对村花讲，真正能让生命绽放的不是仇恨，而是"放下"。你放下了，也就从心中升起了慈悲。经历过的都是因果，因果了结了，人自然就会升到天上。

放下过去，也就放下了现在。

唯有放下，才能解脱。

天上——

不一定就是世外桃源。

地狱——

不一定就是万丈深渊。

放下，一切回归自然，方得始终！

…………

和进看到第三十二章的时候惊呆了，他发现张洁只用了几十个字，就结束了这部长篇小说《放下》。

小说的结局是B侦探在调查村霸的累累恶行的时候，发现自己竟是村霸的私生子，他痛苦万分。在返回县城的时候，路遇洪灾，他奋力拯救难民，永远留在了当地。当地为B侦探雕塑了铜像，修建了庙宇，名曰"放下寺"。

放下便是永恒！

和进放下打印稿，在屋里走来走去。看完洪燕写的"三情"和张洁写的"三恨"，和进此时此刻特别想念自己的父母，特别想念妻子沈雨萱。他真的恨不起来刘大同，也不憎恨罗天勤。他问自己："敌情"在哪里？"三恨"又在哪里？

和进看了看窗外，夕阳已落。他给张洁发了一条消息：你好，张洁，晚上七点快餐店见面。

对方很快回复：好的。

和进心想，关于洪燕、罗天勤还有刘大同的案件，她应该是知情的。

和进也给妻子沈雨萱发了一条信息：晚上七点在市儿童医院对面的快餐店见面。

他想起上次领导提醒他见女同志了解情况一定要两个人以上，以免引起误会，再说妻子沈雨萱也是人民警察，正好配合工作。这也是工作纪律，和进作为九年的老刑警，他是知道的，就是有时候会犯固执的毛病，做事情不管不顾的。

和进是提前十分钟到的快餐店。此时妻子沈雨萱早已选好了位置，点好了和进爱吃的汉堡和一杯热奶。和进向妻子沈雨萱讲明了找张洁是为了调查案件情况，让妻子做一个见证。

快餐店的钟声敲响了，十九点整。一个熟悉的身影走来，他是外卖员张杰，不是女护士张洁。和进一点也不惊讶，客气地招呼他坐下来。和进向张杰介绍了自己的妻子，也把张杰介绍给妻子认识。沈雨萱有些迷糊，但是还是热情地和张杰握了手。外卖员真的有些感动，他觉得和进夫妻特别平易近人。

"你吃点什么？"

"随便。"

和进按照自己的口味给张杰点了餐。

07

张杰挺坦诚地讲："和队，我早就想自首了，可是我还有好多事没有处理，正准备明天去找你呢，正巧看到你给二姐发消息，我就回复了。"

"啊！"和进听到张杰喊张洁"二姐"时突然脑袋一片空白。他张大了嘴，一时间不知道问些什么。

张杰苦笑了一声："您别惊讶，听我讲。"

他开始述说。张杰叫洪燕大姐，叫张洁二姐，同时他还叫刘大同大哥。他们四个人是同父异母的姊妹兄弟。洪燕是大姐，洪燕的父母是罗天勤的大学同学。最早罗天勤和洪燕的母亲是恋人，是洪燕现在的父亲横刀夺爱。毕业之后，洪燕的父亲告诉洪燕的母亲，罗天勤和美女讲师好上了。罗天勤的确在大学中文系时就是有名的青年作家了，他才华横溢，温文尔雅，特别受青春女孩们的追捧。信以为真的洪燕母亲选择了洪燕现在的父亲，洪燕的父亲抢先和洪燕的母亲结婚，并且响应当时的号召，到现在的南方某县中学支教。

没承想洪燕又考上了他们的母校，并且博士毕业还进了市作协，进了《小说天地》编辑部，和罗天勤一起工作。洪燕的母亲知道后，当场晕过去了，要求洪燕最起码要调离编辑部工作。洪燕的母亲不敢讲出洪燕的身世，因为她一直瞒着洪燕的父亲。当然，洪燕自己也不知罗天勤是她生父。有一个时期，洪燕的心里对罗天勤的确产生了一种莫名其妙的感情。她想也许是小说看多了、写多了，是一种错觉，直到她遇见和进才真正感受到爱情的幸福，可是他们有缘无分。就在和进与洪燕分手的时候，罗天勤旧病复发，又开始纠缠洪燕，他哪里知道洪燕就是他初恋情人的女儿，就是他和他初恋情人的"种子"呀！

在洪燕失恋的阶段，她似乎也接受了这种婚外恋情。然而，她回家探亲和母亲讲了她与和进恋情的终结，以及她与主编罗天勤的纠缠后，母亲实在是不想发生悲剧，偷偷把她的身世告诉了她。母亲也觉得对不住她的父亲。洪燕对爱情彻底死心了，她找到了张洁倾诉。张洁不仅不惊讶，还同情地把洪燕搂在怀里，说："姐姐。"

张洁母亲的遭遇也是这样。一个喜欢文学的女青年与有妇之夫罗天勤纠缠了一辈子。张洁的母亲一生未嫁，守着张洁，等待爱情的复苏。十年前在张洁母亲去世的前夕，张洁知道了自己的身世。她要报复衣冠禽兽的生父，于是开始进行文学创作，而且在本市文坛取得了不错的成绩。她开始接近罗天勤，罗天勤见到美丽的少女，心就痒痒。他要铤而走险，用他的话讲，爱情没有年龄差别，爱情就是对异性的冲动，可他哪里知道张洁是他的亲骨肉。当然张洁表面和他亲近，实际是在吊罗天勤的胃口，以达到让他和侯静静争吵的目的。果不其然，侯静静醋意大发，今天和洪燕闹，明天和张洁打，后天和其他女人争，搞得罗天勤都不愿意回家。作协领导也是三天两头找他谈话，告诉他再这样下去会被免职，要给他党内处分，甚至开除党籍。罗天勤真的害怕了，老实了一段时间……

洪燕和张洁就这样成了无话不谈的闺密。

张杰的母亲是作协的会计，也是和罗天勤勾搭在一起后，被她在作协保卫部工作的丈夫发现了。该保卫人员因打罗天勤犯了伤害罪，虽说是维护自己的尊严，但是也违法了，进了监狱。不久张杰的母亲怀孕，生子，离婚。张杰就随母亲姓张了，取名张杰。巧合的是，他同父异母的姐姐也叫张洁，这也许就是因果之缘吧。

张洁也是通过作协的传闻，找到了张杰，她利用自己的便捷条件，找到老同学，和张杰秘密做了血液鉴定，结果证明他们就是有血缘关系的姐弟。张杰对罗天勤没有丝毫父子之情，而是恨之入骨，他恨不得亲手宰了罗天勤。他让多少个孩子没有享受到父爱，他让多少个孩子遭别人非议。罗天勤就是利用作家的名号，以《小说天地》编辑部为阵地，利用文学爱好者的崇拜，借机占有女性文友的身体，向男性文友索要财物。

罗天勤和刘大同还有一个难以启齿的秘密，他们是"分桃之恋"。当然刘大同从小就喊罗天勤表姨父。罗天勤和表姨侯静静一生无子无女，所以他们特别宠爱刘大同。刘大同自尽是张杰的"杰作"，其实张杰没有想到他会自尽。张杰把自己、洪燕、张洁，还有刘大同本人和罗天勤的关系告诉他时，原本以为借他报复罗天勤更加方便，而且也不用承担风险，没承想他回去就质问了他母亲。他母亲无奈讲出了实情，刘大同用自尽的方式报复了罗天勤。罗天勤的死或多或少也是张杰的"杰作"。十月十一日中午，罗天勤想起洪燕已经去世三天了，他取出偷偷搞到的洪燕照片，百感交集。于是他点了一份洪燕最爱吃的黄焖鸡米饭，想祭祀一下洪燕。送外卖的张杰见到罗天勤，先是破口大骂，之后就把所有真相告诉了罗天勤。张杰走出罗天勤办公室时甩出一句："你去死吧！"最后，罗天勤真的因突发性心脏病猝死。报应呀！

和进听得心中十分不是滋味。他记得小说《放下》里罗天勤的批注部分——村霸被骷髅新娘吓死那里就留下了一句："报应呀！"

"洪燕的死呢？"和进问。

张杰拿起汉堡，大口大口地吃着，好像很久没有吃饭的饿狼一样，又一口气喝完已经凉了的牛奶，满脸泪水。

"洪燕的死是一个意外，"张杰说，"我们三个人想给无情无义的罗天勤制造一个强奸未遂、杀人未遂的现场，之后把他弄进监狱坐牢，以此来报复他的滔天罪行，没承想却害死了洪燕姐姐。"

洪燕每天中午都要在会议室利用投影欣赏电影。每到这个时候罗天勤就要来凑热闹，借机纠缠洪燕。那天洪燕观看的是《嫌疑人X的献身》。洪燕故意吞服了张洁给她准备的可造成脑昏迷的药物。张洁在医学院学习的专业就是临床药学。因为这个专业冷门，所以就业困难，结果她只能报考儿童医院的护士岗位。

洪燕感觉罗天勤该来了，就把上衣纽扣解开，等罗天勤一到，他就会找借口凑近乎，洪燕再大喊一声："耍流氓！"之后便晕倒，同事们进来便会让罗天勤无地自容。洪燕到医院被抢救，醒过来后，就说是罗天勤要强奸她，她不从，被打晕，不省人事。

结果保洁大姐先进来，罗天勤后进来。罗天勤让保洁大姐报警，他给120打了电话。警察还没来，他就又打了110再次报警，可洪燕再也没有睁开眼睛。至于窗台上的印记，是埋伏好的张杰见有人进来，打开窗户躲到空调室外机上时留下的。洪燕吞服药物过多，导致心脏剧烈跳动，而她本来就有先天性心脏病。就在保洁大姐报警，罗天勤喊人的时候，张杰爬进屋子看了一眼洪燕便走掉了。

张杰伸出双臂说："和队，铐上我吧。"和进站了起来，抚摸张杰的肩膀。

"你看了洪燕和张洁写的小说《放下》了吗？"

"看了，我两个姐姐每完成一章，就会传给我看看，我是她们的第一个读者。也许是因为罗天勤的基因吧，我们几个人都有写小说的天分。"

和进心想，刘大同也是写作人才，在警校的时候他的作文就是全校的范文，这也许就是基因的原因。

"张杰，你觉得小说《放下》里的村霸和县长谁是罗天勤？A侦探和B侦探哪个是我？村花、村草、村根是你们三个吗？"

"哈哈，和队，你真在小说里找线索了？"

"是的。"

"生活就是小说，小说就是生活。我们在小说里，也在小说外。有时是读者，有时是作者。"

"你二姐张洁去哪里了？"

"二姐让我告诉你，在这几起案件里，你们觉得她有罪，就到少林寺附近的尼姑庵抓她去。没有罪，也就算了。她什么都没有带，一个人悄悄走的，她的电话在我这儿，我为她处理一些俗事。"

"好，张杰，现在我们一起到队里，算你自首。"

和进把车钥匙给了妻子沈雨萱，接着和张杰走出了快餐店。

张杰小声讲："和队，我二姐说她喜欢你，下辈子……"

"10·8" "10·11" "10·28" 案件结案。

时光荏苒，和进与沈雨萱的儿子小学毕业了，张杰也早就出狱了，听说他也去了少林寺。这一年，和进已经是分局刑侦支队的队长了，他去河南郑州出差，正好遇上暴风雨，在地铁里救了好多乘客。他进了医院。好多媒体报道了和进舍己救人的事迹。少林寺全体僧人为英雄和进祈福。距离少林寺两公里的一个尼姑庵里，一位尼姑也在为和进祈福。

春去秋来。又过了十年，和进在一次抓捕持枪逃犯的时候，为掩护战友不幸中弹牺牲。和进的儿子和挺进从公安大学毕业，接替父亲和进成为一名刑警。

清明时节，细雨绵绵。沈雨萱带着和挺进扫墓，他们发现和进墓前已经被打扫得干干净净，摆放着鲜花、汉堡、温热的牛奶，以及一本刚出版的长篇小说《放下》——作者署名为花草根。

飘浮在半空中的女人

　　就在打开房门的瞬间，那个杀人犯竟然向他们所在的位置开枪了，"砰""砰"几声枪响，一名侦查员当场中枪牺牲，一名侦查员受重伤，只有毛五和另外一名侦查员躲闪及时没有中枪，随后毛五果断射击，击毙了那个开枪的杀人犯，当场还意外抓获了一个杀人犯的女性同伙。

　　毛五立功了，可当时一名年仅二十三岁的刚参加工作的侦查员牺牲了，他算是功过皆有。这不，他便被调到派出所担任了代理所长。

悬　　案

01

毛五走进办公室，咕咚咕咚地喝了一肚子的白开水。他从早上六点半左右到刚才，水米未进。他刚喘了口气，值班民警就慌慌张张地跑进来说道："毛所，'精门大厦'又出事了。市局转警：有人在精门商贸大厦五十九层的公共卫生间里死亡。"

"快，通知弟兄们，赶紧出现场。"毛五所长戴上警帽就往外跑。

本市精门商贸大厦（一座一百一十八层的塔楼）大厅的钟表指向中午十一点三十分。

毛五到了精门商贸大厦的五十九层，心想："我到派出所上任一个多月了，我的心就一直悬在这个位置上。"

"毛所，是金发广告有限公司总经理焦广书在这一层的公共卫生间里割腕了。人已经死亡。死亡时间应该就在封七月跳楼的时间段内——十点左右。"

毛五听完派出所出警民警的简要汇报，整个人都震惊了，赶紧布置警戒等工作。毛五虽然在警校学习的是现场勘验，也在刑侦支队干过技术员，但也要等分局的刑侦技术员出现场和他们一起实地勘察才能出结果。

"他怎么会自杀呢？为什么选择在公共卫生间自杀呢？他为什么不在自己办公室的卫生间里自杀呢？"毛五想不明白。

在毛五的配合下，分局刑侦部门领导和技术员初步认定焦广书是自己用医用手术刀割腕，导致流血过多而死亡。初步认定属于自杀。毛五在现场也同分局的刑侦技术员一起进行了细致的勘验，他总觉得焦广书不像是自杀，可这只是他的直觉，他拿不出证据。毛五之所以有这种直觉，是因为这个焦广书是他的高中同学，也是他的情敌。

寒风凛冽，雪花飞舞。南京路上车水马龙，人来人往，热闹非凡。温柔的雪花落在脸上融化成水，人们冻僵的脸都红彤彤的，从心尖里钻出一种麻酥酥的感动。元旦已经过去两个多星期了，距离春节还有二十一天，城市开始呈现出节日前夕的繁华与浮躁。

这座城市最迷人、最诱惑、最磅礴的建筑——精门商贸大厦在阴冷的风雪中呈现出原始、复古的美感，令人震撼。这栋建筑是在去年庆祝五一国际劳动节那天正式剪彩开业的。

"扑通"，又有一个男性落地，满地鲜血，尸首分裂。也许是因为这个青年选择跳楼的楼层太高，所以才会出现这种惨烈的场面。

毛五开着鸣响着警笛的警车来到了现场。和上次不同的是，这次毛五是现场的最高指挥。

精门商贸大厦从开业到今天才八个多月，可从这栋塔楼的上空往下跳到水泥地面上的人已经有八个了。八个人中死亡五人，生还三人。不过生还的三个人都成了重度残疾，其中两个截肢了，另外一个摔成了植物人，摔成植物人的青年男子的母亲还在上访——她要告的人是毛五。她说毛五不该救她儿子，她儿子患有抑郁症，儿子要是死了，她也就省心了，现在可好，她还得照顾不死不活的儿子。这弄得毛五哭笑不得，好在市局和分局的领导能够理解他，没有因为此事批评他或者处分他。

今天这个男性死者是毛五在现场指挥却没有救助成功的第一个人，其余跳楼自尽生还的三个人都是毛五到派出所任职后救助成功的。

毛五到南京路派出所担任副所长一个多月了，上级领导昨天才宣布由他主持派出所的工作，担任代理所长，原来的所长调到其他部门任职。

毛五第一天主持全所的工作，就碰上了这样的事件，而且是群众发现跳楼者的尸体后报警的。毛五他们赶来的时候，看到了满地的鲜血、尸骨。这个跳楼者的尸体也是几具尸体中最惨不忍睹的——摔得粉碎，毛五还是第一次看到摔成这个样子的尸体。他带领相关人员处置现场的时候都不禁呕吐。

毛五猛地抬头："喂，你是干什么的？站在那儿干什么？下来，快下来。"他有些神经质地冲着大厦顶部喊着。他隐隐约约地看到，大厦顶部有一个特别小，小得像一只小腻虫的人影。

那是一个女人，毛五觉得自己真真切切地看到了。他疯狂地喊着，跟拼了命一样。围观的人群也全都抬头，惊恐地观察着大厦顶部。这座大厦实在是太高了，一般人是看不清楚大厦顶部的样子的，更别说能看到那里站着一个人，还能看清楚是一个女人了。

现场有一个中学生模样的男孩举起了他自己的望远镜，然后惊恐地嚷道："真的！有一个女的站在那里，她是要往下跳吗？"

毛五有可能是开了天眼的人，毕竟他是第一个发现那里站着一个女人的人。

这个女人是这栋大厦五十一层的康健贸易集团的董事长封七月。她是真的想死了，因为她确认了她花十多年的心血赚的两千万元人民币全部被骗了，她活不了了。封七月已经告发了骗子——精卫成发投资集团董事局主席兼总经理刘成发。公安机关也陆续接到了其他受害人的报案，已经初步掌握了情况：刘成发利用非法集资的手段骗取了三亿多元人民币，目前已有三千多位受害者，封七月是众多受害者中被骗金额最大的一位。他们还是初中同学。

刚才，毛五还准备跟进刘成发案件，这不又接到警情——有跳楼的事件发生。

"毛所，气垫都拿来了。"警员向毛五汇报道。

"好，让咱们的辅警在外圈做好警戒，民警在内圈救人，刚才跳楼的那个人死了，这个人可不能再死了。"毛五麻利、熟练地指挥着。

毛五的话音刚落下，那个女人就从精门商贸大厦的顶部犹如仙女下凡一般跳了下来，幸好稳稳地落在了气垫上。

跳下来的人还真是这栋大厦五十一层的业主封七月。封七月被抬上了救护车，她双眼紧闭，身上穿着浅黄色的防寒服、蓝色的牛仔裤，脚穿一双高筒皮靴，头戴一顶红色的羊绒帽子，看起来特别时尚，不认识她的人会以为她只有二十多岁。

毛五带着民警和辅警疏散了围观群众后，收队回了派出所。

"天哪天。"毛五回到所里的第一句话就是一句京剧道白，他把自己当成了豹子头林冲。他真的很累，从昨天开始主持派出所工作后，他已经有二十四小时没回家了，他感觉自己的心脏一直吊在嗓子眼的位置，也悬在高耸入云的精门商贸大厦上面。

"毛所，'精门大厦'又出事了。市局转警：有人在精门商贸大厦五十九层的公共卫生间里死亡。"值班民警汇报道。

毛五定了定神，来不及多想，便急忙安排警力并亲自带队返回精门商贸大厦。毛五到了现场才知道死者是焦广书——他的老同学、情敌。焦广书死了，这让毛五觉得心中空落落的。

毛五、封芷兰和焦广书是高中同学。后来，毛五考上了警校，封芷兰家里有钱，去了迟国某大学读书。焦广书没有考上任何学校，干脆自己做起了买卖。他先是卖窗帘——主要就是经营百叶窗，给外地一个经销商做总代理，没想到他还真的挣到了第一桶金。后来他又开始卖猪肉，再之后又倒腾起洋货、旧衣服。他赔了又赚，赚了又赔，最后还是封七月帮了他一把——借钱给他，让他开了一个有模有样的广告公司。没想到这几年他还真的发财了，他买下了精门商贸大厦五十九层的一个"金角"，拥有了四百多平方米的办公室，真正成立了他的金发广告有限公司。

有了这么好的条件，他怎么会自杀呢？而且焦广书是有名的花花公子，他怎么舍得去自杀呢？只是可怜了焦广书的父母，白发人送黑发人。毛五真的想不通。

毛五吃了一个面包，喝了几杯茶水，水足饭饱后已经是下午两点半了。他带着内勤人员去了分局，找主管的副局长肖占奎汇报工作，他把今天一大早男性死者就跳楼自尽、封七月被救助成功和焦广书割腕死亡这三件事做了全面的汇报。

据说，跳楼的男性死者是一个瘾君子。他败光家产后，就从他公司的窗户缝隙里钻出来跳楼了，他跳楼后的样子太惨了。现在他的公司还在和物业打官司，认为窗户的缝隙太大，存在安全隐患，派出所正在进行协调。死者家属倒是没有什么意见，就是想让死者的公司给料理一下后事，这件事毛五已经让派出所的管片民警去协调了。就这么巧，他公司的老板焦广书在这一天割腕自杀了。刑侦支队的技术员初步认定焦广书是自杀，现在这家广告公司由一个副总经理经营着。

其实，毛五也到现场查看了窗户缝隙。这座塔楼的窗户设计还是比较科学的，只能向前推开，推开后只有十厘米左右的缝隙，这个吸毒成瘾的男子即便骨瘦如柴，也很难钻出去。可是，调取的监控显示，男性死者就是自己钻出去后一跃坠楼的。也许他会缩骨功……这里有好多细节都让毛五想不通。

分局副局长肖占奎肯定了毛五的工作，也对他提出了新的要求——一定要维护好这座象征着一线城市繁荣与兴盛的精门商贸大厦的治安。之后，毛五他们又去了一趟经侦支队，询问封七月被骗两千万元人民币的案件进展。经侦支队的办案民警告诉毛五，刘成发于今天上午十点，在他的情妇家里被抓捕了，案件正在审理当中。他们让毛五放心，等案件有了新进展就会告诉他。

封七月是一个大美人，就因为她是大美人，所以年轻的时候有很多"雄性蜜蜂"拼了命地围着她，那些人都恨不得一口吃掉这个美人。封七月在有一众追求者的情况下，嫁给了一个外地大学生——丰裕罡，他那时在市粮食局做文职工作。

他们两个人的相识也是天意。

丰裕罡在市第一人民医院住院，动个小手术——切除痔疮。封七月的父亲也一样做了个小手术——切除阑尾。一老一少两个病友聊得特别投机，封七月给父亲送饭、陪护。一来二去她和丰裕罡也熟悉了，她可怜丰裕罡一个人，家又在外地，有的时候就会给丰裕罡带一些饺子、包子。丰裕罡也帮助封七月照顾她的父亲，尤其是不让封七月晚上陪床，他负责晚上照顾封七月的父亲。就这样他们越来越聊得来，封七月的父亲也越来越喜欢这个来自农村，靠自己勤奋拼搏而抓住留在大城市的机会的年轻人。

在封七月父亲和丰裕罡出院的时候，封七月父亲就将她和丰裕罡的婚事定下了，封七月当时很害羞，脸都红了。丰裕罡觉得自己像是在做梦，一个小手术换来了一个大美人，他回家后狠狠地抽了自己两个嘴巴，还对着镜子自言自语："这是真的吗？"

丰裕罡戴着一副白色框的近视眼镜，看起来文文静静的，一看就是受过高等教育的青年，身高有一米八多，高鼻梁，单眼皮，乍一看，真的有点像电影明星。封七月的漂亮程度比起电影里的女明星也不逊色。他们是天生的一对，俊男靓女，让人羡慕至极。

他们结婚的时候，丰裕罡二十七岁，封七月二十五岁，大家都说这是一段天造地设的美好姻缘。而且两个人的姓氏是相同的发音，这又让多少人羡慕、嫉恨啊。封七月的父母笑开了花，丰裕罡那从老家赶来的父母兄妹也都是喜上眉梢。

一年之后，他们的女儿丰芷兰出生了。女儿名字的寓意是纪念他们的姻缘。因为丰裕罡和封七月父亲同时在医院做手术，他们便找了与"痔"和"阑"读音相近的字，然后就有了"丰芷兰"这个名字。这个名字是在铁路公司当火车司机的封七月的父亲给起的，其实丰裕罡是不满意岳父给女儿起的名字的，但是他对老岳父是言听计从，而且封七月觉得这个名字好听，他也就同意了。

在女儿十二岁的时候，他们两个人离婚了，孩子归封七月抚养，封七月便把女儿的姓氏从"丰"改为"封"，反正两个字的发音相同。

离婚的封七月"自由"了。当时社会开始流行跳舞，电影院放电影都没人看了。好多倒闭小工厂的空闲厂房，还有一些过去的菜店，都陆续改成了跳交际舞的场所。一般男同志要交两块钱的门票钱，不过男同志可以带一个女同志入场，女同志是免费的。封七月便自甘堕落，凭借她的美貌与这些中年男子周旋，报复丰裕罡，获得心灵上的满足。她还把正在上小学的封芷兰交给了父母看管。

封七月在跳舞的时候，邂逅了初中同学刘成发。刘成发当时是一个有妇之夫，他也有一个女儿在上小学。两个人在跳舞时聊天，才后知后觉地知道他们的女儿竟然是同班同学。于是，两个人"亲上加亲"，成了无话不说的知己。刘成发搂着封七月的杨柳细腰，回味着年轻时代封七月的娇柔，他竟然流泪了。

　　毛五到经侦支队找到老同学朱学全，了解到刘成发和封七月是认识的，而且焦广书的广告公司是刘成发公司的子公司。也就是说，焦广书是刘成发下属部门的经理，广告公司的真正老板还是刘成发。封七月给刘成发的公司投资也是在帮助焦广书。焦广书是封七月的外甥，也就是封七月远房表姐的儿子，他们虽然没有近亲关系，但是封七月在知道焦广书追求封芷兰后，是坚决不同意焦广书和封芷兰交往的。封七月倒是挺喜欢毛五的，可是封芷兰只当毛五是最好的男闺密，她什么话都愿意对毛五说。她不喜欢警察这个职业，封芷兰觉得警察太讲纪律，也就是死板，听说出门都要提前打报告，出国基本上是不行的，所以封芷兰的心思还是在焦广书那里。焦广书年纪轻轻就有千万资产，而且人长得阳光帅气，他无拘无束，想去哪里都可以。虽然两个人是远房表亲关系，但焦广书向封芷兰表态了，只要芷兰愿意，他们可以当丁克族，不要孩子。毕竟封芷兰是封七月和丰裕罡生的，她比封七月年轻时候的漂亮程度要再加一个"码"，简直就是中国版的"梦露"，他能拥有封芷兰就足够幸福了。

　　毛五是一个看见女孩子就会脸红的人。别看他工作、办案子时劲头十足，指挥若定，但只要见到老同学封芷兰，他就会手足无措，这都是暗恋的心在作怪。

　　毛五在他们这一届高中的同学里算是比较出色的。他警校毕业后就被分配到分局刑警队当侦查员，他和战友们一起破获了许多大案、要案，才工作三年就当上了副大队长，五年之后被提为大队长，工作了八年多就已经是正科级干部了。这么优秀的人真是凤毛麟角，引得好多人羡慕不已，偏偏封芷兰心里觉得毛五只是一般般，这也是毛五的心病。

　　正当毛五职场得意，情场失意的时候，又发生了一件让毛五痛心难过的事。那一次，毛五带领几名侦查员一起抓捕一个在逃杀人犯，在技侦、网安等部门的支持下，他们在一栋居民楼的二楼发现了杀人犯的踪迹，就在打开房门的瞬间，那个杀人犯竟然向他们所在的位置开枪了，"砰""砰"几声枪响，一名侦查员当场中枪牺牲，一名侦查员受重伤，只有毛五和另外一名侦查员躲闪及时没有中枪，随后毛五果断射击，击毙了那个开枪的杀人犯，当场还意外抓获了一个杀人犯的女性同伙。

毛五立功了，可当时一名年仅二十三岁的刚参加工作的侦查员牺牲了，他算是功过皆有。这不，他便被调到派出所担任了代理所长。

02

毛五来到医院看望封七月。封七月见到了代理所长毛五，马上呜呜地哭了起来。

别看封七月已经是五十多岁的人了，但她的美貌仍然令她哭起来都能让人有一种怜香惜玉的感觉。过去她是学校的文艺骨干，能跳舞，会唱歌，还是学校排球队的二传手。她也算得上多面手了，可惜没有赶上好时候。她在初中毕业后就选择了参加工作，顶替了她母亲的位置，在市第六建筑公司当了一名话务员。那时候追求她的大部分人都是同公司的小青年，封七月是看不上他们的，她嫌弃他们文化水平低。就这么巧，她在医院陪护父亲的时候，认识了刚大学毕业的丰裕罡，有了那一段不太幸福的姻缘。谁也说不清楚他们离婚的主要原因，双方父母都表示很遗憾。尤其是封七月的父亲，他想不通为什么丰裕罡会出轨，为什么会不喜欢自己漂亮的女儿封七月了。

毛五安慰封七月："封伯母，您就想开点吧，刘成发已经让我们抓起来了，您放心，我们一定会尽力帮您追回损失的。"

封七月"啊"了一声，立马坐起来了，她眼眶里含着泪水，急切地说："你们把刘成发那个骗子抓起来啦！太谢谢你了，毛五。等芷兰回国，我一定促成你们的婚姻。我一直不同意她和焦广书在一起，不只是因为我们沾亲带故，主要还是焦广书那孩子办事不够稳当，他在外边拈花惹草的。"

"您别说了，我们还是尊重芷兰的意思吧。还有一件事情，您听了别太难过。我的老同学，您提到的远亲焦广书，他今天上午在他公司那层的公共卫生间里割腕自杀了。"毛五借此机会把上午发生的事情向封七月讲了一下。

封七月大声地说道："你说什么！你再说一遍！广书怎么了？"

"他在他公司那层的公共卫生间里割腕自杀了。"毛五有些惋惜地回答。

　　封七月听后不禁恸哭，然后晕死过去。毛五赶紧找来医生进行抢救。毛五原本认为焦广书就是封七月的一个远房外甥，她虽然会难过，但不至于这么悲伤。再者，毛五听封芷兰说过，封七月特别讨厌她的这个外甥，不让封芷兰跟焦广书接触。封七月讲焦广书太花心，在外边有好多相好的女孩子。她就希望封芷兰在迟国毕业后回国和毛五结婚，或者让毛五辞职，他们一起到迟国定居。她还说等焦广书找了别的女孩子结了婚，可以都去迟国定居，大家在一起也有个照应。不过，这只是封七月的想法，毛五可不愿意出国，他的父母、兄弟姊妹都在国内，而且他的外公外婆从小照顾他长大，他怎么也得在国内给两位老人养老。

　　封七月醒过来了，她拽着毛五的双手，询问焦广书的父母是否知道焦广书已经自杀的消息，她要去安慰他们，不管怎么说，焦广书也是她远房表姐的孩子，表姐将孩子托付给了她，她对焦广书就是有照看责任的。封七月非要出院，她要去看一眼焦广书。

　　…………

　　外面的天已经全黑了，毛五又到了经侦支队，他要求讯问一下刘成发。听说刘成发已经被捕了，受骗的群众天天堵在派出所门口，要求警察帮助他们要回他们的资金，派出所的警察也没有好的处理办法，又不敢推到别的部门。这些群众已经堵了好几次市政府大门，而且还天天到精门商贸大厦去堵门、堵路，毛五感觉头都要炸了，他恨不得赶紧回刑侦支队去。毛五觉得还是当一名侦查员好，又体面，工作也单一，没有这些婆婆妈妈的事情，就是破案、出现场、抓捕犯人，他没有想到派出所的工作竟然这么麻烦。

　　在办案区，毛五他们见到了大骗子刘成发，这个男人全身充斥着暴发户、土大款的气息，他的脑门亮得像涂了油一样，梳着大背头，中等肥胖的身材，他那双戴着手铐的手，看起来肉乎乎的，一看就是天天搓麻将的手。

　　毛五看着有些不知所措的刘成发的眼睛问道："刘成发，你非法集资，欺诈受害者的行为交代得怎么样了？"

　　"毛大队长，我早都交代了，我是罪人，我请求公安机关严厉惩罚我。我一开始也是想把生意做大、做好，回报社会，让参与集资的人受益，没承想生意不好做，资金全赔了。我也想跳楼，可是你们把我抓进来了。"刘成发耍赖地说道。

其实，毛五在五年前就和刘成发打过交道。那个时候，毛五刚被提拔为副大队长，他接到特情举报，说刘成发公司的车队有聚众赌博的违法行为。毛五带队前去抓捕，连窝端掉一处特大赌博窝点，这群赌博人员的头目就是精卫成发投资集团旗下一家子公司的车队队长，他在车队休息室的靠里面的几间屋内设立赌场，一般人是发现不了的。

后来，刘成发带着总公司的全班人马，举着锦旗感谢警察一举端掉了这个赌博窝点，抓住了赌博违法人员，为他们精卫成发投资集团清理了害虫。他声称自己什么都不知道，把责任全都推到子公司的一个负责人身上，也就是那个车队的上级主管。他还特别感谢了英勇机智的毛五，说他智擒聚众赌博的犯罪团伙主犯车队队长范某某，真是厉害。

毛五在那个时候就觉得这个刘成发不是什么好东西，搞不好就是他在幕后指挥、运营那个赌博场所，那个车队队长范某某就是一个顶雷的。而且他和市局的某些领导关系很好，经常帮助公安机关解决经费问题，没有充足可靠的证据，动刘成发就是很难的一件事。

"现在告发你的受害者已经有三千多人了，你交代出来的数额远不够你实际集资的数额，我希望你能坦白从宽，自己主动交代清楚。"经侦支队的办案民警说道。

"民警同志，对不起，涉及的金额的确太大了，一时还有疏漏，我一定认认真真地反省，一分不漏地交代，争取宽大处理。"刘成发看似诚恳地交代着他的犯罪事实，其实他是在等待律师来为他辩护。

毛五看时候差不多了，说道："刘成发，我告诉你一件事，不过可能和你的直接关系不大，但是和你的公司还是有些联系的。焦广书割腕自杀了。"

刘成发听到这句话时当场就愣住了，他目不转睛地看着毛五，似乎认为毛五是在欺骗他。足足有十多分钟的时间，他一动不动地坐在那里。

"哇——"刘成发突然号啕大哭起来，"作孽呀！"他拍着大腿，像女人一样地恸哭，在场的其他人都不清楚刘成发恸哭的原因，只能看出来他是发自内心地难过。

过了一会儿，刘成发的情绪又开始转变，他一把鼻涕一把泪地说："我的钱呀，这个小子坑死我了，他可从我这里拿了不少钱呢，我的公司也毁在他的手里了。"

"看你的样子，焦广书死了，你还是挺痛苦的。他毁了你的公司，你骗了这么多人的钱，涉及几亿资金，要都是焦广书指使你的，那你可得说清楚。"毛五逼问着心乱的刘成发。只见刘成发低着头，闭着双眼，好像在有意躲开毛五的眼神，生怕毛五发现他的破绽一样。刘成发没有回答毛五的问题，他开始沉默。

毛五看着刘成发的表演，他没有完全摸透这个老奸巨猾的商人，便转向另一个话题。"刘成发，听说'精门大厦'八十四层闹鬼，你不仅不怕，还以很低的价格收购了那一层楼。有人说是你安排人造谣的。八十四层在建造的时候，有一个农民工的老婆去送饭，不幸掉进正在灌浆的水泥柱子里了，你们当时没有让设备停下来。等到后来停工，你们切割水泥柱子时，也没有发现那个女人的尸体，反正那个女人是失踪了，至今没有找到。前几天那个农民工还来派出所打听他老婆的下落。"

"没有，绝对没有这回事。这都是当时建筑工地的人传播的小道消息，可不是我说的。"刘成发慌忙地解释。

…………

刘成发今年五十岁了，他比封七月小几个月，他们俩从小学到初中都是同学，也可以说是两小无猜，青梅竹马。刘成发上学时是三好学生，学习能力突出，"数理化"的成绩都在九十五分以上，从小学就是"三道杠"的大队长。初中时，他还担任过班长。初中毕业后，他在铁路局当人事科长的父亲坚持让他去上班，将他安排在机务段，当了一名机务段安全员。刘成发参加工作后兢兢业业，他嘴甜腿勤，又上夜校学习，取得了大专学历，加上他的当人事科长的父亲，短短十年的工夫，他就是机务段的副段长了，是正科级干部。大家都说刘成发很快就会赶上他的父亲，最起码能当个正处级的干部。

初中的时候，刘成发就迷恋上了封七月，可封七月的父亲不太喜欢他。主要原因是封七月的父亲与刘成发的父亲有过节，其次是因为刘成发油腔滑调,心眼太多。可是封七月对刘成发还是有好感的,刘成发的长相属于硬朗型,而且他干什么都特别认真,所以他们两个人偷偷地在一起了。刘成发的父亲刘科长也不看好这门亲事,他觉得娶这个火车司机的独生女,自己的儿子将来还不得成了倒插门的女婿?他早就看上了他们科的干部——铁路局副局长的女儿阚佳仁,阚佳仁比刘成发小两岁,稳重大方,最关键的是阚佳仁的爸爸是铁路局的领导,将来绝对能够提携女婿。

就这样,刘成发这个"陈世美"听从了父亲的安排,很快就和阚佳仁结婚了,气得封七月真想和刘成发、阚佳仁同归于尽。封七月的父亲因此大骂刘成发父子攀高枝,是不择手段的伪君子……这件事气得封七月的父亲阑尾炎发作,直接住进了医院,从而认识了那个外乡青年丰裕罡。

改革开放的浪潮把刘成发这个有上进心的年轻干部推向了市场经济的大海之中。刘成发原本想在铁路局干一辈子,争取退休前当个处长或者副局长。他甚至有可能当上局里的"一把手"。可是市场经济太诱人了,他的岳父也支持他经商,所以刘成发先是在职期间承包了铁路的三产企业——一家餐饮服务公司,主要业务是供应火车上的盒饭。这第一桶金足足实实地让刘成发成了万元户,之后他就辞职,开始自己创业了。

刘成发从给火车站的各趟列车配送盒饭,到后来承包列车餐厅,承包改建火车站广场的铁路列车员的宿舍项目,再后来还承包了修铁路的工程。在他岳父的扶持下,基本上有关铁路的生意都有他的公司的影子。进入二十一世纪后,他已经拥有设立多家子公司的精卫成发投资集团了。

刘成发始终没有忘记老同学封七月,尤其在封七月离婚后,他更是无微不至地关怀封七月,甚至连封七月的康健公司都是在刘成发的扶持下发展壮大的。

…………

毛五走出经侦支队的办案区,向经侦支队一起来的民警及相关人员表达谢意,请他们一旦有刘成发的新消息就通知派出所,双方做好沟通配合工作。

回到所里,毛五筋疲力尽,他打电话告诉父母今天还是不能回家,然后又吃了一桶泡面。他看着窗外的精门商贸大厦,感慨万千:城市越来越大,马路越来越宽，人也越来越多，即使有那么多信息化的手段，一件一件的案子也还是那么扑朔迷离。

毛五看着上午接待群众上访的案卷。他一直捉摸不透那个在精门商贸大厦建设时期掉进正灌浆的水泥柱子里失踪的外乡妇女葛辉青的事情，他回忆起报案人葛辉青的丈夫牛湘东每次来派出所时的不安的眼神。他总想问个明白，可是到派出所一个多月了，他一直没有空闲的时间，就连他三姨给他介绍的人民医院的女外科大夫，他都没有时间约人家见面。

外边也有传言，说毛五是在等封芷兰回国。封七月是老板，封芷兰的亲生父亲也是大款，毛五可能还要入赘，去迟国定居呢。反正他家有三个孩子，走一个，还有两个能照顾家里的父母。

毛五虽然心里一直装着封芷兰，但是他又觉得像封芷兰家这样的富裕人家有点像过去的资本家，他是一名共产党员，人民警察，两个人真的是有一些不合适。去年，他因为工作和市局政治部的女民警郝菲有些接触，彼此留下了美好的印象，但他们的相处还处于保密阶段。

毛五躺在办公室里的床上，望着窗户上的冰花，想着封芷兰和焦广书，想着封七月、刘成发和丰裕罡，还有葛辉青、牛湘东和精门商贸大厦。想着他在刑侦支队时那位牺牲时年仅二十三岁的战友，想着想着他流泪了。

毛五进入了梦乡，梦里他和郝菲牵手了。

03

毛五睁开了眼睛，大雪过后空气特别清新，他推开窗户，远处的精门商贸大厦看起来格外耀眼。毛五决定亲自到大厦的八十四层，看看究竟有什么女鬼在那里作怪。

毛五独自一人进入了精门商贸大厦，一个多月了，这座大厦的保安人员、一楼的咨询服务员都认识了这位年轻的派出所所长，他们都客气地和毛五打招呼。毛五告诉电梯服务员自己要到八十四层看看，吓得那个电梯服务员都不敢说话。

"没听清楚吗？去八十四层，警察办案，勘察现场，你要是害怕就不用跟着，我到八十四层后你下楼就行。"毛五用命令的口吻对电梯服务员讲。

"不是，刘总说过，没有他的批准，谁都不能上八十四层。"这个电梯服务员有些害怕地说。

"什么狗屁刘总，他都让公安机关抓起来了，警察办案你听不懂吗？"毛五有些不耐烦了，直接掏出了警官证。

这下电梯服务员更害怕了，慌忙说道："毛所长，我认识您，您不用拿证件，我给您按到八十四层，电梯卡给您，您自己上去，对不起了。"

那个电梯服务员慌忙地跑出了电梯，这时又陆续上来几个员工模样的人。电梯关闭，那几个去别的楼层的男女，看到有人按八十四层，都用异样的眼神看着眼前这位大胆的年轻人。

毛五走出了电梯，楼道的灯光自然地亮了，这里灯火通明，富丽堂皇。这一层用的都是金色的烤漆大门，造型气派，整体装修风格很现代，哪有一点"鬼"的影子？因为精门商贸大厦为塔楼形状，中间是六部电梯，电梯周围被房子围绕，毛五仔细地在八十四层走了一圈，他数了数，这一层一共有八个大门，也就是有八套不同的房子。毛五因为没有门卡钥匙，无法进入房屋内部。再者说了，毛五心里也很清楚，他想深入调查取证的话得先请示上级，然后带着搜查证来这里调查。这一次他是出于对鬼怪传闻的好奇，毕竟这里是他们派出所分管的地段，他这个侦查员出身的年轻警官非要看一看"鬼"到底长什么样子；是不是传说中牛湘东的老婆葛辉青。

毛五走出电梯，一楼好多双眼睛惊讶地看着他。毛五把电梯卡交给了服务员，说道："鬼在哪里呢？以后不要听小道传闻。"毛五大摇大摆地走出了精门商贸大厦。

毛五从派出所出来，到精门商贸大厦打一个来回，也就一个多小时的时间，他刚进派出所大门，内勤就扯住了他。"毛所，你可回来了，局长都急了，你再不回来，他就让督察队抓你去了。"毛五急忙跑向会议室，跑得上气不接下气。到会议室后，他向分局叶局长敬礼。叶局长看到毛五的样子，反而笑了，并说道："你小子出门不带手机，也不和值班的民警说一声，你准是一个人摸情况去了。我说，你小子就不能给我消停点吗？不捅娄子你难受吗？"

"没有，叶局，我就是在周围溜达溜达，忘了带手机了。您批评得对，我一定改正。您来一定有任务交给我吧，是让我回刑警队吗？"毛五试探地问。

"你小子想得美，还想回刑警队，你在派出所给我好好锻炼吧。你把近期'精门大厦'的案件情况都给我搞清楚。现在因为刘成发非法集资，受害的老百姓都上访到首都了，上级领导批示，让咱们给老百姓一个交代，这件事由你们所具体负责，一定要接待好上访群众，而且要留意那些别有用心的人浑水摸鱼。"叶局长停顿了片刻，点燃了一支烟，"还有'精门大厦'的治安管理问题。你们要有一套具体的管理、应对措施，不能总有跳楼、造谣的事情发生，不能让大厦八十四层闹鬼的事件再发生了。还有十九天就过年了，你们一定要做好工作，至于'1·19'焦广书案件，市局刑科所的鉴定下来了，已经确认为自杀了，你知道就行了，你手不要伸得太长。另外，你还要配合经侦支队，做好'1·15'刘成发非法集资案件的调查取证工作，这件事的影响太大了。"

毛五把刚才去精门商贸大厦八十四层发现的情况向叶局长进行了汇报，并把他的一些想法向这位老领导说明。叶局长语重心长地交代毛五，让他注意安全，先从外围了解情况，有了确凿证据后再进一步取证。

送走了叶局长，毛五召集了全所民警开会，传达了叶局长的要求，部署了下一步工作。

"毛所，牛湘东又来找他老婆了。"值班民警向毛五汇报。

"把他请到会议室。"毛五回答道。他也正想当面了解一下关于葛辉青失踪的情况。

牛湘东，中等偏下的个子，小眼睛，单眼皮，黑黝黝的粗糙皮肤，一看就是长期在室外作业的年轻壮汉。他刚见到毛五，就"扑通"一声跪下了。"毛所长，我听说过您的大名，您专门给我们老百姓破大案，能替我们申冤做主。"牛湘东的举动把毛五弄得有点激动，毛五赶忙上前搀扶起牛湘东，深情地说："牛大哥，你放心，我们一定帮你找到你的老婆，这是我们的责任。"

由于家里的长辈们是同乡同村的老邻居，牛湘东和葛辉青从小时候就认识，初中毕业后，由于家里贫穷，他们都没有继续读书。十多年前，他们一起来到了本市打工，后来恋爱结婚，有了一双儿女，孩子们现在寄养在老家的外公外婆家。

牛湘东脑子聪明，在一个民工队当学徒，后来自学电焊知识，考取了技师证后，就在精卫成发投资集团下属的建筑公司做了电焊工，工资很高。葛辉青一开始是民工队的打杂工，后来经老乡推荐到了精卫成发投资集团当了一名保洁员。葛辉青长相俊美，有着湘妹子的泼辣劲，身材略显丰满，看上去一点都不像两个孩子的妈妈，最多像刚结婚的新媳妇。所以，葛辉青被专门分配到总经理刘成发的办公室做保洁。

毛五和牛湘东一直交流到中午，他初步了解了葛辉青失踪事件的一些情况。到了午饭时间，毛五还让内勤人员打了饭菜送上来，他和牛湘东又唠了一些家常，这让牛湘东感受到了人民警察为人民的真诚。分开前，毛五紧紧握住牛湘东的双手，让他放心，说民警们一定会把他爱人葛辉青失踪的事情调查清楚。

毛五送走牛湘东后，已经是下午一点半了。毛五刚走入派出所值班大厅，就听到几个老民警小声议论。

"听说新来的这位头儿，是因为犯了点错，下放了。"

"今天一大早他一个人上'鬼'层了。"

"这有什么了不起的，大白天谁不敢上啊？有本事半夜一个人去啊。瞧把他能的。"

当毛五出现在他们面前时，讨论声戛然而止。毛五伸出大拇指，似乎是给他们点了一个赞，然后面色严肃地回到办公室。几个老民警有点捉摸不透这位刚上任一个月的代理所长的表情，他们不知道毛五到底有没有听到他们的对话。

"坏了，这小子别再给咱们'小鞋'穿……"他们惴惴不安地忙活各自的工作去了。

毛五回到办公室，觉得那几个民警说的也有道理，"鬼"一般都是夜间出来的。一个大胆的计划在他的脑海里成形了。

毛五打电话联系了封七月，问她是否在公司，方便的话自己就过去看看她，自己到派出所一个多月了，还没有主动去她家里看望她，实在是不好意思。毛五的话让封七月非常感动。

下午两点三十分，毛五独自一人走向精门商贸大厦。他没想到封七月已经在一楼的电梯口等自己了。毛五提着两盒礼物，急走两步，上前说道："伯母，您怎么还下楼了？我早就应该来看您了，更何况我还调到这边的派出所了。""哎哟，毛五呀，你能来看我，我就心满意足了，还买什么东西呀。快，我要是不来接你，你上楼就会很麻烦，不光要登记，物业还会跟你一起上来，真的麻烦。"封七月客气地解释着。他们一起进入电梯，她用磁卡钥匙刷了一下，按了五十一层的电梯按键。

据说，封七月购买精门商贸大厦的五十一层的房子是她根据自己五十一岁的年纪选择的。这一层一共是十四套房子，她购买了其中的三套作为康健公司总部的办公区，而她的总经理办公室在5112室，也是根据她的生日一月十二日这一天选择的。封七月很用心地打造了自己的事业。

精门商贸大厦的五十一层和毛五今天一大早到的八十四层的布局有所不同，因为这座大厦是塔楼，所以楼层越高，房子的数量就越少，面积也相对变小。

04

毛五跟随封七月出了电梯，进入这样的高端大厦就好像进入了天堂，楼道里装饰华丽，光彩夺目。毛五心想，用灿烂、辉煌这样的词语夸赞这里一点也不为过。

封七月打开了富贵气派的铜质大门，请毛五进去。毛五进入封七月的办公室后眼前又是一亮，他还真没有见过这么豪华的办公室。这是一个复式房间，楼上、楼下的面积加起来得有四百多平方米，楼下摆放着一套老板桌椅，椅子背后是一幅巨大的万里长城的油画。楼下还放着一套大沙发，算是接待区，她的这个房间也是传说中的空中别墅。

毛五他们刚落座，就看到楼梯处走下来一个绝美佳人。毛五站了起来，脸"唰"的一下就红了，他既惊恐又惊奇，还有一些感动。因为下来的人正是他一直暗恋着的封芷兰。

封芷兰和毛五同年同月出生，她比毛五晚出生二十一天。称封芷兰是绝美佳人一点都不过分，她身段均匀，该丰满的地方丰满，该纤细的地方纤细。她一身时尚的装束，款款而来，毛五以为自己进入了梦境。"芷兰，你回来了。"毛五的声音有些颤抖，他真恨不得立刻把封芷兰紧紧地抱在怀里，再也不让她走了。此时此刻，他甚至忘记了自己是来做什么事情的。封芷兰的眼眶中噙着一汪亮晶晶的泪水，她见到毛五就像见到久别重逢的恋人一样。她站到毛五身旁，等待毛五的拥抱。毕竟两个人就算只是老同学的关系，在重逢的时候也是可以拥抱一下的。但是，毛五还是控制住了自己，他只和封芷兰握了握手。毛五感觉自己好像全身麻木了，这是他第一次握住如此细腻、柔软的异性的手。封芷兰也像是在看电影一样，直愣愣地看着毛五与自己握手。

还是封七月打破了此刻的僵局。"你们两个老同学也有好几年没见面了，坐下来好好聊聊天呀，别愣着，你们都是快三十岁的人了，还害羞呀？晚上咱们一起吃个饭，也算是给我闺女接风啦。"她一边说话一边给两个年轻人沏茶。然后，封七月又点了一桌子菜肴，既是为女儿回国接风，又是为感谢毛五的救命之恩。

毛五向分局领导报备了今天要与老同学喝酒的事情，同时还向派出所政委说明了今天的情况，让政委帮忙盯着工作。毛五今夜要与封芷兰推杯换盏，一醉方休。

酒后回家的毛五失眠了，也许是因为一天的劳累，也许是因为再次见到暗恋已久的封芷兰。今天，毛五在看到封芷兰的时候，他突然憧憬了很多很美好的未来，他觉得自己有些醉了。这一夜很安静，他躺在家里，感觉舒服多了。

天亮了，所里的值班民警打电话告诉他，昨天一夜正常，没有警情，但是刚才有一个走失人口的报案。毛五瞬间清醒过来。"天哪天。"他大喊一声，急忙起床，同时还埋怨父母没有早点叫醒他。他穿好厚厚的衣服，都没有与父母打声招呼就跑出了家门。

毛五心想，自己应该在昨天夜里再去一趟精门商贸大厦八十四层，看看到底午夜之后是否有"鬼"出没的。可是昨天他被封七月母女给灌醉了，连自己是怎么回家的都没有印象了，就像被催眠了一样。他懊恼自己贪杯误事。

距离春节还有十八天，怎么才能找到牛湘东的妻子呢？焦广书在公共卫生间自杀的可能性有多大呢？刘成发诈骗了三亿多，钱都去哪里了呢？封芷兰以后还出国吗？封七月被骗的两千万怎么才能追讨回来呢？毛五心中不停地琢磨这些事情。他一边蹬着共享单车，一边唱着京剧《战太平》："叹英雄失势入罗网……"

毛五到了分局大院，径直去找分局领导申请进入精门贸易大厦八十四层深入调查，他倒是要看看，是什么"鬼"能把整个大厦搅得鸡犬不宁。现在连投资商一听到精门商贸大厦，都会觉得后背冒凉气。还有传言说，从大厦跳楼自尽的人都是被冤死鬼诅咒的，没死的那几个是因为被鬼"附体"了，要在人间经受惩罚……

分局领导批准了毛五的申请，但是要求毛五不能一个人擅自行动，去精门商贸大厦时一定要再带上一名所里的民警，到时候也好有个照应。

"是，请局长放心。"毛五立即站立起来向领导敬礼。

毛五回到所里，召集了部分民警开会并布置工作，随后他同内勤民警一起去调查了解封七月的前任丈夫丰裕罡。

丰裕罡之前在市粮食局担任三产总经理，后来他完全承包了这家快要倒闭的企业，变成了占百分之七十股份的企业总经理。另外百分之三十的股份据说是刘成发的，后来他们因为封七月的事情闹翻了。封七月从中协调，拿出两千万元人民币入股刘成发的公司。刘成发把那百分之三十的股份转给封芷兰，这样丰谷食品有限公司就是丰裕罡和女儿封芷兰的了。也就是说，封芷兰是这家公司的董事。

毛五了解到这个事情后也是惊讶不已，而且他们还发现丰裕罡在迟国有一个分公司。毛五心想：那一定是丰裕罡留给封芷兰的嫁妆。

毛五想了想，便决定和丰裕罡当面谈一谈。丰谷食品有限公司坐落在东郊区，那里紧靠市区，公共交通建设很完善。毛五见到丰裕罡后，发现已过知天命之年的丰裕罡非常成熟稳重，眉宇之间带着智慧，早已经褪去了当初农村大学生的土气样子。丰裕罡彬彬有礼地接待了毛五。

"毛所长，我闺女芷兰经常提起你这个老同学，她说你是警界的英雄人物呢。我家芷兰回国了，你们见面了吗？"

"丰总好，芷兰说得夸张了。看来您也是知道我要来找您了，那我就开门见山了。"毛五机智地回答。

"您认识刘成发吧？"毛五问。

丰裕罡面带愠怒地说："刘成发那个混蛋，扒了皮我也认识他，要不是他，我和封七月还不会离婚，封七月也不至于跳楼，我闺女也不会还没有读完博士就跑回来了。"丰裕罡的几个"不"说得咬牙切齿。

原来在封芷兰七岁的时候，丰裕罡便不甘心在办公室里当副主任——整天写材料，办文办会，还得接受领导的批评。尽管丰裕罡嘴甜，相对受到领导的重视，但是日子久了，正主任对他还是心有防备的，于是他找到局长要求调去新成立的三产公司工作。丰裕罡对于经营生意还是个门外汉，于是封七月就让她的老同学刘成发前来相助，丰裕罡和刘成发就成了哥们。刘成发的确在经营方面帮助了丰裕罡，使得丰裕罡的三产企业取得了极高的效益，丰裕罡也因此得到了粮食局领导的肯定。后来粮食局改制，丰裕罡借此机会"下海"，成立了丰谷食品有限公司，并且邀请刘成发入手百分之三十的股份，以股东的身份在年底分红。

这对好哥们患难与共，但是在共享受、共发财的时候发生了矛盾。主要原因还是刘成发使坏。刘成发经常带着丰裕罡以宴请客户为由，一起去歌厅、夜总会、洗浴中心或者酒吧等娱乐场所，他经常把丰裕罡灌醉，然后让女秘书……仪表堂堂的丰裕罡鬼迷心窍，后来竟然出轨了。

刘成发借机用丰裕罡的风流事刺激他一直暗恋着的封七月。封七月得知丰裕罡在外边偷情，便在家里大吵大闹，令丰裕罡渐渐有家难归。脾气倔强的封七月提出了离婚，这一年封芷兰十二岁，刚上小学六年级。封七月在刘成发的帮助下开了一个礼品公司，公司经营得一天比一天好。其实，是丰裕罡暗地里一直帮衬她，她的康健公司才能成功上市。没承想刘成发竟然诈骗了封七月两千万元人民币，害得封七月要跳楼自杀。亏得毛五及时营救，封七月才免遭此难。

远在迟国读博士的封芷兰听到母亲的事后，立即飞回国内，她和丰裕罡都劝封七月不要想不开。再加上毛五在医院的劝说，封七月已经好了许多。

"据说，刘成发那百分之三十的股份已经转给了您女儿，他还算仗义。"毛五直截了当地说。

"别提那百分之三十的股份了，那就是干股，是我当时孝敬他那个在铁路局当局长的岳父，拜托他转交的。再说了，他坑了封七月那么多钱，那百分之三十的股份现在也没有多少了，我的丰谷公司也面临着倒闭的局面。"丰裕罡有气无力地解释。

"毛所长，您不知道，这几年刘成发没少借用他岳父的名义在外赚钱。他的老婆和两个女儿，人都在国外了，他就是想把在国内挣的钱转移到国外去，然后再借机溜掉，你们可千万不能放了他。"丰裕罡激动地说。

…………

毛五在返回派出所的路上思考了一下这几天发生的事以及关联人的情况：

精门商贸大厦。

封七月、丰裕罡、封芷兰（十二岁以前的名字为丰芷兰）。

刘成发（妻子和两个女儿在国外）。

焦广书死在精门商贸大厦五十九层的公共卫生间里。

牛湘东和他失踪的妻子葛辉青。

精门商贸大厦八十四层的女鬼。

九个跳楼的人，死亡五人，生还四人。死亡的五人是两女三男——两个瘾君子欠下亲朋百万元的欠款，一对男女殉情，还有一名女子患抑郁症多年，跳楼自尽。生还的四人是一女三男，最终被救下没有大碍的只有封七月，她跳下来的时候被风吹晕了，整个人还是稳稳地落在了摆放好的气垫上。另外三个男性中一个精神病患者成了植物人，还有两个都是被刘成发骗走资金的受害人，他们都是重度残疾，据说还在昏迷中。

毛五安排两名老民警着便装前去了解那两个因参与刘成发的集资被骗而跳楼致残的当事人的相关情况。

最让毛五头疼的事情是女鬼和葛辉青是否有联系。另外，好多事件似乎和刘成发有联系，和精门商贸大厦有着密切关联。

毛五下定决心，准备今晚独自一人去精门商贸大厦的八十四层探个究竟。他找到了精门商贸大厦物业的保安部长，晓之以理，动之以情，用公安人员特有的法律知识和工作手段说服了对方。保安部长同意在绝对保密的前提下，把八十四层的电梯卡给毛五，而且他还要求协助毛五到八十四层"破案"，被毛五拒绝了。

…………

毛五的手机又响了，是封芷兰的电话。

"毛五，你在所里吗？我想见你。"温柔的封芷兰总能让毛五心动。

"你别来所里了，影响不好。我们到'精门大厦'对面的咖啡厅见面好吗？"毛五解释说。

"有什么影响？我就想看看老同学的办公室不行吗？我又不是间谍。"

毛五最受不了的就是封芷兰温柔的、撒娇式的声音。"好吧，你来吧。"毛五答应了，但还是警惕地收起了办公室的一些文件，然后通知值班民警，将封芷兰领到办公室来。

封芷兰穿着洁白的棉衣，浅蓝色的牛仔裤，棕色高筒皮靴，再配上那乌黑的披肩发，哪个男人看了能不为之心动呢？连女人看了也是要嫉妒地瞥一眼的。毛五把沏好的茶水送到封芷兰面前，他的脸已经不红了，他似乎少了那种青春期时面对这个暗恋的美人的激动，他现在感觉警校的同学郝菲似乎更实际一些。

"芷兰，喝水，你是越来越漂亮了，什么衣服穿在你身上都是那么好看。"

"毛五，你当了大所长，讲话水平也高了呀。和我说话也不会脸红了，你更会讨女孩子喜欢了，怎么样？有女朋友了吗？那天我妈在场，我也就没有问你。"封芷兰满含醋意地说。

"老同学，这怎么说呢，没有结婚就是自由的，是不是？"毛五侧面回答了她。

"芷兰，你怎么样？广书没了，你要节哀，毕竟我们同学一场，他也一直在追求你。"毛五有些低沉地说。

"你多想了。对于广书的死，我是很痛心，同学一场，我们三个人又那么要好。我知道他一直在追求我。那你呢？你心里就没有我吗？"封芷兰直接挑明了。

毛五愣了一下，他不知道怎么回事，在面对自己朝思暮想的女人，可以迈出那一步的时候，他反而没有了主意。此时，他满脑子都是郝菲的泼辣、直率，以及她像野小子一样的短发。她走起路来端着肩膀，那双美丽的大眼睛特别迷人，否则谁能知道她是一个女人呢。毛五心里有一些想念她，自己离开刑警队后只和郝菲通了一次电话。

"毛五，你怎么啦？你想谁呢？都不回答我了。"女人在情感上的直觉总是那么准。

傍晚，毛五请封芷兰吃了一顿快餐，这也是毛五在高中时代最大的奢想——和暗恋的封芷兰在一起吃快餐。他真的有一种如愿以偿的感觉。毛五和封芷兰一起回忆过去：回忆和焦广书的"决斗"，回忆那个年代的美好，不敢面对的初恋，还有产生三角恋的畸形心理……

毛五感到奇怪的是，封芷兰对焦广书的死只字不提，她只是应付着提了提她对焦广书的死的疑惑。她既不顺着自己的话提出疑问，也没有悲伤、怀念的情绪，她似乎在有意识地逃避焦广书这三个字。

毛五不提及郝菲，也不暗示自己对封芷兰的情感是否如初，连他自己都不敢肯定他是否还爱着眼前这个美丽的女人。如今他看到封芷兰，心里就惦念起郝菲，这种奇怪的想法是移情别恋吗？毛五不敢想下去。

05

已经是深夜十点多了，外边起风了，封芷兰告诉毛五自己今天晚上和母亲就住在公司——精门商贸大厦五十一层。

毛五把封芷兰送到大厦的门口就告辞了。封芷兰似乎还有许多话没有表达，她像在等待毛五的表白。可情敌死了之后，毛五对封芷兰反倒没有了那种喜欢的感觉。

毛五在大厦的周围徘徊，他思考着等下到了八十四层是否会遇到女鬼，是否会像传说的那样——午夜之后有女子的哭声响起。他起了一身鸡皮疙瘩，他摸到了兜里的一支中性笔，这是他独闯八十四层的唯一武器。

毛五将黑色棒球帽的帽檐压得很低，把防寒服的领子立了起来，双手插进口袋，左手紧紧握住中性笔，按了电梯八十四层的按键。

毛五走出电梯，楼道里黑压压的，与昨天白天大不相同，现在这里除了黑还是黑。毛五侧着身子，慢慢移动着脚步。

"呜呜——"低声的女子哀号声从毛五的身后传来，而且哀号的声音越来越小。毛五转身看去，还是黑压压的一片，毛五真想大吼一声："是人是鬼，你给我出来！"然而他的喉咙似乎无法发声了。突然，低沉的女子哀号的声音停止了，楼道的灯光亮起，毛五真的感到毛骨悚然，黑压压的现场他能警惕地前行，现在他倒是有些手足无措了。一个身穿粉色睡衣的女子从8404号房间里走了出来，毛五大吃一惊，因为这个走到毛五眼前的女子不是别人，正是封七月。

"毛所长？大侄子，你来这里干吗？"封七月的出现，不仅令毛五惊呆了，而且让他的内心有了一种身在地狱的感觉。他脑袋麻木了，平日里的机智在这个魅力十足，充满异性诱惑的女人面前都消失了。

毛五晕倒在地。

毛五醒了，他慢慢睁开了眼睛，发现四周有无数双眼睛正盯着他，他慢慢坐了起来，他还不知道发生了什么事情。这时派出所的民警出现了，民警看到所长的样子也是不知所措，只是赶紧扶起毛五，返回了派出所。

分局领导来了，政治处主任也来了。派出所的会议室里，毛五直勾勾地看着领导。分局领导下令："毛所长近期太累了，送他去医院。"就这样毛五住院了，此时距离春节还有十七天。

毛五躺在病床上，郝菲第一时间就赶到了。她流着眼泪，心痛地说："毛五，你怎么了？怎么会跑到'精门大厦'大厅的地上睡了一夜呢？你哪里不舒服吗？"毛五看着郝菲，感觉自己似乎又活过来了，没有在地狱，也没有在天堂，他还在人间，还能和自己惦念着的人在一起。毛五的父母也来了，好多熟悉的面孔都出现在毛五的眼前，他们对他嘘寒问暖。窗外又飘起了雪花。

春节临近，这两天外面有人传言：毛五看到高中女同学封芷兰后，就没有心思工作了，天天和封芷兰如胶似漆，昨天晚上都在"精门大厦"五十一层住下了。还有更难听的传言，说毛五是和封七月母女一起睡觉。毛五因此被停职调查。

毛五在医院住了三天，大夫最后的诊断是疲劳过度，他的睡眠时间太短，导致脑供血不足，晕倒在地……好多人不明白，毛五自己也说不清楚怎么会晕倒在精门商贸大厦大厅的地面上。那天晚上没有喝酒，毛五的记忆停留在和封芷兰一起吃快餐的时候，怎么会这样呢？

毛五回到家里，躺在床上独自回忆那天都做了什么事情——从快餐店出来后，他送封芷兰到精门商贸大厦。之后自己又去哪里了呢？他忘得一干二净。

距离春节还有十四天。毛五感觉自己失忆了，或者说自己的精神受到了重大创伤。可是医院的大夫说得很明白，他就是因为工作劳累、睡眠不足，导致大脑供血不足才晕厥的，休养一周就好了，年轻人身体好恢复得快。可是这和自己缺失了记忆又有什么关系呢？

毛五到了所里，战友们很关心他，大家嘘寒问暖。毛五突然想起什么了。"你们去调查那两个跳楼没死的重度残疾的当事人了吗？情况怎么样了？"站在一旁的一名老民警说道："毛所，那两个人都去世了，虽然当时都救活了，但是一个截肢了，一个瘫痪了。他们在近几天因为伤势过重，陆续死亡了，谁也没想到。他们的家属还闹着要上访呢，说他们是被刘成发害死的，现在九个跳楼的人，还活着的就剩封七月和那个植物人了。"

毛五的身体以及精神都受到了从未有过的打击，他需要静下心来将一将自己来到派出所一个多月发生的所有事情。毛五又开始回忆封七月、封芷兰、焦广书、刘成发、牛湘东、葛辉青……

毛五到分局找主管副局长汇报，他把一些想法和领导说了——跳楼后被救活的两个人竟然陆续死了，这也是重大的疑点。领导告诉他："目前你们派出所的主要任务是做好上访群众的劝解工作，让他们耐心等待。刘成发已经抓捕归案，我们正在清理冻结刘成发和他公司的资金账号，案子处理好后就能给大家一个交代。"毛五一再解释，自己通过近期了解的情况，发现刘成发还可能存在其他违法行为，包括让其岳父充当其保护伞，吞食国有资产等，毛五建议立即让刑侦队开展调查。副局长急了，一边拍桌子一边说："毛五！你现在不是刑警了，你是派出所所长，你还指挥我工作？我干刑警的时候，你还在穿开裆裤呢。"毛五知道自己管多了，他已经离开刑侦支队一个多月了。

"副局长，我是想……"

"不用说了，毛五。你的想法我知道，具体案件让经侦去办，你做好你的工作，很快你的'代'字就能去掉了。"副局长语重心长地和毛五谈了许多工作建议。

毛五不甘心地走出了副局长的办公室。他又想起了郝菲，他给郝菲打了电话，两个人见了面，毛五竟然有了一种亲人多日不见的感觉。毛五真的想拥抱郝菲，郝菲也想在他的怀抱中倾诉暗恋之苦，但是他们只牵了手。即使只有手与手的触碰，也会让他们感觉到彼此的心灵在相拥。毛五觉得他和郝菲在一起的时候，有一种踏实的心境，而和封芷兰在一起只有幻觉中的爱情。毛五把自己现在的苦恼向郝菲讲了。

"我知道你对事业的忠诚，但是你也要相信领导和战友们。再者说，好多事是可以根据你的想法，按照派出所的职责范围开展调查的呀。你放心，我支持你。"郝菲的话让毛五的心静了下来。

"郝菲，谢谢你，我知道该怎么办了。"两个人的手心湿润了，他们的手紧紧地握在一起，一刻也不想分开。

毛五带着内勤人员去了焦广书父母的家里。一见面，焦广书的父亲就说："毛五，广书小时候是一个很好的孩子，你们是发小，你多好，考上了警校，有一个正当职业。可是他呢？长大了就不听我们的话了，总是跟刘成发混在一起，想着挣大钱……挣了点钱，还不够他穷折腾的。"焦广书的母亲倒是含着眼泪说道："这就是命呀，我七月妹不同意他和芷兰的婚事是对的，可这孩子……"

毛五眼睛一亮，追问道："怎么，封伯母不同意他和芷兰交往？为什么呢？您和封伯母相处得像亲姐妹一样，他们又不是近亲，怕什么呢？"

"我去给你们倒水。"焦广书的母亲有意躲闪。

"别听她胡咧咧，人家封七月的闺女是有钱人，我们广书哪能养得起呀！我们就是铁路工人，高攀不上。"

"伯父，看您说的，现在都是什么年代了，只要两个年轻人相爱就行了。"

毛五感觉到他们似乎话里有话，而且他感觉焦广书的父母虽然看似有些难过，但好像又不是那种白发人送黑发人的痛不欲生的感觉。毛五还和他们聊了一些焦广书上学时代的往事，有一种让人无法理解的感觉在毛五的内心深处沸腾。

毛五找到郝菲，让她帮忙查一下焦广书的血型，他自己又到户政处调查了焦广书父母的血型。结果令毛五大吃一惊，焦广书和其父母的血型不同。毛五怀疑焦广书不是他父母亲生的。

毛五想以焦广书的身世为突破口，去调查刘成发非法集资案件。他再次提审刘成发。

"还有十几天就过年了，被你骗走资金害死的人，还有天天上访的受害者怎么过这个年？刘成发，你心里就这么安稳？"

"毛所长，我也在忏悔，可我真的是做生意赔了，我的好多产业都抵押给银行了，这你们是知道的。"刘成发继续狡辩。

"我问你，焦广书和你有什么关系吗？"毛五发现一提焦广书，刘成发就会表现出心虚或者心酸的表情。

"毛所，我上次不是和你说了嘛，我给他投了不少钱。他自杀了，死无对证，我上哪里找他要钱去？谁知道他是把钱挥霍了，还是转移了。"刘成发的话明显是在敷衍。

"好吧，刘成发，你说一说，你是怎么认识焦广书的？"毛五开始发力。

沉默了一阵。

"刘成发，讲话。"毛五有些不耐烦了。

"你知道，焦广书和封七月沾亲带故的，我是通过封七月认识的小焦。这个孩子挺聪明的，一开始在我那里干销售，后来给我当助理，再后来他自己想成立公司，经费不足，所以就在我旗下的子公司干，但他是独立法人，我只是一个控股方。他有权独立运营，不过他的死也给我带来了极大的损失。"刘成发说着说着竟然泪流满面。

毛五心里总感觉焦广书的死与刘成发有关联："刘成发，你流的眼泪，是为了钱，还是为了焦广书？"

刘成发始终低着头，不敢直视毛五："怎么说呢，都有，也都没有。"

"这是什么话？"毛五真的捉摸不透眼前这个饕餮般的吸血鬼，他是在吸投资群众的血，他就是"万恶的旧社会"的资本家，他能有什么同情心呢？

"我损失了钱，我当然心痛。焦广书年纪轻轻的死了，我也心痛，毕竟他给我当了几年助理。"刘成发又哭了起来，这时他看起来特别伤心。

"刘成发，我看你哭的样子不是装的，你和焦广书之间到底有什么秘密？你知道吗，焦广书是用一把手术刀割腕后流血过多死的，样子很惨。你也知道，我和焦广书是高中同学，他死了，我也很惋惜。"毛五讲到这里，眼睛里是潮湿的。

刘成发已经泣不成声了："毛所，我对不起广书啊，我对不起广书啊……"他反复地说着这句话。

讯问室里的气氛让人感到窒息，毛五向经侦支队民警耳语了几句，就让民警把刘成发带回了看守所。

06

回到看守所的刘成发，望着窗外空中不多的云朵，似乎看到了一张年轻、俊俏的脸。其实，焦广书是一名很有前途的民营企业家，他为什么会自杀呢？会不会是他杀呢？刘成发的痛苦又有谁会知道呢？

刘成发回忆起二十多年前，他与封七月偷情的日子。那时候，他们都是二十多岁的年轻人。其实封七月还是喜欢刘成发的，毕竟刘成发一表人才，父亲也是铁路局的中层领导，又管人事工作，但是封七月的父亲就是不喜欢刘成发。原本封七月的父亲和刘成发的父亲就有过节，再加上刘成发的父亲为了讨好铁路局副局长，把刘成发介绍给副局长的女儿了。刘成发最后成了副局长的乘龙快婿，封七月的父亲就更加看不起刘成发的父亲了。后来，两家基本就断绝了来往。

但是刘成发紧追着封七月不放，俗话说，烈女怕缠郎。在刘成发疯狂的追求下，封七月有些心软了。有一天中午，在刘成发家中无人的情况下，刘成发跪地发誓，青春美丽的封七月便没有阻挡眼前健壮的大男孩，他们稀里糊涂地偷吃了禁果……

二十三岁的封七月怀孕了，这让还不到二十三岁的刘成发彻底傻眼了。于是刘成发的父亲一边打刘成发一边骂道："孩子是你的吗，你就认账？你个混账东西。"此话被前来找刘成发商量对策的封七月听到了。封七月便跑到了远在广州的一个远房表姐家暂住，正好表姐夫妇结婚多年还没有孩子，封七月就把生下来的男孩托付给了远房表姐夫妇。

在这个男孩五岁的时候，刘成发实在是良心过不去，再加上他虽然有了两个女儿，但是没有儿子，他就把封七月的表姐夫妇从广州调到了本市，成全了他和封七月随时能看到儿子的心愿。没承想，后来焦广书和封芷兰成了同学，帅气的焦广书比他的亲生父亲还早熟，他在上高中的时候就追求封芷兰，这可令封七月、刘成发很是为难。他们百般阻止，就像当年封七月和刘成发的长辈们阻止他们两个人一样，不同的是封七月与刘成发没有血缘关系，但焦广书和封芷兰可是同母异父的亲兄妹啊！

可惜事与愿违。焦广书跑到迟国追求封芷兰，焦广书也是跪地求婚，两个不知道内情的同母异父的孩子也偷吃了禁果。封七月得知后，亲自赶到迟国，想要阻止两个孩子。可为时已晚，封芷兰告诉封七月，他们两个人已经在一起了，要准备结婚了。封七月一个巴掌打在了封芷兰脸上，气得晕死在封芷兰面前……

封七月把苦果咽回肚子里，只是告诉封芷兰，她们与焦广书家有亲属关系，他们两个不能结婚。封芷兰却不以为然，她知道他们是亲戚，可早已经出五服了。无奈的封七月只好把焦广书劝回国内，并且告诉焦广书离封芷兰远一些，否则刘成发也饶不了他。

焦广书完全没头绪，他问封七月："老姨，我和芷兰结婚不好吗？结了婚，咱们就是亲上加亲呀，您放心，我一定对芷兰好。"

"好孩子，你听我说，虽然咱们是远亲，但是你和芷兰真的不合适，以后老姨给你介绍更好的，你和芷兰的事到此为止，你再追求下去，刘总会开除你的，那你就变成穷光蛋了。"

"我和芷兰的事，和他有什么关系？"焦广书有点气愤地说。

"没有他刘成发，我还活不成了？不行就散伙，老姨你也别怕他，他能对我们怎样……"经济上已经崛起的焦广书早就想摆脱刘成发的控制了。

然而，焦广书哪里知道上一辈人的恩恩怨怨、你爱我恨的那些往事。封七月也无法向他说明刘成发就是他的生父，自己是他的生母，他现在的"父母"只不过是封七月的远房表亲。为了彼此距离近一点，相互有个照应，刘成发才把他们从外埠调到了本市。

在带焦广书回国的途中，封七月发现了一个惊天的秘密——焦广书早已染上了毒瘾。封七月再一次受到了打击。

毛五在所里又接待了一批与刘成发非法集资案件有关的受害群众，毛五告诉大家刘成发正在接受调查，他已经被拘留了，请大家放心，只要案件查清一定会给大家一个答复。被刘成发欺骗的群众已经听了太多这种话了，不过他们又能怎么办呢？把刘成发碎尸万段，钱能回来吗？上访的受害者闹累了也就散了。

毛五又开始计划下一步行动，他想着一定要把刘成发非法集资的目的，以及资金的去向搞清楚，给老百姓一个答复。他也想把葛辉青失踪的案件真相彻底查清。还有查清焦广书的死因，他们毕竟是老同学，而且焦广书在学生时代还是个上进的青年。

毛五意识到通过关系找精门商贸大厦物业经理的行为是不妥的。整栋大厦的物业均是由丰裕罡旗下的分公司承包的，他和封七月、刘成发公司的关系实在是一团乱麻。毛五想铤而走险，他想直接带着牛湘东到大厦八十四层再次探查。牛湘东跟毛五说过，因为他的电焊技术很高，在进行整栋大楼结构的电焊时，他曾参与设计，所以，关键的部位和进出通道他都是清楚的。更何况他寻妻心切，帮助毛五就是在帮助他自己。

又是一个傍晚，毛五和牛湘东两个人乔装成物业的维修人员，利用这个特殊的身份进入了八十五层一家公司的办公室。他们从这里悄悄地按照牛湘东绘制的结构路线图钻进八十四层的排气通道，就像影视剧里的"特工"一样开始冒险——他们向"闹鬼"层挺进。毛五不信邪，真的会有"鬼"吗？

毛五和牛湘东艰难地在排气通道里爬行。当他们进入八十四层排气通道的隔层时，一股难闻的气味差一点让毛五窒息，牛湘东倒是还好，毕竟他是经年累月在工地打拼的人。他们寻找着透气孔，却怎么也没有发现，所有的隔层都像反光板一样，他们在上面看不到下面的屋子，但从屋子里可以看到通气孔的顶部。

毛五突然意识到了什么，他抓住牛湘东，用手制止前行的牛湘东。毛五和牛湘东停了下来，两个人在原地一动不动。毛五的听力是经过训练的，他听着底下没有任何反应，就试着撬开一块天花板。毛五运气好，他成功挪动了一块天花板，看到房间里漆黑一片。毛五不敢使用小型手电筒，他用手语指示牛湘东留在此处等候，一旦发生问题就原路返回，直接到派出所搬救兵。然后毛五运足了气，纵身一跃，安全落地。毛五在小学的时候就跟着父亲练习武术，到了高中又拜师学艺，在警校的时候还是散打冠军。他这几年在刑警队也一直坚持习武，练就了一身的好功夫，毕竟他从小就向往着少林寺，希望能成为像觉远一样的人物。

到了地面，毛五借着窗外的微光，发现这里好像是一间仓库，又好像是一间化验室。他小心翼翼、轻轻地挪动着脚步，在寻找可以借光的东西的时候，又要保证自己不被发现，还要为他的疑惑寻找答案。

他似乎听到了门外有走动的声音，到底是人是鬼？屋顶的那块天花板已经让牛湘东放回原位了，毛五还交代牛湘东躲到排气通道死角，没有他的命令，绝不能被"鬼"发现。毛五觉得自己似乎爬到另一间屋子里了，他好像触摸到了一张大的老板桌。突然门开了，屋里大亮，毛五正好躲到了一张沙发的后边。屋里进来了两个人，他从两个人的对话听出来，这是一男一女。

"焦广书那小子和咱们芷兰也没有血缘关系，你怕什么，现在你根本就管不了孩子们的婚前性行为。再说，焦广书这小子已经死了，芷兰也死心了，就让它过去吧。"

"你懂个屁，焦广书那小子吸毒！他虽然死了，可是毛五那小子就是不放下这件事，还在调查呢。好在你阻止了他，这小子就是个拧种。"

毛五听出来了，说话的女人是封七月，男人应该就是分局副局长肖占奎。

毛五大吃一惊。他们怎么会勾结在一起！封七月那么漂亮的女人，怎么会这么心狠手辣?! 焦广书和刘成发没有一点血缘关系，可刘成发为什么那么照顾他呢？肖副局长和封七月又是什么关系？女鬼又是谁？葛辉青到底在哪里？如果被封七月他们发现自己了该怎么办呢？难道自己就是女鬼吗？

封七月和肖副局长一边缠绵一边走向一扇门边，推门进去了。灯光灭了，屋子里又是漆黑一片。躲在沙发后面的毛五连气都不敢喘，静静地等待再次查看或者能赶紧撤离的机会。他万万没想到封七月竟然是这一切事情的策划者，她的背后到底还隐藏着多少秘密呢？刘成发的非法集资，她的跳楼自尽，肖副局长亲自部署营救……她没有死，她胆量极大，她如果纵身一跳没有落在气垫上，就会摔成肉泥，她是真的不怕还是刘成发真的骗她了？会不会是她愚弄刘成发呢？毛五一动不动，他不能在这里暴露，他得想办法回到排气通道，把牛湘东安全带回去之后再做打算。

八十四层绝对有不可告人的秘密。

封七月和肖副局长只顾着打情骂俏，没有察觉到屋里的隐秘处有人，也想不到那位毛代理所长已经调查至此。

毛五原路返回，他还顺手拿走了一盒类似糖果的东西。这时已经将近凌晨三点了，毛五和牛湘东闯过了"鬼"层。毛五告诉牛湘东没有发现疑点。其实，他是不想让牛湘东陷得太深，否则牛湘东必死无疑。

封芷兰处理了一些公司上的事宜，焦广书的公司也有她的股份。按照法律程序，因为法人死亡，她可以取走属于她的那部分投资资金。她要返回迟国，她只在电话里向毛五告别，告诉毛五有时间去迟国玩。她在等毛五的答复，她愿意接受毛五的爱情。这反而让毛五感觉到了真正和自己志同道合的人还是战友郝菲。但是，他目前要稳住封芷兰，毛五给封芷兰发了一条消息：谢谢芷兰，我真的向往去迟国迎接美丽的爱情，回忆那个时代我们朦胧的爱情。封芷兰回了毛五一个害羞的表情，还有两个字——等你。

毛五再一次来到精门商贸大厦的五十一层看望封七月。封七月非常热情地接待了这位她比较心仪的准女婿。毛五的心里非常复杂，他一看到她的眼睛，就想到"女鬼"，就想到西游记的"白骨精"……

"伯母，我就是来看看您的身体恢复得怎么样了。另外，芷兰走得急，我也没有来得及送她，感觉挺遗憾的。"毛五为了稳住封七月，装作什么事情都不知道的样子。

"没事，等你想好了，咱们一起出国。你的聪明才智比自杀的焦广书强多了。到了国外，你要是从商肯定能行，我可是看着你长大的。我的身体好多了，就是一想到我的两千万就心痛。"封七月又抹了把眼泪。

"对了，大侄子，刘成发交代了吗？他还有多少资金？一定要控制住钱呀，你可得先把咱们的两千万追回来，那将来也是你和芷兰的钱。"封七月真的是太会说话了。

毛五还是热情地装成准女婿，没让封七月看出破绽。他在想，封芷兰为什么会急匆匆地出国？封七月、封芷兰、肖副局长、丰裕罡之间又会有什么关系？刘成发与焦广书到底有什么秘密？……

毛五在迷雾中徘徊。

07

二十多年前，封七月到广州表姐家暂住，是为了报复刘成发这个陈世美，她称那一次偷吃禁果之后怀有身孕是假的，她的真实目的是利用刘成发父亲铁路局人事科长的职务，把表姐夫妇调到本市。她威胁刘成发的父亲，如果不答应这件事，她就告刘成发强奸。

封七月在广州待了快一年，看到表姐正好产下一个男婴，便计上心来。她以大城市对孩子好为由，让表姐夫妇听从自己的安排。这才让刘成发认为他那次和封七月柔情缠绵过后，封七月消失了快一年，是因为怀孕生子。刘成发知道自己有了儿子后十分后悔，他痛恨父亲包办婚姻，强迫自己娶了铁路局副局长的女儿。

后来，刘成发的妻子生了一个女儿，他就更加想念封七月给他生的儿子了。在焦广书五岁的时候，刘成发的父亲一下子把封七月的表姐一家都调到了本市市区，还安排他们进铁路局当上了铁路职工。刘成发和他父亲见到小广书时别提多高兴了，但是为了保守秘密，他们刘家只能远远地照顾，也不敢相认。弥天大谎只有封七月和表姐夫妇心里清楚，其他人都不知道。封七月甚至对丰裕罡、肖副局长都没有讲过。

毛五也是不知道这些事情的，他只是那天在八十四层的屋子里听到了封七月和肖副局长的对话，才开始思考焦广书与刘成发到底是什么关系……

毛五不知道怎么办好，直接找分局主要负责人汇报的话，领导能相信自己吗？找市局领导汇报？自己没有证据，越级告现任领导的状，说服力有几成？搞不好还……毛五在办公室里思来想去，他感觉自己快要得抑郁症了，他单独闯入八十四层，在一楼大厅稀里糊涂地睡了一夜，丢尽了脸，还挨了批评。昨天和牛湘东深入虎穴，没有得到虎子，虽然偷听到了封七月和肖占奎的对话，但只是听到，没有实际证据，要是被他们反咬一口，污蔑自己得了妄想症什么的，就很容易被关进精神病院。

毛五决定再找刘成发聊聊。

内勤民警慌慌张张地到毛五办公室报告："毛所，坏了！刘成发自杀了，咬舌自尽，已经从拘留所送去医院了，听说是救不活了。"毛五急得大喊一声，立即开车前往医院。毛五到了医院，正巧碰上了分局副局长肖占奎。"你跑来干什么？赶紧回所里去。如果受骗群众知道刘成发自杀了，那我们的麻烦就更大了。"肖占奎气愤地说。

肖占奎的话语，让毛五更加确定昨天夜里和封七月在一起的人就是眼前的这个人。

"肖局，刘成发是死是活？"毛五佯装尊敬地问道。

"死了，他是畏罪自杀，死有余辜。"肖占奎的语气就好像他也是集资案的受害者一样。

毛五心里简直是一团乱麻。他本来想设法撬开刘成发的嘴，查出这一切问题的源头，之后再顺藤摸瓜。没想到刘成发也死了，现在只有找焦广书的父母来捋一捋线索了。

焦广书父母失去了儿子，他们觉得自己还不如待在县城，老实地做守法的百姓。他们编了一堆谎言，跑到城市来，可焦广书却吸毒，只知道挣大钱，一点善心都没有了，最后落得个自杀的结局。老两口痛不欲生，真是有苦无处诉，只好任由封七月摆布。

毛五再一次走进焦广书家的门。焦广书的母亲哭成泪人，老两口明显老了许多。

毛五在上学的时候，因为和焦广书是要好的同学，所以经常到对方家里学习或者交流。他们也经常去封芷兰家，大家彼此相当熟悉，就是走入社会后来往少了许多。其实在同时追求封芷兰的时候，虽然他们心里认为对方是自己的情敌，但是表面上他们还是好哥们。焦广书父母每次看到毛五都会想起自己的儿子，不免老泪纵横。焦广书的母亲更是天天以泪洗面。

"伯父伯母，你们也要注意身体。今后我常来，家里有需要你们就找我。我和广书毕竟是好哥们，再者芷兰也是你们的亲属，封伯母也会帮助你们的。"毛五故意扯上封七月母女。

"别提封七月了，要不是她，我们还不至于没有了儿子！"焦广书父亲愤愤地说。

"行了，老头子，这都是命呀。广书这样也好，省得咱们为他操心。"焦广书母亲倒是很冷静地说。

"和毛五说说怎么了，反正广书也没有了，大不了我们回老家。"广书父亲满不在乎地说。

"广书到底是谁的孩子啊？"毛五单刀直入。

"当然是我们的孩子。"广书的父亲不假思索地说。

"那我怎么听说他和刘成发有关系呢？"毛五提出了疑问。

"放屁，准是刘成发那小子说的吧。我们当时就是为了让孩子得到良好的教育，才从南方县城调到你们北方的大城市市区来的。七月表妹给出的主意，我们家焦广书跟他没有一毛钱关系，我们家广书是我老婆十月怀胎生的。"焦广书的父亲说到此处竟然放声痛哭。焦广书的母亲也在旁边哭得说不出话来……

毛五安慰完两位痛失儿子的老人后就离开了。他心中已经有了一些眉目。刘成发临死时还以为自己是焦广书的亲生父亲呢，这样说来封七月的确心事重重。焦广书的死到底跟她有多大关系？她为什么不同意封芷兰和焦广书谈恋爱？他们两个根本不存在兄妹血缘关系，难道她还有什么别的阴谋吗？焦广书的死是自杀还是他杀？焦广书自杀是因为毒瘾发作了吗？为什么选择公共卫生间，而不选择自己办公室里的卫生间？如果是他杀，凶手是谁？原因是什么？毛五给自己出了一道又一道难题，他要一一解答，因为他知道自己是人民警察，肩负的责任就是维护社会的安全稳定，保护人民的生命安全。

听在拘留所和刘成发同住的人讲，刘成发临死前嘀咕着"广书呀，爸爸找你来了"。然后就咬舌了，满嘴的鲜血，送到医院抢救时已经身亡了。封七月得知这个消息的时候先是一惊，而后浮想联翩：刘成发死了也好，他那些非法集资的烂账也就无法对证，反正他控股的资产大部分都是贷款的资金，他个人的资产也已经转移给远在国外的妻子女儿，还有一部分给了焦广书，焦广书又把很大一部分转给了封芷兰，这样最大的赢家还是自己。另外，肖占奎和刘成发的那些不可告人的秘密也就都烂在刘成发的坟墓里了。封七月觉得刘成发的死一定是因为肖占奎的计策。想到这里，封七月也是打了一个冷战，她想到了女儿封芷兰。

没错，肖占奎不仅占有了封七月，而且还占有了封芷兰，连丰裕罡也在他的掌控之下。不过肖占奎也有顾虑，他把大部分资金都转给了封芷兰，如果封芷兰在国外养小白脸，最后再和他翻脸就麻烦了。所以他和封芷兰温柔缠绵的时候，还会敲打封芷兰。现在封七月和丰裕罡都在他的保护之下，他们都打算跟着他一起"挣大钱"后出国，他们都希望封芷兰保守秘密，不要节外生枝。他希望封芷兰好好和毛五谈恋爱，毕竟将来毛五还是能派上用场的。

肖占奎尚在知天命之年就已经取得巨大的成就，生得也是一表人才，儒雅大方。他口才极佳，是分局局长的后备干部人选之一。他是在十年前担任分局治安科长的时候认识的刘成发，后来又经刘成发介绍认识了封七月。在一次酒醉之后，他和封七月走到了一起。那时候封七月刚离婚不久，单身一人，很快他们就如胶似漆。肖占奎的老婆一直怀疑他们，好在封七月的脑子灵活，没有让肖占奎的老婆发现——她总是喊着"肖夫人""好妹妹"，还经常赠送各种名贵的首饰、美容产品给肖占奎的老婆。这让肖占奎的老婆不仅打消了对他们的顾虑，还和封七月成了无话不说的闺密。

肖占奎步步为营，四十多岁就当上了分局副局长，到现在已经担任分局副局长七年多了。外边一直有传言，说他马上就要接任局长的职位了，这个时候他必须更加谨慎。其实，他有意无意地让封芷兰和毛五谈恋爱，主要是因为他想拉拢毛五，他要是当上了局长，手下就必须有强将和忠心的年轻人。封芷兰往来国内外经营生意也需要能帮忙的人，而且这样还能让封七月打消顾虑。毕竟，他也怕夜长梦多，万一封七月知道他与封芷兰还有一腿，封七月可不像自己那个傻乎乎的老婆一样好糊弄，再加上丰裕罡是自己多年的伙伴，现在又是自己的妹夫，也是不好对付的。"我本来就和他的前妻有染，还把他女儿也占有了，他能同意吗？"肖占奎想想就背后发凉，所以他要尽快促成毛五和封芷兰的婚事。

刘成发的死讯震惊了受害群众，他们都堵在派出所的门口。毛五尽力和他们解释，但是他们根本听不进去。

"他死了谁赔钱？你们警察是怎么看人的？我们怎么办啊？"

"还我们钱，还我们的血汗钱！"

"我们到市政府上访……对，到市政府去！"

毛五一边跟受害群众讲明政策，一边要求民警们都上前做群众工作——告诉受害群众，派出所会尽快给他们答复，千万不能让受害群众去市里上访。就这样一直僵持到天黑，毛五他们才把受害群众劝走了。

分局副局长肖占奎来了，这次他不仅没有批评毛五，还表扬毛五他们敢于担当，能为市里和市局解忧。肖副局长还指示：刘成发的死是畏罪自杀，可以告诉受害群众这个情况，让受害群众也解解气。刘成发的所有资金已经冻结，按照法律规定，把贷款还上之后，就会补偿给这次非法集资案件的受害群众。其实肖占奎心里清楚极了，刘成发余下的资产就连银行贷款的十分之一都还不上，更别说补偿给受害群众了。毛五心里明白，他就是可怜那些受害群众。毛五还在想：为什么封七月听到刘成发的死，没有太大的反应？难道她忘了自己在刘成发那里的两千万集资款了？肖占奎还向毛五透露，分局党委会已经通过了对毛五所长的任命，这一两天就会正式宣布。他让毛五再接再厉，抓好派出所的各项工作，确保社会治安稳定，为即将到来的春节保驾护航。

"毛五呀，你快三十了吧，有对象了吗？成家立业可是大事啊。我看你的老同学封芷兰就不错，你们两个人可以说是金童玉女，天生的一对呀。"肖占奎关切地说。毛五心里想到的却是他和封七月那天晚上在精门商贸大厦八十四层的苟且。毛五假装感激地说："谢谢肖副局长的关心，我一定认真考虑。"

肖副局长很满意地走了。这时郝菲打来电话："毛五，你在哪里？我们需要马上见面！""好的，我在所里呢，肖副局长刚走。"毛五回答。

在精门商贸大厦对面的快餐店，毛五和郝菲见面了。两个人点了一些快餐，准备边吃边聊。毛五一天没怎么吃东西，此时便大口大口地吃着汉堡，喝着牛奶。郝菲心疼地说："你慢点吃。你猜猜你拿给我的化验品是什么？那是最新型的毒品，叫'奶茶'，相当于过去的K粉，这种毒品一般在酒吧、夜总会、咖啡店销售。"

毛五大吃一惊，他停止咀嚼嘴里的食物，愣愣地看着郝菲。他真的想不到封七月和肖占奎他们在八十四层藏着毒品，那一层会不会是一个毒品加工厂呢？

毛五真的不敢再往下想了，肖占奎是他以前特别尊敬的老公安，而且现在还是他的主管领导。平日里，肖占奎在台上一套一套的正能量讲话也是非常振奋人心的。那天他发现肖占奎和封七月在一起，虽然没有看到他们两个人的正脸，但是光听声音，他就能确定那两个人就是他们两个。现在，毛五真的希望那是自己听错了，那天说话的两个人其实另有其人。还有封七月，那个外表极其美丽的女人，也是他曾经希望喊一声"妈妈"的女人，竟然是这个样子。他们简直是社会的蛀虫、败类。如果他们跟毒品有关系的话，那么焦广书的死、刘成发的死，应该就不是单纯的自杀了，背后一定是有推手的。

毛五让郝菲一定要把这盒"奶茶"存放好，这是将来指控封七月他们犯罪的重要证据。

08

距离春节只有十二天了，对毛五所长的任命已经宣布了。封七月向他表示祝贺，同时还告诉了他一个秘密——极力推荐他当所长的领导就是肖副局长。封七月让他好好和肖副局长干，要坚决地、不折不扣地听从肖副局长的指示，他将来一定会前途无限。封七月还告诉毛五，封芷兰过年会回国处理一下公司的相关事宜，如果毛五愿意的话，他和封芷兰可以先把婚姻大事定下来，过了年再选择一个好日子结婚。封七月还说，其实家长都等着抱孙子呢，他和封芷兰的岁数也都不小了。

如果时间倒退三五年，毛五会激动地跪在封七月面前喊一声"岳母"，哦不，应该是直接喊"妈妈"，然后单膝点地，跪在封芷兰面前，给漂亮的封芷兰戴上一枚至少有三克拉的钻戒，那会是多么幸福的时刻。

如今焦广书这个情敌死了，封芷兰也同意嫁给自己了，毛五反倒是没有了想象中的兴奋。他有点害怕这个美丽的封七月，也害怕那个自己曾暗恋过的封芷兰，更害怕那个肖副局长。这三张面孔让毛五感到窒息，这是他从未有过的孤独、无助的感觉。他开始想念郝菲，他好像一刻也不能离开郝菲了。自从他独自一人闯入精门商贸大厦八十四层失忆后，恐惧一直缠绕在他的心头。他这时又没有了主意，便拨打了郝菲的电话。

肖占奎此时十分焦急，他出任副区长兼公安局局长的任命还没有宣布。他找关系打听了一番，说是在年前就会宣布，可是还有十二天就到春节了，这个任命总不会是在除夕夜宣布吧。距离老局长的退休日还有一天的时间，明天老局长就退休了。再等等吧。该办的事也都办了，该死的人也都死了，不会再有差错了……他暗暗地想。他还告诉封七月近期先不要见面了，不能让竞争对手逮到他的把柄，否则就前功尽弃了。

肖占奎那天亲自带着在经侦支队工作的心腹提审刘成发，可刘成发竟然当面指责肖占奎，并询问焦广书到底是怎么死的。这气得肖占奎火冒三丈，他把心腹支走后，关闭了监控。他问刘成发是否有隐藏的现金，要求刘成发拿出点现金来先安抚一下集资案的受害群众，等他分局"一把手"的任命宣布之后，一切事情好办。可是刘成发就是说他一分钱都没有，资金都转移到了封芷兰的国外账户里，就连焦广书的公司那里都是负债的情况。但是肖占奎根本就不相信。刘成发威胁肖占奎："你不把焦广书的死因说清楚，我就什么都坦白出来，落一个坦白从宽的结局。毛五已经来了好几趟了，等他再来我就说给他听。"肖占奎哪里受过这样的气，他直接就扇了刘成发一个大嘴巴，并狠狠地说："你是自己找死呀！"于是，就有了刘成发次日在看守所咬舌后，因流血过多而死的事情。肖占奎安排心腹和分局法医写了刘成发畏罪自杀的报告，也没有人追究事情的真相。看守所的值班民警和分管副所长每人受了一个处分，之后肖占奎安排封七月到这两个民警家里进行慰问，据说每家都收到了封七月给的一个鼓鼓的大红包。

刘成发死后，他的父母草草地把他给火化了，老两口都嫌儿子不争气，骗了这么多人钱。之前有些受害者都跑到老两口的家里了，他们要求刘成发父母卖房子赔钱，还有人直接搬来了铺盖卷，睡在老两口的家里。这些人连吃带喝，搅和得老两口没法正常生活，连自杀的心都有了。还是毛五带着民警不停地做这些受害者的思想工作，事情刚消停下来，刘成发又自杀了，又是白发人送黑发人。

毛五来到刘成发父母的家里，老人将尘封多年的刘成发与封七月青年时代偷情的往事都跟毛五讲了，他们希望毛五能够原谅儿子刘成发。为了不让封七月难看，刘成发的父亲还是想保密的，老人觉得人死了就算了。另外，他们是明事理的，他们将会把仅有的房子卖掉，赔给那些受害者。"能还多少是多少，我们准备搬到敬老院里度过余生了。"他们诚恳的话语说得毛五眼眶里泪花闪闪。毛五安慰着两个老人："您二老也要节哀。至于卖房子的事，还是再等等吧，有些事情还没有弄清楚，你们放心，焦广书的事也在调查中……"

毛五心想，这几日肖占奎应该不会去精门商贸大厦八十四层了，因为他马上要当分局的"一把手"了，凡事都会非常谨慎，他得老老实实守在家里，守在他老婆的身边。封七月应该也不敢乱跑，充其量去幽会前夫丰裕罡，可是丰裕罡娶了肖占奎的妹妹，也是不敢轻举妄动的。这正好是自己再次探查"鬼"层的大好时机啊。

毛五这一次做了充分准备：他计划在两个半小时内返回，如果时间到了他还没回来的话，就证明发生问题了，埋伏在外围的郝菲就会直接报警，并向市局纪检部门举报肖占奎。目前，证据只有那盒"奶茶"。

毛五带着牛湘东，他们又开始了危险的调查。这一次的深入探查很顺利。毛五和牛湘东依旧是钻入八十四层的排气通道，然后爬进了八十四层某间屋子的顶部。他们又到了那个黑漆漆的房子，毛五让牛湘东原地待命，他一个人向前移动着身体，尝试着打开手电筒，检查这个房子的结构，以及屋内的情况。

突然，毛五感觉自己触碰到了什么东西，满屋灯光大亮，黄与白的色彩让毛五不知所措，他定睛一看，一个穿着粉红色睡衣的美丽又年轻的女子正站在他的面前。

"芷兰，你怎么在这里？"毛五恐慌又疑惑地说。

"辉青，你还活着？"牛湘东惊讶地跑了过来。

这一切是幻象吗？毛五扭头看着牛湘东，心中更加惊讶。

"你是谁？我不认识你，你认识我吗？"封芷兰也是十分迷茫地问着牛湘东。

牛湘东哭着说："辉青，都是我不好，我没有照顾好你。孩子们天天要找妈妈，闺女都九岁了，已经是大孩子了。我告诉闺女你去深圳打工了，等她考上大学，你就会回来。闺女可听话了，九岁就上小学五年级了，她努力极了。闺女说她要再跳两级，早点考上大学，这样就能见到妈妈了……"

封芷兰面无表情地说："我不知道你是谁，你认错人了吧，肯定是认错人了。我的同学毛五可以做证的，不过我知道你说的失踪女人葛辉青，我听我父母讲过，她为了给你送饭，掉进正在灌浆的水泥柱子里了。传说这层楼每到午夜就有女鬼的哀号声。那么你就是牛湘东，葛辉青的丈夫，对吗？"封芷兰巧妙地回答了牛湘东的问题。

牛湘东仔细看看，然后摇了摇头，说道："对不起，我实在是太思念我老婆了，孩子们也想妈妈了。"牛湘东抹着眼泪，自言自语："真的挺像的，我就是感觉有些像。"

毛五赶忙解释："芷兰，我是陪牛湘东来找他媳妇的，他们说到了午夜就有女人的哭声，牛湘东天天到我们所里来要人，我也是没办法，带着他闯一下闹鬼的八十四层，看看是不是他媳妇的魂魄在这里哭。怎么你在这里？哦不，你怎么在这里？"毛五故意语无伦次地问。

"我说，毛五大侦探，你别忘了，我是刘成发精卫成发投资集团的股东啊。我回来办理一些公司的债务事宜，我妈妈没跟你说我要回来吗？这不，我刚在我妈公司住下，准备上来取一些物品呢，就这么巧，碰上你们来找鬼了。"

封芷兰的回答让毛五的违纪侦查有了理由，毛五一边说一边巡视这个房间，这里明显和毛五上次偷偷观察的房间有所不同，他上次觉得这里好像是一个仓库，或者说一个实验室。可这次他发现这里就是一个大的集体办公室，房间里一共有四对组合办公桌，每个办公桌上都有一台电脑。办公室非常整齐，一切都是崭新的样子，看起来就像没有使用过。

"芷兰，你知道的，我从小就是无神论者，所以今夜要会一会这里的女鬼。对了，你这么晚一个人上来，不怕碰见女鬼吗？"毛五还是东一句西一句地又问又答，他想就这样蒙混过关。毕竟，如果封芷兰告诉肖占奎这件事的话，那他的麻烦可就大了。

"哈哈，那还不是那个死鬼……刘成发骗人的鬼把戏，他不就是想少花点钱，还能多买一些产业吗，这你也信啊？"封芷兰的话里出现了漏洞。这令毛五有些疑惑，可惜刘成发已死，很多事情都查不清楚了。

牛湘东还在傻傻地盯着封芷兰看，他总觉得封芷兰身上的哪个部分就是葛辉青……

毛五看了看手表，时间快到了，他们不能继续在这里停留了，但是现在原路返回是不可能的，他必须让封芷兰提出大家一起走出去，否则两个半小时之后，郝菲等不到他和牛湘东出现，报了警就麻烦了。

"芷兰，咱们两个正好聊聊咱们的事。牛湘东你先走吧，我和老同学还有话要说。"毛五暗示牛湘东先撤离这里，他出去之后能告诉郝菲这里的情况，他们可以晚一点见面再议。

封芷兰也想和毛五单独聊聊，于是爽快地答应了。三个人走出了这个房间，走在楼道里的时候，毛五想起了他第一次独闯八十四层那夜的情景。楼道灯火通明，如此豪气、富贵的走廊让牛湘东也傻了眼，他虽然参加了这栋楼的建设，但他还是第一次看到八十四层金碧辉煌的装饰。毛五和封芷兰在五十一层出了电梯，这一层的电梯口有一个物业的工作人员正等候着——封芷兰联系了物业的工作人员，让他们来这里把牛湘东送到一楼。

牛湘东走出精门商贸大厦后，立即和郝菲见了面，他把刚才发生的情况向郝菲讲了。郝菲为毛五独自一人留在"虎穴"里担忧。牛湘东怎么也想不明白，为什么封芷兰和自己的妻子葛辉青那么神似，以至于他刚才失口喊出了"辉青"的名字，也许是他太思念妻子了。

毛五走进了封芷兰家的豪华办公室。封芷兰说："我妈妈回家休息去了，今天就我一个人在。你随便一点，我去给你冲杯咖啡。"封芷兰话里有话。

毛五仔细看着封芷兰，刚才牛湘东激动地喊出"辉青"的时候，他也觉得在重逢前已经多年没有见过面的封芷兰有些变化。但是，都说女大十八变，这应该属于正常现象……可是就算是牛湘东认错人了，两个人也不至于这么相似啊……

封芷兰端着咖啡轻盈地走了过来。"谢谢了，老同学，你还记得咱们班的小土豆吗？"毛五试探地问。

"噢，印象不深了，在班里，我就和焦广书还有你关系比较好，和他们就那么回事。你是知道的，咱们可都是铁路子弟。"封芷兰巧妙地回答，然后岔开话题。"毛五，我妈让咱们先在年前订婚，明年选个好日子就结婚。我也想好了，等我把博士学位拿到手，我就回国，我妈想把公司交给我。这样你当你的派出所所长，我当我的总经理，咱们的好日子在后头呢。"封芷兰幸福地说着。

毛五微笑，他有些害羞地说："哦，谢谢你。广书刚去世，我这边还有好多事情要处理。我是一直在追求你的，咱们还是等过了年再订婚吧，那时候，你也博士毕业了，你看行吗？"毛五想要稳住眼前的这个假封芷兰。

毛五之所以认为眼前人是假封芷兰，是因为他刚才说的"小土豆"其实是毛五上学时的绰号，这个绰号还是封芷兰给起的。眼前的封芷兰连这个都不记得了，那这个封芷兰一定是一个"仿冒版"，或者她得了什么病失忆了。

　　毛五又向封芷兰说起一些旧事，封芷兰忘记了很多事情，但也能应付地说一些事情。毛五打了个哈欠后说道："芷兰，太晚了，明天还不知道有什么事情呢。我先回所里了，你也该休息了。"毛五刚起身，封芷兰就搂住了毛五的腰，毛五控制着自己的情绪。封芷兰流下眼泪，毛五的心也有些软了，他有一种感觉——封芷兰的泪水中隐藏着好多的无奈和委屈。

　　毛五走出了精门商贸大厦，他呼吸着散发着冬日里特有的清冷空气。毛五和郝菲、牛湘东去了牛湘东在附近的住处，他们要一起研究下一步的工作。

　　牛湘东把葛辉青的照片拿出来给毛五他们看，照片上的葛辉青倒是和封芷兰有几分相似之处，但还是有差别的，只是牛湘东直觉认为她像葛辉青。毛五也不太好确定，毕竟封芷兰和毛五在重逢前也是有很长一段时间没有见面。现在的封芷兰与毛五记忆里的封芷兰在相貌上倒是没有太多的变化，就是有一点不像上学时代的封芷兰——不霸道了，曾经的封芷兰说起话来趾高气扬的，现在的封芷兰更稳重、温柔一些。

　　毛五现在首要的任务就是端掉封七月他们的毒窝。

　　次日一大早，刘成发的父母还是选择了到敬老院度过余生，他们把房本等相关证件直接寄到了派出所，他们相信毛五会处理好这件事情的，这也算他们替死去的儿子向受害群众赔罪了。

　　毛五和郝菲都在牛湘东家里将就了一夜。清晨，他直接去了分局，他要向肖占奎汇报一些工作，他不能让肖占奎起疑心，同时他也想试探一下，肖占奎到底隐藏了多少罪行。他要等拿到铁证后再向上级纪检部门举报肖占奎等人，争取一网打掉这一伙黑恶势力。

　　…………

　　其实，牛湘东看见封芷兰的时候喊葛辉青并没有错，他没有认错人。多年前，封芷兰高中毕业后出国读大学。刚到国外，封芷兰就查出自己已经是胰腺癌晚期。封七月的心都要碎了，她与丰裕罡离婚后，封芷兰就是她心里唯一的寄托。为了封芷兰，她吃尽了苦头，低三下四地和一些男人周旋，没想到，她刚做出了一点成绩，女儿就在国外查出了重病。这个时候，刘成发一直在帮封七月给封芷兰提供最好的治疗，但是这个要命的肿瘤还是夺走了封芷兰的生命。

在这紧要关头，刘成发发现了葛辉青。葛辉青从外形上看特别像封芷兰，要是整容的话，在外表上是看不出来的，于是刘成发秘密地和封七月、丰裕罡，以及肖占奎说明了他的计划。这个葛辉青本来就是嫌贫爱富的女人，她在给刘成发做保洁的时候就已经开始和刘成发偷情了，这一点刘成发没有对封七月他们讲过。所以，他们就安排了葛辉青出国，并且出资让她到韩国进行整容，这才有了毛五见到的活着的封芷兰。

焦广书的死因就是他发现了这个"封芷兰"是冒牌的。经过封七月的劝说，焦广书让封七月等人答应他两件事：一是他要娶这个假封芷兰；二是他要独立经营一个公司，当新公司的法人。刘成发心里是一百个赞同的，封七月虽然表面上说焦广书这样很过分，可她心里也是不反对的，毕竟焦广书和封七月有亲戚关系。但这一下惹恼了肖占奎，于是，在肖占奎的操纵下，才有了焦广书在五十九层的公共卫生间里自杀的案件。其实，是肖占奎安排心腹化装成保洁员，再打电话约焦广书到卫生间见面。肖占奎让心腹用迷药迷晕焦广书，然后伪造出焦广书自杀的现场。

其实焦广书根本就不是瘾君子，吸毒这一点是肖占奎强加的，这才有了焦广书是因为毒瘾上来了，跑到公共卫生间吸食毒品，产生了幻觉并自杀的断定。

可毛五哪里知道这些真相呀……

09

毛五在肖占奎办公室里汇报了近期的工作，还感谢了肖占奎的提拔之恩。他请肖副局长放心，说他一定会按照肖副局长的指示干好工作的，坚决听从指挥。肖占奎很满意毛五的工作汇报和表态，夸奖了毛五的敬业精神。毛五还向肖占奎进行了自我批评：他说自己把牛湘东寻妻的事情和精门商贸大厦八十四层闹鬼的事情联系在了一起，出于平息牛湘东情绪的目的，也是出于好奇之心，所以他两次到八十四层看看"鬼"是什么样子的。结果第一次晕过去了，第二次碰上了老同学封芷兰。毛五之所以向肖占奎汇报此事，是因为他不能让肖占奎怀疑自己在暗地里调查他们的违法行为。

毛五分析得没错，肖占奎听完毛五的汇报后很满意。因为封芷兰昨天夜里给肖占奎打了电话，她在电话里说："亲爱的奎，毛五和牛湘东进了咱们的F领地，多亏你想得周全，提前把'奶茶'转移了，他什么都没有发现，应该就是好奇心作祟，加上牛湘东逼得他没办法了。"

封芷兰说的"F领地"其实就是他们研发、制作"奶茶"的八十四层。他们选择在这里制毒，主要是因为这栋伟岸的精门商贸大厦的总设计师是丰裕罡的大学同学，丰裕罡通过自己秘书的哥哥，也就是肖占奎，精简办理了施工建设的相关手续。后来，肖占奎又见到了封七月，他看上了美貌的封七月，于是设计了一个圈套。他鼓励他妹妹跟丰裕罡在一起，其实这时候丰裕罡已经跟他妹妹好上了。肖占奎又导演了一出让封七月捉奸的把戏。封七月、丰裕罡开始内战，闹得死去活来。这个时候，肖占奎出现了，已经被爱情欺骗第二次的封七月面对肖占奎的甜言蜜语又陷入了情感的陷阱里。她想找一个靠山，女儿和自己现在需要支撑。丰裕罡离婚后，顺理成章地娶了肖占奎的妹妹为妻，他的公司在肖占奎的关照下也发展壮大了。

肖占奎经营毒品是他堕落的开始。那一年，他率队到迟国考察学习禁毒管理工作，没承想被一个国际贩毒团伙盯上了。这个贩毒团伙在肖占奎醉酒后安排了当地的美女陪侍，本来花花肠子就多的肖占奎落入了圈套，他不得不开始为这个贩毒团伙服务。他回国后先是选择了老朋友兼妹夫的丰裕罡。一开始他只是说做出口食品，后来他们的盈利越来越高，肖占奎才跟他们说了实话，刘成发、丰裕罡，还有封七月全都落入了肖占奎的圈套里。他们安排封芷兰在迟国作为公司全权代理人，经营着这个违法的营生，当然，他们还不能让封芷兰知道具体的营生，表面上就是经营食品出口和其他生意。可是封芷兰到国外没多久就去世了，这才有了后面用葛辉青"狸猫换太子"的戏法。

毛五回到所里，站在窗前，望着精门商贸大厦。他抬头看到的是云朵把大厦的顶部覆盖住了，他眼前是焦广书死不瞑目的挣扎，是刘成发直到死都以为自己有一个儿子。也许刘成发死的时候是骄傲的，毕竟他和封七月有了爱情的结晶，他的死或许也是为了保全封七月的秘密。封七月和肖占奎之间不仅有奸情，他们还一起制毒、贩毒，那个假封芷兰在迟国做他们的代理人，那么丰裕罡呢？他在其中又扮演着一个什么样的角色呢？

封七月听到封芷兰讲毛五在昨天夜里闯入"F领地"，帮助牛湘东这个痴情汉寻找葛辉青的事情。她一开始觉得这件事情是合理的，可毛五毕竟是侦查员出身，他到底想要干什么呢？封七月心里总是觉得有些不妥当，她拨通了自己和肖占奎的秘密电话。

"老肖，芷兰跟你讲了吧，毛五又来了，这次还带着那个牛湘东，这个人很危险，他对整栋大楼的结构是了解的，听说他们是从排气通道钻进来的。"封七月很警惕地说。

"放心，毛五刚从我办公室走，他都跟我讲了，还表了忠心，现在是用人之际，谁不爱钱呀，咱们还要扩大生产，让芷兰抓紧和他订下婚事，这样才能更好地控制他，不行让芷兰多给他喝点'奶茶'。"肖占奎轻松地说。

"好，我抓紧促成他俩的婚事，另外我办公室楼上的'奶茶'太多了，你抓紧运走。丰裕罡说他那里的仓库也满了，这次芷兰回国就是运这批货来的，迟国那边就要断粮了。"封七月显然已经是一个商场老手了。

"我知道，我正在等扶正的任命呢，等我当了'一把手'，咱们的生意会锦上添花的。等到了退休的时候，咱们就一起去迟国享受人间天堂，我一定会把你明媒正娶的，迟国是允许男人有多个夫人的，宝贝，耐心一点。"肖占奎自信地讲。

…………

毛五突然到了丰裕罡的食品贸易公司。丰裕罡热情地接待了毛五，还给毛五沏了一杯奶茶，毛五一边品着奶茶一边若有所思。

"丰总，这个奶茶挺香的，是咖啡味的呀，甜而不腻，这是你们公司自己研制的吧？比外边咖啡店、奶茶店的都好喝。"毛五一边品尝一边说。

丰裕罡笑呵呵地讲："毛所长爱喝的话，一会儿走的时候带几箱，给全所同志喝，今后你们喝的奶茶，我包了。"他还套近乎地问："毛所，我虽然和芷兰她妈离婚了，但是芷兰永远是我的闺女。我知道你喜欢她，她也挺喜欢你的，你们也算是青梅竹马了，今后拜托你好好对待芷兰，谢谢你了。"

丰裕罡的一番话带着一丝伤感和作为一个父亲对女儿牵肠挂肚的眷恋。毛五感觉丰裕罡的这几句话虽然是发自肺腑的，但是又带着一丝无奈。他也不敢轻易挑明现在的封芷兰是冒牌的，他还不知道真的封芷兰在哪里呢，不过他凭借多年的办案经验猜想，真的封芷兰一定有难言之隐。

"您放心，我一定对芷兰好。噢，丰总，芷兰回来了，您知道吗？"

"怎么，芷兰回国了，真的吗？现在在哪儿？"丰裕罡急切地问。

"您还不知道吗？我这就打电话，让她来看您。"毛五拿出了手机。

"不了，不了，自从我和她妈妈离婚以后，娶了我的女秘书，也就是你们肖副局长的妹妹，她就恨我。几年前我又给她生了个小弟弟，她就更恨我了。每次回来都不见我，好几次都是我远远地看看她。"丰裕罡心痛地说。

毛五临走的时候还真的让同行的民警搬了好几箱的奶茶，毛五知道这些奶茶一定是正品。毛五的车刚到派出所，就看到了一些群众，他们大部分还是刘成发非法集资案的受害群众。其中有一个满头白发的妇女看到下车的毛五就嚷嚷起来："毛所，我把植物人儿子给你送来了，你是活菩萨，救人救到底，快过年了，我儿子就送到你这里过年吧，你也让我歇歇。"嚷嚷的妇女正是目前除了封七月以外，跳楼后唯一幸存的植物人的母亲。

那个白发母亲的年纪大约五十岁，和封七月应该是同龄人。她为了这个植物人儿子操碎了心，毛五每次看到这位母亲时都会感到很内疚，内疚自己虽然救活了她的儿子，却让她天天守着这个样子的儿子。

救下那个儿子之后，毛五一有空就会去看看这对母子，他经常用自己的工资买一些食物送去，还让居委会多关照一下这个单亲家庭，同时还给白发母亲介绍了一个做针灸治疗的老中医。

在毛五的办公室里，白发妇女一边喝着毛五给她冲的奶茶，一边说着马上过年了，家里还是乱糟糟的，是不是组织一下民警给家里做做卫生等事情。等毛五办公室里只剩下他们三个人了，白发妇女悄悄地检查了一下门是否锁上之后，含着泪水说道："毛所，在您的帮助下，我儿子有些记忆了，他还给我写了几个字，您看。"

毛五接过白发妇女手中的字条：妈妈您辛苦了！白发妇女流着幸福的泪，毛五看着眼前只比自己小几岁的兄弟，眼睛里的泪水止不住地流了下来。毛五和白发妇女耳语了几句后，白发妇女就又开始嚷嚷着要把植物人的儿子扔给毛五，表示谁救的人谁管，然后，她拿着好几盒奶茶大摇大摆地走了。

毛五和"植物人"青年开始了秘密交流。

原来"植物人"青年在大学学习的专业是营养学，毕业后就应聘到了丰裕罡的公司，开始在丰裕罡公司的食品研发部门工作。小伙子能吃苦，工作敬业，很受丰裕罡的重用，并被提升做了研发部副总经理。后来丰裕罡和刘成发合作，在肖占奎的指示下经营"奶茶"生意，由迟国那边提供产品配方，丰裕罡负责向国外运输货物，刘成发负责制作生产，封七月负责国内的运输和日常管理，封芷兰在迟国接应。刘成发和封七月也是经常出入迟国指导工作，对外封七月就说是看女儿，刘成发是以看孩子和老婆为借口，其实他们是在经营跨国贩毒的营生。

肖占奎也有他自己的原则，那就是不允许"奶茶"在国内买卖，谁要是破坏了规矩，就是"死罪"。这么多年，他们的确是在国内研发加工，然后在国外转手给当地的贩毒团伙的，这也是肖占奎在迟国与贩毒团伙的头目约定的底线。

这个"植物人"青年在工作中发现了这个秘密，知道了他们的保护伞是公安分局的领导。他那个时候谈恋爱需要钱，就威胁丰裕罡和刘成发给他加薪，每月至少五万元人民币，年底还要给他分成，否则就告发他们的犯罪事实。肖占奎知道之后，让丰裕罡先按他的要求办，之后再找机会除掉他。于是，丰裕罡就指使心腹每日给他"奶茶"喝，直到"植物人"青年"奶茶"中毒，产生幻觉，跳楼自杀。

"植物人"青年在母亲的精心呵护和老中医的治疗下，竟然醒过来了。"植物人"青年还讲，跳楼的那几个人都是违反了他们公司的规定：有的是喝"奶茶"中毒后产生幻觉；有的是偷公司的"奶茶"倒卖到酒吧，被公司发现之后被处理掉了；那两个救助成功后死亡的人也是因为他们向公司勒索较大的数额，被公司处理了。

…………

毛五安置好"植物人"青年后，立即找到了郝菲和牛湘东。他把"植物人"青年讲话的录音放在了郝菲手里，让牛湘东把那个白发母亲接到毛五在派出所的宿舍，并看好"植物人"青年，他是重要的人证。毛五决定立即到市局纪检部门，找领导反映问题，争取及时采取措施，防止再发生重大恶性案件……

毛五的手机又响了，封七月在电话里温柔地说："毛五，昨天我和你讲了，芷兰这次回来就是和你订婚的，刚才我去你家了，你父母非常高兴，已经同意了这门婚事。我一直就喜欢你，现在你和芷兰都这么大了，不能再拖了，我和你父母商量好了，腊月二十三就举办订婚仪式，这样你俩明年就能结婚。"

毛五还想说些什么，可是话到嘴边又没法讲出来，他只能"嗯"了一声。他的内心五味杂陈，这个假封芷兰到底和葛辉青有什么关联？牛湘东心里的葛辉青又是谁？自己心里的封芷兰和葛辉青怎么会成为一个人？

毛五想到了郝菲，他应该和郝菲讲一下实情，等拿到肖占奎等人联手经营跨国贩毒生意的证据，一定要把他们绳之以法。目前证人只有"植物人"青年，证据是上次顺手拿走的一盒"奶茶"。但是肖占奎他们应该也不会承认这盒"奶茶"。毛五回想那天深夜发现的仓库，那些"奶茶"去哪里了？还在精门商贸大厦八十四层吗？或者转移到了其他地方——丰裕罡公司的仓库里？或者在封七月的公司里？

毛五决定今夜再闯一下精门商贸大厦。不过，这一次毛五不再去钻排气通道了，他要约封芷兰一起，名正言顺地侦查一下。

毛五找到了郝菲，把今天的情况全都和郝菲讲了，他也表明了自己对郝菲的感情，两个人捅破了那一层窗户纸，他们紧紧地拥抱在一起，真的不想分开。毛五还交代她一定要和牛湘东一起保护好"植物人"青年，让那个青年继续装成植物人，保持住沉睡的样子。否则被肖占奎发现的话，那麻烦可就大了。

距离腊月二十三还有两天。毛五约封芷兰见面，并且说自己到公司找她。毛五还告诉她，自己今天请了一天假，可以和她一起喝点酒，但是他们不去饭店，就在公司吃。"现在局里管得严，在'家'吃喝保险。"

中午时分，毛五刚走进精门商贸大厦的大厅，就看到封芷兰已经在这里等候他了。封芷兰挽着他的胳膊上了电梯。刚到五十一层的公司门口，封七月就开门了，她还笑呵呵地给毛五冲好了"奶茶"。

10

在精门商贸大厦五十一层豪华大气的办公室里，封七月、封芷兰母女简直就像电影明星一样，仅用漂亮两个字来赞美她们母女显得有些苍白。一个美丽至极的中年妇女，有着丰满匀称的身材，那双会说话的眼睛令男人很难保持得住镇静。封芷兰活力四射，天生带着女孩子的柔美，在异国居住了多年，更是有了西施"秀色掩今古，荷花羞玉颜"一般的妖媚。在这样的环境中，怎么能不叫男性浮想联翩呢？

其实，封七月母女一听说毛五要到公司来商量订婚的事情，就喜出望外，她们早就在等待这个时刻了。她们想把毛五拉进公司，如果成功的话，那她们发财的路会更稳妥、有保证，肖占奎再顺利当上副区长兼公安局局长，还有谁能够发现这一切，摧毁他们的集团利益呢。

封七月原本想把丰裕罡一起叫来，给毛五先下点毛毛雨，让毛五知道与封芷兰结婚，与他们公司合作能得到的丰厚利益。可是肖占奎不同意这样做，他吩咐她们母女一定要在毛五和封芷兰上床后再逼他就范。

封七月早已安排好了饭菜，三个人推杯换盏，两个美女把毛五夹在中间，这也是对一个真正的人民警察品质的考验。

毛五来之前吃了几片解酒药，他的酒量还是蛮大的，但是他知道封七月可是"酒精"沙场的老手，绝对不好对付，毛五曾经让这位"伯母"灌得醉了两天。封芷兰以前好像不怎么喝酒，不过出国多年，也许能喝一些了。再者说，如果她是葛辉青——牛湘东告诉他，葛辉青的酒量是很大的，一般三五个能喝酒的男人还真不是她的对手。毛五也做好了充分准备。

毛五的舌头有点僵硬，他磕磕巴巴地说道："芷兰，我喜欢你这么多年，你一点都没有动心吗？你是不是还喜欢焦广书那个小子？"毛五还是清醒的，他还记得自己有重要任务要完成。

"其实我心里也喜欢你，就是焦广书总缠着我，而你一见我脸就红，谁知道你喜欢谁呀？咱们班的小月一直喜欢你，她还和我说了呢，后来你考上了警校，小月不也和你一起上了警校，你们还有来往吗？"封芷兰带着醋意说。

"她就是封芷兰吧？要不她怎么知道小月的？"毛五心想。小月就是郝菲，郝菲在上学的时候叫"郝小月"，参加工作后，改名为"郝菲"。毛五假装醉意大发："什么小月饼、小月亮的……我就是喜欢你。你就是看不上我吧？"

趁着毛五说着酒话，封芷兰开始靠近他。封七月说喝得有些头痛，要上楼休息，毛五便要跟随封七月上楼。毛五上前扶住了封七月，他非要送封七月上楼休息，他借着酒劲，母女俩也是没有办法，他们三个人推推搡搡地向楼上爬。封七月使眼色让封芷兰把毛五拉下去，可是这娘俩哪有毛五的劲大呀，再加上毛五醉意大发，母女俩根本就控制不住毛五，毛五和母女俩就这样爬上了楼。

毛五发现二楼的面积比一层还大，但是满地都是纸箱子，好像仓库一样。毛五心里还是挺清楚的，这些箱子就是他之前在八十四层那个房间里看见的那些，毛五故意跌跌撞撞地扶着纸箱子走，封七月和封芷兰母女赶紧一左一右搀扶毛五，尽量不让他接近纸箱子。这层还有两个房间，封七月、封芷兰使劲地把毛五拉进一个卧室，不让毛五乱走。

这间卧室里也堆满了同样的纸箱子，只有双人床上是空的。封七月母女把毛五放到床上，并且给他脱去鞋子，正要脱去他毛衣的时候，毛五似乎有些意识了，他故意推开封七月的手说道："我要芷兰，我要芷兰。"封七月给封芷兰使了个眼色后就下楼了。封芷兰抱住毛五，说着让他难以忍受的甜言蜜语。

毛五知道自己还有探究真假"封芷兰"的任务。他在来的时候，牛湘东告诉他，可以想办法接近"封芷兰"，如果她的大脚趾的正面有一块红色的胎记，那她肯定就是葛辉青。牛湘东也看了真正的封芷兰的照片，两个女人长相神似，但是两个人不可能有一样的胎记吧，更何况是在大脚趾的正面。

毛五应付性地和封芷兰亲热了一阵，到了关键时刻，毛五假装要呕吐，跌跌撞撞走到卫生间，他是真的吐了，毕竟喝了不少酒，但是他的意识、责任感和目的在潜意识中依旧存在。他胡乱地脱去封芷兰的一件上衣，之后又脱掉封芷兰的袜子，封芷兰此时也有些醉了，任凭毛五脱去自己的衣服。毛五脱掉封芷兰的袜子后，真真切切地看到了她右脚大脚趾有一块明显的像血一样鲜红的胎记。

毛五继续装醉，和已经情不自禁的封芷兰如胶似漆地亲热着。就在毛五想办法脱困的时候，封七月上来了，两个人慌乱地分开了。封七月气急败坏地指责毛五："你们两个人干脆腊月二十三就结婚吧！这还订什么婚？你们都这样了……"

其实，这也是封七月母女早已定好的计策，她们准备先把毛五灌醉，之后脱掉毛五的衣服，然后封芷兰也脱去衣服躺在毛五身边，让封七月拍照固定证据，这样毛五只能和封芷兰结婚。毛五也知道她们的想法，所以一直似醉非醉地周旋着。

毛五和封芷兰穿好衣服，随着封七月下了楼，毛五喝了一杯白开水后，似乎有些清醒了。他说道："伯母，您放心，我没对芷兰做什么，但是我一定负责任，我同意在腊月二十三那天订婚。"

"不是，你们都这样了……直接结婚吧。"封七月严厉地说。

"伯……伯母，订婚不用打报告，结婚的话我还得打报告，我也是副处级干部了，需要等上级批准。"毛五还假装半醉半醒。

"妈，毛五说得对，先订婚吧，过了年再结婚。"封芷兰也顺着毛五说。

天已经黑下来了，毛五的酒劲也差不多过去了，他走出了精门商贸大厦。

封七月立即把今天毛五来五十一层的举动告诉了肖占奎。肖占奎夸奖了这对母女几句，但他的内心还是有点酸溜溜的，毕竟他也喜欢封芷兰，而且他已经占有封芷兰了，把女人送给毛五，这让他多少有点不舒服，但是为了"事业"，他不得不这样做。肖占奎自认为一切都在他的掌控之中。

就在腊月二十二的上午，市委组织部来分局宣布了肖占奎同志出任副区长兼分局局长的任命。肖占奎如愿以偿，他更加相信自己建立的金钱帝国还是发挥了一定的作用。

明天就是腊月二十三了，毛五已经下定决心，甚至抱着一死的决心，他要到市局纪检部门举报肖占奎他们所有的违法犯罪事实，他要为保持清正廉洁的公安队伍贡献自己的力量。

腊月二十二的下午，毛五悄悄地走进了市局大院，他通过在纪检组工作的老同学见到了怀书记。怀书记很震惊，他知道肖占奎的后台是很硬的，想要扳倒他谈何容易。怀书记握着毛五冰冷的手，把毛五写的材料收下。他让毛五要像往常一样，明天一定要举行订婚仪式，但是可以跟肖占奎、封七月他们讲，作为领导干部不能请太多的人，只是一家人和亲属们热闹热闹。具体的行动，他还要向市纪委领导汇报，毕竟今天上午已经宣布了肖占奎出任副区长兼分局局长的任命，肖占奎已经属于市管干部了。

走出市局大院，毛五如释重负，他联系了郝菲，把昨天独闯精门商贸大厦五十一层，与封七月母女演"醉翁之意不在酒"的一场戏的内容原原本本地讲给了她，还把刚刚去市局向怀书记举报肖占奎犯罪行为的事也告诉了她。毛五还是有些疑虑地说："明天就是腊月二十三了，我还要与那个假封芷兰定亲。现在还不知道怀书记是正是邪，如果他和肖占奎是一伙的，我有可能就要被他们除掉了，你一定要保护好证据，保护好'植物人'青年和他母亲，保护好牛湘东，不能让他们落入肖占奎他们的手里。如果我出事了，你就立即去北京举报他们，我就不信了……"

到了腊月二十三这天，天空特别晴朗，空气中甚至有了一股春天的味道。在精门商贸大厦二层的假日阳光大酒店，肖占奎作为毛五的顶头上司、丰裕罡的大舅哥，亲自为两个孩子举办订婚仪式。同时这也是祝贺他自己昨天正式出任副区长兼分局局长的"夸官宴"。用肖占奎的话说，这叫一举两得。

酒过三巡，菜过五味，毛五的内心一直紧绷着，坐立不安。另一边的肖占奎却是春风得意。他一会儿到毛五的父母跟前敬酒，说他们培养了一个优秀的好警察；一会儿到封七月、丰裕罡面前，说他们的好基因成就了一个漂亮的女儿；一会儿到毛五、封芷兰面前，让他们跟着他好好干，一定会前程似锦，有幸福的好日子的。

正当这场订婚宴、夸官宴进行到高潮时，怀书记带着一队便衣和一队武警战士疾步走了进来。现场一阵慌乱，怀书记让大家不要乱，他先是介绍了和他一起来的市委纪委领导，然后宣布了对肖占奎的双规决定，以及逮捕封七月、丰裕罡、葛辉青等人的命令。毛五第一个冲上去按住了肖占奎，生怕他掏出武器反抗，因为他非常清楚他犯的都是死罪。然而，毛五还是慢了一步。肖占奎是经验丰富、立过无数功劳的老刑警，他拔出了枪，"砰"的一声，倒下的竟然是葛辉青——她替毛五挡了子弹。她的眼神似乎在告诉毛五她挺喜欢毛五的。

"砰"，又一声枪响，毛五"不"的发音和枪声几乎是同步的，但毛五的"不"字出口还是稍晚了一点，肖占奎被武警当场击毙，原来肖占奎的枪口指向了怀书记。

混乱中，毛五发现抓捕的人中少了封七月，他向怀书记请示立即进行搜查。毛五直接乘电梯到了精门商贸大厦的楼顶。毛五看到了封七月，她果然在这里。她看着毛五，笑着说道："孩子，你是对的，真的芷兰早已经死了，我活着也是多余。我作恶多端，请你替我和真的芷兰照顾一下我可怜的爸妈，再见了，毛五！"

封七月像一朵云彩，轻轻地飘浮在半空中……

后　记

我自幼喜欢读书。

记得母亲在工厂阅览室工作的时候，每当寒暑假到母亲单位，我就被书架上的书籍和期刊吸引，不知不觉就拿起来读。

记忆里，吸引我的第一本书是《三侠五义》。我被封面上一个舞剑的侠士吸引，于是便一字一句地读起来。越读越觉得身上有劲。南侠展昭、锦毛鼠白玉堂给我留下深刻的印象。尤其是书里对英雄展昭的描写，更是激励我长大要做一名像展昭那样的侠客。

阅读，成了我一生的嗜好。梦想写出好看的小说成为我不懈的追求。

十七岁那年，我应征入伍，成为一名光荣的解放军空军战士。军营生活期间，得益于我擅长绘画和有文字功底，部队首长让我当上宣传战士，还兼管部队阅览室的工作。我便利用职务之便，阅读了大量中外名著，还有《人民文学》《当代》《收获》《解放军文艺》《十月》等数十种文学期刊。那些书中，我最喜爱鲁迅先生的文集，对《阿Q正传》《孔乙己》至今能倒背如流。

1988年春天，我带着对军营无比眷恋的心情退役了。退役之后，我毅然决然选择进入警营。

除暴安良、行侠仗义、琴心剑胆是我从警的初心——我在大街上抓过小偷，单挑过恶棍，半夜在狂风暴雨中蹲堵过盗窃团伙，用54手枪顶过案犯脑壳，围猎过持枪入室劫犯，花18小时解救持匕首欲自尽的青年……

三十六年从警生涯，我是在血与火，险与恶的环境中被历练和捶打的。

当然，警察也有风花雪月、侠骨柔肠、七情六欲的一面。我决心要把真实的警营生涯写进小说的世界。几十年来我一直坚持文学创作，有小说、诗歌、散文、随笔、新闻在全国省市级报纸、文学杂志上大量发表。在一次研讨会上，我被专家誉为"警察诗人"。

其间，我加入了中国作协，成为中国作协会员。我陆续出版随笔集《辣笔励思录》，诗集《午夜的风》《走近红土地》。2014年，我当选为天津市作家协会全委会委员，成为签约作家。不惑之年，我取得了一点点文学成绩，圆了我儿时梦想。

感谢我的战友，著名的悬疑小说作家雷米老师，著名的公安作家法医秦明老师，著名的人民公安大学教师作家管彦杰老师厚重的推荐语。其间，我们以微信往来，雷米、秦明、管彦杰三位老师针对这部作品提出了很多很好的意见和建议。雷米老师、秦明老师、管彦杰老师以同样的谦虚、真诚、不厌其烦的指正给了我极大的帮助，我受益匪浅，十分感激。

在这里，我还要提一下在《天津文学》做编辑的震海老弟。我们是相识十多年的老文友。我们之间总是深更半夜聊小说。《天津诗人》罗广才总编辑，同样对我的小说给予了很中肯的意见、建议，并且不厌其烦地推广我的小说作品。《悬案》《警情》《寻妻》《疑惑》《玄色》……从警几十年的一个个警情历历在目，一桩桩案件记忆犹新……

这便是这部中篇小说集出版的原因。在我多年的好友张兵的介绍下，我认识了博集天卷的于向勇老师，我们在交流中获得了真挚的友谊，提升了共同的文学热情。

天津文学界闫立飞、张楚、刘卫东、徐福伟、艾翔等好友，给这部书提出许多宝贵意见；警营里的好多战友，各界的朋友也都为这部书倾注了心血；还有我的家人给予我很多理解和支持！

我感到幸运，庆幸遇上这么多懂我的人，懂警察的人。

立正，我郑重给大家敬礼！感谢你们！